政协太原市万柏林区委员会 编

刘贵江 主编

煤在西山

金朝晖 王宏伟 编著

中国文史出版社

图书在版编目（CIP）数据

煤在西山 / 政协太原市万柏林区委员会编；刘贵江
主编；金朝晖，王宏伟编著. -- 北京：中国文史出版
社, 2024.12. -- (工矿岁月). -- ISBN 978-7-5205
-5109-0

Ⅰ. I251

中国国家版本馆 CIP 数据核字第 20254JS816 号

责任编辑：程凤

出版发行：中国文史出版社

社　址：北京市海淀区西八里庄路 69 号　　邮编：100412

电　话：010-81136606　81136602　81136603（发行部）

传　真：010-81136666

印　装：山西基因包装印刷科技股份有限公司

经　销：全国新华书店

开　本：889mm × 1194mm 1/16

印　张：29

字　数：580 千字

版　次：2025 年 3 月北京第 1 版

印　次：2025 年 3 月第 1 次印刷

定　价：96.00 元（全二册）

序

留住记忆，传承精神

太原市万柏林区政协党组书记、主席

刘贵江

明代诗人于谦在《咏煤炭》一诗中，以"凿开混沌得乌金，藏蓄阳和意最深"开笔，以"但愿苍生俱饱暖，不辞辛苦出山林"落笔，是对煤炭以生命之躯燃烧自己、贡献光和热的赞美，更含有对煤炭开采者不畏艰险，倾汗雨、凿乌金的颂扬。

近代以来，随着科学技术的发展，煤的利用价值越来越高、越来越广，在每一次工业革命、换代升级中都发挥着不可替代的作用。

山西省太原市的西山脚下是全省极为重要的能源重地、煤炭基地，有541平方公里的浩瀚煤田，33.69亿吨的煤炭储量，更有数以万计以煤为生的矿山人。回眸看，无论是大型国有煤矿，还是地方性集体煤矿，抑或民营煤矿，都曾经承载或仍在承载着我们国家能源保供的历史大任，述说着煤炭人的风雨历程……矿一代、矿二代，以及矿三代，脚下这片厚重的黑金地，是他们的人生记忆，也是他们的根脉赓续。

这片土地最火红的年代在1949年至1956年，可谓中国重工业发展的奠基时期。被誉为"国之重器"的太原重型机器厂，正是在这一时期也选址在万柏林，由国家投资7.5亿斤小米，折合人民币6075万元兴建而成。老太重人的记忆深处,睡野地,喝凉水;战严寒,斗酷暑;机器轰鸣,群山回唱。那一行行用青春与汗水、勇气和胆识铭刻而成的工业史诗,跌宕起伏,波澜壮阔,怎不令人激情澎湃!

本书一函两册,从"工矿岁月"的视角,采用纪实文学的手法,分两本呈现给广大读者。一本是《从制造到智造》,作者陈一竹女士以大量的采访、生动地书写记录了太重的昨天和今天,全景深入地展现了太重集团的创业史、发展史和成就史。另一本《煤在西山》,由金朝晖女士和王宏伟先生组织编著,十位作家联合创作,聚焦西山煤炭企业的过往,重点走访书写了西山煤电集团的四大国有煤矿和部分乡办煤矿,创作者赴矿山实地调查、翻阅历史资料、采访当事人,收集整理了许多鲜为人知的真实故事,还原了万柏林煤矿人如火如荼的生产生活图景。

西山煤电和太原重机是山西省两大主板 A 股上市企业,也是太原市万柏林区工业经济的两大支柱企业,为本市经济发展立下汗马功劳,同时造福了一方百姓,造就了一个充满生机活力和奋斗精神的万柏林区。

随着时代的演进和社会的进步,以及工业生态文明建设的需要,有些工矿企业在跨越转型中继续保持旺盛的发展势头,有的关停并转,完成历史赋予的使命。每一个企业每一座煤矿身后都有一批以工厂为家、与机器为伴的产业工人和家属,他们曾经为工业化拼搏过,洒过热血和汗水,因此,我们有责任有义务为他们抒怀立说,留住难忘的往昔,留住不再的记忆,留住工业的乡愁。

今天的太重主厂区,随着太原市经济战略和企业战略发展的重新布局,从万柏林区搬迁至太原潇河产业园区,并跻身世界一流重型机器制造之林,500 余项中国和世界第一,"风口浪尖、上天入地"的海陆空全方位多产业,让太重成为享誉全球的机械装备领域制造商、提供商和解决商,昨日辉煌依旧在续写中。而其旧址万柏林区前进路一带的太重苏联专家楼建筑群也于2009 年被列为太原市历史文化街区,为万柏林区留下一份厚重的工业文化遗产。

被历史灌溉的是"精神",是城市民众的情怀,也是百年光阴里一代代人的精神维系。本套书的出版正是对历史的回溯、对当下的仁足,和对未来的期冀。

在此要感谢山西省女作家协会和太原市作家协会的大力支持,还有万柏林区党政部门及驻地企业,大家一道为采写和出版做了大量的工作,倾注了很多心血,在此一并致谢!

当然,一部工矿史决不是一两册书所能涵盖,只是撷取其中片段,只是一个角度。如有遗漏之处、不妥之处,敬请读者批评指正!

目 录

万年宝藏不二出

——万柏林区矿业综述

作者 / 董增红　　王宏伟

煤炭开采是一把双刃剑，它既富有创造性，如果任其私挖滥采又具有破坏性。正是这两方面的相互抗衡，使得煤的故事如此引人注目。

——题记

地球作为人类生存的唯一家园，已有45亿至46亿年的历史了，据称最早的地壳运动，叫作"吕梁运动"，这便是太原盆地西沿吕梁山脉。吕梁运动发生于地质年代"元古代"早中期，距今大约有25亿年的历史，它为太原的地质文化谱写了极为精彩的篇章。又经历了数十亿年的地壳运动，沧海桑田的多次轮回变迁，太原大地被一层石灰岩沉积、粉砂岩沉积所覆盖，地壳或缓或急、或纵或横的变化，使之逐渐形成了一层又一层黑色的宝藏，即工业的粮食——煤。这一阶段被命名为"成煤古地理环境"。太原在成煤的古地理环境中，从石炭纪起一直到二叠纪结束，经历了长达3亿年的漫长岁月，最终造就了遍布太原西部山地、东部山地，以及古交深山等地的多层煤蕴藏。这种煤田地质构造，以太原地带最为成熟、最为显著、最具代表性。由此，便有了"太原煤系"这个概念，包括"太原组"的表述。这些个专有煤田地质名称，使得太原地区，尤其是太原西山一带更是成为近代以来矿藏开采的宝地。

万柏林区地处太原市城区西部。东临汾河，南接晋源区，西连古交市，北邻尖草坪区和阳曲县，总面积305平方公里。

纵观其地形地貌，万柏林区位于太原盆地西沿。其西部为沟壑纵横的太原西山，中部为连绵起伏的丘陵，东部为平坦宽阔的汾河平川，地势呈西高东低的阶梯状。海拔高度在776~1865.8米之间。境内最高峰庙前山位于杜儿坪，海拔1865.8米。

万柏林区矿产资源主要集中在西山地区，被称为"西山煤田"，煤田面积达541平方公里，煤层厚度为14~18米。截至2013年底，境内已探明地下矿产有煤炭、地热能等资源14种，查明保有煤炭储量33.69亿吨，石膏矿石4000万吨，以及可用作水泥原料、化工原料、建筑材料的碳岩等，宛若一个巨大的能源"聚宝盆"。其中多数实体资源由山西焦煤集团公司前山的官地、杜儿坪、西铭、白家庄四大国有重点矿以及西峪、王封、焦炭厂(东峰)等国有煤矿所分割,可开采煤层为西山煤田山西组二号、三号煤层以及太原组六、七、八、九号煤层。煤种以贫煤为主,为优质动力用煤。

万柏林区境内是煤炭开发和利用较早的地区之一。据史料记载,隋唐时期太原西山地区就有硫黄冶炼业的兴起,在鲁迅与顾琅合著的《中国矿产志》中写道:太原王封山所产的硫黄,早在宋代之前即是当地人主要的工副业。硫黄业的兴盛,衍生出副产品的加工利用,西铭村李氏家族利用硫黄废渣再次冶炼烧制产生的红土颜料,专供于皇宫、官衙、寺庙修建装饰,延续相传了十几代人,由此西铭红土远近闻名。

明清时期采煤业进一步发展,明代阳曲县共有煤窑四座,西铭村就占了两座;至清代,靠近西山的村庄普遍开设有煤窑,仅西铭村几个家族就开了七八座之多。

清光绪十七年(1891),王道生在风峪沟投资开办了"文太窑"。

清光绪三十年(1904),清政府制定《矿务章程》,推动了私人采煤业的发展。

清光绪三十二年(1906),山西省商会会长刘笃敬在西山冶峪附近投资兴办了"庆成窑";宣统三年(1911),刘笃敬在王封一带开办了"永泰煤窑"及王封硫黄矿,并在短期内使太原成为中国最大的硫黄生产基地;韩文仁开了樊水沟、小神湾、老窑上3孔煤窑;韩宏开办了"天成窑"(现西峪煤矿的前身),注册资本达2万元。当时在西山有平窑、斜坑和筒子窑7孔煤窑,其中"庆成窑"和"天成窑"深14丈(1丈≈3.33米),风峪沟的"文太窑"则深达30丈,筒子窑的出现,是小煤窑采煤技术的一大进步。至清代末期,西山地区的九峪十八沟,已经是"峪峪走马车,沟沟有煤窑"。

民国18年(1929),西山白家庄矿"庆丰煤矿"建成,矿井深达121米,标志着太原的煤炭开采技术进入一个新的时期。

民国23年(1934),西北实业公司投资36万元建成白家庄2号立井,次年投产使用,名称为"西北煤矿第一厂"。该井深168米,安装400马力蒸汽高车1台和单层双车罐笼提升设备,井下装有水泵、风扇,铺有轻便轨道。同时,太原至白家庄煤矿的运煤专用铁路线开始修筑,次年9月通车。该专线全长23.3公里,开了山西省内煤炭专用铁路建设的先河。

民国26年(1937),日本侵略者占领太原,强行占据该厂并改名为"军管理第五工厂"。民国32年(1943),又改称"西山采炭所",开凿西山高家河、松树坑、杜儿坪等坑口,安装了电绞车,用翻车式罐笼提升。1945年,日本投降后,西山采炭所恢复西北煤矿第一厂原名,增加部分设备,复工开采。当时该厂有平坑、斜坑、竖坑各1个。设备有发电机1台、各种高车7台、水泵5部、电动机3台、送气机2台、三相变压器3台。全厂工程师9名,工人2462名。

1949年4月,太原解放,西山煤矿迎来了新生,真正回到了人民的手中。党和政府提出了"全面恢复,重点建设"的方针,对收归国有的煤矿集中人力、物力恢复建设,扩大规模,增强生产力。"西北煤矿第一厂"改名为"西山煤矿第一厂"。1950年6月,西山煤矿第一厂与第二厂合并,改为西山煤矿。

20世纪50年代,轰轰烈烈的社会主义建设高潮在中国大地蓬勃兴起。1953年是我国第一个五年计划实施的头一年,太原河西地区被国家规划为新兴工业区,这意味着河西地区开始由原始的农耕经济向现代工业经济阔步迈进,这片沃土迎来了工业化大发展的良好机遇,这是一个划时代的变迁。这一年,太原焦炭厂与西铭矿焦炭厂合并,定名为西铭焦炭厂;化工部第二建设公司(简称"化二建")在域内兴建;我国自行设计、自行施工的第一个重型机器企业——太原重型机器厂局部投产;1956年元旦,西山煤矿与西铭焦炭厂合并成立西山矿务局,由地方国营转为中央国营企业;同年5月6日,周恩来总理莅临太原视察工作;7月,王封煤矿建成投产。至1957年,恢复、新建和扩建了白家庄、小南坑、官地矿、杜儿坪矿4对矿井,新增年设计能力330万吨。"一五"期间,万柏林地区新建、改建的重点企业达到35个,其中有7个是全国重点建设项目,涉及煤炭、化工、电力、制药、机械制造等行业领域。到 1960 年底,在古老的太原城西部,一个新兴的工业区已然初具规模。

作为国家能源重化工基地的太原,为新中国的社会主义建设提供了巨大的动力和能量。作为能源主力的煤炭,又占据了社会经济发展的半壁江山。从新中国成立初期到"七五"期间全面大规模的社会主义建设,使万柏林煤炭事业的发展由小到大,由弱到强,由原始到先进,由分散到整合,步入了蓬勃发展的历史时期。改革开放以后,党的一系列方针政策又给万柏林煤炭事业注入了新的活力,提供了新的发展机遇。据统计资料,从 1952 年到 1990 年,万柏林地区共新建矿井 11 对,新增煤炭年生产能力 945 万吨;扩建矿井 7 对,新增煤炭年生产能力 780 万吨。

白云苍狗,岁月悠悠。位于万柏林区西矿街的山西焦煤西山煤电集团有限责任公司,虽然名字十分现代,但它的历史却非常悠久。从 1934 年的西北煤矿第一厂,到 1956 年的西山矿务局,再到如今的这个名字,整整过去了九十年。一代又一代的煤矿工人,在同一块土地上,经历了不同的企业名称,不同的历史时期;他们挖掘出同一种乌金,却在不同的社会制度和治理模式下发挥了积极而重大的作用。

它有着不幸而畸形成长的童年。民国 23 年(1934),西北实业公司在白家庄诞生了太原市第一个"官办"煤矿——西北煤矿第一厂,投产刚刚两年就被侵华日军所强占,改称"西山采炭所",将中国矿工用生命和血汗换来的一车车乌金,源源不断地运往日本和伪满洲国。仅 1938 年到 1939 年,日本侵略者就把从太原掠夺的 33.5 万吨煤炭运往日本,占到全部采煤量的 96%以上。直到 1945 年日本投降后,才重新恢复"西北煤矿第一厂"之名。原始的生产方式,恶劣的井下环境,频繁发生的事故,工头的压榨盘剥,使煤矿如同一个先天营养不良的幼童,几近夭折。

中华人民共和国成立后,为医治战争给城市带来的创伤,党和政府迅速恢复生产,解决失业等民生迫切需要。同时,对满目疮痍的西山煤矿进行了大力度的整合。1956 年 1 月 1 日,注定是一个载入史册的日子,由地方经营的西山煤矿和西铭焦炭厂合并而成的西山矿务局正式成立，转为中央国营企业，职工 1 万余人。整合后的西山矿务局犹如两股拧在一起的纤绳，爆发出强大的拉力，当年原煤产量达到了 184.5 万吨。从此，西山煤矿如待哺的婴儿吮吸到母亲丰美的乳汁，在党和人民的哺育下健康成长，又似意气风发的少年，在社会主义的阳光照耀下，阔步走在火红年代的大道上。

从 20 世纪 50 年代至 90 年代，西山矿务局的发展大致经历了三个阶段。

第一阶段（1956—1966 年）为矿区大规模建设阶段。这期间国家投资 1.93 亿元，建成杜儿坪、西铭、官地三对矿井及机修厂、选煤厂、水泥厂。1966 年全局矿井年设计能力 405 万吨，实际生产 386 万吨，有职工 22429 人。

第二阶段（1967—1981 年）为矿区技术改造和发展机械化阶段。这期间，国家投资 13 亿元，建成 6 个采区，装备了 14 套综采设备和 6 台综合掘进机。1981 年有职工 52911 人，年设计能力达到 765 万吨，采煤机械化达到 69.5%，全局原煤年产量达 1003 万吨，跨入了全国千万吨大局的行列。

第三阶段（1982—1990 年）为矿区技术升级和新矿井建设发展阶段。西铭矿、杜儿坪矿、官地矿的三个新采区相继建成投产，净增年生产能力 255 万吨。同时，太原选煤厂进行扩建，净增年生产能力 100 万吨。前山区四个矿共形成年生产能力 915 万吨。拥有综采设备 26 套，掘进机 16 套。在新技术应用方面，采用了 3 吨自卸矿车、可伸缩皮带机、瓦斯遥测仪，普遍使用了自救器，安全生产得到稳步健康的发展。1985—1990 年原煤产量累计完成 8462 万吨，精煤产量累计完成 1548 万吨，采煤机械化程度达到 99.1%。

在此期间，从 1978 年开始进行古交矿区的建设。古交矿区是我国"五五"期间的最大炼焦煤基地，规划建设 5 对矿井和 5 座选煤厂以及机修厂、仓库等 24 个配套项目。矿井总设计能力为年产原煤 1650 万吨，概算总投资 35 亿元。至 1990 年，西曲、马兰、镇城底 3 个矿和西曲矿、镇城底矿 3 个选煤厂已建成投产。

岁月的河流淌入 20 世纪 90 年代，西山矿务局已经成为下辖白家庄、杜儿坪、官地、西铭、西曲、马兰、镇城底 7 个生产矿,年设计能力 1810 万吨的国内优质动力煤和炼焦煤的特大型企业。拥有 1 座中央选煤厂(太原选煤厂),2 座矿井选煤厂(西曲和镇城底矿选煤厂),年设计入选原煤能力 750 万吨。有在建矿井两对(东曲矿、屯兰矿),年设计能力 800 万吨,在建选煤厂 3 座(东曲、屯兰、马兰矿选煤厂),年设计入选原煤能力 1200 万吨,以及机修厂、水泥厂、五九厂和建筑安装公司等 11 个单位的大体量煤炭生产经营实体。各矿和各选煤厂都有铁路专用线,产品销往全国 22 个省、自治区、直辖市。1988 年进入国家二级企业,1989 年成为质量标准化和现代化矿务局,到 1990 年,当年生产原煤 1572 万吨,精煤 355 万吨,完成工业总产值 9.29 亿元。先进生产工具的数量和档次大幅增加和提升,拥有主要设备 3.7 万台(套),2 艘万吨级运煤船,固定资产 23.9 亿元。

栉风沐雨三十载,西山矿务局犹如乘风破浪的少年在奋进中成长为刚毅坚强的水手,在 21 世纪到来之际,积极投身于市场经济的大海,寻找新的机遇,迎接新的挑战。

1998 年 1 月,又是一个值得载入史册的时间,通过改制,"西山矿务局"变为"西山煤电(集团)有限责任公司",这个名称的变化意味着沿袭了整整 42 年的工厂制向公司制的过渡,由传统企业管理模式向现代企业制度转变的开始。

某种意义上讲,这种改制也是对日益变化的现代社会经济发展趋势的主动应对,新中国煤炭事业经过 40 多年的发展,已经取得翻天覆地的变化。随着市场经济体制的建立和完善,煤矿面临的主要问题,已经从单一的煤炭生产转移到煤炭产品的销售。企业生存与发展的决定因素,不再是地面以下的深度挖掘,更主要的是地面之上的市场开拓。

亚洲金融危机、产能过剩、市场疲软、行业内卷,20 世纪 90 年代末的经济形势对煤炭企业极度不利,可谓举步维艰。改制,是在低迷的煤炭市场闯出生路的唯一选择。改制后的西山煤电在国内煤炭企业中首家成立了煤炭运销总公司,大做"营销"这篇大文章,通过建立辐射全国的营销组织网络,实施稳健的营销战略和灵活的营销策略,完善营销激励机制,靠着诚信和质量,不断巩固和扩大煤炭市场份额;积极推进股份制改造,于1999年4月组建山西西山煤电股份有限公司。2000年7月,西山煤电A股股票成功上市,募集资金18.69亿元,创山西省企业和全国煤炭企业之最,探索出资本运营的有效途径,初步构建母子(分)公司结构的基本框架。

改革既然为企业带来了生机,就不会停下它的脚步。

2001年10月,以西山煤电、汾西矿业、霍州煤电三个国有煤企为主体,组建了山西焦煤集团公司,总部设在西山煤电集团公司。

2002年11月,山西焦煤集团公司以西山煤电集团有限责任公司上市后的存续资产为基础,成立西山煤矿总公司。

作为山西焦煤集团的核心企业,西山煤矿总公司、西山煤电股份公司在摆脱连续3年煤炭市场疲软的困境后,生产出现恢复性增长,2005年原煤总产量达到3150万吨,精煤产量达到1287万吨,产品销售收入91.4亿元,上缴税费18.6亿元。同年12月,西山煤矿总公司、西山煤电股份公司改制为山西焦煤西山煤电集团有限责任公司(简称"西山煤电集团")。2008年,与17座地方煤矿签订框架协议,整合煤炭资源17亿吨、产能1800万吨。这一年,西山煤电集团原煤产量3500万吨,洗精煤产量1630万吨,焦炭和发电量分别达到89万吨和48.54亿千瓦时。利税总额55.92亿元,从业人员61813人,平均每人创造利税90466元。

到2013年,西山煤电集团煤炭资源总量92.1亿吨,煤种有焦煤、肥煤、1/3焦煤、气煤、瘦煤、贫瘦煤等,其中焦煤、肥煤为世界稀缺资源,被誉为世界瑰宝。有21座生产矿井、9座选煤厂、10座发电厂、3座焦化厂。煤炭产能5000万吨以上,焦化产能640万吨,电力装机容量320万千瓦。资产总额783亿元,职工8.3万余人。煤炭产品主要有炼焦精煤、喷吹煤、电精煤、筛混煤、焦炭等,产品畅销全国20多个省、自治区、直辖市,并出口亚欧、南美等多个国家。

西山煤电像一个壮实的汉子，承担起一个能源大省经济社会进步的重大职责。

从某种意义上讲，西山煤电的历史，就是万柏林区的煤炭演变史，也是太原汾河以西地区的社会经济发展史。

从 20 世纪 90 年代开始，市场经济的大潮冲击着古老的西山，也让西山脚下世代以农为生的乡村抛开了锄头犁耙，将目光转向大山深处，那一眼眼乌黑的坑口，就像一扇扇"芝麻开门"的财富大门，深藏着发家致富奔小康的滚滚乌金。彼时，经济领域也盛行着"肥水快流"的政策引导氛围，于是，一夜之间，几乎所有人都开始重新理解"靠山吃山"的道理，大大小小的乡镇、村落都参与到开矿、挖煤、采石的行列。据统计资料显示，20 世纪 90 年代初期，当时的河西区辖内共有 52 座集体矿山企业，其中集体煤矿 35 座，腐煤矿 15 座，片石场 2 座；到 2000 年底，全区经过登记的小煤矿已经达到 137 对（128 座），这还不包括散落在矿山各个犄角旮旯里数以千计的非法开采煤窑。

沉默的大山开始变得喧嚣，甚至在夜里仍然灯火通明，百年前"峪峪通煤车，沟沟有煤窑"的情景再现西山，一个个颇具时代特色的称谓——"煤老板"——开始出现在人们的视野，且带着耀眼的光环。

据了解，这些地方煤矿开采资源大多是西山煤电集团等大矿资源之外的边角地带。这种地带煤层露头多、埋藏浅，紧邻市郊，交通运输便捷，为小煤矿开采、销售提供了很大程度的便利。多年来，煤炭开采成了西山地区王封、化客头、西铭等乡街村民极为重要的经济来源，同时带动了运输修理、商业餐饮、洗选等相关产业的发展繁荣，煤炭年产值近 10 亿元。

然而，"快速致富"带来的恶果随着时间的推移慢慢显露出来，粗放式的经济增长模式开始受到自然的反噬。环境污染、水土流失、植被破坏、空气污浊、地表深陷、房屋倒塌、山体滑坡、泥石流等地质灾害，以及不时传出的安全事故噩耗，已经严重地影响到万柏林区乃至整个太原市的可持续发展，转型势在必行,"黑色经济"已经到了必须叫停的时候了。

2001年,国务院办公厅下发了《关于关闭国有煤矿矿办小井和乡镇煤矿停产整顿的紧急通知》《关于进一步做好关闭整顿小煤矿和煤矿安全生产工作的通知》。随后,国家和省、市陆续出台了一系列关于煤矿整顿和安全隐患排查的有力措施,提高煤炭企业的准入门槛和矿井的安全生产基础设施标准,提出了资源整合、实行采煤方法改革的新策略,明确了各级行政部门的监管责任和煤矿企业的主体责任,并且对关闭煤矿作出了具体的规定。

万柏林区积极响应国家和省、市的号召,全区改革开放以来最大规模的煤矿整顿拉开了帷幕。

关闭整顿是非常艰难而复杂的。小煤矿是西山地区村民就业、致富的主要渠道,关闭煤矿就意味着断了他们的财路,村民须另寻生活出路;部分矿主投入无回报,对关闭工作存在极大的抵触情绪;部分矿主在利益的驱动下,甚至铤而走险,在关闭前不惜违法私自组织工人生产,极易引发安全事故。同时,一部分矿井由于常年停工、停电,井口贴封上锁,井下有害气体、积水、巷道冒落等情况不明,给设备拆除带来极大的安全隐患。

尽管困难重重,压力重重,但万柏林区决策层与执行部门带着"硬啃骨头""啃硬骨头"的决心,区委书记、区长带头分片包乡落实督促,区人大、政府、政协等部门深入现场指导解决关闭过程中的问题矛盾,广泛听取和了解煤矿业主的思想动态,讲清大局,明示政策,晓之以理,动之以情,关闭煤矿协议签订工作稳步推进。区安监局、区矿业执法大队、各乡(街)安监站等多部门对关闭煤矿进行不间断的安全监管和巡查,向各关闭矿井派驻安监员,24小时值守,防止突击采掘等违规违法行为的发生。区政府聘请国有大矿的专业施工队伍入井拆除机械设备,确保拆除工作有序安全。对于个别煤矿在停产整顿期间私自出煤生产给予重拳出击,2008年3月19日果断炸毁四达沟煤矿,有力地震慑了违规违法行为。

无情关闭,有情操作,为减少投资者的经济损失,区里及时返还了采矿权价款、风险抵押金;对关闭及时的矿井给予 500 万元左右的关闭奖励资金;对拆除造成的设备损失给予 25 万元的补偿;对矿井建设中遗留的坚固、适用的办公生活用房设施,政府与煤矿签订房屋保留协议,为今后转型发展所用。这一系列的做法得到了矿主的认可,避免了矛盾的激化。

从 2001 年至 2009 年,万柏林区累计关闭煤矿 128 座(137 对坑口),唯一保留的万柏林煤矿由太原东山煤矿有限责任公司兼并重组,其余煤矿已毁闭井筒,完成关闭,移交国土资源部门。至此,从 20 世纪 80 年代后期起步,壮大于 1998 年区划,鼎盛于 2005 年,历经 20 余年的摸爬滚打,曾经为村民致富创造过辉煌业绩的万柏林区小煤矿开采业,在新形势下彻底退出了历史舞台。

2009 年 8 月 15 日,《太原市绿色转型促进条例实施办法》正式颁布实施。随着它的稳步推进,西山矿区正在向西山生态区逐步转型,万柏林的产业结构也由黑向绿转变,太原市的天空由灰变蓝,汾河水也由浊变清,一座生态宜居的园林化城市正在世人的眼前展开。

乌金之魂
——走进官地矿

作者 / 焦淑梅

1960 年 4 月 1 日,官地矿正式成立。从此,来自祖国四面八方的创业者来到这里,奏响了雄浑铿锵、艰苦创业的序曲,官地矿掀开了大规模开发建设的篇章。

官地矿办公楼对面,隔着马路是一座并不高的山,其上绿植纵横交错,山林浸染。山下,灰色的围挡上标有一排非常醒目的红底黄字"加速建设世界一流炼焦煤企业 全力打造高质量发展示范样板"。红色和黄色字幅的融入、渲染,更衬托出山的超拔和气势。

秋日的矿山分外妖娆,空气分外爽净、清新,深呼吸一两口,洗心润肺。此间,地下分明蕴藏着、生发着火的热情和热烈,有层层煤海暗流涌动,那是时间物语,是来自地壳遥远的声音和召唤。地上却天高云淡,展现出一份远离俗世的安宁,美得让人心碎,恍惚是在哪个风景区。置身此间,人生诸般烦恼全都被抛诸脑后,忘记来这里到底所为何事,甚至还有留在此地不走了的念头。

这里,距离市区几十里,一路坦途,驾车也就半个多钟头,已完全不是数年前那种提起煤矿烟雾缭绕、风沙弥漫、脏乱黑差的记忆。

生态官地矿

山西焦煤西山煤电官地矿位于西山煤田前山区东南部,属吕梁山脉中麓,地势西南高东北低。井田面积 104.50 平方千米,工业储煤量 11.2 亿吨,可采储煤量 7.2 亿吨。距太原市区 17.5 千米,行政区划属于太原市万柏林区。矿区有专运铁路线太白支线直达坑口。矿区西、南、北部与万亩生态园、狮子崖生态景区交接,周边与旅游公路、太古公路相连,交通便捷。

矿井采用平硐—斜井联合开拓方式,井田内分南、中、北三条石门大巷,延伸划分为南部、中部、北部三个区域,逐步由浅向深、自上而下开采,主要生产水平为 +1051 水平,主运输系统为 +970 主运输斜井。矿井主要可采煤层2号、3号、6号、8号、9号,属高瓦斯矿井,采用分区混合式通风方式,机械抽出式通风方法,通风系统合理可靠,矿井水文地质条件类型划分为中等（Ⅱ类）。井田面积67.3297平方千米,资源储量10.13亿吨,可采储量6.34亿吨,按照目前生产能力核算,还能服务约100年。

作为新型现代化矿井,官地矿按照"安全发展、清洁发展、节约发展、可持续发展"的全新理念,走出一条资源利用率高、安全有保障、经济效益好、环境污染少的道路。在发展经济过程中充分考虑资源和环境的承受力,既重视经济增长指标,又重视资源环境指标,努力促进人与自然相和谐,加强矿区生态建设和环境保护。

几次走入官地矿区,感慨于其观瞻的无边青绿和生产、生活的井然有序。环境治理方面,官地矿分两部分内容开展:工业区环境和生活区环境。

我们先来看看工业区环境。

一是地面环境治理。对矿区路面进行拓宽、硬化,道路两旁安设了工艺路灯;二是打造精品空间,在矿区主要道路和建筑上装设文化牌板、霓虹灯,在办公楼、福利楼建立企业文化走廊;三是开展清洁工程,在广场和各街道建立垃圾站,定时清扫街道、处理垃圾,洒水车定时在矿区主要街道进行洒水,防尘灭尘;四是矿区绿化带来的显著变化。由矿区内部向矿区边坡地带延伸,修建街心公园,增设健身娱乐设施,在办公场所、主干道修建花池、种植花草和观赏树木,美化绿化区域,丰富绿化内涵,形成"一街一景观,一路一特色",使矿区绿化覆盖率达50%。每年植树节期间,官地矿都会组织职工在矿区南、北山开展义务植树活动,将矿区森林覆盖率提高到60%以上。这就可以理解,为何初次深入矿区的我,行走其间,会有一种游园的梦幻感。同时,治理矿区"三废"和地表沉陷,加大对采煤沉陷区治理及生态恢复力度,有效防止了土地的荒漠化、水土流失和水资源破坏。

2006年,官地矿实行集中供热后,拆除了河涝湾朝南锅炉房、朝北锅炉房、官地四楼锅炉房、九院锅炉房、东大巷锅炉房以及大小烟囱5处,矿区空气质量得到明显提高。同年,根据棚户区改造进度,开始将矿区内小平房逐步拆除,将砖土、垃圾运往山沟填埋,在原地进行平整绿化,种草种树,彻底改变了矿区脏、乱、差现象。另一方面是矸石山治理。1984年,官地矿矸石山停用后,对矸石山进行绿化治理,栽种各种树木1万余株,改善了矸石山的生态环境。

再来看看官地矿的生活区环境。

官地矿所管辖的职工家属住宅区大致有3种类型:一是比较集中的铁北、朝北、建北、朝南、新五三居民住宅小区;二是官地矿沟内依地形建设的线状型、松散式住宅楼;三是散布在矿工业区周边山上的居民自建房。根据实际情况,官地对职工生活区按照不同类型、不同地理地形条件,进行科学规划,分别改建。

1960—1965年,官地矿修建了7~12楼职工宿舍,修建了南山、北山12排瓦房。1970年随着职工人数的增加,在白家庄矿新五三街、桃杏村口、官地四楼建起十几排排房和几十间窑洞。1973年,国家针对官地矿长远发展规划,拨专款在河涝湾新建20栋家属住宅、官地14号家属楼。1984—1987年,建成九院沟1~4号楼,建成河涝湾朝北街小区13栋楼。1990年后,建成铁北404小区1~16楼,17~26号楼,油库小区2栋楼,406小区27~30楼。

2006年起,国家号召彻底解决煤矿职工棚户区住房问题,官地矿从拆除新五三街12排瓦房开始,对矿区所有棚户房和危房住户进行改造,全面铺开棚户区改造工作。

近年来,根据太原市城市建设总体规划,配合西山生态园林区建设进展,结合国家对煤矿采空沉陷区整体搬迁工程的部署要求,同步对铁北、朝北、建北、朝南、新五三小区进行改造,增加了绿地面积,扩建了文化活动场所,安装了景观照明灯具。在完善与职工家属生活休闲娱乐密切相关的设施上、功能上不断增加投入,将影响小区视觉美观的照明、供电、通信线路全部改装埋入地下,充分体现休闲、温馨、安静的特点,建设了亭、廊、喷泉、健身场地。逐步将朝南小区使用年限超限的住宅楼拆除重建,在拆迁改造过程中严格按照国家建设标准,结合北临虎峪河、西山公园的地理优势,建设成为仿汾河公园水系,与西山公园相连成片的新型园林化住宅区。

把官地矿建设成为环境优美的现代化矿井,是官地矿可持续发展的重要内容。经过一代代官地人的努力,今天的官地矿已然旧貌换新颜。从矿区办公楼出来,但见车马喧哗,市井之声熙攘,一片繁华。还有一道"乌金门",成为远近闻名的景点。

"乌金门"位于官地矿十六楼右前方,四柱三楼仿唐古建结构,宽 11.38 米,高 15.8 米,牌楼正面和背面都镶嵌着鎏金楹联,正面是"官勤民乐众志成城兴大业,地厚物丰岁通年华耀千秋"。横批"人杰地灵"。背面是"天绕祥云辈出英才荣盛世,山迎紫气甘输光热系民生"。横批"物华天宝"。乌金门气势宏伟,以无声的真诚注视着官地矿建设者们默默奉献、进进出出的身影。象征着官地矿兴旺发达,蒸蒸日上;预示着煤海广阔,乌金滚滚。

一道"乌金门",连接起官地矿的前世今生,官地矿从何而来? 又经历了怎样的发展历程呢?

美丽的传说

在距太原市西南 17.5 千米的一个山坳里有官地村,村名的由来最早就与煤矿有关。据《太原市河西区地名志》记载:"相传清朝时期,有姓路和姓郭两家合开一煤窑,后卖给一家姓官的人家。官家在此基础上将煤窑规模扩大,始称官窑,官窑附近的地域也被人们称为'官地'。"

中华人民共和国成立时,官地村附近就有小煤窑,其中靠村子里面的是后官窑,靠村子前面的是前官窑。1954 年之前,西山煤矿在官地村前官窑附近开了一座煤窑,因井口开在官地村附近,故沿用了"官地"二字,人们习惯地把它叫作官地坑。1960 年,在官地坑的基础上成立官地矿。

官地井田内沟谷纵横,煤炭资源储量丰富,可采煤层均为黑色。关于其煤的来源,还有一个美丽的传说。

很久以前,在太原西山官地深山沟里有座小寺院,寺内住着一个老和尚和几个小和尚。每天诵经之外,小和尚们还得上山砍柴和割草,柴用来生火,草用来喂牛。小和尚西善年龄最小,轮到他割草时,往往到中午还回不来,常常误了吃饭。为了找到更多的草,西善越走越远。一天,他来到一个小山洼,那里长着大片大片茂盛的青草,他高兴得一口气割了一大捆。累了,坐下打歇时竟然睡着了。醒来后,眼前的情景使他万分惊奇:割过草的地方分明又青草葱茏。

日久天长,大家感到奇怪:他为何每次都能满载而归? 于是悄悄尾随西善去看个究竟,发现秘密后回去告诉了老和尚。老和尚来到小山洼,左看右看,思索半晌,醒悟了什么。命小和尚回去拿镢头刨,竟然刨出一个二尺见方的双耳黑石槽。老和尚抱着黑石槽回到寺院,放在厨房,抓一把稻米放进去,黑石槽里很快就出现满满一槽稻米。从此,和尚们衣食无忧。这事很快被衙门知道了,就命令老和尚把石槽交出。老和尚舍不得,但又不能抗命,决定把黑石槽远远地藏起来。他抱着黑石槽跑到后山,看到寸草不生的地方唯独中间长着一棵不大不小的松树。为了便于寻找,他就把黑石槽埋在松树下,暗记心上。县官见他迟迟不交,派了衙役来到寺院。老和尚刚开始说没有,可实在受不住衙役们棍棒威逼,只好带他们去后山。可他傻了眼,原来光秃秃的山坡上松树成林,满眼苍翠。没找到黑石槽,他们只好垂头丧气地回去。这样,聚宝盆就被永远埋在西山的崇山峻岭之中,它生产黑金,成为永不枯竭的煤炭宝藏。聚宝盆的两个耳子一个变成了石千峰,一个变成了庙前山。也就从那时起,在官地后山有了一大片松树林子,直到现在还郁郁葱葱。

神话中蕴含一种想象力,虽不同于史实,但也承载着一种民间向往。一个有美丽传说的地方,一定也有传奇的精神在。

且看官地煤矿在历史画卷中留下的足迹。

悠久的开采历史

官地井田具有悠久的开采历史。据唐代日本僧人圆仁在《入唐求法巡礼行记》中记载："太原府……出城西门,向西行三四里,到石山,名为晋山,遍山有石炭,近远诸州人尽来取烧。料理饭食,极有火势。见乃岩石化为炭,人云天火所烧也。"晋山,即今官地矿区风峪沟一带。又据山西地质资料载:"本煤田远在唐宋年间,即有土窑开采。"后经地质工作者调查,官地附近的段村沟窑就是唐宋年间开凿的。南宋初期,在晋阳城住过17年的朱弁曾写过一首《炕寝三十韵》,其中的"西山石为薪,黝色惊射目。方炽绝可迩,将尽还自续,飞飞涌玄云,焰焰积红玉。"正是对西山煤炭包括官地煤炭的形象描述。明代,官地矿区民间开办小煤窑已成风气,煤炭不仅成为一般百姓日常生活中不可缺少的燃料,而且已用于炼铁和烧制石灰。清代,可以说是古代采煤业发展的鼎盛时期,无论是煤窑数量和煤炭产量,还是煤炭生产技术,都达到了前所未有的水平,仅官地井田就有前官窑等十几处小煤窑。民国初年,受高额利润的刺激,山西的一些官吏、地主、商人纷纷把目光盯住了煤炭开采业,把开办煤窑当作生财之道而趋之若鹜。其时的西山矿区,所谓九峪十八沟,已经是"峪峪走车马,沟沟有煤窑"了。中华人民共和国成立后,地质勘探部门进行矿产登记时,官地矿区登记有包括后官窑在内的小煤窑60多处。

中华人民共和国成立后,党和政府非常重视煤炭工业的发展。1951年,地质工作指导委员会太原矿产调查队,对官地井田进行调查。经过地质勘探,山西省人民政府委托北京煤矿设计院,在官地井田确定了井口位置。1954年3月,在中组煤露头处七尺煤层的底板上开凿了官地一号平硐,当时的全称是山西省人民政府工业厅西山煤矿官地坑。随后,抽调西山煤矿白家庄坑人员集中力量开拓官地坑大巷,送出了第一个工作面。1956年,一号平硐(官地坑)正式投产,官地矿随之成立,并被北京煤矿设计院确定为改建矿井,设计综合能力为 90 万吨 / 年,企业性质由地方省营改为国营。同时,在后官窑的基础上开凿南副坑。1956 年 10 月,因为种种原因,官地矿被迫停产。1957 年 6 月,官地矿改为官地坑,由白家庄矿代管,边建设边生产。与此同时,地质部华北 215 队(今 148 队)完成《官地精查勘探地质报告》一书,为官地矿以后的发展探明了道路。随着生产、运输、资金等各方面条件的成熟,官地矿组建再次被提上议事日程。

1960 年 4 月 1 日,官地矿正式成立

1960 年 3 月,煤炭部指示西山矿务局重新组建官地矿。1960 年 4 月 1 日,官地矿正式成立。从此,来自祖国四面八方的创业者来到这里,奏响了雄浑铿锵、艰苦创业的序曲,官地矿掀开了大规模开发建设的篇章。

第一次改扩建。1967 年开凿九院平硐,一部分资金由西山矿务局给予补贴。1972 年 3 月,九院平硐井下工程完工,使用资金 616 万元。1972 年,在一号平硐不能适应扩大生产能力的情况下, 西山矿务局革命委员会向山西省煤炭化工局呈报《关于官地矿扩建的报告》。2 月,由山西煤炭化工局批准改扩建,批准文件为晋煤化发〔1972〕第 614 号,开始矿井改扩建,设计综合生产能力由 90 万吨 / 年扩建到 180 万吨 / 年。6 月,将一、二号平硐生产系统合并,合并后由二号平硐单井口出煤。一号平硐主要用于进风、运料、进大型设备等辅助运输,形成南、北、中三条大巷开拓延伸布局。 1973 年,井巷工程开始,正前巷延伸 3000 米,南大巷延伸 1170 米。在正前巷 1350 米处 1051 水平,又向北开拓北大巷,北大巷开拓到 1350 米时,转向基本平行于正前巷,开北区大巷,形成以正前大巷为龙头,南北大巷为两翼,纵横交错、互相配套的巷道系统。

九院平硐副巷、北大巷副巷、北区副巷、北大巷通风斜坡和东大巷通风道等工程竣工,牛头嘴风机房系统建成使用,其他主要通风配套工程完成。

生产能力为 30 万吨 / 年的中一采区和生产能力为 60 万吨 / 年的北三采区建成投产，使矿井生产能力由 90 万吨 / 年提高到 180 万吨 / 年。

1975 年，全矿提前一个月，超产 1849 吨完成全年 160 万吨的生产计划，并以全年产煤 181 万吨的优异成绩，实现产量翻番，一矿变两矿。总进尺 31659 米，开拓进尺 2422 米，提前一年实现矿井改扩建工程年产原煤 180 万吨的设计能力。

1976 年，以上改扩建工程完工。

1977 年 12 月，国家煤炭工业部〔77〕煤生挖字第 132 号文件，批准官地矿挖潜的总体方案：1980 年原煤产量达到 280 万吨，1981 年达到 300 万吨。

1978 年，官地矿环节改造开始。环节技术改造中心是增加中四采区，净增矿井生产能力 60 万吨 / 年，由 180 万吨 / 年设计能力增加到 240 万吨 / 年。以 2 号、3 号、6 号为开采对象，可采储量分别为 22 万吨、437 万吨、747 万吨，可采年限为 60 年。环节改造工程包括巷道开拓工程、通风改造工程、机电改造工程、运输改造工程。巷道开拓工程主要开拓井田基本巷道、采区基本巷道和准备巷道，开拓一条 1355 米的副平硐，共计 11000 多米。通风系统主要建设周家庄进风井、中谷嘴回风井以及九尺回风道，建设中谷嘴 450 平方米的风机房，开凿北石崖风井。机电改造工程主要是改革供电系统，建设 35 千伏变电站。运输系统主要在井下建成岩石顺槽、溜煤斜坡及超前顺槽等，在井上建成卸载坑、地面煤库运输二系统和西边筛选楼，增加一趟上仓皮带，将 2 吨矿车全部改为 3 吨底卸式矿车。地面铺设 2 千米的洒水管路，井下铺设 2 千米的洒水管路。扩建地面涵洞，完成 200 码排矸线结尾工程。

1979 年，西山矿务局给官地矿下达年生产原煤 244 万吨的生产计划，实际生产原煤 277 万吨。提前 48 天完成 244 万吨的国家生产计划，实现一矿变三矿。

1980 年，矿井实际生产原煤 311.3 万吨，远远超出年产 240 万吨的设计能力。

1981 年实际生产原煤 337.3 万吨,超出要求生产水平 40.5%。这一年,第一次改扩建完工,使用资金 2716.83 万元。

第二次改扩建是 1982 年,官地矿为给环节技术改造补缺配套,扩建北三采区,向国家煤炭工业部提出实施第二次改扩建申请报告和技术规划。设计综合生产能力由 180 万吨 / 年扩建到 330 万吨 / 年,净增加 150 万吨 / 年生产能力,包括完善中四采区年产 60 万吨补缺配套工程。5 月,国家煤炭工业部下发〔82〕煤生字第 529 号《关于官地矿 180 万~330 万吨 / 年技术改造初步设计》批复。官地矿第二次改扩建工程正式全面展开。

巷道工程 1051 北大巷和副巷,分别延伸 777 米和 867 米,开拓一些配套巷道,总计 2939 米。井筒工程,开凿 296 米北石崖回风井和 656 米进风口,以及风道、车场等,总计 1091 米。

供水系统 铺设往返供水管路 6000 米,从小南坑引水至九院沟两个 200 立方米加压水池,加压后,输送到北石崖 500 立方米的岩石巷道水仓再次加压,然后供至各工作面洒水灭尘,形成完整的供水系统。

通风系统 建设 500 平方米北石崖风机房,安装 2 台直径 2.8 米,功率 1000 千瓦的抽风机。

压风系统 建设 496 平方米九院沟压风机房,安装 2 台 100 立方米的压风机。

供电系统 建设九院配电所,改造供电线路。架线 1000 米,从北石崖风机房供电至北三采区。

暖风系统 建设九院沟 424 平方米和东大巷 378 平方米 2 个井口采暖锅炉房及相应配套设施。

安全系统 建设由电子计算机控制的安全监控系统,配备监视器等先进监控设备。

生产设备 购置 3 套国产 170 型综合采煤机、3 套奥地利柴达维克厂的 AM-50 型煤巷掘进机、1 套岩巷掘进作业线设备和大量生产设备。

通信系统 建设 1000 平方米通信大楼,架设 9 千米通信线路,安装 1000 台自动交换机。

交通系统 建设河涝湾电车队的车场、喷漆车间、大修实验室、办公楼及 2 个整流室,共计 2187 平方米,购置 10 辆无轨电车。

地面工程 建设 1198 平方米的综采设备库、997 平方米的金属支架车间、1423 平方米的材料库和 1446 平方米的九院运输调度楼等。建成 10465 平方米的九院新福利楼,建成 5682 平方米的俱乐部。完成矸石山灭火工程,建设污水净化站和复用水系统工程。

1985 年,第二次改扩建完成,使官地矿核定生产能力由年产 240 万吨提高至 330 万吨,使矿井机械化程度提高到 92.8%,特别是综合采煤机械化程度提高到 70.6%,实现了以综合采煤为主力阵容的机械化生产矿井。1986 年,官地矿生产原煤 402 万吨,首次突破年产 400 万吨大关。

第三次改扩建。1987 年,官地矿建成现代化矿井。6 月,官地矿委托的西安煤矿设计研究院提出矿井改扩建设计方案,井田范围包括生产区、扩区及风峪区西北部,面积约 72.4 平方千米,矿井设计能力由 330 万吨 / 年提高到 600 万吨 / 年。

1988 年 3 月,由国家煤炭工业部以〔88〕煤生字第 262 号文批准。初步设计矿井扩建生产能力 270 万吨 / 年,综合生产能力达到 600 万吨 / 年,扩建总概算投资 24169.63 万元(包括现代化矿井补套工程)。1988 年初,完成现代化矿井建设各项主要指标,实现采煤综合机械化、全面质量标准化、调度通信现代化、安全监控自动化、巷道支护金属化、职工教育正规化、生活服务社会化、矿区环境园林化,率先进入全国煤炭系统第二批 13 个现代化矿井行列,树立官地样板。1989 年,生产原煤 413.8 万吨,第六次连续荣获全国统配煤矿单井口产量第一名,被誉为亚洲单井口产量"第一大矿",跨入国家煤炭工业二级企业行业。

改扩建主要包括:

采用平硐、斜井联合开拓方式，新增970下水平主皮带运输斜井；完成北四采区开拓，架空线安装，电缆铺设，乘人车开通等工程；更换运输大巷重轨；完善并装备北四采区右翼系统；改造九院工业广场、选煤楼筛选系统和矿井选矸系统；建设北石崖风炉和风峪沟风井；完善井下、井上电器保护装置；建设无油真空化硐室；在矿调度室安装工业广场和矸石山视频电视，安装井下安全监测监控系统，使用微机进行管理；完成污水净化站净化复用水系统工程；建设标准化矿井。

1994年，更换3条大巷及九院车场重轨12088米，非标道岔102副。1995年，完善井上、井下电器设备各种保护装置，建设无油真空化硐室。完成北四采区巷道开拓、架空线安装、电缆铺设、乘人车开通等工程，北四采区投产。官地矿第三次改扩建基本完成，新增生产能力30万吨／年，生产能力由330万吨／年提高到360万吨／年。

第四次改扩建是2002年，官地矿通过提高各生产环节系统能力，实现规模化、集约化生产，将矿井生产能力扩大到400万吨／年，实际生产能力达到500万吨／年。

按设计方案，矿井继续采用南中北基本平行的三条石门开拓生产系统。将中部采区作为矿井主力生产区，中大巷继续向前延伸至7500米处的中七采区，大巷从中六采区向前延伸至齿轨车负装站后，按8°斜坡延伸至6号煤附近，适当穿层，布置轨道运输大巷。轨道运输大巷至上组煤40米左右，和下组煤30米左右，开采上下组煤时分别作材料坡，为中七采区、北五采区开采提供辅助运输条件。中六采区、中七采区工作面顺槽走向达到1400～1600米。南部采区作为主要生产区，为解决南六采区辅助运输问题，南大巷延伸3100米，开凿一斜坡与2号煤轨道巷沟通。南五采区皮带巷延伸至3000米，延伸南六采区2号配煤巷及皮带巷。南部采区向中下部转移。同年，970水平工程恢复建设。正前大巷延伸工程开工。

2004年4月，完成地面矿车轨道、改移高压线、驱动机房、变压器室、缓冲仓、钢筋混凝土圆筒浅仓、转载皮带、高低压配电室、高硫煤皮带栈桥、1 号低硫煤栈桥、2 号低硫煤栈桥、17 号转载站、空气加热站、地面 480 米皮带、给煤机房等工程。10 月,正前大巷向前延伸 2100 米,总长度达到 7600 米。11 月,南大巷延伸工程开工。

2005 年 4 月,970 水平工程完工。完成中央水仓、中央水泵房、中央变电所、中部扩区皮带巷及机尾联络巷、1021 水平配煤皮带巷、中六采区集中煤仓、970 水平 1 号及 2 号主煤仓、中六采区轨道巷、中六采区皮带巷、中六采区回风巷等工程。5 月,970 水平主皮带巷投入使用。7 月,970 水平南一皮带巷投入使用。

第四次改扩建使矿井采掘综合机械化程度提高到 100%, 新增能力 140 万吨／年,生产能力提高到 500 万吨／年。

官地人 官地情

煤炭是千百万年来植物的枝叶和根茎, 在地面上堆积而成的一层极厚的黑色腐殖质,由于地壳变动不断地埋入地下,长期与空气隔绝,并在高温高压下,经过一系列复杂的物理、化学变化等因素,形成的黑色可燃沉积岩。煤,产自沧海桑田,最终融入火热的生活,感知着采煤人的欢乐与忧伤。

2008 年 10 月 4 日至 15 日,央视一套黄金时段热播的 23 集电视连续剧《黑金地的女人》,是以她的事迹和精神为原型创作和拍摄的。

她是韩元娥,官地矿一名矿工的妻子。刚开始和我们说话时,她目光低低的,声音也低低的。当话题一转到电视剧《黑金地的女人》时,一下子像被点燃的爆竹,声音响亮了许多,双眼顿时奕奕有神,刚才窝着的腰不自觉地就挺得展展的,脸上泛起一片红晕,并且在之后一个多小时的聊天过程中始终保持着好看的红润,仿佛我们不是在官地矿宣传部办公室里,而是在她志愿服务的矿井井口。

作为一名矿工的妻子,仿佛这些年来,她过的日子跟担惊受怕不沾边,她从不曾吃苦,不曾受累,所有的汗水、所有的辛酸、所有的付出、所有的牵挂,就是生活本来该有的样子。

这么多年,风里雨里,黑天白夜,她一直坚持不懈地做义工。"为矿工兄弟们服务,韩师傅还常常自己贴钱哩!"一旁宣传部的苗工说。

刚来矿上那会儿,丈夫上班,她一个人在家。后来有了孩子,她和孩子在家。爱人每次下井工作时,钟表的指针咔嚓咔嚓一圈圈转动,那连贯而又脆生生的声音让她的神经一点一点收紧,心提到嗓子眼。于是,她决定不再一味无助地在煤矿附近那座山上望眼欲穿地盼郎归。某一天,她掐着下班的时间点,大着胆子,提了一壶热水,带着搪瓷缸,惴惴不安地来到井口,张望着,寻找着,等自家男人。只为他一出井口,就能喝上自己亲手捧上的一杯热水,暖暖身心。她还记得夫妻两人第一次在井口见面的那一刻,爱人心花怒放,觉得天上的嫦娥也没自己的媳妇好看,脸上溢出的幸福就是满面煤黑也遮挡不住。后来,不知不觉,一个、两个、三个,好多矿工的妻子都跟着加入进来。她们不仅送开水,在炎炎夏日还送绿豆汤、稀饭;后来,开始给矿工们缝补、浆洗衣服,制作和发放防水鞋垫。不久之后,她们的行为得到煤矿工会的认可与支持,敲锣打鼓成立了官地矿志愿服务队,开始在井口像模像样地"营业"。

日月如梭,几十年过去,官地矿已然发生了日新月异的变化。而韩元娥这些矿嫂们,经年累月地践行当初的想法,把爱心延伸和传承下来,成为官地矿井口一道独特的风景线,成了官地矿一张响亮的名片。2006 年,韩元娥荣获"全国好矿嫂"荣誉称号。

官地矿还有一个由女性成员组成的团队,带头人叫姚春红,被亲切地称作官地矿的"护眼人"。自 1985 年参加工作以来,她扎根煤海,服务矿工,在充电工的岗位上一干就是 30 年,从没有出现过不完好矿灯下井的情况。

她敬业爱岗，带领全队 78 名女职工负责井下 5200 盏矿灯和 4000 台自救器的管理、收发、维修、检查等工作。她努力钻研业务，解决了充电架老化问题，为全矿节约资金 28 万元，并于 2006 年 3 月获得国家专利。她无私传艺，将自己所知倾囊相授给徒弟们，以工匠精神潜移默化地影响着身边的工友。为解决井下单独作业人员的用灯安全问题，她查阅有关资料，经过多次试验，牵头研制出带有应急照明装置的矿灯，获西山科技创新一等奖。她在平凡的岗位上时刻闪耀着不平凡的光辉，她经手的盏盏矿灯也照亮了她的芳华，把自己也活成了一盏明亮的矿灯。

参加工作以来，姚春红先后获得山西省第五届青工技术比武第一名，山西省十大杰出女职工荣誉称号，山西省五一劳动奖章；获得全国女职工建功立业标兵、全国五一巾帼标兵的光荣称号，获得全国五一巾帼奖章、全国五一劳动奖章；被评为山西省第十次党代会代表，感动中国百名矿工。

接下来进入我们视角的是官地矿著名的"采煤机神医"栗俊平。

官地矿有个统计，栗俊平平均每年要抢修处理采煤机大小故障近百次。由于他娴熟的抢修技术和准确快捷的判断，缩短抢修时间 300 小时，多生产原煤 7 万吨，价值达 700 余万元。

他创造的"选点、定面、树标杆"的采煤机管理办法，共发现采煤机大小隐患 2268 条，及时果断处理 2267 条，其中重大隐患 38 次，减少了采机停产事故 159 次，赢得开机时间 636 小时，多产原煤 12 万吨，价值 1300 万元。他在实践中总结出"听声音、摸温度、看运行、量数据"的采煤机故障判断法，使采煤机故障抢修时间大大缩短。

2000 年，栗俊平被国家劳动和社会保障部授予全国技术能手荣誉称号；2002 年获得中华技能大奖，成为全国煤炭系统、山西省获此殊荣第一人；2003 年获山西省五一劳动奖章和全国五一劳动奖章；2004 年获山西省特级劳动模范荣誉称号；2005 年获全国劳动模范荣誉称号；2006 年被评为中国高技能人才十大楷模。

为了提高维修技术,栗俊平翻烂了多少本专业书籍? 熬过多少个不眠之夜? 为了掌握先进的维修技术,走过多少个地方求学? 这些,我们不得而知,他自己也无法计算。10 万多字的学习笔记本,一摞一摞,是他钻研维修技术的见证。他把多年积累的实践经验,撰写成 20 多万字的《AM500 型、MG300-W 型、MG200-WI 采煤机操作与抢修》一书,2003 年 10 月出版,作为全公司职工的培训教材。2004 年他又被列为《综采司机》《综采维修钳工》两本书主要撰写成员之一,为提高广大职工技术水平,推进官地矿创建学习型企业作出突出贡献。

无论严寒酷暑,风霜雨雪,抑或白天黑夜,只要队里的采煤机有故障,栗俊平一定是第一时间奔赴井下,人们都说他是"全天候的维修工"。1996 年 8 月 4 日,官地矿遭受百年不遇的特大洪水灾害,正在井下工作的他,被困井下 36 小时,生命经受了严峻考验,所幸最终死里逃生。矿里体恤他,调他到地面工作,他拒绝了。直到退休,他一直战斗在采煤机抢修工作的第一线。

"虽然井下维修工作辛苦,但我热爱这个岗位。"栗俊平说。每台经他手维修过的机器,比如沙基姆采煤机,比如 MG-300W 采煤机,比如 MG-360 型采煤机……他都记忆犹新,历历在目,它们宛如他的工友、伙伴,有着深厚的感情。几十年来,他维修过的采煤机从落后到先进,从单一到综合,从低级到高级,构造和功能从简单到复杂,我们从中可以看到一条官地矿科技兴矿的发展之路,感受到官地矿在时代变迁中科技推动发展的强大力量。

特别是改革开放 30 年来,官地矿重视专业技术人员及技术工人队伍建设,在对矿井几次改扩建及选煤厂建设中,不断采用新技术、新工艺、新材料、新设备,采煤、掘进、支护、洗煤等各个生产系统的工艺和装备不断进步,走在了全国煤炭系统的前列,达到国内先进水平。

进入 21 世纪后,官地矿实施水平接替和环节技术改造工程,合理调整采掘衔接,引进国内领先的岩石作业线和大功率、智能化综采设备,建成 970 集中皮带运输系统,矿井生产效率大幅提高。三个综采队全部达到年产百万吨以上,其中综采二队建成年产150万吨以上,综采三队建成年产200万吨以上的明星队组。

从1960年正式建矿,到现在成为一个集丰富资源、精良装备、规模化生产和优质产品为一体的大型矿井,官地矿发生了翻天覆地的变化,走出了一条艰辛又曲折、光辉又灿烂的发展道路。

乌金之魂

"忆往昔峥嵘岁月稠。"无论在改革开放初期,还是在深化市场经济建设的大潮中,官地矿党委始终围绕中心、服务大局,坚持把安全生产作为一切工作的出发点和落脚点,始终重视和加强党的自身建设,通过开展"党员责任区、党员身边无事故""安全宣传活动日""女工协管""机关科室包队"等活动,为矿井安全生产保驾护航。

1983年至2006年,矿工会六次蝉联全国"模范职工之家"称号;1989年、1996年,官地矿党委两次被中组部命名为"全国先进基层党组织";1992年,被中煤总公司授予"全国思想政治工作先进单位"荣誉称号;2003年和2005年,被中国煤炭工业部命名为"高产高效矿井"和"全国文明煤矿";2005年,被评为"全国煤炭系统文明煤矿"。

"凿开混沌得乌金,藏蓄阳和意最深。爝火燃回春浩浩,洪炉照破夜沉沉。"进入21世纪,官地矿的技术水平日益提升,管理经验日趋丰富,生产能力、社会认知度不断提升,品牌效应、文化魅力日趋显现,焕发着蓬勃生机。

失落中的荣光
——白家庄矿与太原西山的铭记

作者 / 刘利平

矿区的日子并不富足，但却是我们成长的摇篮。清晨，当第一缕阳光照射在矿山上时，整个矿区都被一片灰尘所笼罩，仿佛昭示着一天的辛劳和挑战。

我在矿区度过了十几年的童年和少年时光,如今想起那个地方,不禁沉浸在无尽的回忆中。

矿区的日子并不富足,但却是我们成长的摇篮。清晨,当第一缕阳光照射在矿山上时,整个矿区都被一片灰尘所笼罩,仿佛昭示着一天的辛劳和挑战。我依稀记得那些背着工具、脸上沾满黑煤灰的矿工,头灯闪着耀眼的光芒,出现在坑口,他们身体力行,对工作充满了敬畏和责任感。

一年四季,我总能听到矿车行驶的声音,伴随着机器的轰鸣,它们一次次地将煤炭从地底运往地面,为城市发展贡献着力量。

在矿区长大,各种严峻的条件和环境,也培养了我坚忍的意志和勇往直前的精神。

二十几年后,当我回忆起矿区的点滴时,还是会感到一阵温暖和感激。那里不仅是我成长的地方,更是塑造了我坚强、勇敢和乐观灵魂的摇篮。尽管离开了矿区,但我深深地怀念那里的人和事,他们教会了我如何去面对生活中的困难与挫折,他们的身影永远铭刻在我的心中。

矿区给予了我成长的土壤,让我懂得了勤劳、坚韧、团结与感恩。我将永远怀念那片曾经繁忙而辛劳的土地,它见证了我的付出和成长,塑造了我的坚强和乐观。

1.转型和脱困

白家庄矿业有限责任公司位于太原市西部、吕梁山东麓,拥有得天独厚的地理位置和丰富的资源条件,是西山矿区最早开采的矿井之一,其历史可以追溯到 1934 年。经过多年发展,该公司于 2005 年进行了重组改制,成为山西西山白家庄矿业有限责任公司。截至 2015 年底，公司共有 3080 名在册职工、3584 名离退休人员以及 2241 名其他被供养人员，包括抚恤人员、临时工等。作为一座有着 80 多年开采历史的老矿，白家庄矿业公司经过多年的努力，已经成为山西省煤炭产业的重要组成部分，为国家经济发展、能源供应稳定做出了重要贡献。然而，随着国家去产能政策的不断推进，白家庄煤矿面临关闭的命运。

2016 年 10 月，有着 82 年历史的白家庄矿成为中国煤炭去产能的第一批关闭煤矿之一。其中的南坑和二号井两个井口全部关闭，总共退出产能 100 万吨。三分之二的人员被调动到其他地方，剩下的人留守矿区保护资产，留守的员工每个月只领取基本工资。

2016 年 8 月 5 日之前，白家庄矿业公司就停止了井下采掘活动。为了确保安全生产，他们有条不紊地完成了南坑井的工作面回撤，同时，二号井也在进行结尾工作，以便进行设备的拆除和巷道的回撤。

对于白家庄矿业公司来说，井下工作面的快速安拆设备修造将成为主要的转型发展方向之一。公司已交付了多批订单，通过安装设备的维护检修，努力实现业务转型和发展。尽管关闭煤矿让许多职工感到意外和遗憾，但他们仍在努力适应变化，寻找新的发展机遇，为员工安置和产业转型做出努力。

2.机遇和挑战

对于集团公司来说，白家庄煤矿的关闭意味着要面对巨大的变革和转型。他们主动拥抱变化，采取了一系列措施来应对挑战，例如推进创业创新、合作劳务派遣等，这些举措不仅帮助职工找到了新的就业机会，也为转型升级提供了实践经验，对其他行业的去产能有着积极的借鉴意义。

白家庄煤矿遗址将转型为一个国家矿山公园，引进文旅文创产业、现代服务业、中国国家战略性新兴产业等项目，为山西省煤炭产业的新旧动能转换提供示范。

对于矿工们来说，矿山的关闭带来了分流和转岗的现实，需要他们面对新的职业挑战。他们有各种机会选择自己的发展方向，例如进入公用事业、参与高新技术项目等，这不仅为他们提供了新的就业机会，也推动了产城研融合的发展。

山西焦煤集团为此制定了十项安置措施，保证员工"转岗不下岗，分流不失业"，同时还建立了"双创"基地，提供就业岗位和创业平台。滴滴出行也和焦煤集团合作，探索综合帮扶措施，并投入 3000 万元专项资金，奖励满足条件的职工并为他们提供专项培训。对于社保问题，焦煤集团会继续为职工提供社会保险和基本生活保障，滴滴则提供车辆并扣除购置费。

在职工分流安置的过程中，工会组织发挥了重要作用。他们积极参与制定分流安置政策，为职工家属提供帮助和支持。通过组建职工家属联盟，建立互帮互助的机制，解决了职工家庭所面临的各种困难。工会的关注和支持，让职工们在面对困难和挑战时感受到了温暖和力量。

可以说，关闭煤矿意味着结束，但也意味着新的开始。

王玉宝是西山煤电党委书记、董事长，2019 年 1 月期间，他前往白家庄矿业公司进行调研工作，并提出指导意见，希望该公司能够实施转型发展、推进公园建设、转岗分流和改革改制等工作。鼓励全矿干部职工要进一步树立责任意识和实干精神，努力使白家庄矿业公司走出困境，焕发新的生机。

3.建设国家矿山公园

太原西山国家矿山公园建设在即，白家庄村的整村拆迁标志着这一项目的初步实施。该公园是全国难得的位于省会城市的高级矿山公园，选址白家庄村的原因是其地理位置优越，矿山历史悠久，且拥有丰富的矿业遗迹。

该项目的实施将改善白家庄村的居住环境,带动农民收入增加,并成为地方经济发展的新增长点。太原西山国家矿山公园的规划面积约7.16平方公里,将成为一个集矿山遗迹保护、科普教育、休闲娱乐、科教考察、旅游观光等功能于一体的主题公园。公园将分为南北两个区域,提供丰富的游览体验和活动内容。这一项目的建设将为地方经济发展和旅游业提供新的发展契机。

矿山公园,会是一个充满魅力和看点的地方。

在这里,游客可以进行井下体验采煤,穿上矿工服,戴上矿灯帽,手持采矿工具,领略煤海的奇异风光。通过这种特殊的体验,游客能够更深入地了解采煤的过程和技术,感受井下的真实环境。

矿山公园附近有丰富的地质宝藏,包括煤岩矿脉、矿物、岩石标本等。这里曾吸引了许多著名地质学家开展研究。公园建成后,这些地质宝藏将得到保护,游客可以近距离观赏并了解地质、地貌的魅力。

公园中还保留着一些历史遗迹,例如西北煤矿第一厂办公旧址和日式建筑的房屋群。这些历史遗迹将成为公园的观赏点,让游客感受到沧桑的历史韵味。

矿山公园还将建设一个矿山博物馆,展示煤炭开采的历史、机电设备和西山地区的民俗文化,游客可以通过展览、实物和故事,全面了解西山矿区的发展历程和特色文化。

此外,公园内还将设立大型采摘区,种植各种水果树,让游客在这里享受农家乐的乐趣,亲手采摘水果,品尝新鲜的农产品。

最引人注目的是矸石山,利用废弃的煤矸石建造而成,外观酷似日本的富士山。游客可以在这里欣赏到异国情调的风景,感受与众不同的体验。同时,公园内还设立了不同含义的石文化景区,如象征美好祝愿的"爱情石""福石""寿石",以及象征友谊和亲情的"朋友石""姐妹石""兄弟石"等奇石。

4.精神和传承

傅昌旺是白家庄矿历史发展的见证人之一。他出生在山西省忻州市一个贫困农民家庭,1949 年加入解放太原支前民工队伍。1953 年进入太原西山矿务局白家庄矿工作,并于 1971 年加入中国共产党。因勤奋工作和出色表现被赋予"矿山铁人"称号,留下"地球转一圈,他上两个班"的事迹,后来成为第六届全国人大代表,为新中国工业建设做出突出贡献。他的故事在百里煤海传颂开来。

傅昌旺从白家庄矿木料场扛料工做起,那时的工作是将丈二圆木运送到井下。每根圆木都重达百八十斤,但他总是毫不畏惧地将它们扛到肩上,一路小跑,总要比别人多跑一趟。根据粗略估计,傅昌旺在工作期间至少向井下输送了 50 万立方米的木材。

1978 年"七一"前夕,傅昌旺响应矿党委夺高产的号召,做出令人震惊的壮举。他背着一口袋窝头和两副矿灯下井工作,先去采煤 8 队,然后又去采煤 10 队,夜班不休息,早班接着干,连续工作了 6 个班,总共 48 个小时。2 副矿灯的电池全部耗尽,他甚至与送饭的工友交换了灯,继续坚持工作。家里人急忙去找他,还打电话给矿上,最终领导强令他出井。据统计,傅昌旺在工作期间为国家贡献了 5400 个义务工时,加上他应得的各种补贴,总计价值超过 3 万元人民币。然而,他毫不动摇地将这笔钱以党费的名义全部上缴给了党组织。

由于他对工作的极高责任感和出色的业绩,傅昌旺多次获得荣誉称号。1981 年,山西省人民政府将他评为山西省劳动模范标兵。此后,他又在 1982 年和 1985 年两次获得煤炭工业部颁发的劳动模范称号。此外,他还相继荣获全国五一劳动奖章、全国绿化奖章、山西省公民道德建设十大和谐家园卫士、太原市十大优秀党员标兵等荣誉。

傅昌旺的事迹被写入小学语文课本,成为榜样和教育典范。1985 年,他荣获全国首批"五一劳动奖章",这是对他卓越贡献的最高褒奖。

1987年7月,傅昌旺正式退休。刚刚开始休息的几天里,他整日坐在家里,反复搓着那双长满老茧的手,眼望着挂在墙上的一排排奖状,宛如一个退伍战士目视着沙盘出神。

有一天,他在矿区附近的山上散步时,看到周围光秃秃的山岭,产生一个强烈的念头:"我要种树。"他毫不犹豫地给矿领导打电话,表示不需要任何报酬,请求上山植树。于是,3月12日,傅昌旺手拿铁锹上了山。

从春季到夏季再到秋季,他几乎每天都待在山上。饿了,就取出准备好的干粮;口渴时,喝随身携带的白开水;感到疲倦,就在树坑边坐下歇息片刻;下雨了,则披上自制的"蓑衣"继续劳作。

据不完全统计,傅昌旺这些年来共种植了16万株树木,绿化了57亩荒山。他的精神影响着一代又一代的矿山职工,激励他们不求名利,无私奉献。1998年春天,太原市万柏林区委、区政府在傅昌旺勤劳耕作的白家庄矿南山为他修建了一块功德碑,并给它起名为"昌旺林"。这是对他辛勤劳动的认可和褒奖,也是对他为环境保护所做的贡献的肯定。

2021年7月5日下午5时,傅昌旺同志在山西太原因病医治无效逝世,享年91岁。他的人生经历告诉我们,每个人都可以在自己的岗位上做出贡献。只要拥有一颗奉献的心,就能在生活中找到意义和价值。他用自己的坚持和努力,为人们树立了一个伟大的榜样。

祁彬茂和张彦都是白家庄矿的矿工,曾经为白家庄矿的发展和煤炭生产付出了辛勤努力。祁彬茂留在矿井守护着停产的二号井,并期望将来二号井能变成国家矿山公园,供人们参观游玩,了解煤炭世界的历史与文化。而张彦转岗到了赵家庄矿,以自己的方式告别了白家庄矿,迎接未来的希望。

矿井对于矿工们来说,是他们生活和工作的地方,也是他们辛勤劳作的见证。张彦的父亲张保艾曾是白家庄矿的一名采煤工人,经历了当年人工采煤的艰辛,以及那个时代为国家建设做出的贡献。

张良贵是一名来自山西省盂县涧沟村的矿工。出生于 1933 年,1954 年加入白家庄矿的采煤队伍。那个时候,井下工作非常艰苦,采煤都是靠人力。为了减轻劳动力并提高效率,他们想出使用耙斗机的办法。这个耙斗机非常好用,一下子就能挖出一吨煤,不仅减轻了劳动力,还提高了生产效率。这个经验很快在全国范围内得到推广。在全国煤炭系统的比武中,张良贵获得了第一名的成绩,他被奖励了一个金钻头。

张海是在白家庄矿出生的矿工,是张良贵的儿子。他出生于 1963 年,刚开始也从事井下生产工作,并转换了多个岗位。如今的他,成长为一名中层管理人员,被评为山西焦煤劳动模范和特级劳动模范、劳模标兵。

张世奇是张良贵家的第三代矿工,是张良贵之孙,1988 年出生于白家庄矿,2012 年大学毕业后被分配到杜儿坪矿从事采掘一线的工作,经历了从技术员到支部书记再到现在的掘进队队长的职位。他非常喜欢研究采煤技术,并因此获得了矿务局的发明二等奖。

在煤炭开发的历程中,艰苦奋斗一直是矿工们坚持的精神。这种精神在煤矿工人的家庭中代代相传。张良贵鼓励自己的孩子们去矿上工作,认为在一线奋斗就是为国家做贡献。张海作为山西焦煤集团白家庄矿组干劳资科科长,亲身经历了煤矿工人由打眼放炮向自动化综采转变的过程,也亲身感受了矿井关停和工人转岗分流带来的压力和挑战。他带领党员队伍和工会工作人员挨家挨户向工人们进行政策宣讲、询问诉求并制定规划。经过近 5 年的努力,白家庄矿成功转岗分流了 3000 多名职工,实现了平稳过渡,职工满意度非常高,张海也因此被评为山西焦煤集团的劳动模范。

而张世奇则是代表矿工新一代的典型。毕业后,他毅然选择进入山西焦煤集团杜儿坪矿工作。在采矿一线奋斗了 9 年,目前担任掘进一队的队长。在工余时间,他积极学习前沿采煤科技,意识到时代对矿工的要求已经发生了变化。他希望自己能成为像爷爷和爸爸那样优秀的煤矿工人,所以他不仅要努力提升体力,还要不断提升自己的智力,以满足时代对矿工的新要求。

这一家三代党员矿工的艰苦奋斗记忆,串起了我国煤炭行业发展至今的重要节点。正是有了一代又一代煤矿工作者的艰苦付出,才逐步使整个行业从"有力量"到"技术强"的转变和进步。他们的故事让我们深切感受到了中国煤炭工人的精神风貌。

梁瑞平和他的工友们面对白家庄矿停产关闭,勇敢地转型创业,从挖煤人变为磨面粉的追梦人。

梁瑞平是一位技术大拿,在挖煤期间就展现出自己过硬的机电维修技术。转岗分流中,很多同事选择了去其他单位工作,原本喧闹的工区变得安静起来。梁瑞平思考着自己该怎么创业,一次公司会议上提到了食品加工行业,特别是石磨面粉市场。这个提议让梁瑞平动心了,他开始游说工友们加入他的创业团队。

虽然面临质疑和反对,梁瑞平坚定地相信自己能够磨好面粉。他和其他工友凑了 20 多万元的启动资金,成立了白家庄矿业公司南坑(创业)中心。购买设备,改造厂房,经过一段时间的努力,终于成功投产石磨面粉加工厂。

起初的产品口感和味道并不好,但这并没有打消梁瑞平的创业热情,他继续学习、改进工艺和技术,最终成功生产出口感醇厚的石磨面粉。随着口碑的扩散,订单不断增加,创业中心在第一年就实现了 200 万元的销售额。

为了进一步发展,梁瑞平注册了山西双创绿源食品有限公司,并扩展了产品线,增加了植物食用油压榨生产线和黄粉虫养殖项目,形成了小循环经济链,实现了产品价值的最大化。

梁瑞平在转型创业的过程中依然保持着煤炭工人真干实干的本色,勇于尝试,不断奋斗。无论工作内容如何变化,他的想法始终不变,那就是干好一件事。他的努力和创业精神值得我们学习和敬佩。

2021 年 10 月 11 日,国庆长假期间,原西山矿务局白家庄矿松树坑红旗采煤队党支部的事迹在中国共产党历史展览馆展出。来自全国各地的游客驻足观看,赞叹煤炭工人不仅是山西的脊梁,也是国家的脊梁。

白家庄矿松树坑红旗采煤队于 1958 年 7 月 15 日由白家庄矿 20 组改制而来,曾被省政府命名为"标兵采煤队",被煤炭工业部命名为"高额丰产红旗队",成为西山矿区乃至全国煤炭战线上一张耀眼的"红色名片"。

5.历史的定格

红楼

这个名字总是带给我一种特殊的情感。它位于矿上,是那些辛勤工作的职工们的宿舍,以其外观被涂成鲜艳的红色而得名。

红楼虽然只是一个简单的建筑群,却承载着许多人的生活和情感。每天,一大群劳动者穿梭在红楼门前,他们怀揣着对家人的思念和对未来的期待,带着勇敢和坚韧的信念,踏上漫长的工作路程。红楼内部布局简单朴实,每个房间都是一个家的象征。它见证了岁月的流逝,承载了许多故事。

白家庄街碉堡

白家庄街碉堡,是白家庄矿区遗留下来的历史遗迹,曾经有十几座,但现存数量已经不多。其中南坑碉堡是一座三层高的筒碉,现在已经塌陷了一部分,背后被山坡的渣土埋掉大半截。

白家庄还有一个特殊的日军遗迹——日军厕所。这座厕所呈圆形,顶部还有一座小碉楼。内部的蹲位则是围绕中间的圆柱体排列。如今,这座厕所已经废弃,无人使用。

除此之外,还有一处地堡位于白家庄二号井办公室北侧。这座地堡是圆碉,只有一层,应该是为了守卫二号井办公室和军官住址而修建的。原本地堡周围被居民院落所包围,现在由于拆迁的原因才得以看到。

白家庄街碉堡是历史的见证,提醒我们勿忘国耻,奋发图强。

太白铁路

太白铁路的修建始于 1933 年 12 月,它从太原总站出发,经过汾河桥,穿过玉门沟和虎峪,最终到达白家庄。

太白铁路汾河大桥,曾经是太原市境内最长的钢结构桥梁。最初修建于 1933 年,是窄轨木排架钢桥梁。然而,在 1942 年,由于汾河水大涨,桥梁被冲毁,为了继续掠夺煤炭资源,日本侵略军重新修建了这座桥梁,并将整条铁路改为准轨距铁路。

如今,太白铁路汾河大桥依然屹立在汾河两岸,经历了 20 世纪 80 年代的大修,桥上已经看不到战争的痕迹。铁路桥下的汾河缓缓流过,一些野鸭在水中自由畅游。然而,在大桥头留下的碉堡,仍然提醒着我们,曾经在这条铁路线上,日军掠夺了近 200 万吨的西山煤炭资源。太白铁路见证了历史的坎坷,同时也成了历史文化的重要见证。

在太原西山煤电办公大楼旁边,一个火车头骄傲地展示着自己的光辉历史。这个蒸汽机车头被命名为上游 1381 号, 从 1971 年开始服役,直到 2006 年被韶山 I 型电力机车所取代,累计运煤 8000 多万吨。从蒸汽机车到电力机车,太白铁路历经了多次现代化改造,不仅促进了太原的经济发展,也成了太原城市变化的象征。

沿着太白铁路从三给村往西山方向前行,是东社村的太原西站。太原西站成立于 1939 年,最初被称为东社站,是太白铁路的重要卸车站之一。在 20 世纪 70 年代,太原西站的装卸车辆达到了每天 447 车,这里是太白铁路货物运输的重要枢纽。太白铁路的终点就是白家庄矿区,这个曾经的煤炭生产基地,在未来的日子里,将变身国家级矿山公园,永远伫立于美丽的西山。

流光溢彩唱大风
——杜儿坪矿记忆

作者 / 王灵仙

开矿人就是垦荒人、开拓者、创业者。那时工作条件虽然艰苦，但个个都洋溢着笑脸，新中国的工人沉浸在当家作主的喜悦中，什么样的艰难险阻都能踩在脚下。

1.兔儿坪坑

杜儿坪矿的前身是兔儿坪坑。

很久很久以前,山西省吕梁山脉中麓太原以西20公里处的西山有个桃花沟,桃花沟的旁边绿水青山、花草满坡,草坪上是众多兔子追逐、嬉闹、繁衍生息的家园。后来人们在这里建立了村落,叫兔儿坪。据说,兔儿坪村人多杜姓,杜与兔发音相近。后来,人们干脆叫杜儿坪。

太原西山有大量的煤田储量,兔儿坪村处于煤田中部,周边小煤坑、小煤窑遍地。日军入侵太原之前,这里的煤炭资源由资本家与大地主把持着。1937年后,侵华日军疯狂推行"以战养战"政策,大规模掠夺西山地区的煤炭资源。其间,曾派员对山西煤田进行调查,编有《山西炭田白家庄、西峪村地区调查报告》等。对西山煤田地质、煤炭质量做了勘探说明。当时的兔儿坪坑由两名日军管理。矿工生活苦不堪言,矿区流传着民谣:

日本鬼子心黑透,洋刀棍棒加把头,喝完工人血,榨尽工人油。

日本鬼子不是人,狼心狗肺毒又狠,吃肉喝血活剥皮,哪把矿工当成人。

1945年8月15日,日本无条件投降后,国民政府接管西北实业公司属下的第五坑即兔儿坪坑。矿工受苦受难的生活依旧没有改善。

1948年,太原解放,兔儿坪坑回到劳动人民手中。作为西山煤矿的一个坑口,兔儿坪坑恢复生产。矿工们把希望寄托于共产党,对新中国充满美好的期待。1954年3月,国家将兔儿坪坑改为杜儿坪坑,地址即现在的杜儿坪矿二号煤库一带。当时只有一对平硐,即东平硐与西平硐,两个平硐加起来不到700米长,据杜儿坪矿志记载:"距硐口200余米处沿煤层开有东、西巷道,东平硐口有一段为料石砌碹,其余均为裸体巷道。地面除有几间窑洞房外,没有任何永久性建筑物。"

　　1954年以前,采煤方式简陋,煤巷掘进基本上是人工手镐刨槽,铁楔落煤或是用少量手摇钻钻孔,装炸药爆破落煤。往外运煤也是人工一锹一锹装车,小矿车运输。

　　西山煤田开采历史悠久,小煤窑采过的古坑、老塘到处都有,坑下水、火、瓦斯等情况复杂、底数不清。改建工作面临的问题、困难远不止这些,当年,参加恢复改建杜儿坪十五尺平硐口的250名工人中,下过矿井的只有3人,大部分人不仅从来没有干过这种规模巨大、技术复杂的建设工作,甚至对矿山基本建设起码知识都了解得很少。然而,新中国成立伊始,我们的国家百废待兴,新中国的工业生产急需煤炭这一"食粮"。矿区条件艰苦,工人们却劳动热情高涨。获得新生的矿工们,以千米井下为战场,边恢复扩建、边生产。创业者们克服了材料不足、设备缺乏、交通不便等困难因素,硬是在被称为"人稀虎狼多"的杜儿坪山谷,自力更生,艰苦奋斗,搭建起临时食堂和简易工人宿舍。工人们采取学中干、干中学、互教互学、边教边学边练等方法提高工人技术水平。矿工的口号响亮:"人民政府决心大,矿井修复要上马,矿工齐心把言发,千难万难咱不怕。"1954年恢复扩建时期,边建设边出煤,人工挖煤、大铁锹擞煤,牛拉手抱肩扛是运输煤炭的全部方式,就是在这样艰难困苦的条件下,当年生产煤炭4.5万多吨,取得了基本建设和煤炭生产的双丰收。

2.正式建矿

　　两年后的1956年,当并州百姓在严寒的冬日欢庆元旦之时,杜儿坪坑有一件大事紧锣密鼓地进行,使得此地的冬日变得温暖起来。这个叫作杜儿坪坑的小煤窑,成立了杜儿坪煤矿,同时摇身变为中央直属煤矿,隶属同日成立的西山矿务局。杜儿坪煤矿宣告正式成立的仪式十分简单,挂牌子,插红旗,煤矿矿长接替了"坑主任"。"太阳照到山凹凹,红旗飘过树梢梢,开天辟地头一遭,共产党派来军代表。"全矿工人及家属们欢天喜地,对未来生活充满希望。

刚刚成立的杜儿坪煤矿,在工人们眼里是新矿新业新天地。杜儿坪煤矿地处大虎峪、小虎峪的山间,据勘探,井田面积 69.7 平方公里,矿井可采储量4.12 亿吨,煤种主要为贫煤、瘦煤和贫瘦煤,为优质配焦煤和动力煤。然而,矿区没有一条公路,更不像现在有铁路线。只有一条晴天尘土飞扬,雨天泥泞不堪的马车路。开矿人就是垦荒人、开拓者、创业者。那时工作条件虽然艰苦,但个个都洋溢着笑脸,新中国的工人沉浸在当家作主的喜悦中,什么样的艰难险阻都能踩在脚下。没有住房,他们在山坡上搭窝棚,挖窑洞,于是,山坡上出现了星星点点的蜗居房,潮湿的平房和低矮的窑洞里,家家敬挂着毛主席像。矿区没有像样的食堂,吃饭无餐桌,垒起砖块搭木板,粗茶淡饭照样吃得香。矿区暂时无学堂,两山夹条沟的杜儿坪只能听到叽叽喳喳鸟歌唱、风声雨声雷声响。职工子弟不能无学上,杜儿坪矿职工子弟学校选址大虎峪,与建矿工程齐头并进的建校工作,也给矿工与家属希望满满、信心百倍。就是在这样简陋的环境里,新中国的工人阶级创造着一个又一个奇迹。

建矿后,引进了苏联的顿巴斯 – Ⅱ型采煤机康拜因,工作面普遍使用电器钻、电雷管炮等,开始使用电容式放炮器,摆脱人工手摇钻费时费力的状态,提高了工效,减轻了工人的一些苦力。运输采用人工装碴—吨矿车轨道运输,架线电机车牵引。到年底,杜儿坪矿 60 万吨改扩建工程竣工投产。1957年 7 月,杜儿坪矿至玉门编组站的铁路专线开工建设,工人们满足于机械的广泛应用,不久就干得得心应手了,全矿上下披星戴月连轴转,开创了机械化采煤的新局面。全年完成采煤产量 68.39 万吨。

1958 年,制造出西山矿务局第一台跃进式 153 型掘进装煤机。按照中共太原市委、西山矿务局党委指示,在职工群众中开展大规模的宣传、学习和贯彻执行"鼓足干劲,力争上游,多快好省地建设社会主义"总路线运动。

这年 7 月 1 日,杜儿坪矿在庆祝中国共产党的生日的同时,庆祝玉门铁路专用线建成试车。矿上新成立的雄心队、卫星队、红星队、胜利一队、胜利二队、前进队、跃进队、东风队等 8 个主要采煤队,披荆斩棘,热火朝天地开展大生产运动,工人们喊得最响亮的口号是:"多出煤、出好煤,多拉快跑、多快好省建设社会主义。"这样的豪言壮语贴在墙上,挂在嘴边,记在心田,落实在行动中,当年生产原煤 110 万吨。从建煤矿到跨入百万吨煤矿行列,杜儿坪人仅仅用了三年时间,为新中国崛起输送了源源不断的工业"食粮"。

3.突破 300 万吨

任何事情的发展道路,都不可能一帆风顺,我国煤炭的开采也是在不断探索、不断改革中前行。一代又一代的杜儿坪人充分运用科技的力量,学习与引进国外先进设备和技术,使得杜儿坪矿的采煤设备与采煤方法处在不断更新与改善中。1965 年,杜儿坪矿逐步装备国产 MQ-64 型采煤机,工人的劳动强度有所减轻。"文化大革命"前后几年里,杜儿坪矿每年的原煤产量徘徊在七八十万吨,1968 年跌入 34.9 万吨的低谷。

党的十一届三中全会以后,杜儿坪矿乘着改革开放的东风,在思想上、政治上、组织上、经济领域等开展了全面而卓有成效的拨乱反正。这是增强人民群众对法治建设的信心、推动社会文明进步、促进社会稳定的正能量。干部们干起工作来更加心情舒畅,矿工们生产起来更加有力量。在山西省统配煤矿"抓革命、促生产现场会"上,杜儿坪矿被推荐作了"高速度发展煤炭生产"的经验交流。荣誉接踵而至:在"全国学大庆、赶开滦"群英大会上,煤炭部命名杜儿坪矿前进队为"特别能战斗队"。西山矿务局召开的"学大庆、赶开滦"庆功命名誓师大会上,命名杜儿坪矿前进队、胜利一队等为"特别能战斗队"。全矿上下一心一意搞四化,大干快上再夺高产。1978 年原煤产量突破 200 万吨大关。

随着科技日新月异的发展,20 世纪 80 年代初,杜儿坪矿开始进行综合机械化采煤。前进队率先使用综合机械化采煤设备,开了杜儿坪矿全机械采煤的先河,其队名也改为综采一队,随之又成立了综采二队、综采三队、综采四队,杜儿坪矿的采煤机械化迈上一个新台阶。

综合采煤的先进性,首先在于液压自移支架的先进。在应用推广科学技术、先进设备方面,也面临着因地制宜的实践与选择。综采三队在其工作面使用从英国引进的伽利克垛式液压支架,在使用 153 天后,因这种支架不能适应顶板特性要求, 单产量不高, 最后停止使用。其间, 也曾引进美国MARK-22 型薄煤连续采煤机组,采煤 14 个月,最终因粉尘大、效率低、经济效益不佳而停用。后来,综采二队使用国产 BC400 型液压支架,使用效果良好,随着液压支架的不断改进,杜儿坪矿的产量逐步提高。

时间到了 1982 年,国务院新发布了《企业职工奖惩条例》(以下简称《条例》)。杜儿坪矿积极贯彻落实《条例》精神,按照《条例》规定,制定了杜儿坪矿对职工进行记功、记大功、晋级、通令嘉奖、授予先进生产者、劳动模范等光荣称号等奖励和发给一次性奖金的具体实施方案。企业职工的国家主人公责任感更加强烈,广大职工在生产、科研、节能、降耗方面的积极性和创造性更加高涨。从事井下机电维修工作的青年职工伏军,成功研究出"井下风机可自动切换的供电装置",解决了风扇无计划停风停电的难题。这个专利技术被几十个煤矿无偿使用,先后为煤矿企业创造了 1 亿多元的财富。这一年,杜儿坪矿突破了年产 300 万吨大关。各种荣誉证书与奖牌接踵而来,太原市人民政府授予杜儿坪矿综采 2 队、采煤 5 队等 7 个班组部门"先进集体"与"模范单位"荣誉称号。

4.血的教训

改革开放以来, 我国保持经济持续高速增长, 对煤炭能源的需求量加大,长期以来使用的"长臂采煤"和"刀柱式采煤"方法,劳动强度大,人员效率低,制约着产量的提高,已不能满足生产发展的必然要求。

杜儿坪矿开始实行高档机械化采煤是在 1984 年,这种高档普采是以大功率采煤机、大功率输送机和单体液压支柱组成的机械化采煤工作面。用液压单体支柱切顶,具有投资少、见效快、适应性强、设备运转可靠,支护效果好、便于操作等优点。在生产形势一派生机之时,杜儿坪矿安全生产的弦松动了,对别的矿事故频发未能引起足够重视,在通风防尘、瓦斯抽采、自救器发放方面存在着诸多问题,责任不明、检查不严,为此付出了惨重代价。

1985 年 2 月 10 日,也就是北方小年的头两日,人们在忙碌喜庆中开始购买年货,全矿上下都在准备迎接新春的到来。不承想,灾难悄悄降临,噩耗从井底传出,杜儿坪矿发生了瓦斯爆炸事故,全矿乌云笼罩,哭声震天。挽救不回的生命,惨痛的教训,巨大的损失。处理这起事故,省委书记来了,省长来了,国家煤炭部副部长也来了,这样的教训警示全省,警示全国。

"2·10"瓦斯爆炸事故代价惨痛,血的教训警醒了杜儿坪人,全矿深刻吸取事故教训,人人绷紧了安全生产的弦。矿领导提出了"只出煤不是英雄,不出事才是英雄"的口号,把"先抽后采、监测监控、以风定产"的制度落实到每一位干部与矿工头上,严格落实瓦斯治理措施。矿领导要求全矿干部职工时刻进行反思,始终心存敬畏,以如履薄冰、如临深渊、居安思危的态度认真履职。把每年的 2 月 10 日定为安全教育警示日,历任领导和全矿职工吸取教训,每年召开由矿领导、专业副总和井下单位负责人参加的"2·10"瓦斯爆炸事故警示教育会。会议第一项议程就是全体参会人员为逝去的工友进行默哀。随后观看《杜儿坪矿"2·10"瓦斯爆炸事故案例警示教育片》,剖析事故根源,讲解防范措施,警示大家要牢记惨痛教训,扎实做好安全生产各项工作。多年以来,这是杜儿坪矿雷打不动的规矩,安全生产走上了制度化规范化法治化的道路。干部职工逐步从事故中振作起来,杜儿坪矿慢慢从低谷往上爬,1992 年,杜儿坪矿实现了第一个安全生产年,百万吨死亡率首次为零。

5.突破450万吨

党和国家重视煤矿建设与安全发展,加快采煤机械化、矿井扩能改造、装备升级,实现安全高效,矿山的现代化建设步伐速度惊人,捷报频传。

1988年,综采二队开始使用国产仿WJ-7/3.5型支架,效果良好,年产100万吨。1990年以后,不断改善支护使用材料,改革普采工作面的放顶工艺,为采煤单产的提高创造了条件,工作面创造单产不断刷新纪录。

先后引进法国产沙吉姆、英国安德森EL1000型直流电牵引采煤机,1994年以后,改用鸡西MC-300系列采煤机,2000年采机装机容量增加到400千瓦,后又增加到600千瓦。采用煤业14-1106综采自动化工作面采煤机自动割煤、支架自动跟机等作业程序有条不紊。生产过程中,工人只需要下达"破碎机启动""采煤机启动"等指令按钮,机器自动割煤,割1刀煤的时间比原来节约了一半。既减小了工人的劳动强度,大大节省了人工成本,又提升了矿井安全保障能力,生产效率大幅提升。

杜儿坪人依靠科技的力量,奋力拼搏、披荆斩棘,一路高歌猛进。原煤年产量比初期的30万吨翻了十几倍。2004年,杜儿坪矿迎来高光时刻,首先是4月10日杜儿坪矿迎来连续安全生产3000天。7月19日,"庆祝杜儿坪矿实现连续安全生产3000天"专场演出,在杜儿坪中学(西山三中)举行,山西电视台《走进大戏台》栏目组来杜儿坪矿组织演出,演出场面隆重壮观,彩球高悬,彩旗飘扬,台上,晋剧表演艺术家王爱爱等著名演员纷纷登台献艺,台下,矿工方阵新衣新帽整齐靓丽,西山焦煤集团公司领导与工人兄弟一起观看演出,全场职工与家属心情无比喜悦。7月27日,原煤日产量再创新高,首次突破日产原煤16000吨。创杜儿坪建矿以来原煤日产量最高纪录。到年底,全矿生产原煤455万吨,在山西焦煤集团所有生产矿井中名列第一,创下了西山煤业有史以来矿井最高年产量,生产的贫煤、瘦煤和贫瘦煤等优质配焦煤、动力煤产品,行销全国 26 个地区和城市。建矿 67 年,杜儿坪矿安全状况在曲折向好的路上前行,实现了从最初百万吨死亡率 6.37,到近年来零的突破。

6.井下运输

建矿几十年,随着矿井年生产能力不断提高,杜儿坪矿的运输工程建设也经历了一个由人工作业到半机械化、机械化、现代化的发展过程。

(1)采煤运输。1954 年之前,我国科技不发达,采煤工艺落后,人工挖煤、大铁锹攉煤,从工作面到胶带大卷皆是人推车或牲畜拉车运,矿工使出洪荒之力,牛拉、手抱、肩扛、手推车往外运送煤炭。后来一些窑坑把轻型小轨道铺入工作面向外运输。杜儿坪坑恢复生产以后工作面开始铺设 V 形锁链溜子,从此,杜儿坪开创了机械运输的新篇章,改善了笨重的人工运输,减轻了工人劳动强度。

1956 年正式建矿后,当年 60 万吨改扩建工程竣工投产,开始采用矿车轨道运输,架线电机车牵引。1964 年第二次扩建,形成两条运输大巷、两个盘区。主要用于缓倾斜回采工作面中运输煤炭,到 1966 年的十年间,工作面运输引进 11 型、20 型、44 型刮板输送机俗称溜子。铺设长度从 70 米延长至100 米,输送能力从每小时 80 吨增加至 150 吨左右。

1967 年,北二上山工作面最大长度为 180 米,首次安装了双链牵引刮板输送机,该机小时运输能力为 150 吨。首次采用圆环链,机头机尾各安装 2 台电机。还可以上、下、左、右弯曲 3°,首次实现不拆卸整体移溜。1970 年至1980 年 10 年间,建成了 1 号煤库和 2 号煤库,共可储存煤炭 20 万吨。运输方式也由溜子发展改进为大型运输机运煤。

1979 年,引进西德生产的综采设备,运输为重型铠装刮板输送机,运输能力大都在每小时 550~900 吨,采面铺设长度 150~200 米。1985 年,普采队转成高档采煤队,运输长度达到 280 米,运输能力为 200 吨。

1986 年后,主斜井运输采用强力皮带。随着北二大巷、北一大巷,使北三、北四两个盘区相继投产。杜儿坪矿拥有运输轨道 65000 余米,架线电机车 52 辆,3 吨底卸式矿车 450 辆,1 吨矿车 1000 余辆。到 20 世纪 90 年代,刮板输送机,一直活跃在井下运输线。

1995 年,在 1010 水平主斜井安装使用矿山架空乘索道俗称猴车,猴车提升长度 500 米。翌年,矿井生产全部转入 1010 水平,上水平东西平硐变为辅助运输。下水平主要由北大巷、南大巷构成运输系统,其中北大巷又延伸分成北一大巷、北二大巷两条大巷,与南大巷形成基本平行的三条运输系统。进出井材料设备由不同绞车牵引 1 吨矿车运输。2004 年,杜儿坪矿启动年设计生产能力 500 万吨环节能力改造工程。当年 12 月,3 台 14 吨电机车在下水平运煤投入使用,拉运 18 辆 5 吨矿车。

(2)顺槽运输。为了减少顺槽内设备数量,提高了运输能力。1975 年,杜儿坪矿展开运输改革,认真落实山西煤管局提出的要实现"溜子锚链化、顺槽运输皮带化、大巷运输电车化、矿车大吨位化和盘区综合化"的五化要求后。首先在顺槽安设了吊挂式皮带输送机,加一部刮板输送机,随着回采面的推进,不断缩短刮板输送机。1979 年,杜儿坪矿开始投入使用综采设备,国产不同类型的可伸缩皮带输送机、转载机、破碎机等设备逐步使用,顺槽运输全部实现了机械化、自动化、连续化。

(3)盘区运输。1959 年,采用盘区上、下山布置,开凿三条上山巷道,一条轨道上山作为行人运料,采用绞车提升,一条安装固定式皮带运煤,一条通风,实现了运输连续化。1965 年采用"盘区石门溜煤眼,岩石集中平巷布置"方案。各煤层工作面的煤只经过一部顺槽刮板输送机,经由溜煤眼流至集中平巷的皮带输送机,而后运至采区煤仓然后由大巷电机车运出坑外。1979 年,综采盘区改为条带式布置,使工作面采出的原煤只经顺槽转载机和可伸缩皮带直接运至大巷煤仓,这样简单可靠系统,适应综采走向长、工作面长、生产能力大的需求,而且减少了搬家次数。1986 年,杜儿坪矿对盘区小运输进行管理和整顿,完善了照明信号系统。斜坡使用声光信号,斜坡轨道采用一坡三挡措施,采用直线电机捕车器。1993 年以后,又陆续使用了捞车器、爬轨器、自动捕车器以及其他更先进的捕车器,斜坡运输有了安全保障。

(4)大巷运输。1954 年,杜儿坪坑的大巷运输,先后用的是无极绳绞车拉运木矿车,之后改为铁矿车出坑。1955 年,东西平硐开始使用架线电车拉矿车运煤。外煤库卸载站自动卸煤,结束了用罐笼人工翻车的历史,运输能力提高了 4 倍。20 世纪 80 年代,3 吨底卸车开始投入使用。由架线电机车挂 17 节车运煤。1990 年,矿上取消混合列车,开通了平巷人车专列,巷内警铃、警灯、警标、警冲标、路标、巷标应有尽有。人车站、道岔指示器、车辆尾灯等各类信号均实现标准化。

(5)地面储运。1955 年 10 月,杜儿坪坑建成河龙湾至坑口全长 6 公里的电车路,原煤由东平硐电车运出、经电绞车下放到车场,再由电机车运输至河龙湾翻笼,装火车外运。1957 年坑口简易煤仓建成使用。杜儿坪矿至玉门编组站全长 14.73 公里的铁路专线开工,1962 年投入使用。

1970 年至 1980 年,1 号、2 号煤库分别建成投产使用,坑下运出的原煤通过罐笼底皮带直接入仓,两个煤库可储煤分别为 10 万吨,火车直通仓底装车楼装煤。小时装车量均在 1400 余吨。

1986 年,强力皮带建成缓冲仓,1 号仓可储煤 300 吨,2 号仓可储煤300 吨。

7.安全畅行

20 世纪 90 年代末,杜儿坪矿的采掘战场逐步转入下行水平;随着战略转移。繁闹一时的东西平硐逐渐冷清下来,下水平东西斜井承担起运输、提升及工人出入的任务。1989 年 6 月 1 日,杜儿坪矿坑口成人电梯正式运行。但是,工人出井后去到福利大楼洗澡更衣,要在满是轨道的工业广场行走500多米,行走在出入井路上风吹日晒、雪打雨淋,还有潜在的安全问题。另外,从平地到坑口,矿工们每天要爬197个台阶。矿领导多次带班下井后,为工人们出入井的辛劳与安全而担忧。1999年底,矿领导组织运输部门设计修建通往井口的人行长廊,人行长廊的设计建设饱含杜儿坪矿文化底蕴与风土人情。先建造了西候车厅、长廊、六角亭,接着建造了人行长廊斜弯部分及东候车大厅,抽调矿有关单位绘画人员对人行长廊的横梁及两侧进行了半年多的彩绘工作,图案美观大方,两侧多以花鸟、山水为主,横梁上的彩绘浓缩了杜儿坪矿开的发展、煤炭的形成和杜儿坪矿的风土人情。

人行长廊建成后,在全矿范围广泛征集对联悬挂或刻于廊柱上,东候车厅内为:

西山腹地物华天宝民安康,

千峰脚下人杰地灵唱大风。

长廊西出入口面对长廊的对联为:

长廊留胜迹造福一方百姓,

龙亭添美景奠定千秋伟业。

背对长廊的对联为:

流光溢彩乌金滚滚翻波浪,

万事呈祥矿山文明景色新。

南侧对联为:

内强素质创造名优产品,

外树形象开拓广阔市场。

北侧对联为:

安全为天同心开创辉煌业,

质量为本携手耕耘锦绣春。

全长490米长廊由400余根间隔3米多的一根根红色铁柱支撑,包铁柱有 0.5 米矮黄色琉璃瓦墙,矮墙圈边贴有白色瓷砖,上铺红色瓷砖,加上精美彩绘,还有长廊两旁的绿草成茵、花木成排的风景,给人一种赏心悦目的感觉。六角亭更是傲然挺立,上面龙盘兽蹲,气势恢宏。人行长廊的建立,既解决了工业广场行人安全问题,又美化了矿区环境,深受广大职工家属欢迎。

2005 年金秋,迎来了矿工欢欣鼓舞的日子,矿工乘坐干净、舒适快速的煤矿架空乘人索道下井,告别了旧式乘坐猴车,罐笼或者无轨胶轮车脏、慢、黑的历史,新的运输设施被称为"矿井旅游行人索道"。工人上下井的时间缩短了,体能消耗减轻了,真是既安全又高效。有人一计算,相当于一个星期少出行一天,这样大大降低了工人的劳动强度。这项行人斜井工程,是杜儿坪矿 500 万吨环节能力改造重点工程之一。行人斜井全长 696.84 米,索车运输能力将由原来的每小时 500 人,提高到每小时 850 人,有效缓解了下水平井底车场、主斜井索车人员运输能力严重不足的现状,缩短人员进出坑时间,从而提高了工作效率。

架空乘人索道剪彩时,一些已经退休的老矿工都跑到井口参观,80 岁的老矿工胡师傅回忆说:"1959 年,我们步行几公里到坑口,盘区上、下山布置开凿三条上山巷道,三条巷道分别用于行人运料、皮带运煤和通风;1963 年,矿上开通坑口至河龙湾 6 公里段的有轨乘人电车,运营电车 20 辆,每辆电车定员 50 人。出入坑口猴车、罐笼都用过。1996 年,矿工进出坑口运输开始采用电机车牵引人车运送人员。那时已经觉得很不错了。看看现在的矿工,下井坐的是旅游索道,真是鸟枪换炮了。"媒体称:这是中国首家将用于旅游景点的行人索道用于煤矿井下工作。杜儿坪矿作为山西焦煤集团公司西山煤矿总公司麾下的国有特大型煤矿,总是奔跑在现代科技的前沿阵地。

8.瓦斯发电

杜儿坪矿是高瓦斯矿,长期以来,面对煤矿安全生产的严峻形势,人们谈"瓦斯"色变,全矿上下如履薄冰、警钟长鸣,全面提升瓦斯治理理念,不断创新瓦斯治理新方法,积极筹划做好瓦斯综合利用工作。早在2005年,我国有关专家就提出了煤层气可利用为发电、民用、工业燃料、化工、汽车等燃料,专家所说的煤层气,工人们俗称"瓦斯"。

在国际能源局势趋紧,我国煤炭安全生产形势严峻的背景下,被称为煤矿"第一杀手"的瓦斯,在杜儿坪人的手上要转化为新能源资源了。煤层气是近一二十年在国际上崛起的洁净、优质能源和化工原料。杜儿坪矿要建瓦斯发电厂了,杜儿坪矿就是这样率先在科技领域与国际接轨。

利用煤矿瓦斯发电,变废为宝,变害为利,既保障煤矿安全,又节约能源,同时保护生态环境,这是资源综合利用与环境保护为一体的工程,这么好的项目首先落到了杜儿坪矿,全矿干部职工满怀希望,信心倍增。2008年,西山煤电第一家瓦斯发电厂——杜儿坪矿瓦斯发电厂宣告成立。站在改革潮头的杜儿坪人整装待发,势必要打赢瓦斯发电这场攻坚战。

杜儿坪矿瓦斯发电厂建设在古交市邢家社乡的深山里,他们从零学起,开始了在大山中的奋斗。建厂初期,生产生活条件的艰苦、地理环境的复杂自不必说。夏天,工人们顶酷暑、战高温,机组在夏日太阳下温度高到四五十度,工人们扛电机、换风扇、检修设备,豆大的汗珠摔成八瓣,他们毫无怨言。冬天,山里气温零下20多摄氏度,他们刨冰洞、找水源、解决机组用水问题,脸如刀割手脚冻疮,大家伙儿依然干得信心百倍。

杜儿坪瓦斯发电厂总投资1.2亿元,分两期建设,2008年5月建成投产的一期工程,安装3台1703 kW瓦斯发电机组;两年后,二期工程安装4台1703kW瓦斯发电机组建成投产。两期共安装7台德国道依茨公司瓦斯发电机组,总装机容量11.921MW,年发电量约8583万kW·h,实现CDM减排二氧化碳量约38.84万吨/年。

杜儿坪矿在生产过程中,瓦斯成了煤矿生产中的副产品,以用促抽,以抽保用,有力地促进了安全生产。同时利用清洁发展机制,减少温室气体排放,保护了环境,煤矿走上了发展循环经济、绿色经济的有效途径,企业效益和竞争力得到了提升。

杜儿坪人与山西广大的矿工兄弟一样,用默默无闻、甘于奉献的汗水"点亮中国一半灯,烧热华北一半炕"。

9.安居与出行

安居

太原解放后,兔儿坪坑(后改为杜儿坪坑)作为西山煤矿的一个坑口恢复生产。曾经遭受过日本侵略军掠夺性开采的杜儿坪坑,满目疮痍,千疮百孔,工人们生产生活的艰苦可想而知。没有住处,他们在坑口、小虎峪和滴水岩的山坡上挖洞、搭窝棚。生活用水一担一担从沟底往坡上挑,挑一趟也得个把小时。

1956年正式建矿时,小虎峪仅有的1栋单身小二楼,没有床位,矿工们一个挨着一个睡在木板支撑的通铺上,有人起夜、有人打呼噜说梦话、有人上白班有人上夜班,相互影响,室内设施也是极其简陋。

随着矿井生产规模的不断扩大,职工人数一路增长,矿上先后建起了小虎峪十八尺院平房,虎胜街二分会、三分会、四分会平房,一分会和小虎峪、子房沟、大虎峪等地相继建起平房,职工们才有了较为安定的生活住所。矿工家属们也纷纷来矿上与矿工团聚。历任矿领导关心职工生活,十分重视职工安居房建设,想方设法解决职工住房难题。再后来,1957年起,杜儿坪矿有计划、有步骤地扩建职工单身宿舍。小虎峪灰七楼、灰八楼、坑口招待所、滴水岩十四楼、十六楼、三岔口红楼,职工住宅与单身宿舍齐头并进,一路向好。到1960年底,全矿已有家属住宅1666套,建筑面积达23780平方米,每套房均15平方米;单身职工住宅564间,面积为12190平方米,20平方米住四人。平房、楼房的相继兴建,缓解了职工家属住房紧张的局面。矿井继续扩建着,职工人数继续增加着,家属来矿上居住的人数继续上升着。1962—1965年,为了进一步满足职工家属临时来矿居住,杜儿坪矿又集中力量在小虎峪、子房沟地区建设9栋三层家属楼,在滴水岩建楼8栋,虎胜街建小二楼10排,共计783套。1966—1979年,由于新工人的增加,又修建了三岔口北大楼、南大楼2栋单身宿舍楼,并在楼层里配置洗漱室、卫生间、活动室,使单身职工的居住条件进一步改善。1976年提出建设标准化单身宿舍的口号,先后建成三岔口地区的南大楼、北二培训楼和坑口地区的11层大楼,竣工面积383154平方米,总计宿舍达1624间,加大投资力度,逐步为单身矿工统一配备被罩、床单、枕巾桌椅板凳等生活设施,配备了打扫卫生,打开水等服务工作人员。全矿单身楼管理达到了"十有、五无、四净、三整齐、一条线"要求,实现了单身楼标准化。

"您请、对不起、谢谢、再见"这是煤矿单身宿舍全面推行"旅馆化管理,公寓化服务"的文明用语。1986年实行"旅馆化管理,公寓化服务"以来,职工单身楼内电视室、图书室、游艺室、小卖部应有尽有。房间配备单人床、床头柜、衣架、桌椅等。服务人员实行昼夜服务三班倒,与住宿职工实行安全联保。如有单身职工家属来探亲,楼内专门设立方便舒适的单身职工家属探亲宿舍。不久后,又在单身楼内增加了送信、送报纸、请医生、送饭等服务项目,真正实现了公寓化的贴心服务。

1984年,煤矿行业传来好消息,国务院批准了煤炭部关于煤矿井下职工家属落城镇户口的报告,西山矿务局成立落户领导组,杜儿坪矿开始对符合条件的职工家属进行摸底。到年底,杜儿坪矿首批井下职工领到农村家属落户城镇户口的准迁证。

1985年之前,矿区职工住宅楼统一实行福利性住房管理制度。1986—1995年的十年间,按照国家及省市有关政策,先后实行集资建房政策、建住房互助金、公房出售等措施,以增加建房投入,加快建房速度。1990年7月1日杜儿坪矿西园、虎胜街地区1048户家属楼接通了城市管道煤气。职工居住条件得到进一步改善。

1995年以来，职工家属农转非入矿人数剧增，随之而来的是职工住房紧张的难题又开始凸显，部分职工一直居住在20世纪五六十年代所建的危旧房内。为尽快改变这种局面，矿上继续开发小区住宅建设，到2002年，先后在虎胜街、大虎峪修建6层职工家属楼47栋。据2004年统计，全矿共有成套住宅楼100栋4698套。

2013年起，随着我国棚户区改造的大规模推进，杜儿坪矿认真落实山西省人民政府关于棚户区改造工作实施方案，矿上成立专项工作领导组，办好办实这项民心工程。对于矿区职工在矿区周边山坡和城乡接合部历史遗留的集中成片危旧住房、破房烂院，进行改造搬迁。棚户区大批的老住户从山里搬迁到平川，从矿区搬迁到城市。棚户区改造工程解决和改善了一大批困难家庭住房问题。

职工家属楼从无到有，从窝棚到平房，从简易筒子楼到电梯房，从小房子到大房子，杜儿坪人像当地城市居民一样，早已住进暖气、卫生间、厨房设施齐全的现代楼房，住房条件逐步改善，职工群众的幸福指数不断提高。

出行

由于杜儿坪矿位于太原西山深处的山沟里，建矿初期，工人们在矿区附近、沿沟两旁的山坡上自由修建简单住处，成片成片的自建房形成棚户区，时间长了，职工住地与矿区拉开了距离，为解决职工上下班交通问题，杜儿坪矿沿山沟铺设轨道，开通了有轨电车，定时定点接送职工。每当有轨电车丁零咣啷地来到停车点，工人们纷纷挤进木制车厢，有轨电车不紧不慢地将他们运载到坑口。1963年，杜儿坪矿开通坑口至河龙湾6公里段的有轨乘人电车，运营电车20辆，每辆电车定员50人。几年后，杜儿坪矿又在道路的空中架线，将有轨电车改建为无轨电车，同时扩大了运载量与趟次，职工乘车也比之前舒适一些了。

虽然杜儿坪矿距离太原市中心只有 20 公里，但人们一直过着山里人的生活，无论有轨电车还是无轨电车，都是在围绕矿区打转，矿上人们何尝不想走出矿区、走出山沟，体验城里人的生活。

20 世纪 60 年代中后期，令人振奋的事儿来了，太原市中心五一广场至杜儿坪矿的 17 路公交开通，17 路首班公交车戴着大红花，从五一广场出发，沿迎泽大街、跨汾河大桥（史称洋灰桥）、经河西区下元街道，直通到杜儿坪矿。电车开通当天，沿途街道人头攒动，人们觉得很新鲜，争相观看，矿工下班后，欢天喜地地乘坐这一新型客运车辆，带着家人乘着公交车逛太原城。

1983 年，太原市中心开往河西区的公交车越来越多，太原市在下元设了公交总站，这年 7 月 1 日，17 路公交改由下元始发到杜儿坪矿，全程约 15 公里。这样一来，公交线路缩短了一些，每日趟次增加了，职工们乘 17 路公交车到达下元公交总站，倒车进城可选择各个方向的车就多了。职工们进城里更加方便了。喜讯不断，1986 年 10 月 1 日，普天同庆共和国生日的时刻，西山矿务局—杜儿坪矿坑口无轨电车剪彩正式通车，新型的无轨电车往返于十里矿区，改变了杜儿坪矿出行只有 17 路一条公交线路的局面。

随着经济社会的快速发展，杜儿坪矿按照山西焦煤坚持"以奋斗者为本""优化薪酬分配结构，薪酬分配向井下一线、向脏险苦累岗位倾斜"的精神，全矿员工薪酬普遍提升，矿工收入逐年提高，从矿区搬迁到市里的职工越来越多，职工的吃住行有了很大的改观。买房买车不再遥不可及，工人们开着私家车上下班的越来越多。但随之行路难与停车难的问题凸显出来。职工出入杜儿坪矿唯一的一条路，本来是一条二级公路。有史以来，大车小车加公交车一起挤压在路上，隔几年就需来一次"修修补补"，有的连接地被人们叫作"搓板路"。

2022 年，杜儿坪矿借力太原市"两河西延"工程的东风，对矿区主干马路铺油硬化加绿化，多年失修的坑坑注注的道路变得平坦亮丽，上下班开车从矿区到太原市中心区，交通更加便捷顺畅，据每天开车上班的职工们说："从市里到矿区上班,只需10多分钟左右车程。"

接下来杜儿坪矿党政又就职工停车难问题反复研究,争取驻地政府支持,在矿区办公楼后填沟造地1000平方米,建起停车场。道路通畅了、停车难解决了,人心畅快了。职工们上下班的心情都变好了,工作起来劲头也更足了。职工们说:"山里人"的生活一点也不比"城里人"差。

10.工人俱乐部与文艺演出

工人俱乐部

杜儿坪矿成立后,文化建设同时起步,先后成立文艺宣传队、广播站,建设图书馆、俱乐部等文化场所,职工文化活动迅速发展。

杜儿坪矿俱乐部购进35毫米电影放映设备,定期为矿区职工、家属放映电影。为提高文化工作者的业务素质,杜儿坪矿俱乐部积极响应西山矿区工会组织的"宣传好、服务好、秩序好、卫生好"竞赛活动。为矿区职工、家属提供高效优质的服务。1975年,太原市文化局和太原市电影公司批准杜儿坪矿俱乐部成为太原市开放俱乐部,省城与太原市市属影剧院放映的新电影、新影片能够及时在杜儿坪矿俱乐部放映。为满足职工群众的文化需求,俱乐部除放映电影和进行文艺宣传演出外,还邀请省、市和其他地区的剧团、名角演出来为职工演出。

在历史的进程中,工人俱乐部是职工群众业余文化活动最集中、最红火的场所。20世纪80年代中期,50年代建起的俱乐部在一定程度上已不能满足广大职工群众娱乐、学习活动的需求。1983年,杜儿坪矿投资300万元建设新俱乐部,建成后投入使用的杜儿坪矿新俱乐部,建筑面积3000平方米,座位1864个。

杜儿坪矿俱乐部,与我国大型工矿企业的俱乐部和文化宫性质是一样的,只是规模大小不同而已。这里总是人口最稠密的地方,因为它几乎包揽了杜儿坪矿的一切大型文化活动,工人及其家属在这里看电影、看歌剧、看戏剧,篮球队、排球队、羽毛球队、乒乓球队都在这里开展活动。杜儿坪矿经常在这里举办职工文艺会演、歌咏比赛、演讲比赛等。过年过节挂花灯,搭彩门,街头文艺表演集中演示,元宵节放焰火,南山、北山都往这里打焰火,照彻整个矿区,非常热闹与壮观。一位在矿山长大叫作"智慧矿山"的文化人在《童年的工人俱乐部》文章中回忆说:"当年,到处都是铺着报纸打扑克、下象棋的大人们,退休职工在这里颐养天年;结束了一天工作的单身职工在这里寻找欢乐;放学的学生们在这里追逐打闹,释放天性,也有勤奋好学的同学趴在台阶上写作业。"他还记得俱乐部大楼底下有两个被无数小孩子用身体蹭来蹭去的石狮子,一个公的、一个母的,公的脚下踩着个绣球,母的脚下面踩着一个小狮子。大石狮子在小朋友面前显得很高,连基座大约有 3 米的样子,石狮子吸引小朋友们之处在于它嘴里有个可以来回滚动的石球,石球设计得非常巧妙,大小似乎可以从嘴里滚出来,所以小朋友们前赴后继地爬上去,因为胳膊不够长,探着身体来回拨动,看看能不能从它嘴里的某一个角落把石球拨出来。

随着社会的发展,人们的文化娱乐方式越来越丰富、日益多元化。2004年,俱乐部外部装修,更名为杜儿坪矿文化活动中心。随着市场经济的发展和电视节目的丰富,在那个家家有电视机、人人看电视节目的年代,群众性文化活动有所降温。近年来,社会进入多媒体时代和大众传媒时代,随着市场经济的发展,无论是"职工俱乐部"还是"职工文化活动中心",都逐渐淡出了人们的生活。2019 年,存在了 60 多年的"杜儿坪矿职工文化活动中心"大楼被拆除了,在过去的岁月里,曾给人们留下无数美好的回忆。

文艺演出

1957 年,杜儿坪矿文艺宣传队宣告成立,这是一支由 70 多人组成的综合文艺宣传队,他们不但排演歌舞,还能排练折子戏和古装戏。时至今日,杜儿坪矿还有众多的晋剧票友常年活动，与当年杜儿坪矿文艺宣传队演出的晋剧折子戏和古装戏打下的基础有关。矿文艺宣传队成立第一年，赵子平独唱的《交城山》就获得全国文艺汇演三等奖。给了队员们极大的鼓舞，也让矿领导对宣传队更加重视与支持。

1958 年，杜儿坪矿邀请国内名家中国说唱团、中国煤矿文工团演员马季、马增芬、邓玉华等来矿演出。全矿职工欢欣鼓舞，文艺宣传队的队员喜逢学习的好机会。这一年，杜儿坪矿文艺宣传队在参加太原市文艺汇演中，选送了自编自演的锣鼓联唱《杜儿坪矿好地方》获一等奖，女声表演唱《总路线放光芒》《好矿嫂》获三等奖。从此，杜儿坪矿文艺宣传队在省城太原小有名气。

20 世纪 60 年代宣传队排练演出了许许多多反映矿山新变化和矿上好人好事的文艺节目。他们排练演出过的大型歌剧有《红嫂》《军民鱼水情》等。还有描写抗日战争时期，鲁中南我区游击队队长刘四姐消灭伪军、救出同志战斗故事的大型歌剧《刘四姐》。

20 世纪 70 年代，杜儿坪矿为宣传队加大投入，增加了先进音响、灯光设备，同时进一步充实演员队伍，此后，杜儿坪矿文艺宣传队不但在省城太原的湖滨会堂、山西省政府门前演出，还背起行李赴汾西矿务局、雁北地区等地演出，受到当地的热烈欢迎与热情款待。20 世纪 80 年代初，杜儿坪矿宣传队自编自演的节目《高区长的毛巾》获全国煤炭系统职工文艺会演三等奖。

20 世纪 80 年代也是矿区文化生活最为活跃的时候，著名歌唱家于淑珍在杜儿坪坑口为职工、家属演唱那个年代脍炙人口的歌曲《我们的生活充满阳光》；1984 年中国煤矿歌舞团副团长、女高音歌唱家邓玉华再次来杜儿坪矿为职工、家属演唱。1987 年，周里京、宋春丽、李扬、刘君侠等来到杜儿坪俱乐部，演出小品、独唱等节目。

1980 年末，随着社会经济的飞速发展，厂矿企业的文艺宣传队渐渐退出了历史舞台。而它在那个时代所产生的积极意义流传深远，是留在一代人心中永远抹不去的风景。

长期以来,受文艺宣传队的熏陶,爱唱戏的职工群众不少,《沙家浜》阿庆嫂、郭建光,《红灯记》李铁梅、李奶奶,很多人都会来一段。杜儿坪矿拥有大批戏迷、票友,进入 2000 年后,广大戏迷、票友们经常进行业余排练演出,矿工会为他们提供排练场地。2004 年 7 月 19 日,山西电视台《走进大戏台》节目组在西山三中(杜儿坪矿子弟学校)举行庆祝杜儿坪矿安全生产 3000 天专场演出,晋剧表演艺术家王爱爱、歌唱演员王风云等表演了节目。

11.劳模先进层出迭现

杜儿坪矿的发展史,是一部艰苦创业史,也是一部英模辈出的历史。

在杜儿坪煤矿办公楼连接坑口的安全通道里,左右两边布设着固定宣传栏,本矿全国及省市劳模先进的照片与事迹全都陈列在里面。榜样的力量是无穷的,在这些劳模先进的带动和影响下,这座 1956 年建矿的老旧煤矿一步步成长为现在的特大型现代化矿井,经济稳定、持续发展,安全生产连年位居西山煤电集团公司前列。

2015 年 5 月 6 日,中工网发表了一条记者李彦斌、通讯员吕灵芝采写的消息:"山西焦煤西山煤电集团杜儿坪矿 60 年培养各级劳模 70 余名。"该消息导语中写道:"五一"前夕,山西焦煤西山煤电集团公司杜儿坪矿的"80 后"全国劳模李茂林走进人民大会堂,接受党和国家授予的崇高荣誉。杜儿坪矿建矿 60 年来,劳动模范层出不穷,劳模精神代代传承,劳模的示范引领作用、劳模精神的激励作用成为企业发展的中坚力量。

翻阅《杜儿坪矿志》记载,60 年来,从矿山走出的市级以上劳模有 70 余名,其中全国劳模、全国五一劳动奖章获得者 5 人,省部级劳模 30 余名。

群星闪耀、人才济济,彰显出杜儿坪矿英模辈出的历史,更凸显出这座特大型现代化矿井尊重劳模、爱护劳模、学习劳模、争当劳模的蔚成风气。

老劳模武星有在"文化大革命"时因"莫须有"的罪名被捕入狱,8年后平反出狱的第一件事,就是将单位补发给他8年的工资全部补缴了党费;党素珍,50年为矿工义务服务,2007年荣获全国"五一劳动奖章";带领职工创下年产百万吨"五连冠"佳绩的综采队长陈发明,2002年荣获全国"五一劳动奖章";创新发明"煤矿井下双风机、双电源自动切换装置"获国家专利的伏军,2010年获"全国劳动模范"称号;董林,从一名农民合同工,成长为全国煤炭行业职业技能大赛的冠军,成为全国人大代表。董林、伏军还创造了2010年两人同时被评为全国劳模的劳模评选史上的特例;李茂林,这位矿工的后代,煤校毕业后主动下井当采煤工,熟练地掌握了综采生产的"十八般武艺",搞改革,编作业规程书,成为杜儿坪矿继董林之后的又一个80后青年矿工劳模。

全国道德模范党素珍

百度词条这样描述:山西省西山煤电集团公司杜儿坪矿矿工家属。从1953年起,就坚持义务为丈夫所在的杜儿坪矿的矿工送开水,一直到2004年70岁高龄因病住院,在杜儿坪矿井口为矿工义务服务了整整50年。这50年来,她风雨无阻,寒暑不息,坚持为矿工送开水、补衣服、搞宣传、嘱安全,她用纯朴的关爱温暖了几代矿工的心。1996年她被评为全国"好矿嫂",她也是当年34名"好矿嫂"中从事井口服务时间最长的一位。1997年被评为"全国道德模范"。

1934年,党素珍出生在山西省五台县建安村一个贫苦农家,从小吃苦耐劳,为人善良。在村里,参加过儿童团,跟着村妇救会搞过支前,她觉得为大家伙儿做事是利人乐己的事。这一朴素的想法,是她一生的信念。新中国成立后的1953年,18岁的党素珍经人介绍,与杜儿坪矿工人李万义结婚,从青山绿水的五台县农村,来到太原市以西20公里处的西山煤田中的杜儿坪煤矿。

第二年，杜儿坪坑作为西山煤矿的一个坑口恢复生产。工人们起早贪黑，在人烟稀少、乱石成堆的山里开山炸石头，打洞挖煤，一钻进山沟里就是一整天。党素珍看到下班回家的丈夫累得筋疲力尽。作为矿工家属，她住在小虎峪山坡的窝棚内无所事事，就想着为丈夫做点事。于是她提着水壶，带上水杯，冒着严寒，步行10里路跑到井口，等丈夫升井出洞。等来的是一帮满身尘土、满脸乌黑、眼不是眼、鼻子不是鼻子的矿工们。党素珍甚至认不出哪个是丈夫，慌乱之间，丈夫李万义走到她跟前说："你来啦！"她定睛一瞅，这才是丈夫呀，赶紧招呼："累了一天了，喝点水吧。"矿工们看到小女子送来热气腾腾的水，高兴得露出白牙跑过来抢水喝。工友们围着小两口，有人从李万义手中夺过杯子，喝了一口水，笑嘻嘻地说："真解渴呀，嫂子，以后你就给我们送水，行吧？""行啊，那咋还不行！"党素珍回答得嘎嘣脆。

一句不经意的承诺，党素珍坚守并付出了一生心血和汗水。回家后，党素珍置办了水桶加一根扁担。丈夫担心地说："你挑担子送水？十里路啊，不是开玩笑。"她满不在乎地回复："还没有试，你咋就知道不行？"第二天，她吃力地挑着一担开水，早早等在井口。累了一天的矿工见嫂子真的送水来，高兴得忘了疲惫，一边抢水喝一边打打闹闹。看到大家需要她，党素珍打心眼里高兴。她由对丈夫的爱辐射到对每一个矿工和整个矿区的大爱。从那时起，她风雨无阻地干了50年，直到自己患病倒下。

1956年1月1日，西山矿务局成立，杜儿坪坑由地方矿划归中央直属煤矿，由杜儿坪坑成立了杜儿坪煤矿，隶属西山矿务局。正式建矿后，随着矿区职工人数的增加，职工住房盖起来了，党素珍一家搬进了新房子，生活条件改善了，职工们有了较为安定的生活住所了，党素珍为矿工们服务的想法更多了，劲头更足了。

经过两年的奋战，杜儿坪矿60万吨扩建工程完工投产。同时工人的薪水也由劳动工分制度改为等级工资制。丈夫李万义的薪水有所提高。过惯了苦日子的党素珍依旧节衣缩食，从家庭费用中挤出钱物，"义务支前服务站"张罗起来了,服务站就开在坑口。义务服务的项目也在不断增加与完善, 酷暑难当的夏日,她每天早晨4点起床烧火,熬制小米汤、绿豆汤,准备橘子粉、白糖水等;冰天雪地的严冬,她依然早晨4点起床烧火,熬制生姜汤、鸡蛋汤、红糖水。夏日里,当口干舌燥、嗓子冒烟脸冒火的矿工兄弟们下班出井时,喝一杯她精心准备的小米汤、绿豆汤,口里凉爽爽,心里美滋滋。冬日里,当矿工兄弟们从阴冷的井下升到寒风刺骨的地面时, 她给端来热气腾腾的生姜汤、红糖水。在党素珍的心里,每天看到矿工们平安的笑脸,就是她的幸福时刻。

后来矿区有了电车,她可以乘着电车送水了,时间不那么紧张了。她仍然在凌晨4点出门,把家属区10个公用厕所清扫干净,5点挑着担子乘坐头趟电车准时到达井口。一位年轻矿工说:"第一次见她打扫厕所,我还以为她是清洁工。仔细一看,原来是平日里为我们送水的矿嫂。"

矿工们知道这些费用都是她自己家里的钱,觉得不好意思,他们一个劲儿叫着嫂子,"有开水就行、我们能喝上温水就满足了。"党素珍总是冲他们笑笑:"没事,踏踏实实地享用,你们为国家出苦力、出大力,我这点小事算不了啥。"也有的家属指指点点,不知道她图个啥。

但是,更多的人还是被她的热情与坚持所感动。在党素珍的感召下,矿嫂们纷纷加入义务服务中。"义务支前服务站"由1人变3人、变5人。她的服务从送水送汤,扩展到为矿工缝补纽扣、手套、清理厕所、洗衣服等。

有一年秋天,矿工小赵出了安全事故,党素珍就像失去亲人一样悲痛了很长时间。从那以后,党素珍给自己增加了一项任务:学习安全生产知识,然后给工人们讲。一个从农村来的、一个字不识的矿工家属,到后来看报纸、读报纸、念文章、写字、编顺口溜、快板书,全靠自学,这要多大的学习动力、学习劲头、学习毅力啊。她利用快板、收音机等宣传安全生产,后来又买了录音机、磁带,录安全生产会议内容,录领导讲安全问题,到坑口一次次播放。随着时间的推移,煤矿不断完成改扩建工程,下井的工人成倍增长,一个早班下井人数达到千人,开水不够喝。党素珍先后自费买了几个保温桶,两个电热水桶,使服务站从早到晚,24小时都有开水喝。80年代后,她还办起了阅报栏,广播站。

矿工兄弟听我言 / 听我与您说安全 / 说安全道安全 / 违章指挥不安全 / 违章作业不安全 / 违反纪律不安全 / 矿工兄弟听我言 / 您在井下搞生产 / 为国为家多流汗 / ……安全生产才能为国为家做贡献。

她买个大喇叭,站在坑口扯着嗓子说快板,讲安全。

有人不理解,说她是出风头,傻眉愣眼爱表现,甚至有人出来劝解她、阻止她。她常常陷入尴尬的局面,但依旧我行我素,丈夫知道她的固执性格,一直随着她。面对冷眼和质疑,党素珍还真有一股子憨劲儿,她认准的事情,九牛二虎拽不回。

改变党素珍境遇的,是1985年的那场事故,那年2月10日,春节前夕,杜儿坪煤矿发生特大瓦斯爆炸事故,血的教训敲响了煤矿安全管理和教育的警钟,全矿上下凝心聚力抓安全。这时,人们才反应过来,原来,党素珍这几十年一直在做着安全生产宣传工作。这位平凡而朴素的女性,在义务服务了几十年、默默无闻地奉献了几十年后,人们终于发现了她的价值。大家开始重新认识她、肯定她、赞许她、支持她。她终于迎来了自己早应该有的荣誉。

矿上要开劳模会,她兴奋得一晚上辗转反侧:多少年被人冷嘲热讽,多少次遭人白眼,这一切都将过去了。从今往后我是劳模,我要戴红花、披彩带,我还要加倍努力服务好一线的矿工兄弟……第二天凌晨4点,她照例起床赶到坑口,服务完早晨出井的矿工,才匆匆忙忙赶到会场。

站在劳模队伍的前列,她是最显眼的一个人。在西山矿务局一年一度的表彰大会上,受表彰的劳模都是一线矿工,只有她是杜儿坪矿矿工家属,矿工家属当劳模,在山西煤矿行业是破天荒的事情。望着台下善意的、理解的、尊重的甚至是羡慕的目光,党素珍的热泪模糊了视线。从此以后,一年一度的矿工总结表彰大会上,领奖队伍中,总有一个特殊的领奖者,她不是矿工,却得到了矿工的最高荣誉。她对这个荣誉看得很重,她说:"物质奖励可以不要,但这个荣誉我必须要,有了荣誉好开展工作。"

原来她把自己的荣誉当令箭使。有了荣誉,她才能壮着胆子进入各种会议旁听。她说广播站每天要宣传多出煤出好煤,首先要抓安全生产;还要宣传党和国家的大政方针,全矿的主要工作和中心任务。所以,她忙着参加各种会议,然后宣传会议精神。她认为,只要矿上开的会,自己就应该想方设法去听,去领会精神,因为井下的职工没时间参加会议。一开始,有人反感她,有人会提醒这个会议不适合她参加,她会瞪着眼睛执拗地问人家:"为啥?矿里的会议不撵出我来,我就都应该参加。"只要是对职工有利的,对宣传安全生产有用的,她就录音,能用就用,没有用就掐了。为了录音方便,她经常在第一排坐着,圆桌会议呢,她就坐在领导对面,摆上录音机。时间长了,大家也习惯了这个会议的编外人员。有人觉得这老太太也怪可爱的。但是,也不见得所有人都赞同。同情她的人认为她是在盲目地挥洒热情,反对她的人嘀嘀咕咕:她不是缺心眼儿就是脑子不够数,人们对党素珍的评价总是起起落落,她就是这样一方面受矿工们的欢迎和喜爱,另一方面受一些人的冷眼和质疑,党素珍就是在这种境况下默默地度过每一个春夏秋冬。一个人在一个地方长年累月做好事也不是一件简单的事,有时会让自己很委屈。但她根本不在乎,她说:"其实我也不傻,我知道哪头重哪头轻,我愿意奉献一辈子,贴钱一辈子,贴我个人的小钱,换来全矿整体的利益,换来西山矿务局安全搞得好,国家安全搞得好,值了。"

当劳模后的党素珍为矿工服务的日程安排得更多了。隔三岔五,她要到单身楼,为工人们洗洗涮涮、缝缝补补,她说要让单身工人下了班也有个像样的"家"。日子长了,她认识了更多的工人,了解了更多的情况。并与他们建立了联系。

"小安子,小安子,你醒醒吧,你快醒来吧。"在医院病床前,党素珍一遍遍地呼唤着在井下受了重伤的矿工郭德安的小名。这是她在单身楼服务时认识的年轻人。整整三天三夜后，郭德安终于醒来了，能吃东西了，党素珍就给他买奶粉、饼干、水果等，从家里带来荷包蛋、饺子，一勺一勺地喂他吃。郭德安经常因为堵塞呼吸道、堵塞鼻子、气管，引起供氧不足，憋得脸通红，党素珍就口对口给他吸痰。一位医护人员说："我起初还以为您是他的亲妈，原来您就是党妈妈！"由于伤势过重郭德安造成下肢瘫痪，他热泪盈眶地说："要不是党妈妈照顾我，我无论如何也活不下来，党妈妈就是我的亲妈呀！"

在杜儿坪矿，被党素珍照顾过的工伤、病号何止郭德安一人？矿上管她当亲妈叫的人海了去了。然而，她自己的亲生子女却常有委屈的时候。长女李秀萍很小就成了家里的主劳力，又要上学又要为家里挑水、做饭、收拾家务。长女出嫁那天，刚吃完午饭，亲戚朋友还没有走，她倒是先走一步，急着去坑口服务去了。二女儿李秀峰说，自己两次生孩子母亲都没空陪她。坐月子还是一位邻居阿姨帮忙，后来孩子也是那位阿姨帮着照顾。她埋怨母亲："我坐月子你连碗米汤都没给我熬过。"1995年，丈夫李万义患脑瘤住院手术，因为路程远，党素珍安排几个孩子轮流照顾爸爸。党素珍担心工人喝不上水，自己硬是没空去医院。难道她是铁石心肠吗？她何尝不知道家人需要自己的关心与照顾。但是，世上哪有两全法，需要做出选择的时候，她也在左右掂量，最终选择舍小家顾大家。矿区的人都明白，在党素珍身后，站着的是一位心胸比天空还要宽阔的、无私奉献的男人，那就是她的丈夫、杜儿坪矿的老矿工李万义。妻子几十年如一日，自掏腰包义务服务矿工，作为丈夫，他尽自己最大的力量支持，甚至是做出了许多的牺牲。

有时候，亲戚朋友真的不理解她为什么总是像打了鸡血一样拼命工作，义务服务矿工而无怨无悔，让人不可理喻。她也有发牢骚的时候，有一年，没有评上劳模，她说："为啥不评我？我这一辈子不挣工资，贴钱一辈子，谁来和我比一比？"当有人认为党素珍这人就是争名夺利时，却不知道她把之前的奖品几乎全捐给了灾区。于是人们慢慢发现，这是个用特殊材料制成的老太太。她的特殊在于她始终坚守一种精神的高地。

1991年,56岁的党素珍光荣入党,党组织清楚,其实她从几十年前就完全做到党员的标准了。加入党组织后的党素珍,对自己提出更高更多的要求。为矿工服务成了她终生奋斗的事业。她立起了"党素珍义务支前服务站"牌子,服务领域越来越宽,她每年自费订十几份报纸办起坑口阅报栏,被工人们亲切地称为"党素珍阅报栏"。家属区、矿区大街上的16块黑板报,都是她宣传安全生产知识的阵地。为了她的"事业",党素珍先后用坏了12台录音机、两台卡拉OK机、300多盘磁带、5个扩音器……这些全都是她用家里的钱购买的。

1996年1月1日,《杜矿新闻》正式播出,杜儿坪矿广播电视中心成立,电视中心忠实记录杜儿坪人奋斗历程,热情讴歌煤矿职工拼搏精神,制作了《奋进的杜儿坪矿》《党妈妈的一天》等一批高质量的电视专题节目。在电视专题《党妈妈的一天》中,有这样的场面与表述:

早晨4时,党素珍挑着一担开水,步行5公里来到井口,为上早班的工人送上一碗热气腾腾的开水。上班高峰,党素珍在放广播、放录音,给工人讲安全,说自编的安全快板书。看见有位工人的衣裳破了,她就拉住缝上几针……工人们下井了,党素珍又忙着换阅报栏,把头天的报纸换下来,再把当天的报纸换上去。中午时分,中班的工人开始下井,党素珍又是一阵忙碌,端茶送水、缝补衣服、放录音、讲安全。下午4时回家路上,她拿着铁锹清理了沿途10多个厕所。下午6点钟到家,屁股还没坐稳,又要爬坡上梁,走东家串西家地签订安全联络合同、调解家庭矛盾,家访"三违"工人……晚上八九点回家,简单吃饭,又开始为第二天的"工作"做准备,录音、熬米汤……这就是党素珍几十年来极其普通的一天。一年365天,日日月月年年党素珍都是这样度过。

从平地到坑口,矿工们每天要爬197个台阶。党素珍每天要把这197个台阶清扫得干干净净。若遇大雪天气,党素珍起得更早,她要赶在早班工人6

时来到这里之前,把台阶清扫好,她怕工人上下班滑倒摔伤,影响生产。当早班工人到来时,党素珍早已经清理完一夜的积雪,站在服务站端着开水等他们了。

党素珍就是这样奉献着、快乐着,同时还怀着一颗感恩的心,她对着采访她的镜头说:"党和人民给了我400多次荣誉,我最难忘的就是出席全国的会议,受到中央首长的接见鼓励。"

长年累月的超负荷工作,在她身上埋下了病根,她却浑然不知。2004年3月16日凌晨,70岁的党素珍像往常一样,打扫完小区的厕所,正准备赶头班公交车到矿井口服务。突然间,党素珍倒在小区的院子里不省人事,救护车及时将她送进了医院。她患的是脑梗死,在医院昏迷了两天两夜的党素珍,经过全力抢救,还是留下了很严重的半身不遂。醒来后知道自己再也不能到井口为矿工服务了,她禁不住抱头痛哭,嘴里不停地叨叨着:"医生,我得去工作,我要去送水……"

党素珍住院期间,杜儿坪矿从干部到矿工急切地到医院探望。一位韩姓老矿工说:"20世纪50年代,我爹在杜儿坪坑下井时,就喝上了党妈妈送的开水;80年代,我工作后,喝上了党妈妈送的绿豆汤,到现在我儿子依旧享受着党妈妈的亲情服务,党妈妈服务了我们祖孙三代矿工。"

杜儿坪矿矿长段润宇来了,在病床旁拉着她的手说:"党妈妈,您一定要安心治病,您一定能好起来的。我和工人们也一定会在坑口上等您回来。"

西山煤矿总公司总经理薛山来了,他深有感触地说:"党大姐啊,我刚参加工作上班的时候,就见到您在坑口为矿工服务的身影了,从始至终,整整50年,您太不容易、太了不起了。"

是啊,50多年过去了,杜儿坪矿的矿工换了一茬又一茬,矿领导换了一波又一波,党素珍的支前服务始终未间断一天。

这位倔强的、一向以身体硬朗自豪的"党妈妈"病倒了,矿区、井口突然少了她的身影,多少年累积的感动与感恩一时间弥漫了整个杜儿坪矿,人们不断地回忆起她为矿工做的点点滴滴。

"党妈妈总是尽量满足工人的要求，一次有个年轻矿工说想听流行音乐，她说让她女儿去买磁带，第二天下班时，大家就听到了流行音乐。"一位矿工回忆说。

"她的手工活儿特别好，我一开始见她家有那么多鞋垫，还以为她是要卖的，后来才知道是送给矿工的。"一位邻居说。

党素珍服务站的矿嫂们粗略统计：50年来，党素珍挑水30余万担，缀扣子30多万粒，缝补衣服6万余件，缝补手套120万副，修安全帽10万余顶，修补雨鞋2万多双。

据家人粗略统计，她用家里的钱服务矿工，年平均都在2000元以上。长女李秀萍在接受西山矿报记者采访时一次次哽咽："我就是觉得我妈这一辈子很不容易……""我看到她经常囫囵身子睡觉，我说，你脱了衣服好好睡，一天到晚这么累，你这样歇不醒。她总说顾不上，怕早上睡过头误了点，还是照样穿着衣服睡觉。"

三女儿李改金说："2003年闹'非典'时，太原是重灾区，别人都不出门了，妈妈却照样凌晨4点出门，晚上八九点回家。为了不被传染，她买了消毒器、一次性纸杯和手套。当时她自己也累病了，她就晚上输液，白天照样去矿上。那段时间她的身体被彻底拖垮了，这也成为几个月后她得大病的根源。"

2006年，西山矿务局举行成立50年的庆祝典礼，党素珍坐着轮椅被推上了舞台中央，30多万名矿工以经久不息的掌声回报这位善良慈祥的矿山"党妈妈"。

2014年，党素珍走完了她光辉而不平凡的一生。大道无形，大爱无边，党素珍，一个平凡人的力量竖起了一座不朽的丰碑。每日一大早，杜儿坪矿井口"党素珍服务站"依然熙熙攘攘，服务站传承人李春娥动容地说："党素珍大姐走了，但'党素珍服务站'的工作不会停，我更有信心带领大家把安全协管工作做好。"

党妈妈倒下了,在她的身后,站出了无数的矿嫂服务队。

全国人大代表、全国劳模董林

2002 年 1 月,20 岁的小伙董林由山西省曲沃县来到杜儿坪矿,当了一名农民合同工,被分配在一采区掘进一队。工作一段时间以后他了解到,煤矿一般的农民工只能在井下待 6 年,之后,企业就不会跟你续签合同了。无论你干得怎么样好,最后都是"走人"的结果,他心想,安心干上几年,学点技术、挣些钱回家再做打算。

董林的具体工作是对井下掘进机进行维护修理。高中毕业的董林觉得以自己的文化知识,干井下工人的活儿不成问题。然而,在实际操作中,他连零部件的名称都记不住,工作中不免闹出笑话。这时他才认识到井下工作还真是个技术活儿,自己必须认真对待,加紧学习。态度决定行动,他从最基本、最简单的操作学起。虚心向师傅请教,向身边的每一位职工请教。把学习当中遇到的问题与解决的方法记在随身带着的本子上。有几次,下班时间到了,但机器发生的故障还没有排除,董林毫不犹豫地主动留下来做修理助手。时间长了在实际操作过程中越来越得心应手,本来爱动脑筋、爱琢磨的董林学习劲头更足了。他爱岗敬业,勤奋学习,苦练本领,一次次独立解决棘手问题、疑难问题,很快成长为掘进机维护修理的骨干力量、技术能手。

2003 年,师傅苏世跃带领董林一同参加杜儿坪矿的技术比武,分别获得第一名和第三名,被授予"技术能手"称号。2004 年 2 月,董林又遇到了第二位师傅——郝守文。郝师傅叮嘱他:"一个好的掘进机修理工,不但要会修,而且还要会开动、会操作。"董林开始搜集各种掘进机的书籍,努力钻研维修技术。在师傅的精心指导下,董林不怕累、不怕脏,刻苦训练,很快成了队里离不开的技术能手。这年 11 月 5 日,董林下井接班,进入工作面检查,发现耙爪出现故障。他马上钻进了铲板底部,打开耙爪底盖,紧张维修 3 个小时。润滑油从铲板底部流下来,与煤泥污水混在一起,董林整个人泡在寒冷冰凉的油污泥水中,汗水渗透了衣背,油污泥水湿透裤腿。当董林从铲板下爬出时,耙爪又开始正常运转了。其实,这种境况、这种抢修对他来说已经是家常便饭。

"宝剑锋从磨砺出,梅花香自苦寒来。"2005 年是董林的夺冠年,6 月,董林蝉联了杜儿坪矿职工技能运动会综掘司机技能大赛冠军。7 月,获得西山煤电集团公司技能大赛冠军。8 月,获得山西焦煤职工技能运动会亚军。开弓没有回头箭,接踵而至的好消息传来,董林获得全国煤炭系统综掘司机技能大赛冠军。从井下农民合同工到全国煤炭系统综掘司机技能大赛冠军的华丽蝶变,董林只用了 4 年时间。4 年说长不长,说短不短,那是这位 20 多岁的小伙子用 1600 多个日日夜夜勤学苦练的青春年华结出的硕果。

董林不断取得骄人成绩与突出贡献,幸福来敲门了。山西焦煤集团推出了一项"吸转"新政策,就是工会开展素质工程建设中的一项长效激励措施。只要在各级职工技能大赛中获得优胜,都可以从合同工或农民工转为正式工。在这项政策的激励下,一大批优秀员工脱颖而出,董林等技术骨干由农民合同工转为正式工。

年仅 26 岁只有高中文化程度的董林,先后获得全国五一劳动奖章、中国青年五四奖章、山西省 2008 年度"十大新闻人物"、全国劳动模范等多项荣誉。2013 年 3 月 8 日,董林以山西普通煤矿工人的身份,作为第十二届全国人大代表,坐在了北京人民大会堂参政。

在董林看来,成功的光环只是过去式,未来的路还需一步一个脚印,不断前进,才能更上一层楼。参加全国煤炭系统技能大赛归来,董林把自己的技术和绝活无私地传授给工友。为了带好徒弟,董林从环境条件较好的检修班调到了生产班。他与第一个徒弟吴应龙签订了师徒合同。一年之内,他又带上了第二个徒弟吴文龙,第三个徒弟田俊生。他带着徒弟们,一次次计算、一遍遍拆装,找窍门、练速度、保质量。他不断鼓励徒弟:"长江后浪推前浪,青出于蓝胜于蓝。"经过师徒共同努力,吴应龙一举拿下 2006 年杜儿坪矿技能大赛的亚军。

2020年,杜儿坪煤矿为掘进一队副队长董林建起了"劳模大师工作室"。2021年3月,参加十三届全国人大四次会议归来的全国人大代表董林告诉前来采访的记者:人大代表,不仅仅是一份荣誉,更多的是一份责任。在本职岗位上,要处处起到模范带头作用,干好工作的同时要认真履职。基层的代表要扎根基层,了解职工诉求,了解企业发展中的困难和瓶颈,把职工的呼声和诉求反映上去,起到桥梁和纽带作用。

全国五一劳动奖章获得者陈发明

陈发明1959年出生于山西省代县,高中毕业后来到杜儿坪矿参加工作。他爱岗敬业、刻苦学习、无私奉献,很快掌握了采煤一线的各门技术,对于各道工序都轻车熟路。先后在胜利二队、薄煤层一队、综采二队当工人,后来到杜儿坪矿综采二队班长、副队长、队长、三采区副区长岗位干得如鱼得水,创造了"快速过无炭柱"采煤新工艺。1988年11月光荣加入中国共产党。

陈发明时时处处以共产党员的标准严格要求自己,忘我工作吃苦在先,冲锋在前。1996年8月4日,一场百年不遇的特大洪水袭击了西山矿区,洪水造成杜儿坪矿停产两个月。在形势严峻的情况下,他带领综采二队生产自救,发扬"特别能战斗"的精神,大搞技术革新、管理革新,在大灾之年仍然生产原煤91万吨。1998年,带领综采二队职工顽强拼搏、战胜困难,在全矿集中轮休、停产放假3个多月的情况下,生产原煤138万吨,并在12月9日产煤9055吨,12月产煤19万吨,创队和矿、西山矿务局日产、月产、年产新纪录。被人们誉为"矿区老黄牛"。陈发明,一位带领职工创下年产百万吨"五连冠"佳绩的综采队长,连续受到组织上嘉奖。2000年荣获山西省五一劳动奖章;2001年获山西省劳动模范称号;2002年获全国五一劳动奖章。

全国劳动模范伏军

　　伏军,1958年出生于河南民权县。1979年高中毕业那年,21岁的他循着父亲的足迹,来到山西焦煤集团西山煤电公司杜儿坪矿当了一名掘进工。他继承父辈吃苦耐劳的精神,加上自己勤奋好学爱琢磨,很快在井下干得游刃有余。1982年开始从事井下机电维修工作,1985年任一采区机运一队维护组长。工作中边干边学边研究,工作之余阅读钻研大量机电维修书籍,对每一台新旧设备的说明书都反复阅读甚至熟记。20多年来,他年复一年、翻来覆去地重复着机电维修工作,突破一个个瓶颈,扫除一个个障碍,闯过一个个难关。西山煤电集团安监处要求各矿井必须双风机双电源供电,这是为了保证井下局部风机不间断供电,保证安全生产的一项措施。为此,杜儿坪矿花30多万元从无锡买回一批"自动切换器"进行协助工作。但是,井下电压不稳,新设备工作不到一个月就出现故障,无法继续使用了。眼看着刚刚花钱买回的设备面临报废,从事井下机电维修工作多年的伏军坐不住了,以他的智慧和勇气及常年学习到的知识,开始试制了。经过反反复复的试制,不增加线路与配件,通过改变控制线路,成功研究出"井下风机可自动切换的供电装置",这项改造技术方便易行又安全可靠,解决了局扇无计划停风停电的难题。1999年,该项创新发明改造获国家技术专利。他的"煤矿井下双风机,双电源自动切换装置",主要运用于矿井局扇双电源自动相互切换的供电电路和直接控制三相电动机的起动,停止或反转及不间断供电的场所,这项发明在许多煤炭企业广泛运用,既提高了经济效益又取得了良好安全通风的效果。据了解,矿井局扇实施本技术,可充分有效地利用工时,提高工作效率,对于供风供电,安全生产,有了可靠保证,对于减少或杜绝无计划停风停电以及所造成的瓦斯积聚、瓦斯超限、瓦斯爆炸等恶性事故的发生均为一项急需可行的安全措施,实为矿井局扇双电源双电机可自动相互切换的理想供电装置。伏军将个人获得的专利技术无私奉献给数十家煤矿,先后为煤矿企业创造了1亿多元的财富。

　　2004年,伏军荣获"全国职工优秀技术创新成果三等奖";2005年6月,伏军光荣加入中国共产党,2010 年获"全国劳动模范"称号。

全国劳模李茂林

李茂林出身于矿工家庭,2002 年 7 月,20 岁的李茂林从大同煤校毕业,被分配到杜儿坪煤矿。在矿上实习时,干部与职工就喜欢这位白皙秀颀、识字知书,学识渊博的小伙儿。实习结束后,本来可以留在机关工作,可他主动请求到综采三队当了一名采煤工。

当时,井下的工作条件与生产环境他是了解的,吃苦受累他都不在话下。但是,在煤校学习到的书本知识,只有经过不断的实践、实操,才能变为能力与本领,否则,在井下工作自己仍然是新手。真正的智者除了拥有一种常人没有的智慧,更比常人多了无数倍的坚持与耐心,同时具备常人不曾有的远大眼光。认识到自己的优势与短板,他虚心向师傅们请教,遇到脏活、累活、险活时抢在最前面。井下支架工、维护工、转载机司机、采煤机司机等综采队这些所有工种他样样学、样样干、样样精通。很快受到师傅们的好评,赢得了领导的信任。2003 年,他被评为矿"十佳优秀毕业生"。

两年后,李茂林被任命为综采三队机电技术员、主管技术员。担任技术员后,他根据安全生产的需要,认真组织安全技术培训,全队职工持证上岗率达到 100%。升任主管技术员后,他编写了 300 余部安全技术措施和 10 部作业规程。在 2006 年至 2008 年连续三年获得全矿作业规程评比第一名;2007 年的"作业规程"被集团公司评为第二名。

刻苦学习是为了学以致用,李茂林不断给自己制定新目标,他利用业余时间,自学了中国矿业大学采矿工程专业,先后取得了本科学历和采煤工程师职称。他运用所学的安全知识,攻克了安全生产中的一个个难题。

2008 年 6 月,综采三队进入 72804 工作面,该工作面地质构造复杂,含有 300 毫米以上的夹石,为了能够提高回采速度,避免夹石层影响安全生产,李茂林运用所学的知识,理论指导实践,采取了托夹石回采新技术,既减少了夹石层的影响，又避免了设备的损坏，还有效地提高了回采速度与煤炭质量。此项技术荣获杜儿坪矿科技创新成果一等奖、西山煤电集团公司科技创新成果二等奖。

同年 7 月针对回采过程中运输机槽发生底鼓、严重影响到安全生产、采高降低、产量减少的问题，李茂林通过设计加工"铁槽鞋"来支撑溜槽底部，有效攻克了这一难题，为煤矿节约 10 万余元的设备投入费，工人们高兴地说："小改革解决了大问题。"李茂林在工作实践中不断地改革创新。他主持设计的"单体与小 π 柔连接装置"在全集团公司推广使用，他创新使用的"沸水煲"井下热水器解决了井下职工饮热水的"老大难"问题；他先后主持推广使用矿压监测装置、移架自动喷雾、单体联接器、电缆拖车、转载机盖板创新了"单体"与"小梁"联接装置、工作面拉线装置、工作面电缆吊挂装置等科技项目，为企业累计创造数百万元的经济效益。

李茂林的科技创新还体现在日常的工作中。杜儿坪矿 1010 水平 68201 工作面生产时，由于工作面采煤设备陈旧，支架侧护板损坏严重以致无法挡矸。他根据该支架的特点，设计制作安装了挡矸板，有效防止了矸石冒落伤人及倒架现象的发生。

2011 年，综采三队进入 73803 工作面后，在回采快结束时，工作面遇到特殊地质构造，颜角大、节理发育裂隙严重，全工作面顶板到处有漏顶的现象，安全形势特别严峻。李茂林深知，任何工作都必须建立在安全的基础上。严重的困难面前，他毅然召开队委会，统一班子思想，团结战胜困难。在全队职工的共同努力下，经过 90 余天的奋战，采用科学的注浆手段和合理的采煤方法，顺利、安全地渡过了难关。在此期间，担任综采三队党支部书记的李茂林与职工同进同出 75 天，他总是劝其他的领导和工人轮流休息，他说："我年轻，能坚持、能挺得住。"李茂林就是凭着这种坚持带领综采三队从"山穷水尽"到达"柳暗花明"。

进矿上班没几年，李茂林就熟练地掌握了综采生产的"十八般武艺"。

2009 年 5 月,李茂林被矿党委任命为综采一队党支部书记。他与队领导班子团结协作,相互支持,带领全队职工拼搏实干,确保安全生产,月月超额完成煤炭生产任务。2009 年,综采队被矿上评为"模范集体";2010 年,李茂林被矿上评为"十佳书记队长";2011 年 9 月,年仅 30 岁的李茂林被任命为一采区副区长,主管安全和质量标准化工作;2014 年 8 月,李茂林被任命为三采区党总支书记,党建工作成了他的首要责任。他从发挥党员先锋模范作用入手,旗帜鲜明地开展了"党员队伍聚力攻坚"活动,带领党员积极回收复用、挖潜堵漏,超额完成既定回收指标。平日里,李茂林与党员发展对象一起去艰苦的工作现场,解决制约区队发展的瓶颈问题;组织入党积极分子排查安全隐患,在他的带领和鼓励下,区队上下团结一心,干部队伍的凝聚力和战斗力得到了显著提升。

在煤炭行业深陷"寒冬"矿井战危渡困、百日安全决战的关键时刻,矿领导给李茂林压担子,把他放到安监处常务副处长的关键岗位上。他先从提升思想认识和岗位能力入手,先学一步,先走一步,在充分掌握国家、省市、两级集团公司安全精神的基础上,提出了"233"安全工作法,即坚持预防大事故、治理大隐患和防止零敲碎打事故两大目标,强化"敬畏、底线、谨慎"三种意识,推进基层、基础、基本功三项建设。

在他的不懈努力下,杜儿坪矿实现了"零事故"。矿井通过了国家一级质量标准化验收、国家高产高效矿井验收,获得焦煤集团年度安全生产模范集体。

作为领导干部,李茂林常年坚守岗位,每月下井苦干实干、现场指挥都在 22 天以上。工作面遇到机电故障等问题时,他总能在现场处理。一次,妻子生病住进了市里一家医院,可当时矿井工作面过大,断层顶板破碎,压力大。是进城去陪妻子,还是下井组织指挥?在关键时刻,他没有犹豫,将照顾妻子的事托给岳母,毅然下井到工作面现场跟班儿指挥,直到艰难的跨越大断层。

拼搏成就梦想,勤奋换来成长。2012年6月,李茂林被评为首届"全国煤炭工业优秀青年矿工"。他与全国评选出的五名优秀青年,参加了全煤团指委宣讲团走进高校进行"在矿山舞动青春,在一线建功立业"全国巡回演讲。先后到中国矿业大学、山东科技大学、辽宁工程技术大学3所高校演讲,受到大学生的热烈欢迎。当时他的称谓是:西山煤电集团杜儿坪矿青年职工、一采区安全副区长。李茂林演讲的题目是《青春在煤海中闪光》,他用朴实的话语和真挚的情感向大学生们讲述了自己走上煤矿生产一线岗位以来的心路历程和角色转变的过程;以自己在成长过程中如何实现自我价值的所感所悟,激励青年学生认真学习专业知识,以脚踏实地、奋勇争先的精神扎根矿山、奉献矿山。

一分耕耘一分收获。李茂林的努力得到组织的认可、上级部门的表彰。连续多年被评为劳动模范、先进工作者,首届"全国煤炭工业百名优秀青年矿工";被评为山西省青年岗位能手、山西省特级劳动模范;2015年4月28日,被授予全国劳动模范荣誉称号。

12.华丽蝶变

杜儿坪人不满足于自己挖出的金山银山,更要打造绿水青山。20世纪五六十年代,杜儿坪建矿初期,原煤直接外运,不经过筛选。1970年,2号煤库建成使用后,同时建起选矸楼,采用动筛进行人工手选,之前的1号库投入使用时也是采用人工手选办法。这样减少原煤含矸量,提高煤质。

2001年3月,引进法国KHD公司生产的跳汰机和美国康威公司生产的分级筛组成的自动筛选系统,仅用7个月时间建成选矸车间,正式投入运行。年选原煤达到300万吨。提高了煤炭质量,节省了人力物力。从此结束了煤矿工人人工拣矸石又累又脏又慢的历史。

世界上很多事物的发展都是把双刃剑。几十年来,杜儿坪矿的煤矸石一直堆积在三岔口之北的老西沟。它在露天堆积，经春夏秋冬一系列复杂反应风化而形成炭黑、飞灰等粒状悬浮物，时有发生自燃，产生大量有毒烟尘和有害气体，严重污染环境，下雨时甚至还会有气爆的危险。周边的村民说："自家的院子里什么时候都是一层灰，从来打扫不干净，院子里不能晾晒被褥衣物，庄稼地里的卷心菜、白菜，包着一层又一层的黑灰粉。"

煤矸石的危害不仅仅是杜儿坪矿的问题，而是所有煤炭企业的共性问题，是矿区的重要污染源，治理煤矸石污染是煤炭企业的棘手问题。在我国，煤矸石是排放量最大的工业固体废物，有关部门的材料显示，全国历年累计堆存的煤矸石三四十亿吨，规模较大的矸石山约 2600 座。山西是煤炭产量最大的省份，据 2003 年统计，煤矸石累计堆积量高达 10 亿吨，形成了 300 多座矸石山。随着煤炭生产的高速增长，洁净煤技术的发展和采煤机械化水平的提高，煤矸石、矿渣、煤泥等排放量还在不断增加。杜儿坪煤矿与同行业企业一样，在开拓掘进、采煤等生产过程中，在为我国工业源源不断输出"粮食"的同时，也在源源不断地生产着固体废物煤矸石，庞大的煤矸石堆积成山。势必存在煤矸石自燃、地质灾害、扬尘、水体污染、土壤污染和景观破坏等严重问题。挖出了能源，却破坏着环境，创造了发展效益，付出严重污染环境的代价，几代矿山人千辛万苦换来个得不偿失？这是一代又一代的煤业人都在担忧的一个问题。

如何解决矿井开采 60 多年造成的煤矸石堆场问题，消除煤矸石裸露自燃、尘烟飞扬；防止有毒有害气体排放、水土流失、植被破坏等，消除矸石山山体燃爆、滑坡等灾害隐患等，是盘旋在杜儿坪矿领导头上的大课题。

党的十八大后，杜儿坪矿矸石山被作为"一区一带"的重点实施区域进行生态治理。山西省政府出台了加快解决以固体废物堆存为主的矿山生态环境问题的文件。2017 年，省政府和西山煤电集团将杜儿坪矿列为"生态恢复治理试点示范工程"。

2018 年 7 月，似火骄阳，旌旗飘扬，杜儿坪矿治理老西沟矸石山的战斗打响了。按照科学完整的规划,削坡整形砌坝工程、灭火防火工程、黄土覆盖碾压工程、排水导流工程、供水灌溉工程、生态绿化工程、道路修建硬化工程、景观园林工程等项目,有条不紊地展开。

由排矸公司、环保卫生科、计划基建科等多部门组成的排矸治理办公室,严格按照矿出台的《矸石山一场一策综合整治方案》《填沟造田土地复垦方案》《排矸治理管理办法》行事,从技术保障、安全检查、环境保护及治理效果等方面对恢复治理过程和效果进行考核。定期对矸石治理过程进行监督,确保日常排矸规范达标。

全面竣工后的杜儿坪矿山生态园,生态恢复区面积约为 22 万平方米。用矸石填充沟壑,分层碾压,在黄土覆盖的基础上植树造林、栽花种草,园艺绿化。整个生态园"劳模林""党员林""巾帼林"种植了油松、柏树、槐树、枣树、山楂树、樱花树、格桑花等适宜树种。硬化盘山道路,建设亭台景观区、休闲区,改善生态文化景观。"红色教育+绿色发展文化示范基地"的建成,是生态园历史文化与革命文化厚植杜儿坪矿发展的精神底蕴,示范基地室内展示着"伟大历程,辉煌史诗,红色教育,绿色发展"等主题内容。是党课日、工青妇活动的好场所。

静静地端卧在生态园一平台的旧式矿井"掘进机"被粉刷一新,洁白的机身与旁侧的绿树组成柔和的自然色调;陈列在生态园二平台中区的旧式"液压支架",被装点成金黄色,牢牢地坐在特制的木板底座上,在蓝天白云下耀眼夺目;二平台东区陈列的是佩戴着红绣球、架在铁道上的"运输机头",机头顶部"奋斗者号"四个红色大字在阳光下闪闪发亮。这些 20 世纪淘汰下来的矿山老物件,唤起人们对过去生产方式与生产环境的记忆。年轻人常常围着这些老物件打卡拍照,老矿工常常抚摸着这些"旧机器"陷入沉思,他们的青春年华,他们的奋斗足迹,深深地刻进了这些老物件。

东区鸟语花香、亭台错落,中、西区绿荫漫山,清凉初夏,紫穗槐亭亭玉立,花开成串。炎炎夏日,紫花苜蓿持续开放两个多月,与稍后绽放的格桑梅朵竞相媲美,生态园形成了花的海洋,青葱的草原。登临草木葱茏、万物勃发的生态园山顶,蔚蓝的天空下,吸着新鲜香甜的空气,极目远眺,太原的城市楼群尽收眼底,太原东山轮廓若隐若现。

这里是国家级生态恢复治理示范试点工程。漫步于盘山道上,置身在青翠之中,没有了昔日的刺鼻异味,没有了尘土飞扬的烦扰。嗅着泥土的芬芳,闻着花开的清香,看着山坡上、平台上各类植物争妍斗艳,鸣啭不时从绿树丛中传出,倍感神清气爽。昔日里臭气刺鼻的矸石山,华丽蝶变成宝地。黑色矸石山变成绿色生态园,鸟语花香、生机盎然代替了乌烟瘴气、荒山秃岭。杜儿坪矿山生态园火了,火得成了市民们郊外游览的胜地,是人们休闲健身的好去处、好场所,也是"驴友们"到此一游的打卡地。众多中央媒体、省市媒体竞相采访报道。2019 年,由山西省环境与资源保护协会举办的年会上,杜儿坪矿荣获山西省环境与资源保护工作先进集体称号,成为西山煤电唯一获奖单位。

在治理矸石山的同时,杜儿坪矿以绿色生态助推矿区发展理念为引领,坚持资源开发与环境治理、土地复垦同时设计、同时施工、同时投入生产和管理。提出了构建"平安矿区、幸福家园"的企业愿景,该矿制定了绿色矿山建设规划,加大绿色矿山建设力度,在依法办矿、规范管理、科技创新、节能减排、环境保护、土地复垦等方面持续发力,2019 年 9 月,杜儿坪矿通过了自然资源部绿色矿山建设验收,成为太原市首批 5 座国家级绿色矿山之一。

建矿 68 年,杜儿坪人踏上了励精图治、拼搏奉献的征程。杜儿坪煤矿犹如一颗光芒四射的璀璨明珠,在吕梁山百里煤海冉冉升起,杜儿坪矿与共和国同行,风雨兼程,从一座人拉车推的小煤窑发展壮大为现代化大型矿井,其中,浸透着一代代矿工的辛劳与血汗、智慧与奉献。凝结着一代代杜儿坪人的梦想与光荣。祖国不会忘记英雄的杜儿坪人,从 20 世纪 80 年代开始,杜儿坪煤矿陆续获得了诸多的荣誉:中国统配煤矿一级标准化矿井;国家一级安全生产标准矿井;全国煤炭行业高产高效矿井;全国煤炭行业环境保护优秀单位;全国文明煤矿;全国煤炭系统思想政治工作先进单位。山西省一级的荣誉称号数不胜数。

回溯杜儿坪矿人的奋斗足迹与翻天覆地的变化,有着骄人的业绩,也有沉痛的教训,更有奋斗者的豪迈与荣光,许许多多难忘的人和事、闪光的瞬间,唤起人们的记忆,定格历史的时空。

西铭山间大文章

作者 / 刘玉龙

　　这是一个西铭矿老矿工的回忆，回忆里，记载着矿山一家人的奋斗史，同时，也折射出西铭矿的发展史。让我们记住西铭矿为山西煤炭产业做出的贡献，也铭记那些与矿山同荣辱、共进退的光荣的产业工人！

在西铭矿官网的企业简介中，我们可以看到这样的描述：

西铭矿位于太原市万柏林区大虎沟玉东街 19 号，是山西西山煤电股份有限公司所属的大型现代化矿井，始建于 1956 年 1 月 1 日。矿区距市中心五一广场约 20 公里，铁路专用线接轨工业广场，太佳公路横穿矿区，交通十分便利。

西铭矿属高瓦斯矿井，煤种主要为焦煤、贫煤、瘦煤和贫瘦煤，为优质配焦煤和动力煤，产品行销全国各个地区。矿井核定生产能力为 360 万吨 / 年，已通过 ISO9001 质量体系认证、ISO14000 环境质量体系认证、职业安全健康体系认证和矿井安全生产许可证审核，严格按照要求合法合规组织生产，保持并巩固了国家安全生产标准化一级矿井水平。

西铭矿先后被评为 "特级质量标准化矿井""现代化矿井""高产高效矿井""国家级安全质量标准化示范矿井""全国煤炭系统企业文化建设先进单位""双十佳煤矿""全国精神文明建设先进单位"，获得"山西省五一劳动奖状"等荣誉。

寥寥几百字的简介，似乎不足以了解西铭将近一个世纪的历史，过去的西铭究竟是怎样的？在时代的沉浮中它经历了什么？让我们跟着故事的主人公郭庆玉，一起回到过去，走进西铭的昨天。

一

郭庆玉拥簇在人群中，跟随着工友们激动地呐喊着："西铭矿成立啦！西铭矿成立啦！"伴随着西铭矿的正式成立，在西铭焦炭厂干了五年的郭庆玉，如今也是一名国营煤矿的正式工人了。郭庆玉心中一阵狂喜，一路小跑着回家,想着第一时间把这个好消息告诉媳妇儿。

1956 年的 1 月 1 日是个值得纪念的日子。

这一天,不仅仅是传统意义上的新年,更是西铭人的好日子。一大早,七里沟、荚子沟、胡沙帽等西铭焦炭厂所属的坑口便插满了鲜艳的红旗,沿途张贴的标语也格外引人注目,处处洋溢着喜人的氛围。和郭庆玉一起在西铭工作的 1900 余名工友前几天就接到了通知,早早起床收拾利索,齐齐整整地聚集到厂部和各坑口,每个人脸上都洋溢着笑容,共同等待着建局建矿这一振奋人心的时刻到来!

这一天,属于西铭,属于这座地处吕梁山东翼、石千峰山下、与省城太原遥遥相望的厂矿。上午 10 时许,一辆半旧的吉普车从西山驶入西铭,最终停在了厂部门前。只见在众人的注视下,从车上下来的西山矿务局领导郑重宣布:"西山矿务局西铭矿成立啦!"

刹那间,欢呼声、锣鼓声、鞭炮声、唢呐声此起彼伏,西铭沸腾了! 郭庆玉和工友们一同呐喊着,郭庆玉的媳妇儿李东华扭着腰臀、甩着臂膀,双手挥舞着喜庆的红绸,和矿工家属们自发组织了秧歌队,在厂部门前扭秧歌助兴。

曾经那个管理落后、机制不明的小煤窑再也不见了,取而代之的是背靠中央煤炭工业部山西省煤炭管理局管理的西山矿务局下属的国营煤矿。和郭庆玉一样朝夕奋战的工友们有了新的身份,他们想都没想到,有一天能吃上"国家饭",成为真正的国有煤矿工人!

这一天,论公论私,都太值得庆贺了!

当天晚上,郭庆玉吩咐李东华把家里的面粉拿出来,做了过年才吃的老家饭,四个半大的孩子吃得肚子圆滚滚才罢休。二小子郭振华摸着浑圆的肚子问郭庆玉:"爹,今天也不过年,咋白面管够了?"

郭庆玉郑重其事地说道:"娃们,记住,今天虽然不过年,却是咱西铭矿正式成立的一天。以后你爹就成了国营煤矿的正式工了，咱们的日子有盼头了！"

郭庆玉蹲在那间低矮逼仄的石头房门口，狠狠地抽了一口水烟，眉宇间掩不住的欢喜。他做梦都没想到，自己能变成国营煤矿的正式工人。

看着半空中那一轮明月渐渐趋于圆满，郭庆玉突然想起了自己的父亲老郭。他回头瞅瞅一家六口住的这两间石头房子，就是父亲老朱亲自搭建的。说起来老郭在西铭站住脚，还是十多年前的事情。那年，老郭带着一家老小从老家逃荒出来，一路颠沛流离，却找不到可以维持生计的活计。直到那个冰雪交加的冬日，郭庆玉跟着父亲翻山越岭才来到西铭，只为路人一句"山上有煤窑，兴许能找下活计"。随后老郭便在西铭干起了下煤窑的营生，这一家人也有了落脚的地方。

那个时候时局混乱，西山这片的煤窑统统被日本人占领，老郭干活的西铭也不例外。当时，下井干活的工人都是中国人，整日受苦受累的收入仅仅能糊口而已，辛苦劳动所得与实际收入远远不成正比；辛苦也就罢了，至少有了谋生的地方，工人们在工作中稍有差池，就会受到日本人的鞭打，严重的甚至会被折磨致死，老郭一个班儿上的杜小军，过了年就整二十了，血气方刚不服软，硬是被日本人活活打死。

好汉不吃眼前亏。老小已经没了，不能再让家人跟着遭罪了。老郭心里这样想着。在煤窑里做活，老郭不时受到日本人为难，有时候是亏欠一顿饭，有时候是后背的几道血印儿，老郭只能忍受。再说，他也没有其他路可走。

一直熬到抗日战争胜利，赶跑了日本人，矿工们都格外兴奋。老郭原本以为日本人走了就能过上好日子了，谁料到却又陷入水深火热之中。直到1949年4月20日，中国人民解放军华北独立旅十五团解放了整个西山地区，矿工们才得以重见天日。郭庆玉清晰地记得，那天下午父亲老郭回家时，手里提溜着一小袋粮食，全家人围在一起眼馋地看着袋子里白花花的大米，那是解放军给矿工们的救济粮，也是郭庆玉出生以来见过的最多最白的大米。

老郭的媳妇儿看着孩子们贪婪的目光,狠狠心做了一顿大米饭,郭庆玉至今都记得,那碗不算稠糊的白米饭,真香!

1949 年 5 月 2 日,西铭矿区正式复工。矿工们再也不用没日没夜地受苦了,矿上实行轮休制,矿工们不仅可以得到充分休息,待遇也比之前好了很多。因为多年的积劳成疾,郭庆玉的父亲老郭没过上几天好日子,便撒手人寰了……

想着想着,郭庆玉的眼眶湿润了。他在心里深情地呼唤:爹,今天是西铭矿正式成立的第一天! 你娃以后就是国营煤矿的正式工人了! 以后的日子有盼了。

西铭矿成功组建后,矿上的管理机构和人事编制发生了相应变化。矿上不单单有矿长,管辖西铭矿的西山矿务局还给矿上任命了党委书记。郭庆玉不知道党委书记是个啥官儿,反正比日本人管理的时候好多了。重新改制后,郭庆玉不仅有了新的身份,还有了新的工作车间,他被分到了新建的 5 个坑口车间之一——运输车间。除了这些之外,郭庆玉和运输车间其他工友人手一份——每人分到一头毛驴,充当运输的副手。郭庆玉不把毛驴当驴,把它当儿子,他的"驴儿子"。

刚去运输车间的第一天,郭庆玉和工友们就接到了上头下发的通知:年底要力争实现原煤产出 36 万吨。

"36 万吨啊! 咱可从没见过这么高的产量,一年能完成吗?"

"一年想出 36 万吨,这是大白天说瞎话了吧?"

"啥瞎话,咱只知道,这可是国家给西铭矿下达的军令状!"

……

这个通知在矿工中间炸了锅,面对从未有过的高产量,大多数矿工先是惊讶,随后便一副痴人说梦的态度。要知道,之前的年产量连 10 万吨都不到。这个时候,新来的工程师董大飞站了出来,他扶了扶眼镜郑重其事地说道:"既然国家给咱西铭下了 36 万吨的产量,说明咱西铭有这个潜力,国家都信任西铭,咱西铭人自己还没这个信心? 现在不同于中华人民共和国成立前没有章法的胡挖乱采,咱有搞技术测量的,有搞生产技术的,只要大伙儿齐心协力,36 万吨不是啥登天的难事儿!"

不知是谁带头鼓掌,一会儿掌声便淹没了质疑。郭庆玉也跟着鼓起了掌,尽管他没见过矿上有过这么高的产量。但想到西铭矿成立后,全矿焕然一新的局面,打心眼儿里盼着过好日子,也希望矿上一天比一天好,产量一天比一天高。他只知道,跟着共产党准没错!

被分到运输车间后,郭庆玉每天都有使不完的劲儿。每天累哄哄下班,还是不忘去山上割草,给他那驴儿子运输搭档闹口干粮。不光是郭庆玉,全矿上下都干劲满满。然而一个现实的问题出现了,西铭矿是重新组建了,不同的工作车间也成立了,矿务局还给矿上配了三个工程师,分管生产技术、矿井测量和基础建设。但人力终归有限,多年来沿袭的手工采掘人拉肩扛以及人力畜力搬运的小煤窑作业方式,在西铭矿始终得不到改善。就这样加班加点大干了两个月,郭庆玉和他的"驴儿子"双双累倒了。

人终究不是机器! 现在的西铭最最需要的是一批生产机械。矿上也不是没有想办法,领导们想方设法进行改造,确实也发生了变化。几次改造下来,作业方式是比以前有了更加明确的分工,但这没能从根本上解决问题,特别是像郭庆玉这样人力和畜力搭配干活的方式,始终没有得到改善。早年的矿井还未普及机械化,很多作业都是纯人力完成,煤炭生产基本全凭人拉肩扛。郭庆玉和他的"驴儿子"干的运输营生是个苦差事,一天三班倒,下井时扛着工具猫着腰走两个小时才能到达工作面。像郭庆玉这样人力再加畜力辅助的运输活儿,还不是最累的。井下巷道四周都是石头,矿井支护也极为简单,常常是绑几块木头了事,在这样的工作环境下,只有工人独行其中,工友们都戏称下井作业是"四块石头夹着一块肉"。用"四块石头夹着一块肉"来形容郭庆玉和井下工友们的工作环境,再形象不过。高强度的井下作业让人疲惫不堪,很多工人叫苦不迭,其间的苦累可想而知。这样干下去,不光是一个郭庆玉累倒,还会有更多的人累倒。到时候36万吨的产量能不能达成,就更成问题了。

工作环境况且如此,矿工家属生活的地方也是一言难尽。当时,郭庆玉一家六口挤在里外两间的石头房里,除了基本的锅碗瓢盆,几乎没有什么像样的生活用品。像他这样有自己房子的职工,还算是情况好一点的。两间石头房虽然简陋,但起码也是自己的家。不少职工连自己的家也没有,只能暂时寄居在矿区周围村上的农舍里,单单是上下班的路程近则三五里、远则数里,上班下班一来一回时间尽浪费到路上了。还有极个别职工,连借住的农舍也轮不上,实在没有住的地方,就在牛棚里安家,长期与牛为伴。

最难受的是洗澡问题。有的矿工在玉门新坑作业,那里条件有限,没有修建澡堂,大家下班后只好穿着黑衣黑裤,顶着个黑脑袋回家擦洗。白天还好,若是赶上晚上下班,黑黢黢的夜,黑黢黢的人,一开门就看见一双滴溜溜的眼珠子,怪瘆人的。

矿上的学校也没几所,一把手都数得过来,眼看着郭庆玉家那四个半大的娃娃到了上学的年龄,但因为学校已经招满学生,每天就在矿区里瞎玩。看病也是问题,偌大的西铭仅有的几间医务室顶多是个摆设,药不全,人不够……各种困难层出不穷。

1958年,第一台顿巴斯康拜因采煤机组进驻了西铭矿,这才让矿上的生产力得到了根本提升。顿巴斯康拜因采煤机组的引进,开启了西铭矿机械化采煤的先河。那年,西铭矿还新招收了800名工人,郭庆玉也从运输车间调动到了采煤车间。工区工人多了,机械化设备也有了,工人的干劲儿更足了。顿巴斯康拜因采煤机组投用仅仅半年的时间,西铭矿便提前完成了425000吨的原煤生产任务,并且超产了7万余吨。矿上引入顿巴斯康拜因采煤机组后,当月郭庆玉所在的采煤二组全队月产原煤高达1万余吨。这样的工作效率是人力不可比拟的,这也是在矿上普及机械化的初衷。除此之外,矿上还组织职工进行了大范围的技术比武,具体工种涉及矿井支柱、井下攉煤等,在全矿营造出比学赶帮超的学习氛围,工人们的学习积极性空前高涨。

身为擩煤工的郭庆玉,就是在这场大比武中崭露头角的。随后短短一年里,在顿巴斯康拜因机组的加持下,郭庆玉带领采煤二组创造了新纪录,刷新了产量。当年5月,采煤二组全月满循环割煤17780吨,这当时在全省也是遥遥领先的采煤纪录,放眼全国在同行面前也毫不逊色。一个又一个的奇迹,一个又一个的纪录,这些均出自这个叫作西铭的矿井。这一年,郭庆玉走出了西铭,走出了山西,走向了全国!作为组长,郭庆玉还代表队组出席了全国的工业群英会。采煤二组被评为太原市先进生产组和山西省先进生产组,采煤二组的先进事迹受到了《太原日报》和《山西日报》的大幅报道,就连《人民日报》都进行了转载。郭庆玉和西铭矿受到了全市、全省乃至全国的关注。

无论是轰轰烈烈的劳动竞赛,还是顿巴斯康拜因采煤机组的投用,都大大促进了西铭矿的生产发展。1959年,西铭矿原煤产量放了卫星——首次突破百万吨大关,创造了历史纪录,超额完成了国家计划。与此同时,西铭矿其他各项指标均圆满完成,并为国家上缴利润1224495元,还被评为全省劳动竞赛红旗单位和劳动竞赛标兵矿。

如今退休多年的郭庆玉回想起那个时候,还会激动得语无伦次。他一边指着那些褪色发黄的照片和奖状,一边讲述着那个热火朝天的光辉岁月,饱满的精神状态宛如当年那个年轻的小伙子。的确,那是一个时代的奇迹,是一个值得铭记的年代。

矿上的生产搞上来了,职工家属的生活质量也得跟上来。随着井下生产的发展,矿区的文化、教育、体育、卫生等公共福利事业也有了飞速发展。矿上组建了剧团、俱乐部,设立了图书阅览室,为矿区职工家属扫盲识字。郭庆玉的媳妇儿李东华原本大字不识一个,在扫盲班毕业后,不仅会写自己的名字,还能够简单地阅读了。矿上原有七里沟、茭子沟、大虎沟三座子弟小学,后来又新建了8所学校,西铭矿的娃们有了上学的地方。郭庆玉的4个孩子也都按照年龄被分配到了相应的班级,正经上开了学。这为之后4个孩子的发展也奠定了基础。

与此同时，矿上还在医疗卫生方面加大投入，全面提高矿区的医疗水平。建矿前西铭矿医疗卫生设施不全，设备短缺，医务人员数量严重不足，职工家属有病、有伤常常不能及时就医，为此发生了一些悲剧，留下了遗憾。郭庆玉的邻居李晓辉，因为孩子半夜发烧抽搐来不及下山，没得到及时医治，身体留下了永远的残疾。诸如此类的事情，不是个例。为了不让这样的悲剧继续发生，矿上多方筹划，想方设法从外部调入医务人才，采购了先进的医疗设施补充到医务室。1959 年底，西铭矿共有 5 个医务室和 13 名医生。到 1961 年西山矿务局职工医院西铭矿分医院成立时，矿医院已有专职医生 27 人，护理、勤杂人员 50 多人，麻雀虽小五脏俱全，西铭矿分医院还设置有内科门诊部、外科门诊部、留诊室、住院部、药房、财务室、总务室等科室，基本解决了职工家属看病难的问题，职工家属有什么疾病再也不用火急火燎地跑到山下去看病了。若是有大病重病，西铭矿分医院还有专用的车辆，可以在短时间内把病人转移到山下太原市区的大医院。像李晓辉孩子那样的悲剧，在矿上也就越来越少了。

郭庆玉家的 4 个娃娃在矿上上了学，媳妇儿李东华也在矿工会的帮助下找到了一份打扫矿区的工作，郭庆玉也成了采煤二组的组长，一家人的日子一天比一天红火了。

西铭矿的日子一天比一天好了。职工家属们说不清有什么期盼的，反正就是浑身有使不完的劲儿；尽管明天是未知的，但就是愿意为这个未知去拼命干。

这样的美好持续了两三年，西铭矿的郭庆玉们遭遇了那场史无前例的大灾荒……那是 20 世纪 50 年代末至 60 年代初，灾荒不仅祸及西铭矿，整个中华大地的每一寸土地和每一个人民都未能幸免，经历了严峻的考验。那场持续了整整三个年头的大灾荒，让百姓叫苦连天，民不聊生。

屋漏偏逢连夜雨，自然灾害造成的粮食短缺已经够受的了，谁承想，这个特殊的时刻,一向友好的苏联老大哥一反常态,对我国背信弃义,不光撤回了原本援助我国的技术和人才,还不停地逼债,原料不足、市场萧条、经济紧张、困难重重,一系列连锁反应导致国内的不少工业运转不下去,最后只能停产。

未能幸免的西铭矿与其他企业一样,在这场洪流中经受了前所未有的考验。灾害侵袭,人心惶惶,一些原本待在老家的职工家属,因为家里遭了灾饿肚子实在没法生活下去,想着家里人在矿上干活,便千里迢迢跑到矿上寻求一线生机。越来越多的职工家属落脚到西铭,这些人要吃要喝,无疑给西铭矿带来了更多的压力;也有一些职工牵挂家里的老小,不辞而别悄悄回乡开荒种地,一时间造成工人短缺,严重耽误了矿上的生产建设。

郭庆玉一家面临着同样的困难。他和媳妇儿两个大人还好说,少一顿多一顿稀一顿稠一顿,总有办法能挺过去。可怜了那四个半大的孩子,正是长身体的时候,一个个因为吃不饱饭饿得面黄肌瘦。话说四个孩子虽说是孩子,却极为懂事,大的让小的,小的让大的,让到最后,家里的米缸见了底,都没东西可让了。四个孩子便躺在炕上做倒立游戏,说是倒立着就感觉不到饿了,到了最后,连倒立的劲儿都没有了。二小子朱振华因为长期饥饿导致营养不良,身上开始出现浮肿,指头轻轻按下去就是一个坑儿。孩子们不懂这是因为饥饿导致的结果,四个人围在一起,蹲在炕沿上,借着窗棂透过的太阳光,看着那双微微透明的双腿……

刚从井口下班回家的郭庆玉远远瞅着这情景,心里一阵发酸。他站在门口,许久没有进去。他恨自己无能,身为父亲连个饱饭也不能让孩子们吃上。他不知道好好的日子为什么就过成了这样,也不知道这场灾荒什么时候是个尽头。

懊恼了半天,郭庆玉低垂着的头猛然抬起来,目光所及之处是远处光秃秃的山脉,山上的野菜都被职工家属们挖光了,还有什么可吃的呢?

1960 年夏,中央工作会议上提出了"生产自救"的方针。有了国家的号召,西铭矿也立即行动起来。矿领导们集思广益,迅速制定出相应的对策。首先,井下一线的采掘生产肯定是不能停的,这是西铭矿的重中之重,什么时候都要摆在第一位的。根据矿上的政策,郭庆玉和其他几个组的组长及时调整了组内的轮休制度,重新进行了排班,保证每个班都有相对充足的人员,每个岗位上都有人来作业,确保矿井正常运作和生产。

一线生产部署好了,后方也得安排妥当了。矿上有不少过来投靠职工的家属们,如果能把职工家属们有效地组织起来干个什么创造生产效益的事儿就好了。矿上多次组织开会讨论,积极设法组织职工家属兴办农副业,一场浩浩荡荡的生产自救活动在西铭吹响了号角。老将出马,一个顶俩!矿上想起了先前建矿前回家休息的老炼焦工,这些老工人可是个顶个的熟练工,浑身都是本领。那就让他们起个头儿,领着咱们的职工家属和赋闲在家的矿工子弟们开干。咱就弄咱在行的活儿:制作砖块和白灰。做好后再想办法卖了,有了钱就能换取粮食。其余职工家属可以组成副业队,咱西铭不缺的就是荒地,一时间开荒种地、养殖牛羊、副食加工,好不热闹。

别看郭庆玉的媳妇儿李东华字不识几个,但比起郭庆玉这个只会干活的闷葫芦,嘴皮子那是相当好使。这不,自从矿上的白灰厂和砖厂开了,李东华就积极报名做起了销售员。每天早上趁孩子们还在被窝里睡着,她就早起把饭做好放锅里热着。等她把矿上打扫卫生的活计干完,就去白灰厂和砖厂拉货。一个女人家骑着人力三轮车沿街串村售卖白灰和砖块,想尽办法给家里添补。

像郭庆玉和李东华这样的夫妻,在西铭矿并不少见。矿山人不缺的就是力气,不怕的就是吃苦,只要有心气儿,只要有盼头,多大的困难咱都能挺过去!

两年里,西铭人齐心协力开荒拓土,养殖畜禽,谷子、高粱、山药蛋、萝卜、豆角等各类粮食蔬菜连连丰收,猪、牛、羊、鸡、蛋、牛奶均能自给自足,大大解决了特殊时期职工家属的日常生活所需。这场浩浩荡荡的"生产自救"

让挣扎在温饱线上的西铭又生龙活虎地活过来了,通过自救,西铭矿不仅为社会减轻了压力,稳定了职工队伍,改善了职工生活,更重要的是这场自救把西铭人再次聚集在了一起,最大限度地激发出全矿职工家属自力更生战胜困难的勇气和信心。

1963 年 6 月的一天,郭庆玉二小子郭振华和哥哥姐姐弟弟们挤上了西铭矿的第一辆高车,姐弟四人兴奋地乘车下山,准备去太原城好好逛一逛。三年灾荒的印记几乎不见了踪影,矿上恢复了往日的生产和生活。这是郭家姐弟四人第一次去太原,因为高车第一天投用,大家都想坐车去山下。拥挤的高车掩不住孩子们的热情和期盼,高车的投用拉近了西铭矿和省城太原的距离。郭振华的案头至今还摆放着一张有年代感的明信片,上面印的是太原的双塔寺。那是郭振华当年第一次乘坐高车逛太原时买给自己的礼物,他还小心翼翼地把它塑封了。

二

从那一天开始,郭庆玉就是西铭矿综采队——602 队的一员了。

郭庆玉站在西铭矿有史以来的第一个综采工作面前,不禁回想起过去的种种场景:建矿初始,他在运输车间,整日与他的驴儿子相伴,往返于工作面和地面上。那个时候矿上还没有实现机械化作业,全靠人力和畜力。干了没几年,驴儿子就累病走了。随后,矿上引进了康拜因采煤机组,郭庆玉又被抽调到了采煤组。有了机械的加持,西铭矿创建了一个又一个生产纪录,郭庆玉还成了采煤二组的组长。如今,矿上又安排郭庆玉到综采工作面工作,这可是西铭的第一个综采工作面。面对未知他没有恐惧,因为他坚信:只要苦干实干,没有跨不过的山!

1966 年,我国社会主义建设进入了一个新的发展时期。经过三年调整,西铭矿对井下运输系统进行了大规模的改造。通过改造，西铭矿的玉门平硐与七里沟坑实现了贯通，大大缩短了井上、井下的运输距离，减少了设备的占用和重复的运输环节，如此一来，既保证了安全生产，又减少了运输事故，还节约了运输费用，起到了一石三鸟的作用。随着玉门一号平硐的建成，井下巷道投产使用，七里沟坑停止出煤，矿工们全部集中到玉门平硐进行生产。从此，西铭矿彻底结束了坑口分散作业、分散管理的小煤窑生产历史，逐步走上大规模的正规化生产轨道。玉门平硐与七里沟坑贯通当年，矿上原煤生产达到初步设计能力60万吨／年，自此，西铭矿进入了第一次改扩建时期。

郭庆玉所在的采煤二队率先使用上了国产 MLQ 浅截式单滚筒采煤机，那是西铭矿为了适应矿井生产发展引入的第一台单滚筒采煤机。玉门平硐与七里沟坑实现贯通后，井下的运输工作面也上了新设备。原来的11型溜子逐步更换为较先进的30型刮板运输机，大巷和坑外运输也新上了七吨架线电机车牵引一吨矿车。采掘工作面的支护形式也发生了新的变化，新上的金属摩擦支柱取代了过去单纯的坑木支护。"四块石头夹着一块肉"的场景正在逐步改善，郭庆玉们的工作环境正在悄悄变化着。

机械化作业程度逐步加大，新技术、新工艺、新设备逐一引入，工人们的工作环境越来越好，西铭矿的生产热火朝天、蒸蒸日上，呈现出从未有过的好势头。正当全矿职工以高昂的士气、崭新的面貌全身心投入矿山建设当中时，"文化大革命"的火焰一路从北京蔓延到了西铭，但是大部分职工不为所动，始终坚守在生产岗位上。当年，全矿生产原煤568390吨，距离西山矿务局当时认定的矿井设计能力已经接近。

1967年，全矿原煤产量仅为33万吨，1968年下降到了26万吨。两年里，全矿最低日产原煤仅有28吨，就这个产量别说进行销售了，连自己本矿自用都不够。西铭的天越来越黑，郭庆玉的身体在每天轮番批斗中越来越虚弱。

1968年5月14日，全国煤炭工业战线召开了抓革命促生产会议，西铭矿的各派组织经军管会说服,在大虎沟俱乐部召开了联合大会,成立了"联合指挥部"。7 月 7 日,全矿五个方面的代表齐聚北京,在前门饭店达成了"成立西山矿务局东方红矿革命委员会"(西铭矿改称为东方红矿)的协议。8 月 20 日,新成立的矿革命委员会发出了《要认真贯彻执行上井搞好革命,下井搞好生产》的第一号通令。同时,东方红矿还选派了 90 多名工人组成毛泽东思想宣传队,分别进驻山西大学、太原工学院和西山矿中。随后,郭庆玉也被放回家了,但暂时还没能恢复工作。

新成立的革委会积极响应党中央"抓革命、促生产"的号召,立即着手抓生产恢复工作,三季度恢复了井下生产,四季度产量回升,并创造出最高日产 2805 吨的好成绩。

那个热火朝天的西铭矿终于又回来了!

一个又一个好消息接踵而来。

1969 年 1 月,东方红矿开始在省城初、高中大批招工,有 500 余名学生积极报名,来到东方红矿当采掘工,为职工队伍注入了一股新生力量。

1970 年,当年生产原煤 748061 吨,第一次达到并超过矿井设计能力。

1971 年 1 月,经西山矿务局决定,东方红矿恢复原西铭矿名称,矿革委也改称西铭矿革命委员会。新党委成立后,围绕"抓革命、促生产"这一中心,一方面狠抓"一打三反""批林整风"运动,一方面组织职工开展了"学大庆、赶开滦",建设"大庆"式企业的活动,使各项工作逐步走上正轨,原煤产量稳步上升。恢复工作的郭庆玉回到了熟悉的井下,看着他那些许久没见的老伙计,他扶着采煤机无声地流泪了。不多久,他便回到了之前没日没夜干活的状态,浑身似乎有使不完的劲儿。

1971 年,西铭矿创造了建矿以来的最好成绩:原煤生产提前 24 天完成国家计划,生产原煤 806300 吨,并刷新了最高日产 5000 吨的历史纪录。

西山矿务局在为官地矿 601 队引进了第一台综采机组后,生产效率得到了很大的提升。随后,矿务局相关部门对西铭矿进行评估和测验,决定为西铭矿也引进综合机械化采煤设备。

西铭矿要上综采机组！这一消息一出来,组队的工人们就炸锅了。听官地矿的工人们说,那机器结构烦琐很难操作,这玩意儿安装到工作面上,咱能弄得了？郭庆玉心里也犯嘀咕。

为了让即将落户的综采设备顺利安家并投入生产, 西铭矿抽调了97名职工到西山矿务局工干校进行了为期三个月的脱产学习,郭庆玉就在其中。那个时候,郭庆玉已经40多岁了,矿上说他经验足、见得多,关键是能沉住气,都说派他出来准没错,学习名单里第一个就是他。三个月的学习结束,和一帮刚毕业的学生娃同吃同住的郭庆玉做了整整五本笔记,短期内迅速掌握了综采机组的操作、维护等技术知识。说起来,他也没啥巧办法,不会写的他就画,太复杂的他就编成顺口溜便于记忆,在学习期满的考核中,郭庆玉一举夺魁,让大家由衷地佩服！

1974年11月,西铭矿成立三采区,组建了矿上有史以来的第一支综采队——602队,专门负责使用综采机组,郭庆玉老将出马,再次被命名为队长。矿上还特意成立了设备引进指挥部,专门负责口岸接货、验收、押运、安装、调试等具体工作的统筹和安排。

1975年1月27日,从英国伽立克多布森公司引进的4×300式支架综合e煤机组,经天津口岸入关一路运送到西铭矿,经过严格验收后,先在地面上安装试验,试验正常后再正式安装到井下。历时三个月,这套新引进的综采机组及配套设备终于在西铭安家落户。那段时间,郭庆玉吃住都在矿上,一天都没有回过家,一心想着综采工作面的事情。他与英方派遣的工程师积极配合,共同在工作面上进行现场操作,反复排除故障,直到实现正常生产。

随着综采机组的顺利使用,一个个振奋人心的数字不断刷新着西铭矿的生产纪录。9月份,602综采工作面生产原煤24840吨,其中最高日产达到了1448吨;10月份,最高日产达2254吨,再次刷新了纪录。郭庆玉们从最初的胆怯到接受直至熟练操作, 西铭矿的第一个综采工作面全面实现了采煤机械化,减轻工人劳动强度的同时,极大地提高了劳动生产率,提高了工作面的综合产量。那年,郭庆玉带领的602队提前28天完成了全年计划。

英国综采机组的引进和使用,为西铭矿培训、锻炼了一批类似郭庆玉式的机械化采煤生产骨干,他们基本掌握了操作要领,做到了会操作、会维护保养、会排除故障;积累了对综采设备的管理和操作经验,建立了岗位责任制、包机制、维护保养制、备件工具管理制、交接班制、事故追查分析制、操作规程等制度。这套设备的引进和使用提高了西铭矿的机械化程度,开辟了发展生产提高原煤产量的新路子,为之后引进新设备、推广新技术打开了思路,积累了宝贵的经验。

三

"产量上百万啦!"

"西铭矿产量上百万啦!"

……

1977年新年刚到,西铭矿的各个坑口人头攒动。工人们掩饰不住脸上的欣喜,到处奔走相告,矿上的原煤产量第一次突破百万吨大关!这个令人振奋的消息瞬间传遍了西铭。那天,下了晚班的郭庆玉升井后并没像往常一样去澡堂洗澡,简单抹了把脸便急匆匆地回了家。

他要把这个好消息告诉已故的父亲。

1978年12月,北京召开了意义重大的党的十一届三中全会。会议重新确立了党的政治路线,作出了把全党工作重点和全国人民的注意力转移到社会主义现代化建设上来的战略决策。

1979年1月,在西山矿务局的统一部署下,西铭矿迅速组织全矿职工认真学习贯彻落实党的十一届三中全会精神,号召全矿职工家属要把工作重点转移到生产建设上。年近五十的郭庆玉和其他领导干部按要求下基层队组蹲点，主抓职工的思想教育，尽力维护来之不易的安定团结和大好形势。同年4月，西铭矿实行了定岗、定员、定额的"三定"措施，所有一线生产队组执行计件工资和定额奖励办法。作为一种管理生产的经济手段，这对井下来说是个新鲜玩意儿。在"三定"措施的广泛推广下，井下的职工干劲儿十足。矿工们为了多挣点儿工资，干起活来毫不惜力，这个新型管理措施的效果显而易见，不仅无形中激发了职工们的工作积极性，还达到了把工作重点转移到生产上的最终目的。事实证明，这个办法行之有效。实实在在的产量最具有说服力，西铭矿当月就超额完成了原煤产量和进尺计划。

随后，西铭矿趁热打铁，再出重拳。5月，又开展了以生产为中心、以加强企业管理为内容的大会战，明确了完成生产任务奖、超额奖、个人奖的分配原则，职工们的工作积极性大受鼓舞。

1979年，是西铭矿认真贯彻落实党的十一届三中全会精神的一年。它采用经济手段来管理生产，加强了企业管理，取得了显著成绩。当年原煤产量完成了155.765万吨，创造出西铭矿有史以来的最高水平。

但西铭矿没有停下前进的步伐，没有为取得这样的成绩而沾沾自喜，它乘胜追击，期待着下一个纪录的突破。1980年，西铭矿继续贯彻党的十一届三中全会精神，组织上治理整顿，生产上理顺关系，逐步恢复了正常的生产和工作秩序，为下一步的发展创造了条件。1981年，全矿原煤产量达到212万吨，首次突破200万吨大关，也超越了矿井第一次改扩建的设计能力。同时，西铭矿还开展了"上纲要、创水平、为四化立功"的竞赛活动，采煤队、掘进一队、工程四队在竞赛中达到国家等级队水平，职工的个人素质也得到了很大的提升。

1980年8月，西山矿务局设计处初步设计出西铭矿180万—240万吨/年扩建工程，这次扩建极为艰难。从1981年1月1日批准扩建，到1984年11月扩建的1146盘区正式投产，共历时四年，其中有些工程直到1986年底才收尾。1146 盘区的正式投产,为西铭矿开辟了新战场,迅速提高了原煤产量,当年原煤产量完成 247 万吨。凤凰涅槃的西铭矿实现了一矿变四矿、产量翻两番的奋斗目标。

与此同时,从 1980 年到 1984 年,短短五年中,西铭矿建成了容量达 25 万吨的斜坡储煤场,延长了火车站调车线,购置了大型堆取料机,把斜坡井巷千米皮带与选矸系统、储煤场和装煤仓连在一起,使井下运输、地面运输、火车装载形成一条完整的运输流水线,大大提高了矿区的原煤储运能力。除此之外,井下运输系统也得到了改善。1984 年,井下工作面运输系统全面实现顺槽运输皮带化,减少了运输事故率和煤仓爆满率。

原煤产量节节高升,创造了一个又一个神话;井下工作面建设得越来越完善,工人们的工作环境也越来越好。与此同时,矿上的教育事业、环境卫生、生活设施也发生了翻天覆地的变化。

郭庆玉的四个孩子都在矿上扩建的学校上了学,再也不用跑到外面住校了。1981 年,二儿子郭振华在新建的西山五中入了学,那是矿上投资扩建的校舍,新教学楼不仅有操场,还增加了运动器械,师资力量也很雄厚,都是矿上选派的大中专毕业生,教学质量也不错。1984 年,西山五中高考升学率在全局独占鳌头,郭振华也在当年考上了太原煤校。这是朱家的第一个大学生!只知道死受罪的郭庆玉,没想到自家也培养出个大学生来,甭提多高兴了!郭振华出发去学校的那天,郭庆玉提前换好了班儿,背着行李亲自送儿子下山。

那天,郭庆玉父子俩结伴走在矿区刚刚改造过的公路上,望着山下的太原城,甭提多高兴了。经过改造,西铭矿那相差 150 多米的山上、山下路面标高也趋于平缓,高低起伏坑坑洼洼的公路一马平川,那条昔日人们戏称的晴天"扬灰路"、雨天"水泥路"的公路再也不见了,人们走路再也不用撅着屁股爬坡了,坐车不再忍受颠簸了。

父子俩一口气走到半山腰,在山腰处的背阴处歇了下来。郭庆玉拿出媳妇儿李东华装好的水壶,递给了儿子郭振华。趁着歇脚的间隙,郭庆玉向着周围环顾了一周,他突然意识到,自己似乎从来没有好好看一看西铭矿,这个每天生活着的地方。这些年郭庆玉从运输到采煤再到综采,干的营生就没离开过井下一线。生产不能停,井下作业24小时三班倒,有时候赶上冬天的白班,天不亮就从家里出发去上班,等到下午下班升了井洗了澡,出来就到晚上了,几乎一整天见不到太阳。

好在家里有个快嘴快舌的李东华,矿上发生点啥事儿,郭庆玉也大都是从李东华那里听一耳朵。前些日子,李东华和几个矿嫂结伴去了趟大虎沟综合商店,回家后发型也变了,烫了时髦的波浪卷。听李东华说,新建的综合商店要啥有啥,吃的喝的用的一应俱全,里面还开了个理发店和储蓄所,爱美的李东华在矿嫂们的鼓动下,当即就烫了个店里号称最时髦的波浪卷。其他矿嫂们也不甘落后,存钱的存钱,买东西的买东西,可是置办了个齐全。

这会儿,从郭庆玉歇脚的地方望下去,远远就可以看到"大虎沟综合商店"七个鲜红的大字。的确,这几年矿上变化太大了。工人们的工作环境改善了,工资待遇提高了,生活设施也完善了,除了综合商店和农贸市场,个体商业网点和小摊贩也多了起来,矿上一天比一天热闹了。以前需要下山才能买到的东西,现在不出西铭就能解决了。

就在前不久,郭庆玉一家也从旧排房搬到了新建的虎坡住宅小区,一家六口住上了矿上新盖的楼房。

近年来,西铭矿先后建起了迁出线住宅小区、旧矿部住宅小区、虎坡住宅小区等三个住宅区共20多栋楼房,改善了1100多户职工家属的居住条件。还有虎窝新建的那座单身宿舍楼,整整7层,上楼下楼不用自己跑,按一下电梯,眨眼就到地方了。楼下的广场还建有花园,又是喷泉又是雕塑,特别雅致。李东华吃完饭后最喜欢到那里散步了。

郭庆玉想起跟着父亲逃荒刚到西铭时,借住在别人家的土坯房里,屋顶都破了,父亲老郭用柴草和泥勉强补了补,一家人才将就住下,也算有了个落脚之地。西铭建矿后,郭庆玉一点一点从山上运了石头,这才有了自己的两间石头房。他想都没想到,如今能住进宽敞明亮的楼房。

是啊,一切都好像梦一样!

四

"西山矿务局西铭矿:经预考核,你单位企业升级四项否决指标——产品质量、物质消耗、经济效益、安全生产以及企业管理综合评价均达到煤炭工业矿、厂、处一级企业的资格。特此通知。"

这是 1991 年 8 月 25 日中国煤炭工业企业管理协会给西铭矿下达的《关于审定全国煤炭工业(1990)矿、厂、处升级一级企业预考核结果的通知》。1992 年 6 月 30 日,西铭矿被中国煤炭工业企业管理协会正式授予"中煤炭工业一级企业"荣誉称号,至此西铭矿的企业升级工作画上了一个圆满句号。

矿井生产效益蒸蒸日上,职工生活环境明显改善。接下来该在矿井高质量发展上做文章了。质量标准化建设是保证矿井安全生产、提高经济效益的重要基础工作。如何增强职工的质量意识并更好地开展质量标准化建设,是当时西铭矿面临的最大挑战。

说到吃苦能干,那郭庆玉没话说,甩开膀子干就是了;但要说到质量标准化,大家没那么多条条框框,反而觉得一时摸不着头脑,有点束手束脚。职工们打心眼儿里也不接受,心想:埋头干活就是了,莫非质量标准化建设还能把煤变成花儿?实际上,西铭矿建矿多年来各方面存在的问题也不少,对此大家也都心知肚明。所以,活儿不能一直这样干!要想有长远的可持续发展,就必须走质量标准化道路。为此,西铭矿决定:对全矿职工进行建设质量标准化矿井的思想教育。矿上通过分期、分批脱产培训,对全矿的职工进行了地毯式的培训;通过每天特定的时间播放广播和电视专题进行大范围宣传,潜移默化中让质量意识入脑入心。

在这种浓烈的氛围中,日积月累,职工们逐渐接受了有章可循的作业,习惯了质量标准化管理。1988 年到 1990 年,经过逐步修订完善,一套具有西铭矿特色的安全管理制度已经形成。这些制度包括《西铭矿班组长职能转变考核办法》《西铭矿"三位一体"检查验收制度》《西铭矿关于严格质量管理行使质量否决权的办法》《西铭矿安全质量红牌表彰、黄牌警告实施办法》《西铭矿安全奖惩试行条例》《西铭矿"三违"人员过六关制度》《西铭矿安全抵押承包方案》《西铭矿建立健全井下职工个人安全档案制度》《西铭矿班组三无竞赛办法》等 20 项管理制度。这些制度的建立和实施,不仅使党和国家"安全第一,预防为主"的方针更加具体化,也使西铭矿的安全工作走上了制度化、标准化和科学化的轨道。

同时,西铭矿开始进军现代化矿井。1985 年,西铭矿从矿务局调进波兰进口综采机组一套,并且增加了一个综采队。1987 年,西铭矿承担了矿务局 M—22 型薄煤层连续采煤机的试验任务, 西铭矿的采煤机械化程度达到了100%。

综采产量比重由 1985 年的 38.7% 提高到 1990 年的 61.5%;

综掘机械化程度也由 1985 年的 0.94% 提高到 18.78%;

综采单产由 3 万~4 万吨提高到 10 万吨／月;

综合单进由 1985 年的 67 米／月,提高到 110 米／月;

1986 年增收 459.6 万元,1987 年增收 571.1 万元,1988 年增收 386.63 万元,1989 年增收 210.92 万元,五年累计增收 2148.25 万元。

一个个亮眼的数据让西铭人为之动容, 一个个超越过去的纪录让人心潮澎湃。1990 年,西铭矿被中国统配煤矿总公司授予"煤质管理先进矿井"的荣誉称号。同年,郭庆玉退休。

郭庆玉清晰地记得那一天——1990 年 1 月 8 日, 那是他正式退休的一天,也是西铭矿实现现代化矿井的一天。那天,中国统配煤矿总公司的一行领导来到西铭矿,对矿上的现代化建设进行最后的复查验收。此次验收非常关键,直接关系着西铭能不能跨入现代化矿井的行列。为了这一天,西铭人从1956年建矿以来就在默默做准备。郭庆玉的父亲老郭是看不到这一天了,但郭庆玉此刻正在西铭矿,见证着这个激动人心的时刻。最后的验收合格,中国统配煤矿总公司领导宣布:"西铭矿达到了现代化矿井的考核标准!"一时间消息传开,3万多职工家属群情激动,奔走相告,他们为自己奋斗取得的成绩而感到骄傲与自豪。

站在井口的郭庆玉身体微微抖动着,他克制着内心的激动,伸手扶着面前的墙壁后才稍稍站稳。他又想起了他的父亲老郭,那个还没熬到西铭矿建矿就撒手人寰的老郭,那个半路上落脚到矿上养活了一家人的老郭!郭庆玉多么希望父亲能够看到这一天,看到工作面上这些先进的现代化采煤设备,看到矿区整齐漂亮的家属楼,看到自己的四个孙子孙女!

郭庆玉慢慢走着,仔细看着自己战斗了40多年的地方,他回想起自己刚参加工作时的伴儿——他最好的运输搭档"驴儿子",活活累死在运输线上;他回想起第一次操纵顿巴斯康拜因机组时的紧张和胆怯,与之俱增的产量让他对矿井机械化越来越有信心;他回想起西铭上的第一个综采工作面,回想起年产量突破一百万吨、二百万吨……

走出生产区,郭庆玉临时改变了方向,他决定先不回家了,去矿上转转。不知什么时候,街道两旁多了不少凉亭和雕塑,绿树环绕,还挺雅致的。走近前去,郭庆玉发现凉亭里大多是和他父亲当年一起做活儿的叔伯们。他们招呼着郭庆玉,一起唠起了嗑。

"二子今儿有空逛哒,休班了?"操着山东口音的张大爷问他。

"嗯,休班了,大爷。"

"明天倒白班?"大爷又问。

"不倒啦,张大爷,以后天天都休班,我退了。今天刚办的。"

"二子都退了?怪不得我们老了。熬不了几年,我们也去找你爹做伴去了。"张大爷唏嘘地说着。

郭庆玉拍了拍张大爷的手,问了他一些家常。听张大爷说起,矿上这几年对他们都挺照顾的,退休金也是年年涨,过年过节还发福利,有个小病小灾的,矿上的医院也能看了。楼房也住上了,娃们也都在矿上上班,比起刚来西铭时,不知要好多少。

与张大爷告了别,郭庆玉继续往前走着。这个原本地处半山腰、七沟八壑、高低错落的矿区,经过矿上这几年的美化和绿化,愈发显得风姿绰约。平整的马路两旁绿树成荫,妖娆多姿的杨柳与四季常青的松柏相映生辉;不远处是熙熙攘攘的农贸市场,来来往往的人群好不热闹;附近的仿古凉亭里不时有儿童嬉戏,花池中百花盛开,争奇斗艳。曾经煤矿给人黑、脏、乱的形象,在这里已荡然无存;取而代之的是一栋栋现代化的职工住宅楼、福利楼、办公通讯楼、商店、饭店、文化娱乐设施等,叫人目不暇接。英雄的西铭矿工,在无数个郭庆玉的努力下,凭着无数双勤劳的双手,凭着"团结求实、艰苦创业、勇于拼搏、争创一流"的精神,已经描绘出一幅壮丽的画卷。

那天,郭庆玉把全矿都转了个遍,直到天黑才回到家。他没有吃饭,倒头就睡,在睡梦里继续逛着西铭矿的每个角落。

1992 年 6 月 30 日,西铭矿被中国煤炭工业企业管理协会正式授予"中煤炭工业一级企业"荣誉称号,至此西铭矿的企业升级工作画上了一个圆满句号。

五

李东华扛着半袋面粉一进门,就看见郭庆玉正在鼓捣他那些破玩意儿,于是没好气地给了他一个白眼。

家里快连饭都吃不上了,他还花费力气闹他那些破铜烂铁,说什么发明创新。李东华在心里说道。眼下这工资都好几个月没正经发了,这不刚跟隔壁邻居凑着买了一袋面粉,一人一半。就这半袋面粉还是李东华平日里精打细算才买上的,还有三家人、四家人合伙分一袋面的。

郭庆玉虽没吱声,心里却什么都知道。白天的时候他听二儿子郭振华说了一嘴,煤炭市场疲软,煤卖不上价格也卖不出去,到处都顶库,矿上又遇到难处了,职工们的日子又不好过了。

1997 年至 1999 年,是煤炭企业发展极为艰难的三年,煤炭市场发生了逆转。这种情况不但出现在煤炭行业,也渗透到各行各业,国家的经济发展遭遇了前所未有的挑战。

大致原因可以用 28 个字说明:"宏观经济发生困难,煤炭计划体制破解,市场产运需失衡,交易混乱价格下跌。"具体到生产矿井,最直接的问题就是客户严重拖欠货款,时至今日都有无法收回来的坏账,这么多货款收不回来,矿上就没钱,没钱就发不了工资,如此一来造成连锁反应,给企业正常的安全生产、经营活动和职工生活都带来了极大的负面影响。

具体分析来看,其中的原因是错综复杂的,主要是主观因素和客观环境综合作用的结果。从国际上来看,1997 年亚洲金融危机爆发,大量外资从亚洲撤出,外贸出口形势急剧恶化,1998 年外贸进出口出现了负增长,人民币面临着罕见的贬值压力。国内部分煤炭价格低于出口交货价格,煤炭出口价格开始从高位回落。从国内来看,当时国家在煤炭生产上采取有水快流的政策,小煤矿遍地开花,这样一来导致了煤炭产量的失控和市场的供大于求。同时,由于煤炭企业对市场不适应采取分散销售,把销售权限下放到生产矿井,为了卖煤大家盲目竞争、相互压价。这种情况下,营销和货款的回收管理不能得到严格控制,应收账款大幅度增加,赊账欠款情况频繁,个别重点用户不但欠款,产品到达后还要扣质扣量,市场信誉低下,煤炭价格逐步回落。需求方面,由于 1997 年金融危机导致的消费市场疲软,电力阶段性过剩,其他行业增长缓慢,整个煤炭消费需求开始出现下降。

再回归到西铭矿,除了受上述因素的影响,西铭矿的主煤层含硫量高、灰分过大,产品质量不好,煤炭市场下行,销售举步维艰。同时,西铭矿也同样受到了外部环境的严重困扰。1996 年下半年以来,资金紧张状况越来越突出,到 1996 年底外欠资金已高达 700 余万元。进入 1997 年 1、2 月份,情况更加严峻,矿上连保证安全生产和职工生活的必要资金也难以支付,生产急需的材料配件也无钱购买、职工医药费也支付不了,间歇性的放假停产给全矿的安全、生产、效益和职工生活带来了严重影响。矿上的职工家属还要吃饭要生活,可是矿上没钱,工资也不能正常发放,于是两家人合买一袋面粉的情况时有发生。

李东华嘴里那些"破铜烂铁",其实是郭庆玉的宝贝。退休之后,郭庆玉没有离开西铭半步。他时刻关注着西铭的发展,尤其是矿井生产中引入的新技术、新机器,他从在政工部工作的二儿子郭振华那里得知了很多新闻,在家里支起了小小的工作间,又是电烙铁又是电路板的,成天鼓捣"那些没用的玩意儿"。眼下矿上遇到难处,可是科学技术发展不能停。越是艰难时,越得坚持住。郭庆玉主动减少食量,每天吃完饭就钻到自己的工作间不出来。

面对内外交困的局面,西铭矿团结一致、迎难而上,内抓挖潜、外拓市场,在极度困难的条件下做了大量扎实有效的工作,维护了矿区的稳定局面。1997 年以来,西铭矿在煤炭市场疲软、生产经营困难、资金极度紧张的情况下,仍然坚持不懈地进行科技创新工作。对生产重点环节实施技术改造,以市场为导向,大幅度地调整了采掘部署。通过内部挖潜,加大新技术、新工艺的推广应用力度,推广锚杆、锚喷支护,上装备,搞综掘,有效地缩短了工作面的准备工期,彻底扭转了工作面衔接紧张的状况,理顺了采掘关系,保证了采区的正常生产。

除此之外,西铭矿在劳资上也动了一番脑筋。先后采取定员定编、优化结构、精简富余人员、分流转岗等途径减轻矿上的压力,同时积极发展第三产业,也鼓励职工走出西铭自谋职业。郭庆玉最小的姑娘郭蓉蓉就在这个特殊时期踏上了南下的列车。郭蓉蓉从财经学院毕业后,矿上本来给郭蓉蓉安排好了对口的财务工作,在郭庆玉给郭蓉蓉促膝长谈后,郭蓉蓉被父亲说动了,主动把工作机会让给了别人。为此,郭庆玉没少落李东华埋怨。

郭庆玉有他自己的想法。前些年自己的三个孩子矿上都给安排了工作,如今矿上遇到了困难,现有的员工都够多了,矿上正在想办法让员工转岗分流,咱不能在这个节骨眼上给人家添堵。话说回来,人挪活树挪死,父亲老郭当年从老家千里迢迢来到西铭不也安家落户了吗?现在的条件比当初好多了,咱离开家,离开这个窝,到人家发达地带看看,兴许也是个机会了。

要说郭庆玉最疼这个小丫头了。郭蓉蓉听了父亲的一番语重心长,当即做了南下的决定。郭庆玉虽有万般不舍,还是狠狠心放手了。

希望与困难同在,机遇与挑战并存。

2000年,国内煤炭库存居高不下,煤炭总量过剩的矛盾仍然突出,煤炭市场还处于低迷状态之中。但是,中央经济工作会议提出实施积极的财政政策,扩大内需,拉动经济增长,出台了关井压产、控制总量、债转股、养老保险统筹等一系列有利于煤炭企业发展的政策,给煤炭企业刮起强劲的春风。再加上这几年的磨炼,西铭人对企业改革的承受力和克服困难的能力也有所增强,为今后的发展积累了丰富而宝贵的经验。

2002年,全国煤炭市场供求关系趋于正常,煤炭价格呈现恢复性上扬,企业的生产经营环境开始好转;从内部讲,随着山西焦煤集团的成立,企业之间优势互补,大大增强了抵御风险的能力。西铭矿认真吸取困难时期因煤质不好、用户拒收的教训,加大对煤炭质量的监管力度,对每批外运商品煤的质量、车皮清扫等实行责任跟踪签字办法。为满足不同用户的需求,实行煤种的不同配比,现场监装,赢得用户信任。背靠大树好乘凉,在山西焦煤集团支持下,西铭矿抓住煤炭市场相对有利的时机,实现了增产增运。

2004年开局良好,全国煤炭市场持续走旺,西铭矿上一年的主要经济指标实现了历史性跨越,为新一年的各项工作奠定了坚实的发展基础。

2005 年，国家继续加强宏观调控，实施稳健的财政货币政策，加大了对重点煤炭企业的保护和扶持力度。煤炭作为国家经济发展的主要能源，社会需求总量继续增长，为煤炭企业增产增销提供了良好的市场环境。山西焦煤集团市场竞争力的增强和西山煤电股份公司制定的战略规划效应也开始显现。这些有利因素为西铭矿的改革发展提供了难得的机遇，拓展了新的生存发展空间。

2006 年，西铭矿迎来了建矿五十华诞，郭庆玉作为建矿老职工代表应邀出席了仪式。之后的几年，煤炭市场回暖，西铭矿乘胜追击，抓住了煤炭生产和销售的黄金时期，生产利润和职工收入双双增加。当晚，郭庆玉给郭蓉蓉拨通电话，问及郭蓉蓉的近况，顺便有意无意地提起矿上如今的良好局面。电话那头嘈杂的背景声越发显得郭蓉蓉声音大了："爸爸，我在这里挺好的！这里机会很多，我还想再看看，就先不考虑回去了。"郭庆玉放下电话，看着窗外灯火通明的西铭，嘴角露出难以察觉的笑容。

这是一个老矿工的回忆，记载着矿山一家人的奋斗史，同时，也折射出了西铭矿的发展史。让我们记住西铭矿为山西煤炭产业做出的贡献，也铭记那些与矿山同荣辱、共进退的光荣的产业工人！

绚丽的火烧云
——西铭乡办煤矿追忆

作者 / 郝岳才　李子弘

　　当看到笔者手机里拍摄的随老母矿址照片时,老人目不转睛,一张张翻看,那眼神或许只有他自己才能够解读。当看到照片中的羊群时,不由得喃喃自语:"看看,当年矿上的房屋、场地都派上了用场,办成了养殖场。"

写在前面

清同治七年（1868），德国地理学家费迪南·冯·李希霍芬拿着加利福尼亚银行的资助，第二次踏上中国的土地，开启了真正意义上的中国地质实地考察。上海外商会对他的计划鼎力支持，并帮其设计了7条考察路线，北到沈阳，西到成都，南到广州，东到舟山群岛，涉及中国18个省区市。其中第五条路线是从上海到香港，进入广州再经北江到达湖南郴州，再沿湘江、洞庭湖到汉口，转入河南洛阳，然后先后抵达山西晋城、太原、阳泉，一路向北经正定到北京，最后从天津返回上海，其中山西煤矿资源是考察的重点。1870年，李希霍芬计算出山西煤田大约有3万平方公里，且优质煤层厚度可达30英尺（1英尺=0.3048米），总储量在6300亿吨以上，于是激动地喊出"山西一省的煤可供全世界几千年的消费"。此后他还动手绘制了史上第一张《中国煤炭分布图》。尽管李希霍芬的言辞带有时代背景下别有用心、动机复杂的煽动性，但不可否认的是，山西煤多，很多很多。

事实上，山西作为中国重要的煤炭资源基地，其产业历史可以追溯到数千年前，《左传》就有记载，称周公东征时在山西发现了煤矿，也就是说早在3000多年前的商代，山西就已经开始采煤了。到了春秋战国时期，山西的煤炭资源被广泛开采，主要用于冶炼铁器和制作瓷器。真正得到官方统一规划管理，有文献可查的是在清康熙年间，发展到嘉庆时期，山西煤炭产业才进入了严格意义上的黄金期，产量极速增长，应用范围不断扩大，影响力也随之倍增。进入民国，政府励志图新，学习国外先进技术在全国建立了一批现代化煤矿，山西煤炭产业借势复兴，同时拉动了铁路、公路等基础设施建设，促进了流通销售。此时的山西已是全国最大的煤炭生产基地。

新中国成立后,百废待兴,山西煤炭打开了大有作为的新纪元。1949年4月20日,西山地区解放,翻开了新的一页。1952年,山西省政府成立煤炭工业局,实施统一管理。1958年,山西煤炭产业进入新发展阶段,山西省委制定了"大包干、大兴济、大发展"的方针,全面推进煤炭产业现代化。此后,全省煤炭产业高速发展,几乎每一个山西人的生活轨迹都与煤炭相关。据不完全统计,山西煤矿数量巅峰时曾超过1万座,为社会建设、经济建设做出了巨大贡献。

但是岁月更迭,时代发展总会对事物提出新的要求,催生新的变化和全面进步。就煤炭产业而言,一方面效率偏低的粗放式发展状态亟须改变,另一方面环境污染、供大于求等问题,导致山西等地因煤而兴转向因煤而困,必须从根本上解决。在综合考量下,党和国家决定从2006年起实施煤炭产业改革。山西省积极响应号召,迅速完成了数千座煤矿的兼并重组,很多中小型煤矿陆续关停,太原市万柏林区西铭乡的两个乡办集体煤矿太原市万柏林区西铭乡煤矿(以下简称西铭乡煤矿)与太原市万柏林区西铭乡桃湾煤矿(以下简称西铭乡桃湾煤矿),就是在这个时期,完成了他们的使命,陆续退出了历史舞台。

西铭有矿　宝藏天赐

太原历史悠久,是中华文化重要的发祥地之一。其地形由北向南倾斜,平川仅占五分之一,山地约占五分之四。西部统称西山,是吕梁山东翼云中山的延续,石千峰、庙千山、狐偃山等主峰海拔在1800~2099米,组成西山的主要岩石为页岩与石灰岩交互层,构成砂砾岩山地,多为褶皱断层,基岩外露,山势陡峭,其中的天龙山、悬瓮山、崛围山,冈峦起伏,松柏葱茏,为太原旅游胜地;东部山地统称东山,是太行山支脉系舟山的延续,最高海拔1585米,方山、罕山等犬牙交互,层峦起伏,以石灰岩为主,接近穹隆构造。太原的地形结构与西山向斜煤盆地、汾河陷落区与东山单斜区地质构造密切相关，东西两山地层出露完整，特别是石千峰、玉门沟、庙千山、大井峪与东山石盒子一带地层发育较好，矿藏资源丰富，尤以煤炭资源为最，加之岩层倾斜度不超过 20 度，开采难度较小。

太原西山西铭矿区一带，挖煤用煤的历史已有 1000 多年。《隋书·王劭传》中记载，早在隋朝时期，官吏王劭曾经向隋文帝上表建言："今温酒及炙肉，用炭火、柴火、竹火、草火、麻荄火，气味各不同。"王劭生长于晋阳城中，可见其时太原西山一带已经使用石炭作为燃料，这石炭即是煤炭。唐朝时有一位名叫圆仁（793—846）的日本留学僧，曾游历五台山，并将在华见闻整理成日记体《入唐求法巡礼行记》，记载了太原西山开采使用煤炭的情况："太原府……出城西门，向西行三四里，到石山，名晋山，遍山有石炭，近远诸州人尽来取烧。料理饭食，极有火势。"文中所指晋山无疑即西山，遍地石炭即便于刨挖开采的露头煤。明洪武十二至十三年间所修《太原志》之《阳曲县·坑冶》记载："煤窑三处记四座：在马北村，县东二十里一座；留南村，县东北十五里一座；西铭村，县西三十里二座。"到明末清初，太原西山矿区小煤窑的生产已初具规模，道光二十年（1840）前后，太原西山开办的煤窑已有数十座之多，但一直延续原始的开采方式，生产能力低下。清末洋务运动后，随着一大批近代工业的兴起与发展，一些军阀、官僚、大地主、大商人纷纷涉足西山煤矿开采，西山小煤窑泛滥，几乎每座山、每道沟，都有不断新开的小窑口。弯弯曲曲的大小道路上，到处是人扛、马拉、驴驮的运煤者。整个资源丰富的西山煤田千疮百孔，污染严重。

1934 年 8 月 1 日，西北实业公司开办的西山煤矿第一厂在白家庄成立，并利用行政手段欺压、掠夺、兼并周边小煤窑，将小煤窑改成其生产车间。1937 年 11 月 8 日太原沦陷后，12 月 17 日，西山沦入侵略者之手，1938 年 1 月 24 日，日本侵略军将西山矿区委托垄断资本集团"兴中公司"管理，西山煤矿第一厂先后更名为"军管理山西第五厂""西山采炭所"，开始有计划、大规模地掠夺西山煤炭资源。1940 年,曾派小幅志宏对山西煤田进行所谓"慎重调查",估计出西山矿区附近煤炭存储量在 13 亿吨以上。之后,山根新次、小帆志先、松勖等人又分别带领"调查队"深入西山腹地,并写有《山西煤田白家庄、西铭地区调查报告》。在白家庄、杜儿坪开凿大坑口,在西铭矿区的王封等地区勘定新窑口,把西铭矿区开采的小窑命名为"东亚太平窑"。

到 1942 年初,又美其名曰"日华合办",利用暴力霸占了青石湾、长胜窑、七里沟、骆驼脖、红花沟、井儿沟等小煤窑。仅青石湾与长胜窑,年产量就分别达到 1800 吨与 3600 吨,实施了惨无人道的"用肉蛋换煤炭"暴行,使西山地区所有的煤矿都变成了阴森恐怖的人间地狱。1945 年 8 月日本投降后,国民政府于 11 月 3 日接管西山,再次挂起西山煤矿第一厂的旧牌子,打着"复兴"的旗号,掌控了西铭矿区的七里沟、荙子沟、玉门沟等小煤矿。解放初期,小煤坑有 400 多个,矿工最多时达到 8000 人以上。太原有民谚"西山九峪十八沟,窑坑如黑牛",形象地反映了当时的情形。

中华人民共和国成立后,伴随省煤炭专管机构的设立,太原东西两山煤矿划归省工业厅下属煤炭公司管理,但小煤矿始终存在,并在原有基础上,西铭、化客头、王封等地又开办了私人联营煤矿 50 余座。1956 年合作化时期,许多乡村建坑采煤,社队采煤业应运而生。"大跃进"时期,为满足大炼钢铁的需要,王封开办冀家沟煤矿、磺厂葫芦角煤矿、三合窑煤矿。

1970 年太原市北郊区分设,西铭、化客头、王封等地先后兴建煤矿,并具备一定的机械开采及通风能力。

1979 年,全区乡(镇)、村办煤矿 42 座,年产原煤 49.7 万吨,煤矿工业产值 44.82 万元。进入 20 世纪 80 年代,村办矿、联办矿、个体办矿迅速发展。1986 年,全区有煤矿 114 座,其中乡(镇)办矿 17 座、村办矿 72 座、联办矿 1 座、个体开办矿 24 座。从业人员从 1970 年的 2000 余人猛增到 5000 人。20 世纪 90 年代,从环境保护角度出发,加强对煤炭行业的整顿,1997 年,乡镇办煤矿(包括腐殖矿)154 座,原煤产量 300 万吨,成为全区四大支柱产业之一。

1984年1月,成立于1976年2月的农村社队企业管理局更名为农村社队企业联合公司,12月又改称乡镇企业管理局。其时,区委、区政府提出了"发展商品经济,繁荣农村经济,尽快富裕农民"的战略方针,涌现出一大批乡办、村办、联户办及个体企业。

随着1986—1987年的产业结构调整,乡镇企业进入发展快车道,其中乡镇煤炭企业发挥了举足轻重的作用。特别是1991年成立煤管局,1992年成立地矿局后,地矿工作进入正规化管理的渠道。

到1995年,在全区20座乡镇主要煤矿中,西铭乡煤矿年产7万吨原煤,产值达到316万元,扩大就业141人,成为乡镇煤炭企业的佼佼者。但由于地处西山脚下,紧邻西山矿务局,位于南郊、北郊城乡交错地带,没有独立的大面积的井田,仅仅开采西山矿务局各大矿边角零星资源,大部分为古空复采,而且矿址不断移位,特别是企业管理水平偏低,尤其是经过一次次的煤矿整顿,特别是整顿关停小煤窑政策实施后,几乎所有即将关闭的乡镇小煤矿都一门心思抢时间抓生产,很难顾及煤矿档案资料收集整理,以至近20年后再回顾工矿企业的这段历史缺少了资料的支撑,要了解一座座小煤矿的历史轨迹,恢复那段独特记忆的片段,只能寻找当年的煤矿经营管理者与职工。

在这一历史过程中,西铭等村落行政区划不断变化,为叙述方便,对此期间的行政区划概述如下:

西铭村隶属太原市万柏林区西铭街道办事处,地处西山脚下。这座村落原名西明,传说古时候村里有座观音堂庙,庙里建有比较高大的一座钟楼。庙前有个小水潭,村人叫它"莲花池"。每天傍晚日落,西边还不是很暗的时候,人们登上钟楼可以欣赏月映莲花池的美景,文人墨客专为此景起名"西明古月",所以村子就叫成了西明村。后来,莲花池、钟楼,乃至观音堂庙都坍塌消逝,村民取"铭记此景"之意,将家园改称为西铭,道光《阳曲县志》也写作西鸣村。之后又分出一部分另立门户,叫小西铭,民国重印道光《阳曲县志》就分开记载为大西铭、小西铭。

中华人民共和国成立后的西铭村,不论行政区划如何变化,始终处于周边村落的核心地位。1950年2月8日,太原市并8个区为4个区,8月28日,区域内河西地区成立第五区,西铭村属于第五区。1951年8月2日,市郊各区公所改称区人民政府,1953年3月13日实行区、乡(镇、街)、村三级建制,以西铭村为中心设立西铭乡人民政府驻西铭,下辖西铭、小西铭、风声河3个自然村。以大虎峪为中心设立虎峪乡人民政府驻大虎峪,下辖大虎峪、小虎峪、桃杏、白家庄4个村,属于第五区。1954年,第五区改为万柏林区。1956年12月16日,改称万柏林区人民委员会,此日调整乡镇管辖村街,西铭乡人民政府——人民委员会,下辖西铭、小西铭、风声河、南寒、北寒、宓流、南社7个村。1957年3月12日,万柏林区人委与新城区人委撤销,并归新成立的太原市郊区人委,西铭村归属太原市郊区人委。1958年下半年实行"政社合一"体制,成立人民公社,撤销乡、镇、街。1959年3月3日,太原市郊区人委撤销,到次年复置,一直到1970年3月21日太原市郊区革委会撤销,改置北郊区、南郊区革委会行使县级人委职能,再到1981年9月6日选举产生北郊区人民政府,西铭乡下辖10个大队(27个生产队),分别是西铭、小西铭、风声河、南峪、南寒、北寒桃杏、白家庄、大虎峪、小虎峪,西铭村隶属于北郊区管辖。1998年3月29日,北郊区建制撤销,西铭乡下辖12个村委会,21个自然村,分别是西铭、八吊沟、小西铭、风声河、南峪、南寒、北寒、小虎峪、七里沟、鸦崖底、牛头嘴、偏桥沟、马圪台、白石崖、桃杏、白家庄、九院、官地、秋沟、大虎峪、河龙湾,整体划入新设置的万柏林区。

基于较短时间内行政区划的不断变化,加之人们对档案文献的重视度普遍不够等原因,不要说那些昙花一现的个体小煤矿,即便像万柏林区西铭乡办集体煤矿也找不到一份较为完整的档案资料。导致在工商登记信息中也仅找到以下一些并不完整的相关记录:

其一,太原市万柏林区西铭乡煤矿,法定代表人靳广华。统一社会信用代码:91140000MAOLLJR476,成立时间:1989年12月25日,注册资金:188

万元,工商注册号:1400001589025,组织机构代码:MAOLLJR4-7,纳税人识别号:91140000MAOLLJR476,企业类型:集体所有制,所属行业:煤炭开采和洗选业,行政区划:山西省太原市万柏林区,营业期限:1989年12月25日至无固定期限,核准日期:2016年6月18日,登记机关:山西省市场监督管理局,注册地址:西铭村大河沟,经营范围:开采原煤(2005年11月30日)。

其二,太原市万柏林区西铭乡桃湾煤矿,法定代表人武全有。成立时间:2000年7月26日,注册资本:140万元,行政区划:山西省太原市万柏林区,企业类型:集体所有制,经营状态:吊销,所属行业:煤炭开采和洗选业,工商注册号:1400001589061,组织机构代码:71980584-6,营业期限:2000年7月26日至2006年12月9日,核准日期:2002年12月9日,登记机关:山西省市场监督管理局,注册地址:太原市万柏林区西铭乡小西铭村桃湾,经营范围:开采原煤(2004年5月30日)。

找到上述工商登记信息已属不易,仅仅是静态的时点记述而已,既无法动态反映西铭乡集体煤矿的历史演变,更不能反映活生生的煤矿经营,热火朝天的生产场面,车水马龙的运输景象。

笔者经过多方走访了解,采访诸多知情者,基本梳理了西铭乡集体煤矿的发展脉络。

西铭乡办集体煤矿,其前身与1958年集体企业发展同步,尽管不同时期行政区划演变过程中名称有所不同,但乡办集体所有制性质始终未变,曾在乡政府办公楼旁拥有一座二层办公楼。1990年前后,武殿耀任支部书记,靳广华任矿长。武殿耀退休后,武全有任支部书记。早在1994年前后西铭乡企业公司在古交市随老母村沟中建成一座新矿,实施承包经营,一直到1997年发生瓦斯爆炸事故前,与西铭乡煤矿并没有任何隶属关系。直到1998年7月,西铭乡煤矿才接管随老母矿井。自此西铭乡煤矿也拥有了桃湾、新窑背与随老母3座矿井。考虑到随老母矿比较偏远,事故后全面复矿的经营管理难度较大,在西铭乡煤矿牌子不变的情况下,将三座矿井分随老母矿与桃湾、新窑背矿两个核算单位经营管理、分灶吃饭。

2000年7月26日,桃湾、新窑背矿从西铭乡煤矿划出,独立注册为太原市万柏林区西铭乡桃湾煤矿;西铭乡煤矿则只经营随老母矿,随老母矿与桃湾、新窑背矿3座煤矿由分灶吃饭变为分立运行。自此,西铭乡拥有了两个乡办集体煤矿企业,即太原市万柏林区西铭乡煤矿,由靳广华担任矿长、法定代表人;太原市西铭乡桃湾煤矿,由武全有担任矿长、法定代表人。两个乡集体煤矿年分别上缴利润30万元。遗憾的是,原任西铭乡煤矿支部书记武殿耀,后任支部书记兼任西铭乡桃湾煤矿矿长、法定代表人武全有,均已因病离世。令人欣慰的是,西铭乡煤矿矿长、法定代表人靳广华虽年事已高,但身体硬朗,而且早在1979年就工作于西铭乡煤矿,从普通职员到会计,从会计到副矿长、矿长,并最终见证了西铭乡两个乡集体煤矿3座矿井的关闭。可以这样说,对于西铭乡集体煤矿,靳广华最为了解,也最有发言权。

如此,要了解西铭乡集体煤矿的历史演变,以及诸矿关闭前的细节,只有寻访靳广华矿长,乃至探访曾经的随老母矿与桃湾、新窑背矿旧址,通过经历者的回忆与有限的资料印证,复原西铭乡集体煤矿火烧云一般的乌金华彩岁月。

"大把式"靳广华——采访西铭乡煤矿亲历者

一个个乡镇企业陆续解体,与之关联密切的村落也逐渐整村搬迁,近20年后,寻找当年的经营管理者就变成了一件十分不易的事。笔者兜兜转转,历时一个多月,终于获得了靳广华矿长的居住地——万柏林区前进路前进苑,并想尽办法获得了联系方式,于2023年9月18日如约看望采访了在任时间最长,也是最后一任的西铭乡煤矿矿长靳广华及其老伴郝金莲。

整整一个下午,得益于老人开朗健谈的性格,采访十分顺利。靳广华说起西铭乡煤矿的历史,如数家珍,从他的眼神、举止、神态,乃至表达,丝毫感觉不到他是一位 85 岁高龄,而且做过 3 次手术的老人。他的谈吐,好像是一位久经沙场的老将军在叙述一场场战斗经历;他的眼里,充满了睿智、坚强与倔强;他的语言,平实而不乏幽默,甚至金句不断。靳广华几乎是在一种幸福的亢奋中,用自己的亲身经历,还原西铭乡煤矿的历史,更加难能可贵的是他能够将西铭乡煤矿的发展与关停,放在中华人民共和国成立后数十年的大历史背景下看待,继而用现在的形势,乃至未来的视角来评估政策的正确性,既宏观又具体,既坚定又体贴,几乎可以视为解读农村经济发展历程的教材。

靳广华其人,身份到如今还是白家庄村的农民,他怎么会如此了解西铭乡一带的小煤矿的发展演变历史呢? 这还要从他的经历谈起。

靳广华 1938 年 9 月 7 日出生于现在的古交市峰子坡村,峰子坡村历史上属于阳曲县地界,抗日战争时期划归交城县管辖。1946 年冬,为避荒避乱,随父迁至西铭乡桃杏村,再迁到白家庄村,艰难讨生活。1961 年,因为有一定的文化基础,担任了白家庄村会计,生活总算稳定了下来。之后的岁月里,尽管乡镇体制多变,人随事走,但他一直工作在乡集体企业特别是乡集体煤矿,从一名普通员工做起,后任会计,先后担任副矿长、矿长,几乎没有离开过煤炭行业。60 岁那年,本该退养的靳广华又在全乡经济建设十分困难的特殊时刻受命重启事故后的随老母矿井,这副重担一直挑到 2007 年 6 月 30日——根据国家政策关闭小煤矿时。

靳广华是西铭乡煤矿发展历史的见证者、参与者与奉献者。当年曾任西铭乡煤矿的一位会计说:"靳矿长那是'大把式'! 没有他,随老母矿井不可能发生事故后很快启动复产;没有他,横跨古交、北郊两市区的企地矛盾难以妥善解决;没有他,即便启动复产了也无法正常运作,因为 1998 年的煤价跌至低谷,技术、资金、用工、市场、营销等问题错综交织,一团乱麻。"

靳广华经历丰富,每一段都充满了精彩的故事,随便聊聊都会引发深深的感悟。特别是与煤矿密切相关的岁月,可以说集中展示了他为人处世的与众不同,代表了那些勇立时代潮头的先行者、探索者,更折射了乡办煤矿的发展历程。

据靳广华描述,西铭乡一带煤储量相当可观,"露头煤"分布极广,但是地下煤层延伸到地表的薄煤层线,长期出露地表受风氧化,厚煤变薄,好煤变差,并不能满足工业应用。如果想要得到优质煤炭,就必须沿着煤线走向采取斜井等方式深挖。"由于技术有限,这里的矿虽然多,但产能很低,也没有引起人们多少重视,直到1958年'大跃进'时,一下子全变了。"

靳广华1946年随父离开家乡古交峰子坡村到太原西山谋生。1958年大炼钢铁,他在大虎峪沟工作,村里小西铭山上有座老矿,大概成立于1954年前,当时属于互助社管理,实际上还是个人产业。1956年改为公私合营,1958年划归人民公社,正式成为国营矿,老百姓称其为"石窟煤矿"。

"从1959年到1962年,大虎峪沟的新窑背、贾大窑(俗称)、老西沟、子华坪,好多小煤矿属性变化很快,所属桃杏,白家庄,大、小虎峪,南、北寒6个村成立过大管区,我被抽调到南寒村当统计,100天后,原来属于矿务局的南寒村、北寒村被分出去,剩下的4个村成立新管区,大管区调整为小管区,统一核算,财务集中在大虎峪人民公社,1961年政府设立西山工矿区,把煤矿全划到工矿区了,我被分到大炼钢铁时期留下的老西沟、子华坪煤矿任会计。村里那时的矿,有市营的,有乡镇政府代管的,情况比较复杂,有一些煤矿在'大炼钢铁'结束后整体搬走了,坑口埋起来,说不开就不开了。再后来各村管各村的矿,我在村里当会计。直到1979年三中全会后才到西铭乡煤矿,所以许多情况还是比较了解的。"

"自从人民公社成立,红崖湾等矿的属性就成为集体经济,收益是集体的,资产利润都不属于个人。从私营到小集体再到大集体,也见证了新中国成立初期的历史发展轨迹。较早时期,矿里的工人都是当地村民,工作挣工分,工分计算到村里,到年底按矿产利润折算,大家一起分,他们自己还可以额外拿到一些补助。在当时,这份儿工作听着就叫人眼馋、羡慕。后来取消了工分制,矿工直接挣了工资,完全摆脱了农业生产,更成了当地人们心中的理想职业。"

靳广华接着说:"又有工分又有补助,谁都想当矿工,那时只有村干部与复转军人优先进矿工作,普通人还轮不上呢。摆脱农民身份的政策执行后,更加吃香了,都争着去。"

在靳广华的回忆中,"四清"前后,西铭乡管辖区域大大小小的煤矿有40多座,日常作业、管理都很粗放,很多经营不够景气,时开时停属于常态。桃湾矿算是比较坚挺的,从20世纪50年代一直到2006年,始终为当地建设贡献资源。但再坚挺的矿也有采尽的时候,进入20世纪90年代,那些已经开采了几十年的矿井大都难以正常运营或废弃,几乎所有的煤矿都在不断地挪动矿井位置,异地开掘新矿成为常态,所以企业注册登记名称与采矿证名称并不完全一致,因为企业名称不变的情况下,矿井地址一直在变化中。就西铭乡办煤矿而言,其同样面临这样的局面,老矿井资源枯竭,废弃了,只能开发新矿井,另批采矿证。

在这样的背景下,1993年西山矿务局计划征用西铭乡北寒村的一块土地,乡政府考虑到自身经济发展需要,提出交换条件,希望西山矿务局将马矢山的部分资源采矿权赋予西铭乡集体企业,于是促成了随老母矿的建设。

马矢山,行政区划跨越太原古交市、万柏林区,煤炭资源储量可观。据研究探明,由古交随老母村南经土圈头磺厂村、赛庄、北道村东消失于黄土覆盖层中,为一南东盘下降的正断层,这里正是出煤炭的理想地带。1993年到1994年该矿建成,但比较特殊的是矿口在马矢山下古交市随老母村沟中,矿井向东向下延伸至北郊区(今万柏林区)王封乡境内,煤矿性质则为西铭乡乡办。

随老母矿建成后采取了个人承包的形式经营,此时的矿工多为来自陕西的外包人员,当地人从事开采工种的人已经很少。1997年该矿发生事故,停产整顿,所有业务全部中断,西铭乡经济情况受到严重影响。1998年春,当时担任西铭乡煤矿(此时仅有桃湾、新窑背两座矿井)矿长的靳广华以乡人大代表的身份参加代表会,乡长梁建民组织大家讨论议题,其中最令人头疼的便是如何振兴西铭乡经济。身为乡人大代表、西铭乡煤矿矿长的靳广华站出来建议:"这有什么难的? 有能力就把随老母矿重启了,没能力就把这个矿包出去。放着这么好的'金矿'不挖,干着急有啥用! "靳广华的话掷地有声,惊醒了在场的所有人。

会后, 乡政府立即向上级打报告, 履行相关手续获得随老母矿复营批示,决定不再承包经营,划入西铭乡煤矿经营管理。然而问题又来了,谁来当矿长? 答案呼之欲出,就这样,靳广华在60岁时披挂上阵,接管随老母矿井。

回忆这段经历,靳广华十分感慨地说:"困难重重! 有技术上的,有资金上的,有人力上的,有安全管理方面的,最难的是处理社会关系,毕竟这个矿井处在不同的行政区域,相邻所属村子的百姓都得照顾到啊! "靳广华被人们称为"大把式",是有原因的,因为他说的这些问题,最终都得到妥善解决。

首先考虑的是技术支持。随老母矿以斜井为主,主井副井完备,竖井最深310米,地质环境还算理想,但瓦斯浓度较大,而之前的井上井下风力不够匹配,局部容易形成瓦斯聚积,或者在盲巷浓度偏高难以管理。靳广华通过模拟演练准确找到风险点,受当时条件局限,设备技术难点无法攻破。一方面保持主副井高差,充分利用抽风机稀释瓦斯;另一方面从优化排班入手解决,严格实行两班倒,减少作业时间。更为重要的是,将管理人员天天下井进行安全检查形成制度,随时发现问题并现场解决,把可能的风险及时解决在萌芽状态,从而确保了煤矿的安全运营。在国家与省、市的安全检查中,西铭乡煤矿(随老母矿)多次受到表扬,靳广华也被太原市安全主管部门领导点赞为"免检矿长"。

其次是资金不足。"这个不难办,我发动员工集资,承诺年底分红,再与材料供应商协商用煤炭交换建材,还跟山纺、矿机、机车、焦化等用煤单位商量,冬天用的煤提前付钱,随老母生产的是焦煤,价钱却按动力煤算,便宜两到三倍,但是要先给钱。这样一办,钱就解决了。"

关于人力资源,靳广华以提高工人待遇为切入点。"要有饭吃,实行班中餐制度,天天中午送蒸馍到井下。工人在几百米深的地方干活,必须吃饱肚子。人吃饱了才会主动想安全,操心安全,干起活儿来才有劲。而且从来是当月开工资,月月兑现,从不推迟,更不拖欠。所以,很多人愿意来上班,100多名工人很团结,工作积极性很高。那时好多煤矿招不到矿工,但随老母矿从来没发愁过。"

至于与邻村群众"相处",应该是靳广华最让人佩服的优点了,别的事情有样学样说难不难,为人处世的通达是骨子里的品质,"没有热心肠,难做知心人"嘛。他先从自家身上找突破,利用自己祖辈生活于古交峰子坡的人脉。

清末民国间,古交邢家社一带的人都是在石千峰下的小煤矿买煤驮炭。他从小就听父亲讲述曾祖、祖父在石千峰下煤窑买煤驮炭的故事,曾祖鸿铿公、祖父其德公与随老母一带的小煤窑打了几十年上百年打交道,买煤驮炭几乎成了走亲戚,关系十分融洽。在处理与随老母矿周边乡亲的关系时,他打出的第一张感情牌就是乡情牌,以自己"古交人"的身份沟通关系。当与老人们谈到其祖父其德公时,年长的老人们不仅认识,而且竖起大拇指夸赞。有道是"人死留名,豹死留皮",令靳广华没有想到的是,大几十年过去了,祖上的为人还能荫及后代,为他处理乡亲关系带来意想不到的效果。由此,当安保人员"逮住"一些偷煤的年轻人时,靳广华绝不会简单处置,总是先问他是谁家的孩子,然后历数他家的祖上,劝他"你家世代都是好人,可不敢坏了老辈的名声",这些人就再也不做违法的事了。

靳广华还随时掌握村里的人事,谁家有红白事,都会提前赶去参加,代表矿里送份礼物。过新年时,靳广华带着工作人员向村民送去上好的白面大米,对贫困户还有经济援助;村里一些荒废的古建筑,他和矿里商量出资修复,先后在原址重建了真武庙、文昌寺、钟楼等好几座寄托民间信仰、传承传统文化的仿古建筑,件件事情都办在了村民的心坎上,广受村民百姓赞许。

因为属虎,办事干练又虎虎生风,村民戏称他"靳老虎",又因为他急公好义,帮困恤难,受益者常夸赞他是"能干辛苦的大好人"。时至今日,当地百姓说起靳广华,仍会竖起大拇指,夸个不停。

随老母矿因政策调整于 2007 年 6 月 30 日正式关闭停产,在营业期间,年出煤量从 2 万吨到 3 万吨,最高产量时达到 5 万吨,十年间平均每年出煤在 4 万吨左右,年上交乡政府利润从起初的 30 万元上升至 200 万元,而且直接推动了周边地区的经济建设与文化发展。随老母关矿时,靳广华已近古稀之年,他说即便不关,自己也干不动了,十年里,他不知道往返山上山下多少次,走遍了煤矿周边的每一寸土地。

靳广华以这样的话语结束了自己的回忆:"关矿时,矿里还留下三四十间房子,还有自己修建的小水库,我劝他们不要拆,拆了可惜,先留着,将来搞些养殖,或者干些别的事情,总会有用的。"靳广华的老伴儿一边倒水一边插话说:"唉! 跟上老汉几十年,尤其是当了随老母矿的矿长,家里人都吃不上个歇心饭。有时听到矿上安全的大事小情,吓得人半天都说不出一句完整的话来! 关了也好! "

此文撰写时,靳广华已 85 岁高龄,身体健康,精神矍铄,四世同堂。老伴儿小心翼翼取出一本由靳氏族人新补修的《靳氏家谱》,准确翻开其中一页,上面写道:"(靳广华)为人正直、助人为乐、多行善举。为慈善、福利事业做了大量工作。"

采访后的第二天,靳广华老人又拨通了笔者电话,指点了前往随老母坑口的路径,而且一再订正了一些关键事项。

两进马矢山——探访曾经的随老母矿

2023 年 9 月 25 日午后,笔者沿 104 省道驾车前往古交与万柏林两区交界地带,寻找已经关闭近 20 年的随老母矿。

由于地形不熟,这一代村落基本全部搬迁,根本无村民路人可以问路,只能按照靳广华提供的路径,在北斗导航下走进马矢山,看看凭运气能不能找到随老母村落。在路右手的一道有围栏封闭的岔路边,遇到两位采蘑菇的妇女,她们自称是矿山退休职工,但都不是本地人,语言沟通也很吃力,基本上是一问三不知。无奈的情况下,只有停车在路旁,顺着岔路向沟底走去。

路两边树木成林,野花肆意开放,道路弯弯曲曲,忽上忽下,左边是深沟,放眼望去,层峦叠嶂,有一种回归大自然的感觉。"竹杖芒鞋轻胜马",转眼已走出去五六公里。

远处看到山坡上的羊群,有羊群自然有羊倌,笔者赶忙提步,几乎是小跑着追赶,冲着半山坡上羊群的方向大声呼喊。喊声引出一阵犬吠,也引起了放羊人的注意。但笔者未敢靠近,那牧羊犬可不止一只啊,便顺手拎起一根木棍防身:"老乡你好,前面是随老母村吗?""什么随老母,不知道。千万别过来啊,小心被狗咬。"当再次呼喊询问时,放羊人只是一个劲儿摆手,不再应答,只有牧羊犬还在汪汪地狂吠不止,可惜听不懂哈。此时进退维谷,查看手机计步,已走出 10 余公里。想打电话求助于靳广华,又发现山深路远,手机却没有了信号。眼看时间已过下午 4 时,再往前走,或许天黑时都未必能够回到公路边停车的地方。此行必须先告一个段落,于是顺着来路返回。

走着走着,忽然又想起前些天翻阅《古交市志》读到的一则关于随老母村名来历的传说故事:

相传,石千峰山下有个小村庄,庄里有个杨老汉,膝下只有一女叫兰英,兰英 5 岁丧母,父女二人相依为命。长大后嫁给本村王家的独生子十家保。童年时,兰英与十家保青梅竹马,情同兄妹。婚后更是情投意合,形影不离。不久,兰英的公公病故。因家计艰难,十家保下了煤窑,却在一次塌方事故中不幸丧命。19 岁的兰英已身怀六甲,婆媳俱寡,生活更加艰难。婆婆曾打算自尽,让媳妇另嫁他人。兰英揣知婆婆心事,苦苦劝阻。不承想,兰英生下一男孩后,仅六天便抽风夭折。婆媳痛不欲生,肝肠寸断。正在万念俱灰之际,好心人说了一门亲事。兰英带着婆婆嫁给了邻村一位姓宋的年轻农民。宋某孤身一人,有了兰英婆媳,视兰英婆婆为亲娘,尽心奉养,孝顺备至。对兰英更是体贴入微,感情真挚。几年后,婆母病故,兰英尽其所有为婆母料理了丧事,并与王老汉葬于一穴。乡人称赞兰英贤惠孝顺,就将村名改称"随老母"。

边走边想,不免有些伤感。这传说不知发端哪个朝代,古有二十四孝,这媳妇带婆婆出嫁当列第二十五孝。随老母村名的传说,反映的也不仅仅是媳妇孝顺婆婆的故事,还透露出这样一个事实,早在随老母村肇始的年月,随老母村落周边便形成煤窑,十家保即死于煤窑塌方。再看看路边的崖壁,无意间看到了一道黑黑的煤线,倾斜度在15°上下。耳闻不如眼见,看到了煤线也便理解了什么叫"露头煤",也理解了太原西山曾经星罗棋布的小煤窑。

在天黑之前,笔者终于上到公路边的停车处,但已经下起了毛毛细雨。尽管没有找到随老母村,更不用说随老母矿口,翻山越岭20余公里十分辛苦,但丝毫没有灰心。按照靳广华的回忆,随老母矿已经按照政府的要求按时封井关闭,但旧址上的房屋与场地仍用于当地养殖业,发挥着作用。

9月26日,笔者查看了天气预报,早早起床后,再次踏上104省道,第二次寻找随老母村与随老母矿。行前再一次电话咨询了靳广华。原来,前一天走错了路口,也便来回走了20多公里的冤枉路。10点钟前后,笔者顺利从104省道拐进了废弃的马矢山村。村落已经全部搬迁,但残存的断壁上依然能看到村名的标志。路很宽很瓷实,由石子、煤灰、煤矸石铺成,尽管废弃近20年,但依然能看出曾经载重车辆过往的痕迹,无疑就是当年开掘随老母矿井时修成的公路。根据靳广华的描述,站在马矢山村,就可以远远看到随老母村乃至随老母矿,但眼前所能看到的是现代化的东峰煤矿。20多分钟,车辆一路盘旋下到沟底,眼前是若干上了锁看似不经常使用的厂房,在路基下面的平房院,不时有人出入。好不容易见到住户,笔者赶忙走下路基,与一位正在做饭的老人打招呼。

听闻有生人打听随老母村的情况,老人的儿子、媳妇与孙女、孙女婿也出门相见。问明来意后,老人端上热气腾腾的一大碗粥,各种豆豆、南瓜、豆角熬成,城市里难得一见,十分香甜。沟通中得知,老人是随老母村的原住民,名叫武财莲,75岁,与81岁的老伴宋二货一直生活在这里。儿子儿媳乃至孙辈都已经搬迁古交与太原市区,回家看望老人时恰与笔者相见。老人的儿子叫宋润贵,打小在随老母村长大,对村里的情况十分熟悉。当问到村落时,他指了指半坡上,说就在上面,有一些房屋留存,还有一块刻有"随老母"的红字大石头;当问到村民时,他说都已经搬迁了,只是父母年老不愿意离开,所以一直住在原来一个单位废弃的几间平房里。再询问随老母矿井并提起靳广华时,一家人表示都十分熟悉。笔者随即拨通了靳广华的电话,说正在随老母村宋润贵父母家院里时,靳广华让把手机递给润贵,向润贵介绍了笔者的来意。从二人的通话中可以看出,靳广华与老宋家确实非常熟悉。与宋润贵母子聊起靳广华,再一次印证了众人的评价:"大好人、大把式,在周围十里八村名声极好,乐善好施。"村落每有大事,诸如逢年过节、庙会唱戏、公共设施建设、村中子弟入学,甚至婚丧嫁娶,靳广华或以煤矿的名义,或以个人的名义,总会给予资助,与周围乡村、村民相处得十分融洽。润贵向笔者介绍了随老母矿以及封井后矿址改作饲养场的情况。笔者提出想进去看一看的想法,润贵提示要注意安全,因为那里已经变成了养羊养牛的饲养场,还养了不少的狼狗看护。

告别老宋一家人,开车爬上随老母村旧址,在凿有"随老母"3个朱红大字的石头下,旧时的路牌还在,上面"古交市东曲街道随老母村"11个白色黑体大字清晰可见,但穿过旧村再前行,道路已经用铁栅栏封闭上锁,笔者只好徒步进入。走出近一里地时,眼前出现羊群与放羊人,让笔者警惕的仍是狼狗,尤其是两只德牧,其中一只还被戴了钢筋棍头罩。或许是靳广华在电话里打了招呼,抑或是宋润贵作了沟通,一位当班的放羊人主动询问笔者。说明缘由后,笔者被领进大门。那大门里拴着一只看上去更凶的狼狗,再往里走又拴着一只,瞧它一眼,便对笔者回敬一通狂吠。有几只散养的狼狗还不时寻机骚扰,尤其是那只头戴钢筋棍头罩的黄狗,连续两次绕圈偷袭,有一次差点儿被它撞到,幸亏这家伙戴了钢筋棍头罩,否则后果不可设想。但就是在这样的情况下,笔者还是绕着随老母矿转了一圈,战战兢兢地拍照留存了记录。

随老母煤矿坐落在随老母村偏南的沟中,三面皆山,就大门一个出入口,当年书写有大红宋体字"依法治矿"的照壁也已拆除不存。但正像靳广华描述的那样,煤矿不大,五脏俱全,当年的房屋建筑已被养殖场使用,整个办公与宿舍区依山体而建,呈凹字形,几十间房顶都有砖构前檐花墙,正中间还建有二层,上面依稀可见"西铭乡煤矿"5个大红宋体字,两边是类似蝴蝶的两个菱形图案。站在二层办公室的窗前,整个煤矿一览无余,应该就是当年矿长办公的地方。再往里走便是已经封死的矿口,石头圈成的拱形矿口上横刻着"安吉源"3个楷书大字,左边竖刻"西铭乡煤矿",右边竖刻"一九九八年八月八日",俱为阳刻,颇有书法功底,也非一般石匠所为。解读这些文字,大体释读出如下信息:

随老母矿井为西铭乡集体所有,重新开矿于1998年8月8日,寓意"发发发","安吉源"寓意该井一切生产只有安全、吉庆才能财源滚滚。可见管理者的良苦用心。可惜,当年"安吉源"井口上面的樱桃、元宝刻石已不复存在。紧挨井口的是泵房,大水池,再往上面是封堵通风井口。在半山崖上,意外发现一个人工凿成方形圈圌,询问方知,上面可能是山神龛,估计是古时开矿人的遗存。坑口就在宿舍区的背后,已经用水泥浇铸,上面还钉有西山煤电股份有限公司西铭矿"小窑井管理牌板",井口名称"西铭乡煤矿",级别"A",开采层位"2#",封堵时间"2006年12月"。

靳广华介绍随老母矿井时,曾十分肯定地回忆,该矿井建成于1993—1994年。当时,西铭乡煤矿在大虎峪的新窑背矿与小西铭的桃湾矿面临资源枯竭的问题,正巧西山矿务局要在北寒村征地,时任乡党委书记王政庭便向矿务局提出新批一块资源。由此经矿务局同意,省资源局批准,才有了随老母煤矿的采矿许可证。但鉴于客观条件限制,矿井只能开在古交的随老母村沟中。由此也便形成了西铭乡煤矿矿口开在古交随老母村的格局。但随老母矿井建起后不久,王政庭调任。新开的矿井实施了对外承包,于1987年4月11日发生了瓦斯爆炸特大事故,还有一些受伤人员住进了医院,相关干部被处分,承包者被追究法律责任,矿井被封闭停产整顿。在1998年春西铭乡人民代表大会上,作为西铭乡煤矿矿长、乡人大代表,面对如何发展乡集体经济的问题,与煤矿打了几十年交道的他直言不讳,建议重启随老母矿。不承想自己被委以重任,年已六旬再披挂上阵,担起了重开随老母矿的重任。经过不到一个月的清理整顿,1998年8月8日,随老母矿重新复营,并在井口上刻上了"安吉源"3个大字,以及开矿时间。

离开随老母矿与随老母村,没有向北再走那条西铭乡煤矿为随老母煤矿修成的"运煤专线",而是沿010乡道西行,有意路经太原东山东峰煤业有限责任公司与六大村、西岭头村、神堂岩村,逆时针绕了一大圈才上了104省道。在太原东山东峰煤业有限责任公司大门前停车驻足,从外部观察这个脱胎于万柏林煤矿的地方国有企业。一路上,一边是沟壑,一边是悬崖,悬崖上似乎处处可以看到一道一道的煤线。当转回到104省道与随老母煤矿修成的"运煤专线"岔口时,仍感意犹未尽,再次拐进了马矢山村,从马矢山上俯瞰弯弯曲曲的随老母矿"运煤专线",尽管没有昔日的车水马龙,但也没有了运煤车带来的污染。这条弯弯曲曲的盘山路也许就是西铭乡煤矿留下的发展轨迹!

很难想象,眼前翠微层叠,空气清新,俨然天然氧吧的一座山,曾经煤车往来,炮声隆隆,到处都是煤渣尘屑,工人上下班沿山路而行,穿的都是矿里的衣服,说的都是矿里的事儿,是怎样一番景象?而那时的他们,又怎么会想到此地如今的模样!瞭望随老母村,猛然想到了宋二货、武财莲这一对随老母村最后的守护者,又联想起随老母村的那个传说,那传说中接纳兰英婆媳的后生姓宋,宋二货一家也姓宋,地处同一村落,难道是同宗同族、一脉相承?没有调查就没有发言权,不可张冠李戴,自然也不能宋冠宋戴,还需要进一步研究。但从随老母村的发端,一直到整村搬迁后宋二货、武财莲老夫妻的守护,古今传承的是同样的文化!

返回太原城区时,笔者特意改道西山旅游公路柴化线,一路上蓝天白云、绿水青山,步道色彩艳丽,景点星罗棋布,其中的西山枫情城郊森林公园、玉泉山森林公园最为壮观。其实放眼西山,风景岂止这边独好!

火烧云后是晴天——感悟国家大政的为民情怀

民间流传有这样的谚语"早烧不出门,晚烧行千里",提醒人们如果火烧云在早晨出现,天气可能会变坏;但在傍晚看见,第二天的天气通常会是大晴天。火烧云其实是一种大气变化的自然现象,常常出现在夏季的日落前后,其色彩一般是红彤彤的。由于火烧云的出现预示着天气暖热、雨量丰沛、生物生长繁茂的时期即将到来,所以关于火烧云的谚语传播甚广,可以说妇孺皆知。

记得在小学三年级的《语文》教材中就收编了著名女作家萧红的散文《火烧云》,文章不长但十分优美:

晚饭过后,火烧云上来了。霞光照得小孩子的脸红红的。大白狗变成红的了,红公鸡变成金的了。黑母鸡变成紫檀色的了。喂猪的老头儿在墙根靠着,笑盈盈地看着他的两头小白猪变成小金猪了。他刚想说:"你们也变了……"旁边走来个乘凉的人对他说:"您老人家必要高寿,您老是金胡子了。"

天上的云从西边一直烧到东边,红彤彤的,好像是天空着了火。

这地方的火烧云变化极多,一会儿红彤彤的,一会儿金灿灿的,一会儿半紫半黄,一会儿半灰半白色。葡萄灰、梨黄、茄子紫,这些颜色天空都有,还有些说也说不出来、见也没见过的颜色。

尽管火烧云是一种自然现象，但人们总会对独特的天象寓意有各种美妙的解读。据说，随老母矿井关停的那天傍晚，天边也出现了异于寻常的火烧云，比萧红笔下的火烧云还令人叹为观止，看到的人都说是个好兆头，预示着关闭小煤窑后，采空区村落整体搬迁，封山造林、封山种植养殖，煤矿整合发展的未来。火烧云是短暂的，但照亮了明天；如果将西铭乡煤矿，特别是随老母矿比作谢幕的火烧云，也将预示着更加美好的未来！

经过了改革开放 30 年的经济与社会发展，小煤矿的发展给山区群众生活带来巨大变化，不仅成为农村经济的重要力量，也成为吸纳农村剩余劳动力的重要渠道，增加农民收入的重要来源，同时为提高地方财政收入做出了积极贡献。但也引发了诸多社会问题和矛盾，主管部门曾从五个方面分析了其发展过程中的问题及原因：

一是安全状况堪忧。受煤炭开采高额利润的利益诱惑，有些矿主铤而走险，不顾安全条件是否具备，超能力开采，违规使用劣质炸药，生产安全事故不断发生，人民生命财产遭受了巨大损失，扰乱了政府正常工作秩序，社会影响恶劣。

二是分配两极分化严重。煤矿性质虽为集体企业，但多数煤矿经承包、股份制改造，实质上成了个别人的发财工具。部分人腰包急剧膨胀，多数群众并没有因经济发展而得到更多的实惠和财富增长。

三是地质灾害日趋恶化。小煤矿经过开采，引发了基岩破坏，导致土地裂陷、房屋裂缝、井下水干枯、作物绝收等生活困境和泥石流、滑坡、坍塌等地质灾害在矿区愈演愈烈，同时因自燃、排水、装运引发的环境污染也给矿山科学发展、可持续发展蒙上了灰。灾害治理和环境改善将付出高额代价。

四是小煤矿开采工艺落后，回收率不高，造成了资源的大量损失。

五是由于矿区面积有限，在巨大利益的驱使下，一些不良业主越界开采，安全隐患加剧，同时也造成了社会纠纷，极易引发干群矛盾，给社会维稳工作带来压力。

这些症结具有相当的普遍性，不仅表现在西铭乡一隅，所以国家出台小煤矿关闭政策英明果断、势在必行。发展过程中形成的小煤矿，包括西铭乡集体煤矿，已经完成了其使命，但这段历史不能忘记，在经济与社会发展的转型期，发挥的积极作用也不能忘记。无论乡办或村办集体企业，都曾经是农村经济的主体力量；都曾是农村剩余劳动力吸纳的主渠道和农民收入增加的主要来源；都曾是地区财政收入提高的主要渠道；都曾是农业现代化的主要推动力量；都曾是精神文明建设及各项事业发展的物质保证。

而今，我们回顾这段历史，当年的目标已经或正在实现。比如，西铭、小西铭、大虎峪、小虎峪、马矢山等村落或实施改造，或整体搬迁，都在助力生态恢复。

先来看看西铭村的改造。西铭村自古以来就是太原城的西出口通道，是晋西、晋西北乃至山西临黄河各县通往太原最近的通道。全村总面积4088.99亩，村民1283户3795人。从1984年开始，在村东北角始建新村，经过20多年的建设，新旧村连成一片。2017年10月，西铭村启动整村拆迁，全体村民搬到村东的福泰苑小区，村庄旧址被规划为文旅小镇。

小西铭村位于西山脚下，村民住宅多为挨着山脚建造的土窑洞。2006年，小西铭被山西省选为100个新农村建设试点村，并陆续建起了高楼，集中供热。2017年全面实现煤改气，成为远近闻名的农村道路建设优秀单位，农业水利重点工程优秀单位，社会治安综合治理优胜单位。2020年，小西铭村获全国文明村称号。2024年6月，由区农业农村局负责的小西铭美丽乡村建设工程开工。

再看大虎峪村改造。大虎峪村位于西山脚下，2010年以后全力转型发展生态旅游，建成四达沟生态园与新型农业生态园，成为集滑雪、温泉、游泳、采摘于一体的休闲度假区。

桃杏村改造。桃杏村位于西山脚下，全村总面积6平方公里，是典型的西山采空区。2011年,全村村民420户1050人,耕地694.9亩,退耕还林地740亩,河滩地160亩,果园71.7亩。2017年下半年搬迁,同年完成拆除工作,村庄周边的白家庄矿规划为国家地质矿山公园。

白家庄村改造。2013年,全村土地面积4889亩,村民住宅及工矿用地1978.5亩,退耕还林面积919.7亩,交通用地192亩,未利用土地1801.6亩。全村有村民322户664人。2017年,万柏林区政府按照城边村改造"整村拆除一批"的部署,年底完成整村拆除工作。

白家庄村、小虎峪村、马矢山村、莲叶塔村、前西岭村、后西岭村、磺厂村、王封村、冀家沟村等均为地质灾害沉陷区,属于移民搬迁范围村落,均已整村搬迁。

2007年,小虎峪村成为第一批带头关闭煤窑的村落。2011年开始有计划、有规模地打造旅游生态园林景区,通过植被恢复、荒山绿化、修建道路等工程,在小虎峪地域建起桃花沟景区、偏桥沟风情小镇等旅游景区,13幢独具特色的欧式建筑,加上自然气息浓郁的环境,使小虎峪村成为万柏林区率先建设生态园林典范。

随着2007年6月30日前整个万柏林区西山一带小煤矿的关停,以及随后的整村搬迁与改造,特别是近20年来不断地进行环境整治,植树造林,改善生态,曾经的荒山浮尘乱渣变成了绿水青山、蓝天白云,大气环境、地面植被已焕然一新。太原西山已成为太原人节假日的休闲旅游地,成为太原市区的大氧吧。其中,自然包括了西铭乡及其他那些曾经污染严重的矿口村。

丰厚的煤炭资源让我们摆脱了贫穷,走上了富强,良好的生态可以让我们更加幸福地生活,一切都是最好的选择!

撰文札记

撰写此篇文字无疑是一件十分困难的事,困难在于缺少资料,曾经的矿井遗址基本不存,又难以找到更多采访对象。但也是一件极具挑战的事,在寻找中研究,在研究中寻找,不仅挖掘出一部分即将丢失的西铭乡煤矿历史,同时也以西铭乡煤矿为样本,梳理了中华人民共和国成立后整个西山地域的小煤矿发展演变直至最终关闭的历史,基本完成了写作任务。

在此特别感谢靳广华老人和他鹿车共挽的夫人郝金莲。斯稿写就后曾再次征求靳广华矿长意见。老人一字一句地认真阅读,又提出不少细节问题。特别是对随老母与桃湾、新窑背三矿分立运行后的太原市万柏林区西铭乡桃湾煤矿的情况,尽其所知作了补充;对于随老母矿井关闭的时间,也做了订正,并非"小窑井管理牌板"上的2006年12月,而是2007年6月30日,但桃湾与新窑背矿确实关闭于2006年12月。

当看到笔者手机里拍摄的随老母矿址照片时,老人目不转睛,一张张翻看,那眼神或许只有他自己才能够解读。当看到照片中的羊群时,不由得喃喃自语:"看看,当年矿上的房屋、场地都派上了用场,办成了养殖场。"

感谢宋润贵、武财莲母子,以及那些提供相关信息又不愿意留下姓名的见证者、知情者,点点滴滴的回忆都成为笔者写作斯文的重要线索。但也不无遗憾,尽管笔者力求以历史唯物主义还原西铭乡集体煤矿的历史,秉持客观公正、实事求是的原则,但也不免存在这样那样的问题与不足,希望有更多的见证者提供资料与素材,完善这段记忆,完整留住这段历史。

乘着风的翅膀飞翔

——九院、白家庄煤矿记忆

作者 / 高璟

伴随着 1949 年之后我国煤炭重工业的起飞，到改革开放后的"黄金十年"，到新世纪的绿色转型发展，他们与那些沉睡亿万年的地下乌金共同演绎出了怎样的故事？又写就了一部部怎样生动的村史呢？

山西,是人所共知的煤海之乡,全省面积 15.7 万平方千米,含煤面积就达 5.7 万平方千米,占近 40%。因此,在山西,著名的煤矿数不胜数,大同、阳泉、朔州、晋城……无一不是因煤而兴的城市。而在太原,这个煤炭资源相对较少的省会城市,也依然有个响当当的西山矿务局(西山煤电)。在这里,每一个老太原人都会将"西山"这个名字与"煤矿"画上等号。

与矿业开发相伴的必然是资本和人力的聚集,而那些祖祖辈辈就生活在西山上的原住民们呢?伴随着 1949 年之后我国煤炭重工业的起飞,到改革开放后的"黄金十年",到新世纪的绿色转型发展,他们与那些沉睡亿万年的地下乌金共同演绎出了怎样的故事? 又写就了一部部怎样生动的村史呢?

要寻找这个问题的答案,许多人都告诉我,一定要去九院看看。

"九院"这个名字,对于我这样一个对煤炭行业几乎一无所知的太原人来说,是完全陌生的。

1

在真正走访九院村之前,我先探访的是白家庄村。

白家庄村当然也是一个与煤有着不解之缘的村庄,因为在这个村落之上诞生了全市最早的一家具有现代工业化生产特征的煤矿——白家庄矿。

1932 年 7 月,私营合伙性质的白家庄庆丰窑正式投产,日产原煤 60~70 吨。隔年,该窑就被西北实业公司收购,并在一年后正式创建了西北煤矿第一厂,厂址就在白家庄。

这次收购当然不是偶然,西北实业公司已经做足了功课。原因有三:一是庆丰窑产出的煤质量高,利润大,其他普通煤窑出产的煤每吨卖两元,而庆丰窑的煤能卖两元六角;二是庆丰窑已经开凿了100多米的井筒,眼前都是十分优质的九尺煤;三是庆丰窑原有的100余名工人,均是掌握了凿井、开采等相关技能的熟练工。为解决运输难题,他们甚至还为此调动了大量士兵、劳役、差夫,花费三年时间建成了一条铁路专线——全长23.5千米的太(原)白(家庄)铁路。如今,在白家庄的旧村里,还能找到当年西北实业公司办公室的旧址遗迹。

回顾白家庄矿的百年历史,作为从清末便开始萌芽的具有近代工业特征的工矿区,历经了民国时代,中间夹杂了被日寇侵占的血泪史,后来又在新中国建设的冲锋号中,回到了人民的怀抱之中。改革开放后,更是借着重工业长足发展的东风,迎来了它发展的巅峰时期。以白家庄为主矿,陆续建起了西山矿务局的四大国有煤矿集群,现代化采掘技术的运用,让不计其数的乌金从地下源源不断地涌出来,往来穿梭的运输车辆,首尾相衔,奔忙在一条条煤炭外运的干道上,铁轨上,汽笛拉响,满载煤炭的车皮发往全国各地,响应了全国四分之一的能源需求,它进入发电厂,就有了万家灯火的璀璨,就有了工业机器的轰鸣;它进入钢铁厂,就有了万丈高楼平地起和道路桥梁千万条。

今天的白家庄矿,在经历了近百年的寒暑之后,早已看惯了这个行业的兴衰荣辱。就像一个经过长途跋涉风尘仆仆的旅人,虽带着满脸的风霜,却更有了久经沧桑与风雨之后的沉稳与从容。

伴随着工矿产业的百年变迁史,白家庄村的那些父老,因为与白家庄矿休戚与共,一荣俱荣,也早早地与农耕文明分道扬镳,走上了一条独特的发展道路。

2

2023年冬,新开通的快速路像两条蜿蜒的游龙,从汾河西岸开始,与虎峪河相伴,一路上坡,向着西山深处腾跃,白家庄的新村就坐落在这条快速路南畔的白煜小区。

白煜小区是白家庄村因采煤沉陷问题而异地搬迁后的村民聚居地,占地 8 万余平方米,村民 1700 多人。单看小区环境已是典型的城市化风格。在太原,近些年已经陆续有许多"城中村"在城市化进程中摇身一变融入了繁华都市,而像白家庄村这样原本位于西山褶皱之中的"城边村",则是因另外的原因而由村庄变成了城市化风格的居民小区。当然,其中也难免有几分无奈。

在白家庄村现任党支部书记兼村委会主任张保顺的记忆中,那个像母亲一样养育了他的小村庄,坐落于缓慢山坡的怀抱之中,虽然拥挤杂乱,街道狭窄,但却终年灯火通明,人来车往,很是热闹。靠着白家庄矿这样一个能源型企业,随着矿区源源不断的乌金涌出,小村庄的人气自然而然聚集起来,让它的沉寂原始也随之加速膨胀开来……回想起那些在街巷当中奔跑玩闹的少年时光,追忆着那些村庄发展的深沉足迹,年过五旬的张书记忍不住沉浸于过往的时光,脸上透出了对青春流逝的一丝无奈,更流露出对激情岁月的深切感怀。

"我们村可能是全太原市最早通电的村子,应该是中华人民共和国成立前就有电了。"因为背靠白家庄矿,有着充足的能源供应,发电、供电也就不是什么难事了。在这四方杂处的环境里,永远流动着操着各种古怪方言的外来人口,永远上演着喜怒哀乐交织的生活故事。在他有关儿时春节的记忆中,永远流淌着再也寻不回的乡愁,承载着再也找不回的简单而纯粹的快乐。

在国营大矿之外,集体性质小煤矿的存在也是一种必然。据《世纪回眸万柏林》一书记载,"1964 年,白家庄村成立了第一家村集体企业,鼎盛时期产值 3 万元,解决了 20 人的就业问题。"也就是说,依靠白家庄国营大矿,白家庄村也早早地开始了村集体企业的探索,并取得了较好的效益。但随着后来的形势变化,也出现了一些波折。

20世纪80年代初,当改革开放的春风吹遍华夏大地的时候,白家庄人也不甘落后,积极行动了起来。1982年,村办的壹家庄煤矿宣告成立,年产值50多万元。1983年4月,为突破煤炭供给瓶颈,支撑国民经济发展,国家《关于加快发展小煤矿八项措施的报告》应运而生,在"有水快流"的政策主导下,集体煤矿、个人煤矿如雨后春笋般涌现。张书记介绍,白家庄人也紧跟政策,延续着祖辈信奉的靠山吃山的生存法则,依靠着国有大矿,在能够捡一些边角料的地方开起了小煤窑。

"我们村的地质条件并不好,煤层埋得很深,挖到煤的难度很大,开煤窑是一件投资大收效慢风险大的事情,当然也有人挣到了钱,但大多数还是干起了与煤矿相关的其他产业,比如运输业。"

然而随着时代的演进,村庄下的深处,煤炭被一点点挖了出来,运了出去,而地面上的村庄,却像秋收后的田野,被掏空了。安居问题成了白家庄人必须面对的发展之痛。

白家庄村的人,未必都是矿上的工人,他们祖辈的身份,更多的是传统的农民,思维方式、生活习惯也依然是带着鲜明农耕文明印记的,可现实情况却是,他们处于一个夹缝之中。曾经活力十足、"野蛮生长"的煤炭行业,的确是曾经养活了他们全村人,但随着时代的前进,在转型发展、绿色发展等主导政策的要求之下,他们已然再不能靠着煤炭相关产业赚钱,可假如想要转身做回农民,也不可能,因为原本他们的土地就很有限,而眼下由于山区的地势问题和采煤区的沉降问题等,现实情况是,他们几乎已经没有了什么可供耕种的土地。

安居问题、乐业问题,是白家庄村近十年来发展过程中越来越绕不开的突出问题,也是村干部们一直在努力寻求解决的最大问题。

为了解决村民安居之难,白家庄村的村干部们经过多方奔走,最终还是决定实施易地搬迁,从根本上解决这个问题。这无疑是个非常艰难的决策,所谓"故土难离",让村民从祖祖辈辈生活的地方搬离,工作难度可想而知,而且合适的新址选择、庞大的资金筹措、工程的安全问题、各类配套设施问题等等,这无疑是一个系统工程,也是一系列需要直接面对的难题。但采煤沉陷问题迫在眉睫,确保村民生活安全责任重大,两个村级主干思想统一,一班村干部行动一致,易地搬迁,问题一个又一个不断出现,也被一个又一个不断解决。在国家政策扶持之下,在全村人民共同努力之下,历经五年的选址和建设,白家庄整村易地搬迁工作,终于在 2015 年全面完成了,100 多户村民全部住进了安全干净敞亮的新楼房,至此村民们再不必担心"脚底下的安全",踏上了崭新的生活之路。回想起了谋划新村的建设蓝图,为了筹集建设新村的资金,为了工程的顺利实施,几任村干部付出了那么多的辛苦、投入了那么多的心血,张保顺眼中满是自豪。但是直到近两年,小区门口的快速路通车,他们才觉得这个工程算是真正告一段落了。

但张保顺并不是至此就没有了心病,在他心里,旧村还在那里空着,原本规划中的国家级矿山公园,由于资金缺口等其他问题,迟迟没有进展,如何盘活村里现有的人、财、物?对于他这位连任的书记来说,依然是个需要破解的难题。

眼下的村民们,最主要的生计还是去城里打工,这一点令张保顺耿耿于怀,"打工能挣几个钱?不是保安,就是保洁,哪个人能靠打工发了财?"作为一个村庄的当家人,曾经见证过本村在煤炭行业兴盛时期进入"千万元村"的行列,在去煤炭化的当下现实中,他不可避免地充满了对村庄未来可持续发展的隐忧,而这也应该是当前中国大地上无数普通乡村共同面临的问题与挑战。

3

在张书记充满了感情的叙述中,"九院村"数次被他提及,的确,作为就在身边的这个"对照组",九院村有着太多令白家庄村人艳羡的地方。

"九院村的煤层浅,他们太容易出煤了。"张保顺再三提及这两个原本毗邻的村庄在先天上的差距。在他眼中,从 20 世纪 80 年代初期开启的这场游戏,白家庄人拿到的是困难模式,而九院村是简单模式,玩过经营策略游戏的人都知道,资源禀赋,的确是影响一局游戏胜负的重要因素。

"九院村的集体经济实力很雄厚。"这一点也被张保顺所认可。而对此,九院村人也无须过多炫耀,从他们的"发家史"当中,便能很明确地感觉到。

九院到底是个什么地方? 以前只闻其名,从未涉足,从白家庄村委会走出来时,天色已晚,这让我对接下来的采访充满了好奇。

4

一个下过小雪的上午,我第一次造访九院新村。新村当然是易地搬迁后的新址,不过也已经有 30 余年的历史了。

跟着导航,我把车开进了九院新村高大的村门,进了门,看到的是左手一个宽敞的露天剧场,最南端有个面北的阔大舞台,舞台前是大片硬化地面,在没有演出或重大活动的日子里,这个观众区就承担起了停车场的功能。眼前,穿梭往来的人流车流不断。

隔着停车场与舞台遥遥相对的,正是右手边的九院村两委的办公楼,走进一楼大厅,"全国文明村""全国民主法治示范村""省级乡村治理服务示范社区""山西省民主法治示范村""太原市民主法治示范村""区级先进基层党组织"等荣誉牌匾令人眼花缭乱。大厅不算宽敞,楼内的每间办公室也都不大,包括村支书兼村委会主任石旭斌的办公室也一样如此,我从中解读出了低调与务实。

在石书记的办公室里,高高低低地坐满了正在开会的人,悄悄一问才知道是有市农业农村局的领导来调研。楼道里还有不少村民在等着找石书记签字或办事。

在忙而不乱的氛围下，一位年轻工作人员带领着我进入会议室、活动室，参观了记载着他们村史的几个展板。九院村子规模不大，只有 170 户，500 多口人。曾经的九院旧村由 6 个自然村组成，散落在白家庄矿和官地矿一带，生产生活十分不便，全村仅有山坡地 100 多亩，地下虽有丰富的煤炭资源，但无力开采，全村人均收入仅 100 多元，每年还得靠国家的返销粮才能解决温饱问题。合作社时期，九院生产队也会派一些劳力外出揽活儿搞副业，主要的生产工具是毛驴、平车，以及三辆马车，往来于坑口和煤站之间拉运煤炭。那时，出工一天，每人能挣两角钱的工分。后来，随着改革开放，经济日渐搞活，煤矿产业日趋兴旺，拉运汽油、皮带等生产物资的活儿也很多，村民们靠出卖苦力，一天能有 5 元钱的收入。

1983 年，春风吹遍神州大地，白家庄生产大队九院第二生产队，改名为西铭乡九院生产大队，白家庄迎来了第一次发展机遇，村人们依靠运输业取得了第一桶金，紧接着四座村办煤矿也顺利取得资质，并开足了马力进行生产，集体经济很快得到发展和壮大。因此，九院虽小，却不容小觑。在眼前这一系列的展板上，原来传统落后的村庄，在 20 世纪八九十年代实现了第一次腾飞，这种巨变通过一幅幅今昔对比图生动地呈现了出来。继续往下看，展板上不仅记录了这个小村庄的华丽蜕变，还精心描绘了未来的发展蓝图。

刚看完展板，就有位中年工作人员说，一定得带我去村子里走走。

其实，去村子里走走，并不是我此次采访的既定内容，因为我本来是打算用更多的时间去探寻九院的过去。客随主便，我踩着一层薄雪跟着他们走出了村委办公楼。还未近午，空气中却四处飘散着丰富的饭菜气息。很快，我就意识到，原来我已走进了一座"美食村"。

在这个西高东低的缓坡上，原本是九院新村的 100 余个整齐的村民小院，但此时，许多小院已经华丽变身，成了一家家飘散着香味的农家饭庄，有的还开起了咖啡馆和摄影工作室。

穿行在刚刚经过一番修整硬化的呈井字形交叉的街巷里，原本一排排格局统一的二层别墅小院，因为不同色彩风格的门头设计而变得一步一景，不仅可以看出这个村庄曾经作为明星村的昔日荣光，更能看得到它的新生与蜕变。眼前的这些旧宅，并没有因 30 多年的光阴变得破败陈旧，反而是脱胎换骨，旧貌新颜，幻化成了如今这个令村民们引以为傲的"网红美食村"。这可太令人意外和惊喜了。之前，还真没有任何人跟我提起，在美丽的西山上，还藏着这样一个充满烟火气味与文艺气息的地方。

据介绍，各家村民有人手有经验的，就自家开饭店，缺人手或缺经验的，就干脆把自家小院租了出去，年租金在 5 万元到 8 万元之间。栽下梧桐树，引得凤凰来。许多餐饮业的行家里手，看中了这里的环境和条件，于是纷纷进驻，开辟出了新的九院分店。还有不少年轻人，将这里作为创业基地，准备在这里大显身手。

房子租出去了，那村民们住哪儿？两位陪同我的村干部自豪地指了指新村北侧的高层住宅，2015 年，由本村自建的三栋十七层的高层住宅拔地而起，每位村民能免费分得 20 平方米，超出的部分再以优惠价购买。看来 25 年后，九院新村已经进化到了 2.0 版本。那么，眼前方兴未艾的九院美食村，就应该称得上是 3.0 版本了。在盘活原有资产方面，九院人，着实有一手！欣赏着五彩斑斓的墙面彩绘，浏览着风格各异的招牌门头，天南海北的美食名字映入眼帘，随意推开一扇扇街门，里面都是精心装修过的院落，既有山野农家的趣味，又不乏现代小资的情调，有古意盎然的围炉茶桌，有音乐表演的时尚舞台，还有透明的半圆体星空屋，晋菜、湘菜、贵州风味、东北风味，中式、日式，应有尽有，每处院子，都少不了杯盘陈列的雅间与卡座，供客人随季节、随天气，或随心情任意落座。当然，每个院子里还必有灶火升腾、锅具明亮、盘碗叮当、煎炒烹炸的工作明厨。虽说是淡季，但慕名而来的食客们依旧三三两两结伴前来，熟练地推开了一家家小院的大门。

民以食为天，餐饮永远是一门冷不下来的生意，而背靠万柏林区的万亩生态园,游人们可以玩在山上,吃在村里,有了客源,何愁没有生意。真是时势造人,疫情后时代,有的人面临严峻挑战,而九院村人正努力把握机遇,酝酿并实施着新一轮的产业转型升级。

眼下,趁着冬天这个淡季,村里已完成了街巷的高标准改造,硬化美化绿化同步推进,水、暖、电、燃气、下水、网线等地下隐蔽工程也同步完成了改造升级,还利用闲置土地为食客们扩建出了三个专用停车场。这个美食村,有气派,有前景!

5

返回村委会,终于有机会与忙个不停的石书记对话。其间,他的办公室里,依旧有往来办事的村民与同事,通过他们的共同回忆,和他们找来的图文资料,九院村的发展史被大家你一言我一语地勾画了出来。

很快,一本被石书记珍藏的文学期刊引起了我的注意。那是一本由太原市尖草坪区文联 1990 年出版的文学内刊《崛围山》。书中,有一篇名为《希望之火》的报告文学作品,记载了 20 世纪 80 年代九院村的一段创业史,这段创业史的主人公不是别人, 正是现任村党支部书记石旭斌的父亲——当年的村支书石巨成。在这个领头羊的带领下,经过筚路蓝缕的艰辛创业,九院村也就不再只是西山深处的一个普通村庄,而是摇身一变,成了拥有"并州第一村"美誉的新农村建设样板村。

在这篇报告文学作品中, 作者以文学的笔法详尽地描绘了石巨成的成长史、创业史与奋斗史,故事的精彩曲折程度,不亚于任何一部现实主义题材小说。

说起创业史,我们肯定会想到陕西作家柳青的长篇巨作《创业史》,这部作品曾经以"三红一创"的标签,而广为人知。而且,中学语文课本上,还选载过文中的《梁生宝买稻种》一节。原本以为,那样的故事只会发生在农业合作化生产大潮涌动的 20 世纪 50 年代。但没有想到,具有同样特质的"石巨成买卡车"的故事,时隔三十年,再次在现实中上演了。

话说那是在 1984 年,九院村里一户人家来了位远方的亲戚,闲谈当中他说,在他们黑龙江,国家拨付给各大农场的"依发"牌大卡车,因为气候寒冷,导致这种车辆的使用率很低,所以他们不想闲置浪费,而是准备转让出去。这本是几句闲话,但被有心人石巨成听到后,就成了他眼中的商机。思量再三,他决定带着两个村民,北上黑龙江去考察市场。

三个人离家两个多月,盘缠一共只带了 500 元,根本不够花。但他们没有退缩,而是尽力减少开支,风餐露宿,能省则省,返程的时候他们连火车票钱都掏不出来,只能恳求列车员通融,这才算回到家。但他们的辛苦没有白费,经过 70 多天的东奔西走,他们终于看中了黑龙江北安市某家农场的十几台成色很好的车。但人家提出,要卖就十几辆车一起打包出售,不零卖。

九院村有人想买,但根本拿不出这么一笔巨款。于是石巨成积极联络信用社,请他们提供贷款支持。贷款很快到位,石巨成再次带人二度北上,给 12 辆车办好了转让过户手续,把车顺利买了回来。

车开回来了,石巨成全部按原价让村民们认购,每辆车的价格为 17000 元到 18000 元不等。最让人感动的是,石巨成不仅没有报销黑龙江之行的差旅费,而且自家连一辆车也没留。

车轮子转起来了,运输业搞起来了。允许建设村集体煤矿的政策又令石巨成兴奋不已,短短三年时间,四座村办煤矿的全套手续经石巨成之手,全部办妥。石巨成不但没有承包,而且没有在任何一家煤矿入股。要知道,当时的九院村民们,基本上家家户户都入股了,那时,他们只需要拿出几百元的入股金,年底就能分红数千元。但石巨成严格自律,不把自己发财致富当成奋斗目标,而是把全村人的福祉放在了首位。

1987 年,九院村的集体收入已达 200 万元,村民们的人均年收入达到 2200 元,一跃成为全市的"首富"村。

1988 年,村里的选煤厂也建成了,当年就实现了盈利 30 万元。

在这样的形势下,村干部们开始谋划移民新村的重大事项。因为,九院所属的自然村之一官地村因地处采空区,已经出现了沉陷现象。事不宜迟,必须迅速拿出解决方案,而且散落在沟沟岔岔里的那些老旧石头窑洞,也的确不再适宜村民们居住了。很快,他们就相中了位于西铭村的一大块空地,村委会决定要为九院村所属的 6 个自然村建设一个高标准的现代化新农村!

1988 年,石巨成书记亲自担任总指挥,历经两年的规划、设计、施工,新村终于顺利落成。

1990 年的那个夏天,是九院新村全体村民欢天喜地的一个夏天。他们之前做梦也不敢想的事情,居然成真了!

九院新村占地 11 万平方米,建筑面积 53000 平方米。每户在交纳少量费用的情况下,可分得一套户均住房 123 平方米的二层别墅式住宅。同时,新村还附属配套了商店、食堂、剧场、学校、幼儿园、田径场、篮球场以及村委会办公楼等公共设施。

1990 年 10 月 7 日,新村落成典礼时,时任市委书记与市长亲自到场剪彩,场面隆重热烈,自此九院新村"三晋一枝花""并州第一村"的美誉不胫而走。省市区三级文明村、小康村的荣誉纷至沓来,同时还拿到了全省绿化造林先进村、市容环境卫生先进集体等称号。

6

时代行进至 20 世纪 90 年代末,煤炭行业经历了一次重塑,亚洲金融危机引发了我国经济增速下滑,煤炭的产销不可避免地受到了一次严重冲击。进入 21 世纪以后,转型发展逐渐成为主旋律,特别是从 2008 年起,山西煤炭行业完成了一次载入史册的大规模兼并重组,至 2011 年 5 月,全省煤炭主体企业由 2200 多家减少至 130 家,矿井由 2600 多处减少至 1053 处,其中,当然包括白家庄、九院等这样的村办集体煤矿以及其他个人煤矿。

如何告别资源开采型、粗放型的经济增长模式,在因煤而兴后,不因煤而困,顺利地转向绿色发展、可持续发展的新路,同时寻找新的经济增长点?九院村面临着全新的挑战。

转型是有阵痛的,原有的生产方式需要改变,需要调整,改革成了触动许多人切身利益的一件事情。对此,九院村两委没有犹豫,而是积极把握国家政策,及时调整发展战略,让九院村的每一步棋都看得远,下得稳,从而始终抢在了别人的前面。

2010 年 10 月,九院村就率先响应万柏林区委、区政府提出的"恢复西山生态,打造宜居家园"的号召,关闭坑口,取缔储煤场,填埋处置了近 50 年堆积成的生活垃圾。修整护坡、修建道路、造景绿化,硬是将昔日千疮百孔的采煤区变为"狼坡胜境",成为市民们节假日亲近自然、放松身心、登高健身的好去处。

2012 年,九院村开始大力发展经济林生态建设,全村村民在狮子崖生态旅游景区里开始大量种植樱桃树、杏树、山楂树,直到 2022 年,他们还派人奔赴山东临沂,购置回优质的樱桃品种苗木,以期不断提升产品的竞争力。

除了大力开发特色文旅项目,持续推进设施蔬菜和经济林的建设,九院人还看准了新能源带来的发展机遇,办起了大型的停车场,安装上了一排排新能源车充电桩,为周边的新能源车辆提供充电停车的优质服务。

从黑色经济,到绿色经济,九院村在这 40 年间走过的发展道路,仿佛就是一个缩影, 从中我们可以感受到, 只要精准把握国家政策和时代发展脉搏,大胆创新,适度前瞻,勇敢跳出舒适区,就能两胁生翅,御风而行,并始终屹立在时代大潮的浪尖之上!

离开九院新村,依然令人感慨万端。一个村庄的持续发展,首先与国家的政策导向有关,其次与自身的资源禀赋有关,但也与村民们选出的当家人有关。选出一个敢想敢干、善于把握机遇,而且无私无畏的村干部,就在最大程度上拥有了主观能动性,从而可以调动起一切有利因素为我所用。

中国也许有许多个九院村,但只有这个九院村,靠着改革开放、兴村强企的政策走上了小康路,只有这个九院村,靠着转型发展,谋定后动,走上了乡村振兴的快车道。这 40 年来的不败战绩,不是神话,而是一个样本,作为当代乡村发展进程中的鲜活案例,它值得我们去关注、去研究、去学习。

旧貌新颜桃花沟

——桃花沟小型煤矿记忆

作者 / 王媛

与青山为邻,与花桃为伴。如今再说桃花沟的往事,总会蒙上些传奇的色彩。桃花沟旧貌新颜的转变,根本在于人的转变。当生态理念植根于人的心中,这里永远都是太原人心中隐逸的后花园。

沿着虎山峪河北沿岸一路向西，就会到达一个地名美，实则更美的地方——桃花沟。

桃花沟其实就是一条沟，四面环山，山上遍布野桃花树。近年来，每年三月，风夹杂些许的温柔，将沟中桃花次第吹开，漫山遍野，桃之夭夭，灼灼绽放，吸引无数游人慕名而来，欣赏桃花的曼妙，感受春的美好。

可是谁能想到，如今这个"世外桃源"在20年前，完全笼罩在一片黑压压的世界中。那时，这里是小煤窑主私挖滥采的乐园，杜儿坪煤矿背后这条狭长的山谷里，曾有200多个小煤窑。住在这里的老太原人说，以前路是黑的，人是黑的，谁敢在这儿穿个白衬衣了，春天哪里能看见什么桃花朵朵盛开的美景，桃树桃花尽数全被黑煤面儿盖住了。

桃花沟生态景区负责人褚美纯今年58岁，20世纪八九十年代是太原小煤窑肆意横行的年代，他也曾在桃花沟里承包两个小煤矿。"说得好听是小煤矿，其实就是有两个坑口。"回忆触及桃花沟20世纪的情况，作为见证人，褚美纯有一种难以言说的伤感，"当年的桃花沟可谓是黑烟漫天，伤痕累累。不是这里在搞爆破，就是那里突然出现塌陷。现在每每午夜梦回时，我还是会出一身冷汗"。

在褚美纯的记忆中，当年桃花沟里200多个小煤窑中，最多有20%的窑有合法手续，其余都是入股者认为煤炭是乌金，有利可图，找一个有经验的人肉眼观察，分析判定挖煤的方向与具体位置，用不了半年时间，一个小煤窑就投产了。

说到当年小煤窑的生产情况，褚美纯直摇头，"那个时候条件不行，井下主要依靠人工平车拉煤"。

改革开放以后，太原西山桃花沟一代的小煤窑采用的还是老祖宗留下的采煤方式。井下的运输工具是简单的不能再简单的一根两头装有木拉(木尖)的木扁担,两只用篾编制的畚桶挂在两头,靠人工一担一担的担出来。由于生产力极端低下,小打小闹的折腾一天也出不了几担炭。

到了20世纪80年代,这些小煤窑的井巷就变得宽了一些,顶棚也变得高了一些。煤井用上了雷管和炸药,同时也用上了拖箕。拖箕也是用竹篾织的,下面有两根铁溜子,拖箕就凭借这两根铁溜子在地面铺就的梯子上(梯子类似铁路上的铁轨)用人工拖行。拖一箕有两担多,大约300斤。工人的劳动强度降低了,效益也提高了不少。

从20世纪90年代开始,矿车开始进入小煤窑,到了中后期,蹦蹦车、三轮车等更先进一些的工具开始在井下应用,进一步减轻了工人的劳动强度。

和国营矿相比,小煤窑的老板大多安全意识薄弱。他们在安全设备上投入太少,所以这些小煤窑没有任何安全保障可言。

那时候,桃花沟的诸多小煤窑里最多安装一些基本的安全设施,就这还会偷工减料。比如木头支护,按规程应该使用松木,但小窑主们为了省钱,就会使用很便宜的杂木替代,支护的强度大大降低,抗压能力不够,很容易发生垮塌事故;还有一些机械设备,比如通风机、井下风筒等,有些小煤窑不顾及通风不畅带来的危害,往往会使用一些质量不达标的次品,结果就很可能引发瓦斯爆炸。

褚美纯特别举了一个有代表性的例子:当时一台整装的“防爆三轮车”售价是8000余元,但是大多数小煤窑的老板会选择售价3000余元的普通三轮车。所以,当时桃花沟里人为导致的小煤窑事故频发。

此外,由于小煤窑的人员流动太大,老板们虽然也会按照规定给工人上保险,但并不是所有人都给上,一般都是为了应付上面的检查,象征性地上几个。

还有一些小煤窑,虽然各项许可证都有,但是没有专职的技术人员,没有规划,工人根本不懂作业规程,在井下凭感觉开采。这些原因导致的结果是:在小煤窑工作的工人工资比国营矿要低,但是劳动强度和危险性却比他们更大。而且,有的工人为了多挣钱,自愿延长工作时间,体力透支后就更容易发生事故。

小煤窑的私挖滥采造成事故频发,地面塌陷,生态破坏。在桃花沟里,抬头望望天,黑漆漆的;低头看看地,黑漆漆的。"地下的煤面子至少有一尺厚,连天上的鸟儿飞过去都是黑的。"褚美纯说。

在太原 50 岁以上的人的记忆中,1996 年的"8·4"洪灾现在说起来依然触目惊心。

1996 年 7 月 31 日至 8 月 5 日,太原市连续大范围降水。全市平均降雨量 90.1 毫米,其中南、北郊区分别达到 130 毫米和 106 毫米。8 月 4 日,持续的强降雨致使太原西部山区流域相继发生洪水,其中,虎峪河流域的水量最大,山洪从庙前山咆哮而下,翻滚着浊浪,冲毁了河道堤岸,淹没了公路、矿井、农田,卷走了小树、车辆和庄稼,直冲向市区,瞬间将 50 米宽的迎泽西大街变成泻洪水的河槽,洪水、淤泥将机动车淹没,繁华的迎泽西大街变成了人间泽国。

虎峪河发源于太原西山石千峰与庙前山,流经西铭、开城里、和平南路,最终汇入汾河,全长约 22 公里。河床冲淤兼备,未清淤状况下河床距两岸地面的高差仅 1 米左右,高于周边的农田与居民区。本身河道状况就不好,再加上桃花沟一带小煤窑无序开采,造成地貌破坏、地面塌陷裂缝、崩塌与滑坡、潜在泥石流等问题,让本次洪灾加剧。

洪水退后的迎泽西大街一片狼藉,最厚处达 0.6 米,交通中断 48 小时。洪水消退后,太原市市民主动到迎泽西大街清淤,经过几天奋战,才还回迎泽西大街的本来面目。

在这场特大洪涝灾害中, 即使是在安全设施相对完备的国有企业西山矿务局所属的官地矿和杜儿坪煤矿,山洪入井后,依然造成了大的矿难,杜儿坪煤矿的幸存者之一职工家属徐大娘说:"当时我正在厨房,耳边听到隆隆声,嘴里还念叨着,这是出什么事了?说话间,洪水已经从我家的门和窗户中冲了进来。要不是矿务局的铲车及时将我救出,我就没命了。"

在杜儿坪煤矿背后的桃花沟一带,当时面对咆哮的山洪,这些手续不完善、设备更加简陋、没有安全意识的乡镇小煤窑,又处于一种什么样的境地呢?褚美纯亲历了这场灾害,"当时,我正在井下检查安全情况,突然带班班长叫我上来,我上来之后不到五分钟的时间,眼看着山洪裹挟着泥石流过来了,在坑口处冒了三个泡,然后这个坑口就没有了。我这个怕呀,后来就无论怎样,无论采煤有多挣钱,我也不干这个行业了。"

这应该算是太原历史上空前的矿井洪水大灾难。桃花沟里"多、小、散、乱"的众多煤窑到底损失了多少,现在已经很难统计了。但是这场灾难带来的伤痛已经实实在在地烙在了以褚美纯为代表的那一代小矿主的心里。

2001年8月,随着国家关闭整顿小煤矿和加强煤矿安全工作政策的推进,万柏林区一批独眼井及证件不全的矿井被淘汰关闭。

2004年,桃花沟里的小煤窑全部关停。曾经风风光光的小煤窑,曾经在短期内暴富的煤老板,渐渐地淡出了人们的视线,乱开乱采地下资源的风气过去了。

随着一年时间的沉淀,第二年春天,桃花沟两侧的半山斜坡上,那些曾经被黑煤面儿遮住真颜的野桃花开始竞相吐蕊,荒山上出现了久违的点点粉红。

"小煤窑没有了,该干点什么呢?"站在桃花沟里,看着这块熟悉但是沟壑纵横、狼藉一片的土地,褚美纯心里暗暗谋划着。

桃花坞里桃花庵,桃花庵里桃花仙。

桃花仙人种桃树,又折花枝当酒钱。

……

或许是漫山遍野的野桃花给予了灵感,或许是对脚下这片土地还很有感情。

2006 年开始,褚美纯自掏腰包,开始在桃花沟修路,被小煤窑时期伤及根本的大地经脉一寸一寸地开始修复,与此同时,他还在四面的山上种上了更多的桃树。

日复一日,年复一年。

如今的桃花沟是名副其实的桃花沟,已经成为太原市生态治理的样板。高处有水源,一条小溪顺着山势顺流而下;林间有飞鸟,啁啾的鸟鸣声更衬托出山谷中的静僻和幽雅;四周有林木,终年葱茏碧绿苍翠。

"人间四月芳菲尽,山寺桃花始盛开。"桃花沟最妙的是每年三四月间,朵朵桃花盛开,绵延整个山谷,漫天遍野,像粉红色的海浪,波澜起伏,蔚为壮观。每逢这个时节,太原市民和周边群众都会前往欣赏美景、打卡拍照,非常出片。

我们去桃花沟的季节是秋天。

如果说驱车行驶在虎峪河沿岸时,还在遗憾此时并非桃花盛开的季节,那么,经过一番曲径通幽,到了豁然开朗之地之后,看着山间树上的叶子从墨绿、深绿、正绿、浅绿直至泛黄、泛红,秋之色彩缤纷呈现在眼前时,"人间值得"四个字顿时出现在脑海中。

像一个游客一样,沿着桃花沟的景观路一直往山上走,在半山腰供游客游玩的凉亭小溪处驻足游玩片刻,感受溪水的清澈凉爽。继续前行,山上有一个很大的平台,站在这里,山下的风景一览无余,虽然这个季节没有桃花,但是湖水也很美,无风时,非常平静,宛如一面镜子,山树倒影,自然的美感瞬间袭来;山风起,吹皱了一池湖水,湖面荡起涟漪,像一个微醺的美妇人一般摇曳生姿。

此时此刻,看着远处青山如黛,听着脚下小溪淙淙,我的感受是,这不就是林语堂先生说的:中国人的生活艺术,归结起来不过两个字——闲适吗?

突然,在鼻腔满是青草的气息里,夹杂了一丝咖啡的香气。回头望,林木掩映下,有一栋山间木屋,若隐若现,走进去,点一杯燕麦咖啡,与老板慢慢闲聊。

褚艳红,90后,"桃柒山居"的主人,褚美纯的二女儿。这是一个很健谈的姑娘。"我小时候就住在这片山沟里,那时,从家里出来,下个大坡就是一条小溪,浅浅的、弯弯的,夏天经常呼朋唤友一起下水捉蝌蚪。山沟边,桑葚、沙棘、野杏等野果随处可见,等不及熟透就摘着吃,而在吃桑葚时,要格外留心,因为一不注意,嘴、手就全变成了黑色……"回忆童年趣事,会让每个经过社会打磨的成年人嘴角不经意间泛起笑意,褚艳红也不例外。

不过,随着年龄的增长,她对这片山林的记忆也发生了改变。20多年前,煤炭开采,没收了自然赐予这里的缤纷色彩,一切都变成了灰黑色调。

好在还算及时止损。从2006年,她的父亲开始修路种树;2008年,她的父亲又在桃花沟里修葺了第一个小木屋,把"家"安在深山里。经过这么多年努力,桃花沟树多了,林密了,虫鸣鸟叫声重新响起,自然养殖的羊、牛、猪、鸡漫山遍野,春种秋收的各种农作物天然有机。

好的生态又聚来了人气。2022年,当父亲问褚艳红,如果你想在桃花沟里做点什么的时候,褚艳红选择了做一家时下年轻人喜欢的民宿+咖啡厅——"桃柒山居"。起先父亲并不看好这个项目。在褚美纯的观点里,大家来山里不是更应该吃吃农家饭吗?住住土窑洞吗?为什么要在山里建一个那种时髦又不切实际的东西呢?

但是,褚艳红坚持了自己的想法。

"桃柒山居"民宿依山势而建,或高或低,共有8间,建筑多用木质材料,跟环境融为一体,如同嵌在山腰上的小别墅。观山、阅山、瞰山、恋山……桃柒山居"主人"褚艳红,给每个小木屋都用"山"字命名,展现出她对山的特别情怀。在民宿装修设计中,褚艳红特意将窗户开在能看到对面山谷的一侧,这样在屋子里就能看到一年四季的不同风光:春天桃花漫山,夏天小溪潺潺,秋天层林尽染,冬天青松白雪。

现在,除下山采购食材外,褚艳红每天都会待在山上,她是个喜欢安静的人,在这里感觉心里非常宁静。没事时,她就站在空旷的平台上,看山谷景色,特别是阴雨天,云雾在山间飘动,感觉非常好。"这个时候,在屋子内,或观书,或饮茶,或弹琴,都能令人产生无尽的诗情。"褚艳红说。

在"桃柒山居"民宿对面,是一间现代风格的咖啡厅,褚艳红请了一位西餐师来做主厨,还请了一位咖啡师来调制咖啡。褚美纯说:"我就没想到,有一天,有人会因为要来喝一杯咖啡或者吃一次西餐而专门来一趟桃花沟。"

更让褚美纯没想到的是,不仅仅是"桃柒山居"咖啡厅可以吸引年轻人专程前来,"桃柒山居"民宿也需要提前预订才有空位。虽然在携程、同程等网站上,这间民宿的定价并不低,但是依然爆满。大约这些人都跟我一样,希望能在山间的这间雅舍里,揽清风入怀,拥山野而眠,彻底放松,把自己交给大自然。

褚艳红说,他们未来将打造有特色的山居主题,把特色运动、自然、音乐、影像等丰富多元的户外生活方式,纳入山林自然场域,呈现一种全新的山区假日体验。

女儿有女儿的坚持,父亲同样也有父亲的执着。

在桃花沟的另一侧,60多孔康养窑洞正在建设中,这些窑洞有四人间、三人间、两人间。"很多来桃花沟旅游的人问我,能不能在这住一段时间,我觉得这是好事啊,就建造了这些窑洞,提供给这些有需求的人。"褚美纯说,"明年春天,大家不仅可以来看桃花,还可以来住窑洞,想自己动手,可以自己做做饭,过过山野生活,不想做饭,就来餐厅吃饭。"

"我还想在桃花沟里增设游乐设施,让孩子们在游乐中爱上大自然。"虽然和女儿在景区的未来构架中走在两个赛道上,但,各自的坚持,反而让桃花沟变得中西共存,兼容有序。

从2006年开始投资桃花沟,到现在景区建设初见成效,褚美纯一直在拿自己的钱进行投入。煤矿关停之后,他的主业是废旧行业,副业是投资桃花沟。

"废旧行业上挣的钱全贴到这边了。"褚美纯笑着说。

"那为什么还要坚持？或者说是什么促使你一直在坚持？"我问。

"事情改变人,事情证明人。我就是想干一件事。"褚美纯说。

的确是这样的,当年和褚美纯在一起经营小煤窑的那些人,现在,有的靠着银行的利息过着无所事事的生活;有的转产做了别的行业;还有的因为赌博输光只能靠借钱度日。生活的路有千万条,一切都在于自己的选择。也许当时褚美纯选择的是一条很难的路,但是,随着时光的流转,随着自己的坚持,这条路变得风景悠然。当年的那些人也有再来桃花沟的,看见褚美纯,会跟他竖个大拇指,说一句:"老褚,还是你行！"

与青山为邻,与桃花为伴。如今再说桃花沟的往事,总会蒙上些传奇的色彩。桃花沟旧貌新颜的转变,根本在于人的转变,当生态理念植根于人的心中,这里永远都是太原人心中隐逸的后花园。

西山风好草正肥
——王封往事追忆

作者 / 刘宁

它的煤炭,它的硫黄,它的铁矿,它的石材,它的杂粮,它的果树,它的草木,乃至它的飞鸟走兽,从古至今,都在一笔一画地认真书写着一部山区人民的生存史、奋斗史以及不屈不挠、勇毅顽强的幸福生活追求史。

前往周家山村

2023 年 9 月 27 日,星期三。

太原西矿街万柏林区应急管理局大门口。

事先,已和应急管理局的刘宝良科长约定好了,在此会合,前往西山,打算采访一位当年乡办煤矿企业的老矿长。

九点一刻,我到达管理局大门口,与宝良通了话。没有一会儿,一辆乳白色的车门上印有"综合执法"四个字的吉利牌公务车,从大门里开了出来,我上了车后座。宝良坐在副驾位置,司机是个精干的后生,四十刚出头,名叫李玮。

这一天,我们要去的地方叫周家山村,隶属于王封乡,全程 30 多公里,几乎位于万柏林区的最西端,如果过了这个村再往西行,就进入古交市域了。

这是一段不断攀升的盘山旅游公路,路中线用红、黄、蓝三色荧光漆刷成,随之蜿蜒行驶,渐入西山腹地。人在车上坐,向外观望,多为仰角角度,我知道这是因为我们一直在"爬坡"。时序正当三秋,而且很快就要过中秋节了,空中有几缕正在蒸腾的雾霭水气,淡淡的、薄薄的,更远处,那上午的清爽阳光,径直劈过山头的草木,轻易地就将其门射穿了。一路上几乎见不到荒坡裸地,无论是平整的地块、倾斜的坡头,还是陡立的山崖,凹陷的峪谷,都覆盖着葳蕤的藤蔓、灌丛、荆草,间或能看到一整片红黄斑杂的枫栌林木,以及这里那里独自兀立的苍苍矮松、侧柏、黄杨这类耐寒抗旱的乔木。空气中透着一股凉阴阴的山石和植被所散发出的特有气息,这是一种在太原城里不曾轻易嗅到的气息,偶尔一阵轻风拂过,坡下会传来一片飒飒的枝叶抖动之声,所谓"风靡草偃,窸窣有声",大概就是这般景致吧。

关停小煤窑,恢复植被,绿化美化东西两山,构建环城旅游公路带,再造锦绣太原城的风采神韵,这是太原市确立已久并且持之以恒的城市发展之路。回溯往昔,截至当前,经过全区上上下下近二十年的持续不懈的努力奋斗,仅以目下之所见所闻所感,或单从外观轮廓上而言,可以说业已初见大成了。

"岸容待腊将舒柳,山意冲寒欲放梅。"杜甫的这两句诗,一时间莫名地溢出脑海。虽然节气不是初冬,地理位置更不是长江江岸之畔,但不知为什么,我胸中感触到那么一种情绪,似乎将要有什么更美更绚烂的事物会萌生出来,爆发出来,所以总觉得老杜这两句诗,跟当下心中所感倒是很贴近。

"西山是太原的宝山。"车子一路行进,刘宝良一路介绍着沿途的风景和地域概况。他说:"山坡土石层以下,处处是煤层。煤层埋藏得浅,易于开发,开个口子就能挖,投入成本相对来说比较少一点。不过,西山以生产焦煤、贫煤、配焦煤为主。这种煤,焦油含量大,空气污染强,但发热量大,容易自燃。另外,有个事实必须明确一下:西山采煤开矿挖煤窑的历史,明清两代就开始了,算下来也有四五百年了。最初山里的老百姓自发组织起来,掘个口子,搭上架子,就能挖出炭来;挖出炭来,就能解决生火做饭、冬天取暖的民生基本问题。柴火不够烧嘛,家家烧柴火,长年烧柴火,山坡还不都砍伐成光板板的童山秃岭?没了树没了草没了植被,水土再一流失,溪流就会断流干涸,村子就败了,这些道理古代的老百姓也懂!所以呀,靠山吃山靠水吃水,靠着煤窑就挖炭,既能解决生活问题、环境问题、吃水问题,富余出来的炭,还能卖一些出去,赚些散碎银两,搞得好的,发家致富也是有的。所以呀,在古代的时候,西山这一带,那可是整个太原府相当富庶的地带,开个玩笑地讲吧,算不算当时的经济技术开发区咱们不知道,但肯定算是太原城人人向往的一个地方。"

车里响起一阵欢快的笑声。刘宝良年近 60 岁了,以前在太原北郊区安监局工作,现在是在万柏林区应急局任职,可以说是和太原河西各个乡镇里管辖的大煤矿、小煤窑打了一辈子的交道,他不但熟悉这里的一草一木、一山一石,更对这里的一村一寨、一矿一窑倾注过心血,付出过感情。

宝良告诉我,除去日伪占领时期的掠夺式盗采,西山真正大规模的煤炭采挖,是在共和国成立以后的事。

在那个特定的历史时期,整个国家急迫地要从农业国向工业化迈进,能源重化工是最基础的支柱产业,山西这个富煤大省,当仁不让地冲在了全国煤炭行业的最前列。各个大矿产量纷纷创出历史新高,这自不必说,就连西山的各个乡镇小煤窑,煤炭产值也是突飞猛进,凯歌高奏。

他讲到了这样一个细节,让我沉思良久。我们常说的"煤炭"这个词,其实是各有所指,即"煤"是煤的意思,"炭"是炭的含义。具体而言,煤指的是煤面儿,呈粉末炭晶状;炭指的是煤块儿,呈块状或颗粒状。在明清时期,西山的老百姓们开窑挖的是炭,对于挖出的煤面儿,还要尽力回填进坑窑,不浪费资源,同时防范山体沉陷,而中华人民共和国成立后进入全面大工业化以后,"炭"要挖走,"煤"也要充分利用。长此以往,过度的攫取,必然造成采掘沉陷区的大量出现。进入 21 新世纪以后,沉陷、采空、空气污染、水源枯竭、植被萎缩等种种环境恶化的问题,相继扑面而来,大自然开始进入反噬模式。

关停小煤窑,退耕还林,实施封山育林育草,这既是新时代的要求,也是保证西山人民生存和发展的题中之义。

西山的大量村庄,在政府的统一规划下,陆续实施了移民搬迁工程。从山上的沉陷区,搬到山下地势较为平坦的集中新建社区。例如,王封乡、化客头乡的原住村民,从之前约 100 平方公里采空区的老旧濒危村舍中,已经集中搬迁至西铭乡的九院新村社区。原本住在山里的人,如今住进了楼房里,所谓"楼上楼下,电灯电话",入户的厕所,抽水的马桶,一夜之间,体验到了"现代化",新鲜是新鲜,舒适是舒适,便捷是便捷,然而,对于许多吃低保、年龄大,或文化层次偏低、社会生存技能匮乏的"新市民"来说,不但生活成本陡然增加了,更多的是面对未来的一片茫然和困惑。

事实上，这也是各级政府面临的一个民生新课题，妥善的解决，路径的开拓，既需要时间，更需要智慧和勇气。"踔厉奋发，勇毅前行"，新时代正在呼唤，呼唤我们这一代人发出无愧于这个全新世纪的更强、更嘹亮的回声。

汽车一直在沿着盘山旅游公路平缓地向上前行。

转过一个山坳，路边，一排高大醒目的艺术广告字体——"西山枫情·城郊森林公园"——让人眼前一亮。

刘宝良说："从刚才那个岔道口向右拐，就是化客头村，村民基本搬迁干净了，剩下漫山遍野都是树，枫树、槐树、欧李树，咱们这里叫钙果树，到了秋天，红叶满山，那可真叫个美。"听了这话，我有些蠢蠢欲动和迫不及待了。宝良告诉我，今天周家山，下次化客头。

"周家山很远，咱们一天之内能完成任务就是好的！"听他介绍，这一带，一个风景点连着另一个风景点，彼此之间的直线距离并不算远，化客头"枫情森林公园"景区、王封"一线天"景区以及桃花沟景区，若论起在太原各个旅游景点当中的知名度，它们其实早已声名在外了。历经近二十年的休养生息，可以这么说，整个西山已经彻底地抹去了满身黑色，向太原人民捧出了一盘另起炉灶后烹制的新大餐——绿色生态大餐。

一路上，草丛中，树冠里，时不时地就会窜出一只棕灰色的松鼠，或飞出一只有长雉尾的山鸟，那些成群结队的喜鹊更是司空见惯，"扑棱棱"一声飞跃入天，忽又齐刷刷地落在车前不远处，雪白的腹胸，漆黑的羽翅，把阳光折来折去，在空中洒下一串串晃动着的斑斑光影。

"现在的环境确实好了，"刘宝良说，"和小煤窑盛行时相比，说是天差地别，一点也不算夸张。"

他讲到这样一个情节：以前，下各个矿去检查安全工作，路况差，大车一过，尘土蔽天。路边难得一见的那么几棵稀疏的树木上，每片叶子都挂着一层黑，地上的草同样也难逃这种厄运，蒙着一层黑簌簌的灰。要是坐在汽车里，车窗根本不敢打开，一条细缝都不敢打开，即使封闭得这般严实，防范得这么小心，下了车一看，嚯！衣领衣袖衣服下摆，照样烙上一圈黑印子。那是啥？煤渣的细粉尘，空中、地上、山上山下、树上草上，漫天蔽日，无处不在。这是一种独特的黑色，富有侵略性的黑色，不光是下煤窑的民工们被它的色泽包裹，但凡是进入西山地界的人，都要为它所沾染。人们于是就送它一个戏称——西山黑。

听到这里，我不由唏嘘良久，感叹天地之翻覆，世界之更变，亘古不息。

现如今，从太原穿越西山通往古交的道路有两条：一条是高速，全程23公里；另一条就是我们现在行进当中的太古路，全程30多公里。两条道路沿途都有隧道，但高速隧道要幽长许多。我们又路过一个景点，取名"蛇盘兔"。我赶紧请教刘宝良，其义何解？他解释了一番，大概意思是：因为相邻的两座山峰，从空中或更高的远处俯瞰的话，一座呈兔状，一座呈蛇形，故而取民间俗语"蛇盘兔，必定富"之意而命名，以占吉利之喜。还有一种说法：西山诸矿，以生产煤炭和硫黄为主，两样都是值钱的矿产，这不正应了老百姓"蛇盘兔，必定富"的说法？

车子继续行进。穿过"岩南山隧道"，又进入一片山势更陡峭、山形更为挺拔的区域，周围山岭上先前满目的砂石和浮土渐渐褪去，古老的石灰岩开始在眼前层峦叠嶂。一个大兜转之后，路边，一座小型的焦炭厂（煤矿）闪入眼帘，刘宝良告诉我，该厂隶属冀家沟煤矿，是万柏林区一所区营的重点骨干煤矿。

经过堡山村，村里那座红墙绿瓦的龙王庙一闪而过，虽说来不及细看，但远远地匆匆一瞥之下，感觉其修建之规制，应该还是比较齐整的。

再穿过一个小隧道——周家山隧道，眼前的景致更显峻拔，上上下下、里里外外透着那么一股说不清、道不明的肃穆萧瑟之气。

一路上始终都在静默驾车的司机李玮，此时突然说了一句："快看——崖壁上——'抗战避难所'！"

刘宝良说："咱们到了——周家山村——你要采访的人，就住这里。"

寻访王封乡老矿长张锁清

车子沿着一条水泥村路继续向上攀爬,转过几个山坳,在几排村舍前的一处空地上,停住。我们下了车。出生于1958年、今年66岁的张锁清,迎面向我们走来。

张锁清身材瘦高,腰板厚实,眉眼端正,一张红彤彤的国字脸膛。上身穿着一件宽大的质料粗重的浅灰色夹克(山上早晚凉,他的衣服类似于冬装),下面是条蓝黑色直筒裤,脚踏运动鞋,鞋的颜色不太好分辨了,落着一层新鲜的泥土。他说他接了刘宝良的电话,约莫着我们的车速和路程,不前不后,不紧不慢,刚刚从地里回来,"就要入秋了。今年夏天旱,坡地更旱,200多亩地呢,就我一个人,多拾掇一铁锹,多一铁锹功。山上的庄户人,就是个这——惜时不惜力。"我上前和他握手,他的手掌非常宽大,硬糙糙的,像摸着了磨砂玻璃,十根手指坚硬粗壮,像金属打造的折叠尺一般。松开手后,一些沙土琐屑从他的手掌和指缝间,很自然地就传导到我的手上了。

我们跟在张锁清身后,一起来到他家院子里。院子呈东西向狭长状,正北五孔窑洞,正面贴了条石,院当中照例也开着几畦菜地,也许是入秋的缘故,又或许是这里不经常开火做饭(张锁清的老伴在山下居住,在尖草坪兴华街一带给子女们看孩子)的原因,菜畦里品类稀少,枝叶萎黄,只有稀稀拉拉几棵大葱正在迎风茁壮生长,显示着菜畦最后的一丝尊严。

"这个院后面,还有五孔窑的一个新院子,也是我的,咱们出去的时候再看。"张锁清一边招呼我们进窑洞,一边说。

一进洞就摆着一张土黄色的大圆桌,桌下是电镀钢管腿小圆凳,每人各取一张凳子坐下来,张锁清用电热壶烧起一壶水,桌上有带盖儿的瓷杯,他取过四只来摆好,一一放入茶叶,等待水开泡茶。我展开采访工具,刘宝良给众人发了烟,点上火,烟雾冒起来,窑洞里的人气也活跃起来了。

"说起王封乡的煤矿煤窑，那确实红火过。"水烧好，沏了茶，茶杯焖上盖子，再嘬一口烟，张锁清慢条斯理地拉开了话匣子。

"过去听老人们说，王封乡的煤窑自古就有，历史可不算短。抗战期间，日军欺负着民工，在这里，在这一带，那可是没少盗掘咱们的煤炭资源。

"1969年，乡里筹备开矿，搭建乡办企业的班子框架，领导们的底气和信心，就来源于老早的那三个旧坑口——红山、水草洼、炭红垴。当时还是农业公社时期，乡办煤矿那可是乡里的经济命脉，是最重要的副业经济来源，它关系到全乡各家各户生活水平的改善和提高。当时的做法是，按照村人口比例，每个自然村抽调一定数量的精壮劳动力，入矿参加生产，以采工为主，也有运转工种，把掏出的煤炭运输出来。从矿井里掏出的煤炭，用牛车、骡子车运载出来，人家西铭乡的煤矿高级一些，大多用马车拉载，效率也相对高出许多。根据出工情况，每个劳动力每天记工分，月底统一结算给村委会，最终按集体、个人分成分发下去。时间久远了，我记得，1969年到1979年，这十年间，平均大约是一个劳力一天记一个工分。煤矿办起来后，村民的日子明显好了不少，逢年过节，几乎家家都能吃到猪肉啦。

"那时候，王封乡红山煤矿的名声最响亮。这个名称是咋得来的呢？为啥叫个'红山'，有几种说法。一是说山岭上有赭红色的岩石；二是说煤炭含硫量较高，容易自燃，从山脚下远处望过去，矿区长年笼罩着一大片红彤彤的光芒；三是说和革命年代有关系，红色江山，红色煤矿，革命的红旗要插遍全中国嘛！王封乡的煤矿，当然也就得带个'红'字，所以命名'红山煤矿'。一直有这么三种说法，至于哪个对，我个人觉得，还是第三种说法最靠谱，名称是那个时代主导思想的产物，图个叫得响，声气壮，根红苗正胆气旺。

"说到我个人。我是1976年入的煤矿。那年我刚刚18岁，刚刚高中毕业，在当时，也算是全乡文化水平最高的啦，乡里村里的领导们都很看重我，对我寄予的期望值很高，咱也高高兴兴地就去了，毕竟矿上挣得多些，对家里有帮助，对自己也有发展前途。

"打初,我负责过磅,算是管理人员之一,这是个重要岗位。一出一进,矿上的产量和收入,都靠过磅员把关,又得有脑子又得勤快,最关键的是要认真负责,要对得起乡集体,对得起矿业公司,对得起煤矿民工。

"我记得,大概是从1978年以后,煤炭的销量势头那是越来越好、越来越旺了,当时矿上的采工,月工资能拿到40多元,我这个过磅员,月工资63元。那是1978年呀——想想那时的物价,想想那时全国的平均工资水平——每个月63元,那是啥成色?在整个太原城里,也算得上高工资了哇!全国都在改革开放,发展经济,山西是能源重化工基地,不但支撑全国其他省市,单太原市的煤电建设,也是发展得蓬蓬勃勃。我记得,当时乡里的矿业公司给煤炭的定价是每吨8元(你不能和现在的煤价相比,要放在那个年代里衡量),不低啦,就这价位,那也是供不应求哩。现在想来,那真是乡镇煤炭企业发展的一个黄金时期,我就正好赶上了,也算生逢其时吧,不但是见证者,更是亲历者、参与者。

"到了1983年,我被指派了新的工作新的岗位,负责乡里企业办的煤矿规划设计、图纸测绘、报表审计等头绪杂乱、任务繁重的业务。我知道,这一是因为咱平时为人踏实肯干,二是领导看中了咱有些文化基础,才让咱坐进了'办公室',这也算是一种重点培养哇。可是,新的问题来了,咱毕竟只是个普通高中毕业生,对于煤炭工业的那些专业理论、专业知识,一遇到具体业务,头脑里还是贫乏的,业务上还是感觉很吃力。比如,画平面图纸,做矿井安全规划书,等等,哎呀,这些都快折腾死我呀!有过那么好几次,自暴自弃,干脆摔耙子不想干了,大不了下矿井去当个采工,再不济我还能回家种我的地去。

"我记得,也就是这一年,1983年,我25岁,全国的煤炭企业真正进入一个大发展大膨胀大爆发时期,用个文雅的词儿——日新月异——来比喻,毫不夸张。别的地方咱说不清,光是王封乡范围内,新掘的口子、新打的坑口,就有50多个,有村办的,有个人的,各个有资源的村,有能力的人,哗啦啦一片，大大小小，多多少少，都干起来了。这里面，安全问题当然不会少，或者说，只知掏炭，不懂安全；只知挣钱，不懂生产。这就是当时的现实问题，这就需要统一的规划管理。就是在这个大背景下，我被组织安排，到北京煤炭部，参加了一次为期三个月的煤矿企业安全生产、安全管理以及煤矿专业知识理论的强化培训班。哎呀呀，这次培训，对我震动相当大，首先是给我们上课的，都是国内煤炭矿业领域内的大专家、大学者、大教授，人家那个专业知识水平的高度、人家那个视野、人家那个理论和见解，让你坐那一听，醍醐灌顶，耳目一新，许多观点、分析、论述、例证，之前闻所未闻的公式、定理，一股脑冲到我跟前，撑开了我的胸怀，擦亮了我的眼睛。在北京的那三个月里，我过得扎扎实实，特别忙特别累特别紧张，但是又特别快乐。培训班结业后，我感觉自己脱胎换骨了一般，身上绷着一股干劲，就想着赶紧回到太原，回到王封，撸起袖子重新大干一场。

"说句心里话，我一直觉得，那是我此生当中，特别有意义的一段时光，只可惜，就是太短暂了。

"参加这个专业培训班的人员，一共 200 多人，都是从全国各地各大煤矿中精挑细选出来的业务尖子，都是技术型骨干人才。大家来自五湖四海，有不少是全国知名大矿派出来的，人才济济。我还交下了许多朋友，这都是我的人生财富。需要特别说明一点的是，咱们整个太原市，那次培训班，就派出了我张锁清这么一个人，我是太原唯一的学员代表——你说说，这是多大的一种荣誉！

"后来，回到家乡以后，听区里乡里领导说了才知道，那次培训班的规格是相当高的，属于培训全国各大矿务局局长的高级业务培训班，在煤矿业界，算是顶格级别的了。我回想呀，怪不得呢，三餐伙食也好，住宿条件也好，接送待遇也好，授课老师也好。总而言之，啥都好！让我终生难忘，至今记忆犹新。

"回来以后，市政府给我颁发了一张证书——'矿长证'，红彤彤的烫金证书,组织上也就正式任命我为王封乡办煤矿的矿长,当时月工资160多元,与之前相比,翻了一倍还多,我高兴,我满意,我感恩,我暗下决心,一定要为全乡的煤矿大发展,奉献出我的青春和汗水。

"我先是在炭红垴矿上干了三年,之后又调入红山煤矿。其间,乡里矿业的组织形式又经过一些变动,成立过'农工商联合公司'。不管咋样变动哇,都属于乡集体的产业,是集体财产,咱是为集体打工,为乡民服务的,这点咱能分得清,看得明。

"从1983年到2011年,咱前前后后总共干了28年的矿长,还多次被万柏林区上评选为'优秀矿长',不敢说兢兢业业哇,也是尽心尽力了——这一点,咱敢拍着胸脯说,咱问心无愧,没有愧对组织和领导的培育,没有愧对王封的父老乡亲。

"从1983年到2003年,这20年间,咱都一直在王封乡矿长这个位置上干着呢,可以说,咱是亲身见证和经历了王封煤矿的这个产业,从发展到壮大再到鼎盛,以及后来因为政策的调整和转变、环境的恶化、资源的日渐枯竭,而到2007年,最终全部彻底关闭、停业的全过程。

"其间,大约是从20世纪90年代初开始哇,整个煤炭领域,规模比较大地兴起了煤矿私人承包制,咋说呢?从咱们现在的角度看,那也算是一股时代风潮哇。当时,全国经济发展势头迅猛,相应地,更加带动了煤炭市场的火热,煤炭价格已经卖到每吨27到28元了。一座矿,私人承包了以后,每年上缴乡里20多万元的管理费,接受监管,自主经营。而事实上,这些私营煤矿大多是独眼井,普遍都存在着很多的问题,比如,生产设备简陋,通风条件差,证件不齐备,安全隐患多,采掘方式简单、野蛮、粗暴,环境破坏严重,对空气、地下水资源等等,造成的污染程度大,只有快速牟利,这才是这些矿主们的核心目标。

"在我当矿长期间,给我印象最深刻的一件事,应该是2000年那年,在全国范围内开展起来的'煤矿安全生产大整顿'啦!这次大整顿发起的背景,和这之前全国多地发生了多起重大煤矿安全事故紧密相关。这次大整顿，标准高，要求严，风声紧，力度大，检查一丝不苟，办事雷厉风行，对于不达标、不合格的单位，惩罚起来手段严厉，毫不留情，毫不含糊，其根本目的就是，要务必让那些平时只看重经济效益、不注重安全生产规范、对矿井作业面的安全保障投资不到位的管理者，真正感受到一次钻心剜肉的疼痛。

"咱山西更是重点。太原、万柏林、王封乡，从上到下，从内到外，全都紧张起来啦，行动起来啦，整改起来啦；轰轰烈烈，紧锣密鼓，没黑没白，加班加点；绷紧了神经，张大了双眼，拼尽了气力，努足了心力。自查，互查，轮查；迎检，整改，复查，落实；再迎检，再整改，再落实。各种形式都用上了，各种砝码都加上了，几个轮回下来，每个人不掉几斤肉，也得蜕下几层皮。

"这要怎么说呢？这次安全生产大整顿大检查运动是一个大趋势，目的就是要建立健全安全管理机制，夯实安全生产的基础。对照大矿的建设标准，要求乡办、村办煤矿，乃至私人承包的小煤窑，都要达标，最终形成标准化建设、标准化作业。最初哇，咱思想上的确有想不通的地方，有畏难情绪，但事后看，这项工作，效果还是明显的，起到的作用也是实打实的。这是人家煤炭管理部门的工作作为，是有明确的针对性的，归根结底说，人家还是为了咱老百姓好，为了底层煤矿工人、民工们好，是一种对人民生命财产负责任的表现形式。从起初的抵触、不理解，到后来的支持、执行，总要有这么一个心理上认识和转变的过程。

"说到这次大整顿大检查运动中实行的轮查制度，我的这段记忆也是很深刻的。王封乡三个乡办煤矿——炭红垴、水草洼、红山，我们交互检查。干了这么多年的矿长了，哪里有毛病，哪里有隐患，哪里是虚的、掩人耳目的、作秀的，甚至是招摇撞骗的，哪里是实打实的，保证不会出问题的，我扫上那么几眼，就能判断出来，绝对走不了眼。

"有一回，下到巷道里，我往前走了不到 50 米，扭头就往回返，别人问我，咋的啦？我头也不用抬，告诉他们几个字：顶板支撑有隐患，当心冒顶！别人继续查下去,果然,发现多处气体检测数据不达标,都一一记录下来报上去了。别人都挺服气的,说我长着一双火眼金睛,我说,火眼金睛那是头上安全帽的矿灯,孙悟空下了井也不灵,他缺乏下煤窑的经验。我的话逗得大家伙儿哈哈大笑。这是个小例子,咱全凭的是实践积累。不瞒你们说,我下到矿井里,往那站一站,鼻子嗅一嗅,有没有渗漏,一氧化碳含量超不超标,立马就能判断得差不离,基本上很少出现失误。这是真功夫,看家本领,当矿长没这两下子,一般玩不转。这也是咱值得自豪的方面,乡里领导,底下工人,也都服气咱,咱没白锻炼这么多年,关键时候没给培养咱的父老乡亲们丢脸。

"煤矿生产当中,会发生各种各样的安全事故,常见的有冒顶、瓦斯突出、瓦斯爆炸、一氧化碳中毒、窒息、渗水、巷道塌方等。人和大自然的斗争是艰难的、危险的,随着咱们人类科学技术的增强,安全事故的发生概率肯定会降低下来。

"出了安全事故,真正可怕的,是面对事故、处理事故的态度和做法。选择啥态度,采取啥做法,那背后,其实是人心、人性的显露。

"下到矿井里的劳动者,除了一小部分本村或当地的农民,大部分是外来务工者,陕西人、四川人,本省以吕梁地区来的民工居多。都是背井离乡,无依无靠的,来到这里,人生地不熟的,下井掏煤,吃苦卖力,承担着危险,就为了挣几个活泛钱,不容易。咱们是小矿,还是以人工采掘为主要方式,不能跟人家大矿相比,人家采工早就使用上高压氧风泵啦,电杆钻采,咱是镐,老百姓叫镢子,采掘方式比较落后,苦重,危险性也高。这都是大实话。有两次安全事故,我至今记忆犹新,恐怕这辈子也忘不了啦。

"一次是这样的。冒顶啦,砸住人了。抢险哇,往出救呗!救出来的人,轻伤的坐在当地上,伤重的躺着,四脚八岔地躺在地上。事已至此,那还能咋的?送医院呗。救死扶伤,全靠医院啦。离着西山矿务局医院最近,往那送!赶紧叫来汽车,往车上抬。抬的时候,就发现有那么两个人,看上去已经是没气啦,别人说,完蛋了,过去了。还有人说,这两个不用抬了,等着处理后事哇。现场七嘴八舌的:这个说,准备应对麻烦哇,钱不到位,家属闹腾。那个说,治疗费一糊片,着急了瘫在那儿,那可花钱哇,没个底儿,死了的反倒有个数儿。大主意还得我拿。咱是矿长呀,面对的是两条生命呀! 胡吵吵个啥,都给我闭嘴! 我当时说,死的活的都要抬上车,送到医院,活的要给治好,死的也要用尽办法抢救过来! 结果,你猜咋的? 我估计你猜不出来——就在送往医院的路上——咱们这西山的路,是山路,二十几年前,那路况哪能和现在的路相比? 兜兜转转,拐弯抹角,坑坑洼洼,颠颠簸簸——走到半道上,那两个'死人'活过来了,真的,活过来了! 这是咋回事呢? 原因也简单,就是因为路况差,车也得得快,颠簸剧烈,这一颠一簸,左摇右晃,三震两荡的,仿佛是做了有氧运动,无意间打通了气脉,人竟然活过来了。救人一命胜造七级浮屠,这老话讲得真切。所以说,善心善意,总有回报。做人做事,就得秉着这么一种心术。

"还有一次。也是冒顶了,困住的人救上来,只有一名当场昏死在那里,直挺挺躺在地上,是我们附近村的村民,他堂兄弟也在矿上干活,当时就站在他身边,傻愣愣地干站着,咧着嘴,不知道是要哭还是要喊叫。第一时间我赶过去,到了现场,扒拉开人群,冲到他们跟前。我没有慌张乱了方寸,上上下下看了几遍,直觉判断出,不会有大碍,应该能救得过来。他手也软了,腿也直了,口鼻摸不见进气出气,但身子还是温热的。这就有希望嘛,关键是要快,不能耽搁,必须设法让他能重新有了呼吸。我朝他堂兄弟喊,别瞎愣着,给他做人工呼吸! 他的堂兄弟可能已经被吓傻了,嘴巴半天努出一句话,我不会。哎呀呀,这可咋呀? 你不会莫非我就会? 唉,谁让咱是矿长呢,一群人眼巴巴盯着我呢,那时,咱不会也得会呀! 我就趴下身去,伏在他身旁,捏住他嘴巴,用力撬开他的牙床子,把我的嘴凑到他的嘴上。幸亏老早之前看过一部电视剧,那个剧名叫个啥,早就忘得干干净净了,可里面有人工呼吸的那么几个镜头,我没有忘记,一直印在脑子里,哎嗨嗨,这回倒是派上用场啦。照猫画虎哇,我就模仿着做,想象着做,做得我鼻涕哈喇子流得满脸满脖子。到最后，自己气都快喘不上来啦，差点背过气去；要真那样，人没抢救过来，又现场搭上我一个。当然，这话是我事后开玩笑的话。结果嘛，其实我想你已经猜出来了——人救过来了，是的，我给他救活了，硬生生地救活了！

"唉，人这一辈子可快呢！掐着指头算一算，有光景的好日子就那么几天天。1976 年，我 18 岁，高中毕业；1977 年，周岁 19，虚岁 20，进了王封煤矿，算是参加了工作；到 1983 年，我 25 岁，被任命为矿长，之后就这么一直干下来；到了 2007 年，乡办煤矿、私人承包的小煤窑，彻底完成了关停并转；再到了 2011 年，我已经 53 岁了，乡里煤矿善后收尾工作结束，我算是完全从岗位上退下来了。你看啊，干了 28 年的乡办集体煤矿矿长，积攒了 34 年的煤矿企业工龄，到了现如今，咱又回到了农村土地里，又重新做回了一个老农民。"

茶水续过几次，烟头扔下一地。老矿长张锁清的一番回忆和讲述，已差不多临近尾声。之后不久，我们步出窑洞。不约而同地，各自伸展腰肢，大口吐纳胸腔中的气息，似乎要和什么作个挥别，又似乎想要全身心地去吸纳什么，拥抱什么。

刘宝良指着张锁清的 5 孔业已陈旧、明显蒙罩着岁月风尘的窑洞，说："冬暖夏凉神仙洞，好呀！老张晚年有福。"张锁清呵呵一笑，说："这 5 孔窑，是 1981 年挖下的。你知道那会儿，挖一孔窑得多少钱？"我们都很好奇，都用眼睛望着他。张锁清伸出四根手指，说："4 万。"刘宝良故意吸了吸牙花子，说："哎呀呀，1981 年，五孔窑 20 万，真是个好钱！还是你家有钱。"张锁清又呵呵一笑，说："有钱没钱回家过年。老农民的意识里，一辈子攒下钱，最大的发展目标只有一个——起房子、盖院子。在我们周家山，那就是挖窑洞。"

曾经，就因为地下有煤，乡里办煤矿，村里人挖煤，周家山一带，相对于历史上同期的其他山村，应该是富裕出一截子的。

走出张锁清家的院子，由他引路，我们朝村子的北头走去。这时，我整体上打量了一番这座小村寨。它坐落于一个比较平整的山头上，放眼四望，浑圆的小山峰簇拥周遭，山上林木渐已葱茏成势，还有那一曲汾水清流，在山脚下、在沟谷里,弯曲环绕而过,煞是颇得风水观瞻。

在我们的右手边路过一处院落,一看就是新近建成的,簇新的砖瓦,光亮的檩木,尤其是一体化彩钢屋顶,选用的是仿古式的鱼鳞瓦造型,让人耳目一新。张锁清说,这是村支书家新翻建的。"以后西山发展的方向是生态旅游业,"他说,"人家支书看得长远,兴许也要搞个农家乐。"说话间我注意到,村里那片原先用来打场的空地上,确实已经竖立起了几个彩色的宣传牌匾,几处房屋的墙壁上,也钉着印有照片和文字的喷绘海报。"打造美丽山村""山水周家山"等语句,是这些牌匾和海报上面所要向外界传递的主旋律。

张锁清将我们带到一处尚未完工、还在兴建的院落中。场地上一架石灰搅拌机兀自伫立,表皮上白灰凝结僵硬,一棵高大粗壮的枣树,微微地摆动着枝叶,地上坠落着不少枣子,有的红艳新鲜,有的已经发黑变质,忙碌的主人无心去收拾它们。我们走进正房参观。又是五孔窑洞,外部正面砌着灰砖,内部墙壁和弧形顶梁,粉刷得雪白锃亮,晃得人几乎要眯起眼睛。屋里盘着一通火炕,有两顶立柜镶进厚重的墙壁里,这种设计,既节省了占地空间,又减少了室内布局的单调性。张锁清在一旁告诉我们,这是他家新起的院子和房子。

"盖下这么多,你能住得过来?"刘宝良问。

"多下来才好哩!"张锁清呵呵一乐,"就不兴咱也搞他个农家乐?"

在这个周家山村里,张锁清应该是位数一数二的大能人。青壮年时候在乡里干矿长,现如今66岁了,还承包着村里200多亩山梁上和沟谷里的产粮地。几乎就是他一个人在打理。老伴下了山进了城带孙子去了,儿女们各有各的营生,只能自己干。好在他自己身体还结实,体力也充沛,田地里的那些活儿,打小就受过,操弄起来,驾轻就熟,经验丰富。到了农忙时节,该雇人就雇人,该雇机器就雇机器。"我根本就不用愁,"他说,"现在种地都是机械化,平田整地,播种收割,打药杀虫,犁地施肥,啥机器都有,干得又快又好,花钱就行了,个人主要是劳神操心,得经常地观照着,还得动脑筋。"

张锁清还颇为自得地告诉我们，因为自己人品正，口风好，所以在村子里，甚至在远近乡里，人缘一直是亮堂堂的。"不管是啥工具、农具，哪怕是小型机器，"他说，"我随手砍在地里，你放心，砍它两天两夜，不会有人拾掇走了，都知道那是咱家的。"这是他的原话，我记录在这里。因为我相信，这是真实的情况，他说的绝对是大实话。这大半生走下来，他应该拥有这份信心，他也配得起这份信心。

就在张锁清的那个新院落里，我们和他挥手道别。车子渐行渐远，快出村口时，我再次回头张望，张锁清仍然站立在那棵高大粗壮的老枣树下，半举着一只手臂。正当正午，天上的光影差不多刚好竖直地打在树冠上，因此张锁清的身形，几乎就完全融进了背后的枣树树干里，我们从车里往远处望上去，二者好像就要合而为一了。

天尽头

周家山村，现如今已被正式列入太原市古村落名录当中。

有关村志中，对其作过如下描述：

周家山村，位于万柏林区王化街办西北角，分别与古交市的扫石、六家河、崖头隔河相望，南邻榆树峁，西接堡山，村庄坐落于山顶之上。据考证，村庄始建于明朝初期，由周姓人创建，故而得名周家山。后张有聚（始祖）从古交的崖头迁居至此，男耕女织，繁衍生息，代代相传，至今已有500余年之久。村庄三面环水，四面环山。汾河水经宁武、静乐、娄烦、古交流向太原，途经周家山村，弯弯曲曲5公里，形成几字形的美景画面。山村四周群山环抱，山峦叠翠，也是石千峰山脉的龙尾，高处俯瞰俨然一座"孤岛"，似乎到此便无路可走，故而老人称为"天尽头"。此处汾河峡谷壮观绮丽，沿河两岸绿树成荫；穿行于峡谷内，头上山石奇特，脚下水流不息，山水相映，素有"十里画廊"之美誉。村庄坐北朝南，高低有别，错落有致，一年四季，空气清新，环境幽雅。

现有院落 38 座,窑洞 100 多眼,人口 300 余人,土地 900 多亩。夏末秋初,来到周家山村,可采摘红枣、桃子、杏子、瓜果等应季美味。亦可来此小住赏玩,村庄安逸,建筑古朴,窑洞冬暖夏凉,极具北方山村特色。

好个"天尽头"啊!

有时候,不得不感慨老百姓的想象力,那么大胆、那么果断、那么任性。他们以自豪又略带揶揄的口气,把这片祖辈居住并传承下来的山河和土地,称为"天尽头",那种志得意满与安详乐天的生存态度,以及顺天敬地的时空观念,让我这个初来乍到的外来拜访者,不由地莞尔一笑,又由衷地啧啧叹服。说到底,这是一种民间智慧,是珍贵的文化财富,要好好珍惜。

出得村来,伫立于山脚下,仰观大山,崖石巍然。石壁一侧,飞狐走兔积年出没,留得蹊径蜿蜒可见。真乃一片风光所在!

"暗淡了刀光剑影,远去了鼓角争鸣。"没来由的,电视剧《三国演义》里那首插曲的这句歌词,竟在胸口里回响起来。许多煤矿关闭了,小煤窑封堵了,令人眼红心跳的那些欲念,业已渐渐停歇下来了,一个哄哄嚷嚷、热热烈烈的时代,也就这样匆匆别过了。一切尘埃落定之后,"回首向来萧瑟处",蓦然间,你会发现,大山还在,草木仍可萌发,汾河的水依然在继续流淌,天地好像还是那片天地,但是,这个世界,其实已经经历了重置而换代更新了。

周家山村还是"红色文化旅游、生态教育示范地"。

山上有一处抗战时期的"避难所"遗址——周家山孤儿塄抗战避难所遗址,它是日本侵略中国遗存在万柏林区的又一个实证。2009 年 9 月 30 日,该遗址被太原市人民政府列入市级文物保护单位。

有关史志中,对其作过如下描述:

"周家山村地处西山腹地,为太原万柏林区最西北端,村居山巅,因山而名。该村居古交东下太原的要隘,地势险要,是太原西部的屏障。周边又是西山地区煤炭和制造武器原料铁、硫黄的重要产地,战略位置异常重要,历来是兵家必争之地。

"1937年7月7日,抗日战争全面爆发。11月8日,日本侵略者入侵太原。进入西山扫荡周家山村时,村民们在游击队掩护下,借助浓雾逃离家园,躲入避难所。避难所在周家山汾河峡谷的悬崖上分布较多,但主要有南北两处,其中尤以村南的避难所规模较大。一处长约100米,面积约400平方米;另一处长约40米,面积约160平方米。当地老百姓称此地为'孤儿塄'——这就是遗存到现在的孤儿塄抗战避难所。

"当时,以汾河为界,这边是敌占区,对岸是游击区,双方你来我往,明打暗斗。

"村民白天在避难所休息,轮流站岗放哨,观察周边的敌情;夜晚则生火做饭,或下汾河取水,或回村取粮,或向游击队提供情报。有时,游击队员深入敌后,也经常潜伏于此,还有经由西山前往革命圣地延安的全国各地进步青年,也常常于此借宿下榻。

"孤儿塄抗战避难所是周家山村民与日本侵略者斗智斗勇、保卫家园的见证,也是太原西山村民抗战史的生动写照。"

自古及今,太原的西山地区不仅富藏煤、铁、硫黄等宝藏,这里的人民,更是葆有斗争精神和不屈的意志。整个抗战期间,太原西山人民同仇敌忾,奋起抗争,谱写了一曲可歌可泣、英勇顽强的敌后"英雄赞歌"。

据相关史料记载,兹记录如下:

"日军侵占太原后,八路军120师358旅,奉命挺进古交、河口一带,随之发动民众进行抗日救国。不久,358旅716团开赴王封地区前哨阵地,设防于化客头、北头村一带,监视阻击驻太原日军的西进,同时展开四大宣传动员运动:动员青壮年积极参军参战抗日救国、动员妇女做军鞋、动员民众交公粮、动员民众捐款支援前线。

"在八路军358旅716团的组织和指导下,有志抗日的王封村村民杨晋山,宣传动员附近村庄的有识之士和觉悟农民,吸收骨干力量,于1938年4月,正式组建成'王封抗日委员会'。抗日委员会有工作人员10多人,机关设在王封村小学校园内。随后,在北头村、前西岭村相继成立了'抗日分会'。在这段时间,为更加有效地打击骚扰群众的'散兵'、土匪,还成立了一支小型武装力量——除恶队,有队员 20 多人,装备枪支 20 余支。

"抗日形势日趋高涨后,抗委会从实际出发,在原除恶队和各村自卫队的基础上,合并整编成一支五六百人的武装力量。抗战后期,这支民众武装编入正规部队,随八路军 358 旅 716 团开赴晋北地区继续抗日。"

往事依依,喟叹百年。

丰厚的宝藏,厚重的历史,自然资源和人文资源双充沛,这是西山地区馈赠给太原的一笔珍贵遗产。

当今,经济结构大调整,产业升级,科技换代,太原西山又将迎来新一轮的时代发展契机。"绿水青山就是金山银山",坚持山水林田湖草一体化的保护和修复,让汾河"水量丰起来,水质好起来,风光美起来",这是摆在西山人民面前的又一项新任务、又一次新使命、又一段新征程。

化客头村忆往事烟云

2023 年 10 月 7 日,星期六。

今天,和刘宝良科长事先约定,前往西山化客头村,采访几位当年开过小煤窑的企业主,亦即民间老百姓口中所称谓的"煤老板"。

曾几何时,外省人们一提到山西,脱口而出必是"老陈醋和黑煤炭"。说两个笑话:老早前,北京人乘蒸汽机车牵引的火车去西安,一进入山西地界,耳中车轮的铿铿锵锵声,立刻转换成"吃醋喝醋—吃醋喝醋"的节奏声。2013 年我去上海,打了一辆出租车,司机问我哪里人,我说山西人,他侧过脸扫了我两眼,说:"侬一觑煤老板是的啦?"问得我一时无言以对,哭笑不得。

相对单一的产业模式,能源重化工基地的过度强调,新兴科技企业的薄弱态势,人均 GDP 在全国榜单上比较落后的排名,再加上整体生态环境的日渐恶化，久而久之，于无形之中，已然给山西人画好了一幅肖像画：一位衣兜和皮包里掖满了钞票而衣着和形象却比较粗鄙的"煤老板"。

这是一笔陈年旧账，也是新时代山西要走出一条转型发展之路的开局起点。

说起化客头村，感觉这个村名有点怪怪的。

却原来，"化"即是熔化冶炼的意思，"客"的中原古音为"qie"（且，入声），与"铁"的中原古音"tie"（帖，入声）极其相近，"头"指锄头或铧头之意，故而，"化客头"即"化铁头"的讹读讹传讹写。自古以来，该村周遭山岭，盛产煤铁，燃煤冶铁，铸造锄头或犁铧铁头等农具，播名远乡。简而言之，"化客头村"实应读作和写作"化铁头村"，只是缘于年代已经久远，乡民以讹传讹，遂约定俗成，将错就错，至今唤作"化客头村"。

由此可见，产煤出铁，化客头村自古矿产丰富，手工业发达，可以想见，当地的老百姓光景富裕，日子富足。

化客头村就在太古路公路边上。村口较窄，进入村内，豁然开朗，别有洞天，让人有种陶渊明进入桃花源的蒙太奇错觉感。整个村中有大致东西向和南北向的两道主沟。户舍宅院基本上沿着东西向的大沟两侧排展坐落，那道南北向的大沟，其主体态势是朝着北方的山岭深处延展，而该村当年采煤的坑头窑点，主要分布于这一带，对外统一号称"化北沟煤矿"。

望向这一处人间所在，山岭丛簇，林茂草翠，小庙整洁，外墙红艳，屋舍俨然，静谧安详。在村中心一处较为平坦开阔的打场处，矗立着一座20世纪八九十年代风格的外墙粉刷得雪白的三层小楼，小楼南墙中心偏上部位，二三层窗户之间，悬挂着一块长条形的大牌匾，红底白字，上书"化客头街道党群服务中心"。这牌匾和小办公楼，辉映在这个上午仲秋的阳光下，一种迷离和穿越的质感扑面而来。现如今，村中仅剩四五户留守的老人了，绝大部分村民已经搬迁到山下西铭乡的九院新村了，化北沟的小煤窑早已全部封堵掉了，早前独立设置的化客头街道业已撤销，取而代之的是，与王封街道合并而设置的新的王化街道基层党组织机构，且办公地点亦整体搬迁到西铭乡的九院新村了。

刘宝良指着那三层高小白楼西北面的一栋独立的灰砖小楼，说："那就是以前的矿业公司安监站，我就在那里面上过班，干了好几年。吃住办公都在那，一般一住三几天，待上一个星期的时候也有。这个站点离下面坑口窑点近，下去巡检方便，几步地的距离，有啥特殊情况早早地就能够发现了处置了。工作条件艰苦简陋，长年住在山上，就是图个方便、快捷，办事效率高。"

"当年村里是个啥状况，肯定比现在要红火热闹吧？"我问。

"那当然！"他张起手臂，朝四面挥了几下，说，"人多，满满当当的人，本村的，其他村的，外省的，下坑采煤的，来下单订煤的，大车过来运煤的，开饭店的，开小卖铺子的，开洗浴澡堂子的，不是个城镇也相当于一个城镇。"

我一边想象着他口中讲述的景象，一边眺望着那座用灰砖筑就的安监小楼。它的墙体已然呈倾颓之势，屋顶也开始倾斜。也就十几年间吧，一切都变了，用物是人非来形容显然不合适，只能感叹时代发展的脚步实在是太快了，快得以至于人们都来不及发出一声感叹。

刘宝良给当年化北沟的一位矿长打了电话。我们在路坡上小伫片刻，只见一辆黑色的帕萨特轿车卷着一阵风和土，从西边的沟道上疾驰而来。驰到我们左近处戛然而停，从车上下来一个男人，中等个，偏瘦，身材紧实，衣着得体，只是衣襟上沾着几处泥土的痕迹。他迎面上前，和我们握手打起招呼。

他叫王福生，1962 年生人，今年 61 岁了，但从面相和举止上，根本不能轻易地在他和山村老人这个概念之间画上等号。他反应机敏，头脑清晰，说话不紧不慢，一双闪烁着灰蓝色光芒的细长眼睛，既狡黠又有点可爱。

那栋粉刷得雪白的三层小楼目前处于关闭停用状态，它北面一排窑洞房顶之上，仍有三间简易灰砖房被临时性借用办公，王化乡的国土资源科在这里设了一个办公点。据王福生介绍，当年小煤窑林立的化北沟，即将重新开展一场勘测和规划会战,而不久的将来,一条崭新的化北沟西山彩色旅游公路就会铺设竣工。

他说:"这是个对接点:乡里国土资源科、村委会,还有勘探设计公司,三方碰头协商的地方。现场办公,方便快捷。"

王福生引着我们上了窑洞房顶。

这上面相当宽敞平整,若安置两个篮筐架就能打一场篮球。三间简易灰砖房位于窑洞房顶最西边。我们进入一间办公室,屋里有简易的皮革沙发、茶几、办公桌椅。就座之后,王福生开始接受我的访谈。

他是 2002 年正式承包起村办煤矿的,据他说,只干了一年。当时,煤价飞涨,煤炭市场上,由以前的每吨 40 多元、50 多元,或 60 多元,暴涨到每吨 200 多元,所以承包煤矿的获利前景非常好。他一年的承包费是 52 万元,即需将利润里的 52 万元上缴给化客头村委会;另外,年底春节前全村村民每家每户发放的米面油福利,也要由他的煤矿购置和担负。至于其中的资本投入,王福生轻描淡写,没有细说,或者说一笑带过。因此,投入和产出比例,不好计算,再说到个人利润方面,他更是讳莫如深。他只是强调,该他个人做到的,都做到了,而且做得比承诺的还好;该他煤矿承担的义务和责任,也都完成了,而且承担得只会多不会少。

平心而论,这属于个人隐私性质的问题,实在不便追问。这也属于一个时代的公开秘密。那些走在时代最前端的弄潮儿们,无论是城市里的、乡村中的,无论从事商业、矿业,抑或制造业,都是胆魄和路径的开拓者,是探险家,是精力脑力和社会资源的宠儿;同时,就像钻头打进坚硬的煤层当中,收获乌金的时候,他们不同程度地,亦都承担着某种不可预知的风险,乃至祸患。

想当年,在整个西山地区,化北沟煤矿居于先进村办煤矿行列。最鼎盛时期,平均日产煤炭 800 吨左右,雇佣采工一百七八十人,保有运输大卡车辆二三十台。关于运输大卡,王福生还向我作了一番特别介绍。

他说:"都是'二拖三',重型卡车。所谓'二'或'三',指的是车轴,前面两个机动轴,拖着后面三个非机动轴,这么叫下个'二拖三'。核载吨位60吨,实际上,哪辆也得拉上个100吨左右。"

我说:"这不是严重超载吗?"

他嘿嘿一乐,将烟头在烟灰缸中拧灭,淡淡地说了句:"规定是规定。那阵子,大家伙儿都是这么干,多拉快跑,促进生产。"

恰在此时,一群年轻人挤进了我们这间办公室。他们是勘探设计公司的员工,带着一幅最新绘制完成的化客头村地形地貌图纸,专程来找王福生,核对一些数据及几处地标名目。王福生现在虽然不是承包村办煤矿的矿长了,可还肩负着该村村委会主任之职。

人一下这么多,室内显得太逼仄了。我和刘宝良以及司机李玮,一同退出房间,外面阳光正好,头顶万里晴空。

约莫一个小时,办公室内的公事结束了,王福生送那些年轻人出来,和他们呐喊着告别之声。此时此刻,我分明能感受到一种速度,社会演进的速度;一个时代还来不及完全谢幕,另一个时代已然捷足先登,悄然上场,这之间,似乎容不得片刻停顿与喘息之声。

送走客人,王福生来到我们跟前,不待我们张口,他便说:"走走走,兹古(当地方言词:指较长的时间,或一直的意思)待在这儿没啥意思,看看我的野猪养殖场去。"

沿着村里东西向的沟道一路爬坡下沟。王福生指着西北方向说:"那就是'一线天'景区,从我们村前面那条岔道上直接通过去,用不了四五里地,近得很!走村外面的太古路,也能过去,那是大路,得多绕远十几里地去。"

我在想,化客头村现如今已经关闭了所有小煤窑,经过这十多年的休养生息,村内植被覆盖率极大提升,环境清雅安闲,对城里人来说,是个体验山地农耕文化的好去处,村中水泥公路又和西山著名的"一线天"景区相沟通,形成景点的连环呼应,一个自然景点,一个人文景点,只要相关部门合理规划,统筹布局,未来的旅游业发展,前景应该是美妙的。

车子拐进一个土岭环抱的谷地停住,我们来到了王福生的野猪养殖场。铁栅栏里圈养着二三十头半大的"野猪",有棕黄色的,有土黄色的,有黄白杂间的,也有纯黑色的,见主人靠近过来,从四方八面呼啦啦簇拥到近前,吸着鼻孔,咧着猪嘴,流着哈喇子,哼哼唧唧叫嚷成一片。它们背后卧着一头肥胖硕大的黑色老母猪,优哉游哉地正晒着太阳。王福生说:"都是杂交下的,非纯野猪。肉质鲜嫩,红肉多白肉少。年节下宰杀了,半扇子半扇子卖,都是回头客,惯熟的朋友们。他们还就喜欢白肉多的部位,爱吃个肥肉。"他还告诉我们,配种的公野猪可是地地道道的纯野猪,根本圈不住,平时就在四周山野里奔跑觅食,到了发情期就会主动过来找那头大黑母猪交配。他一边说着话,一边掸了掸衣襟上不小心剐蹭的泥土,他说:"你们来之前,我正在这儿拾掇水管子呢。天天伺候它们,清闲不下来。"能够看出来,他的这项新产业搞得也是相当红火。

我记得上次去周家山村,老矿长张锁清告诉我,附近山上有狼出没,现在化客头村委主任王福生又说,附近山野有野猪活动。由此可见,西山的自然生态是真正地得到了某种程度的恢复。

离开了"野猪养殖场",王福生将我们带到山下的九院新村。在这里,他拥有一个全新的办公地点——"王化街道化客头股份经济合作社"。也是在这里,我又遇见了两位早年承包过煤窑的"老矿长"。一位叫王万秋,60 岁左右,以前的化客头乡新道村人,1993 年担任村经联社社长,1996 年以后,又担任过村党支部书记、村委会主任等职,1997 年至 2002 年期间承包了本村的三座村办煤矿。鼎盛时期曾雇佣采工达 300 多人,煤炭外销多地,大多经旧时号称太原城西部的水码头——娄烦县,转运出去。另一位叫赵元生,今年已 68 岁,也曾担任过以前化客头乡新道村的村委会主任,也曾承包过本村的村办煤矿。但赵元生不愿多谈自己当年的具体办矿情况,倒是掐着手指头,如数家珍般给我罗列了一番西山地区当年村办小煤窑的盛况:化客头乡有 9

个村,王封乡有15个村,共24个村,都先后存在过个人承包的村办小煤窑。我认为这个数据不一定完整,但至少以管窥豹,可见一斑吧。

一个时代的烟火蒸腾,转瞬间,已然风流云散。

现如今,这些曾叱咤一方的民间豪杰们,好像更关注当下,更喜欢谈论眼前和今后的发展趋势。赵元生说,他在村里承包了百十亩荒坡,全部栽种核桃树,培育了一个核桃园,现在,远近村民们都能吃上自己土地里结出的价廉味美的"西山核桃"了。他们还打开一箱"钙果"饮料给我喝。小瓶装,鲜鲜红红的色泽,喝上一口,甘甜甘甜的。原来,化客头村就培育了一个300多亩的欧李树果园,因果实含钙量较高,民间谓之"钙果",而该村和吕梁市一家民办企业合作开发,于是就生产出了我正品尝的这个饮料新产品。

结束采访,告别回家的路上,我有一个思想渐渐成形:永远坚定地朝前看,勇敢热烈地向前奔;历史和过往,挥一挥衣袖,不带走一片云彩——这是不是也是我们这个民族刻进骨子里的文化基因之一?我们生生不息,我们达观乐天,莫非该是与此也有很大的传承关系?

见到煤管局老局长胡祯

2023年10月8日,星期日。

太原市滨河西路太原市图书馆。

上午采访的对象是原太原市万柏林区矿产煤炭管理局局长胡祯同志。老人家1944年出生,今年79岁了,他家就住在市图书馆西门对面的一个小区,刘宝良科长把采访地点选在市图,再合适不过了。

9点半,我们在西门大厅见到了胡祯老局长。他拾级而上,精神矍铄,步履稳健,我们走到一起,握手寒暄。二楼西南角有一处冷餐间,能提供茶水,而且这个时间点也没有什么顾客。我们选了一个僻静的角落,叫了一壶普洱热茶,轻声细语地交谈了起来。

　　胡祯生长于大同市大同县、现在称作大同市云州区的一个农村家庭,家中兄弟四人,父母取"福、禄、祯、祥"四字,为他们排序命名,胡祯在家中排行第三。青年参军入伍,在山西武警一支部队里,一干就是 25 年。由于所属部队驻扎于太原西山地区,自己也从事过部队煤矿的经营管理工作,故 1990 年转业后,直接进入当时的太原河西区(现万柏林区)企业工委主持工作。1991 年6 月,区企业工委更名为区煤管局,全称是河西区煤炭工业管理局,后又更名为河西区地质矿产管理局;1998 年,太原市行政区划大调整,遂更名为万柏林区矿产煤炭管理局。不论行政区划如何分解、整合,也不论管理局名称如何增减变化服务内容,矿产资源和煤矿,始终都是该部门的核心所在,而胡祯本人也一直肩负着局长之职。直到 2002 年 3 月,胡祯正式办理了退休,离开了这个让他耗神费心的重要岗位,也告别了这个与煤炭行业打了多半生交道的职业。

　　在交谈中,胡祯很深情地告诉我:"山西这个地方,好啊!"

　　我理解他的话,他指的主要是山西的煤炭,以及山西煤炭工业对全中国经济发展的支撑和贡献。

　　胡祯向我介绍,山西有四大产煤区、六大煤田、十种煤炭类型。

　　四大产煤区,由北向南依次排列,分别是浑源产煤区、平鲁产煤区、五台产煤区和芮城产煤区。

　　六大煤田,由北向南依次排列,分别是大同煤田、宁武煤田、河东煤田(以偏关县、保德县为中心)、西山煤田(即太原西山地区)、霍西煤田(包括运城的河津市)和沁水煤田。

　　地球上主要有十种煤炭类型,山西全部具备,且储量丰沛,分别是焦煤、气煤(主产区在平朔露天煤矿)、无烟煤(主产区在大同煤矿)、肥煤、贫煤、瘦煤、贫瘦煤、长烟煤、弱黏结煤(主产区亦在大同煤矿,又称活性炭)和褐煤(主产区在忻州繁峙县煤矿)。

　　曾经有个统计数据:从中华人民共和国成立后到现在,山西年平均产煤量 13 亿吨；紧随其后的是内蒙古，年平均产煤量 12 亿吨，山西整整超出 1 亿吨。所以，称山西是"煤炭大省""煤炭之都""国家能源重化工基地"，完全实至名归。

具体到太原地区，煤炭资源主要集中在万柏林区的西山地区，约占太原地区煤炭资源总储量的 40%，古交市约占 50%，余下的 10% 由晋源区和清徐县分摊。

再具体到万柏林区的西山地区，胡祯的话题主要集中在"小煤窑"方面。用他的话说，这里面既有历史遗留问题，也有相关的产业政策问题。例如，西铭乡的白家庄煤矿，日军占领期间就曾大规模掠夺式地疯狂开采过，以致造成现在资源枯竭的结果。西山村民自古就有挖窑采煤的传统和经验，这也属于历史遗留问题。而更主要的，还是煤矿的产业政策问题。

胡祯讲道，关于煤炭生产的产业政策，1998 年绝对是一个具有分水岭意义的重要年份。这一年里，确定了关停小煤窑的政策，明确了以后煤炭产业的发展方向。当时，从上到下，其实都清楚私挖乱采的恶劣后果。小煤窑在给村民带来眼前红利的同时，也造成资源日渐枯竭、环境破坏、污染加重、灾害事故频发等负面危害。正所谓"吃祖宗饭，断子孙粮"以及"每出一吨煤，就要破坏一立方水"等等，这些民间总结出来的"新谚语"，绝对不是什么蓄意夸张，或是什么恶意污名化，而是具有相当含量的科学成分的。胡祯举了两个例证。早年间，太原地区有两条重要的地下泉，一条是尖草坪区从上兰村流出的寒泉，另一条是晋源区从晋祠流出的难老泉，就是缘于小煤窑的私挖乱采行为，曾经一度造成了泉水断流的状况。

据胡祯介绍，1998 年以后，万柏林区除了对合理合法的煤矿开始征缴"资源补偿费"之外，关停小煤窑、打击私挖乱采行为的力度逐年增大，监察治理的规模逐年扩大。当时，还属于河西区北郊区的各个乡镇，除了小井峪乡外(该乡无矿)，其他的乡，例如西铭乡、王封乡、化客头乡、东社乡，仅在这四个乡里，就着手整顿了 100 多个小煤窑，该关的关，该停的停，该封的封，该堵的堵,该收回的收回。到了 2006 年,万柏林区打击小煤窑私挖乱采行为再度掀起了一个新高潮,其间经过合并和整顿,成立了几个区营煤矿,着手技术改造和产业升级换代,进而提升产能,加强了安全生产的保障。

胡祯对我还特别说明,在这些小煤窑里,其实有一些是属于腐煤矿。所谓腐煤,本质上还不是煤炭,学名叫腐殖酸,是一种上好的农田肥料;而这些腐煤矿,实际上应该称作腐殖酸矿。本着实事求是的精神,应该区别处理。他在任上时,就曾为十来个腐煤矿批下来证书,从而转为合理的煤矿得以继续经营。

胡祯告诉我,在他的任期内,特别关注煤矿的各类安全事故的把控与防范工作。煤矿主要有八大事故种类:一曰冒顶事故(即矿井坑道断层或塌方事故),二曰瓦斯爆炸事故,三曰煤尘爆炸事故,四曰透水事故,五曰一氧化碳渗漏事故(即作业矿工发生大面积中毒事故),六曰运输事故,七曰触电事故,八曰雷击事故。这八大事故种类,依照事故发生频率的多寡以及造成危害的大小,由重到轻而依次排列。不言而喻,日常的安全监察,必然是各级煤管局的一项重要工作内容。就像钟馗,惩恶除弊,惩奸罚错,铁面公正成了这个部门的对外形象;又像巡警,打击黑暗手段,斩断非法触角,就是这个部门的常规作为。民间曾有人对他们做过一个比喻:黑着长脸,喘着粗气,走到哪里,指指点点;亲不得近不得,远不得躲不得,又敬又怕,又依赖又畏惧。

现在,庄户人家、军转干部出身、曾任太原市万柏林区煤管局局长的胡祯老人,就坐在我的对面。时空隧道仿佛一瞬间打开了一般,我看到一个身影:积极严谨的青年,踌躇满志的壮年,忙碌操持的中年,跨过一道道时代的大幕,涉过一排排浊浪激涌的险滩,现如今,安详地坐在我面前。

我记得他呷了一口茶,放稳茶杯抬起脸,诚恳平静地望着我说:"做了这么多年局长,在我任上,我没有给一个小煤窑开过绿灯批过条子。对党对良心,我都问心无愧。"我望着他,郑重地点点头。我知道,他已步入耄耋之年,身体硬朗,儿孙满堂,老伴身子骨很棒,老两口儿彼此之间温温顺顺、和和美美。这是大德之人的果报，更是一位党的好干部、好领导晚年最美好的身心状态。

例如，当年在抓煤矿安全生产工作中，大会小会、会上会下，他都爱反反复复强调他自己创设的一个观念：挖煤挖煤，就是在地球肚子里淘宝；人累，地球也累，不要贪婪无度，不要利欲熏心；矿工需要休息，地球也需要休息。因此，在任上时，他一直推行矿工两班倒制度，严格查处三班倒的小煤窑。所谓的两班倒，就是白班夜班下矿采煤制度，夜班仅仅限于前半夜，坚决杜绝后半夜换班采煤；依照此理，所谓的三班倒，就是白班前半夜后半夜，三班连轴转，采掘起来没有个停歇的时候。胡祯阐释说："矿难矿难，往往发生在后半夜。许多人认为我这套说法是封建迷信，其实不然，大不然！这里面是有科学依据的，这和地球、太阳、月亮这三者之间的相互引力有着莫大的关系。白天与太阳距离最近，引力值最大，地壳构造稳定；到了后半夜，太阳距离最远，月亮也沉落了，此时引力值最小，地壳构造最不稳定，从而最易发生地质灾难。"

再例如，煤层掘进当中会遇到"无炭柱"现象。无炭柱不是煤层，而是自然地质构造，对于坑道起着非常关键的支撑作用。到了后半夜，不管怎么说，人的精神状态总是差一点的，人困马乏，神情恍惚，注意力不够集中。"啪啪啪"，掘进器械打进无炭柱中，那会是什么后果？——无炭柱断裂，煤层断层，坑道塌陷，矿井冒顶！一连串的灾难都会发生！

话题谈论到国家煤炭市场的风云变幻和起起落落，胡祯也有他自己的看法。他认为，社会上普遍有个错觉，觉得煤炭行业是个暴利行业，"掘机一响，黄金万两"，那是异想天开，或者是看虚构的文艺作品看多了。事实上，20世纪八九十年代，是全国煤炭行业整体上都呈现上升势头的黄金年代，而其利润值并不是很高。具体而言，平均下来一吨煤也就是在四到五元之间波动。考虑到物价上涨指数，换算一下，放到当下，也就是100元左右吧，甚至达不到。说实话，煤炭价格真正暴涨起来的时间节点，应该是2002年，再具体一点说,应该是 2002 年的下半年,全国煤炭形势逆势上扬,普遍好转起来,行情和价位一路飙升,至今仍在高位波动。举个例子说明,若想获得 1000 元的利润值,在 2002 年,采掘出 2 吨煤炭即可达到,而放到以前的年代,必须采掘出 200 吨煤炭。这之间的差值足足一百倍。其背后的深层次原因,是能源紧张、能源竞争以及能源附加值显著增高而相应带来的能源价格紧俏的现实。

由于工作需要,在区煤管局任上时,胡祯出访考察过不少欧美国家的煤矿企业。他说,给他印象最深、触动最大的,还是美国的煤矿。工人很少,产量很高,机械化程度极高,劳动安全保障相当完备,而且普遍环保意识强。"看见人家的煤矿工人,我心里都羡慕,感觉矿工不是在劳作,反而是一种享受。美国煤炭储量非常丰富,从总储量上看,并不比我们国家少;人家是捂着不肯多挖,以备日后需要。从根本上说,还是科技的力量。中国未来的发展和我们这个民族的真正崛起,必须还要倚重科技发展、科技创新,尤其是科技自主创新;不光是煤炭行业煤炭领域,其他的各行各业,各个领域,都要秉持这个主导思想。"

对于他的这番话语,我深以为然。

胡祯告诉我,1969 年这一年,他正式来到太原西山地区。那一年,他刚刚 25 岁。25 岁,对于每个人来说,那该是一个多么美好灿烂的年龄啊!胡祯说,太原西山是他人生里程的真正起点。

第一次踏上西山,他就爱上了那里。

当地村民大多淳朴善良,日常生活相对富足一些。站在较高的山岭上,能够看见这里一处那里一所,零星分布的各种村办小厂、小矿,有砖窑厂,有石膏厂,还有小型石料厂,当然更多的还是小煤窑和小煤矿,那时就已经多达 20 多个了。

当时胡祯还只是驻地武警部队煤矿的一名普通服役战士,负责矿区的食堂餐饮采购,经常性地要和当地的养殖户以及经营饮食产业的庄户人家打交道。年轻时,他翻坡越岭,穿沟绕水,并不知道前方"曲径通幽处",是不是就是他自己现在所经历和承受的一切。

尾声

太原西山地区,大致以王封乡为界,以东为丘陵区,以西为山区。

在刘宝良科长的陪伴下,几天里进进出出十几趟,西山的大概轮廓和样貌、山形和山势、人民和物产、矿藏和产业、历史和现状,我只是粗浅地做到了了然于心。它的煤炭、它的硫黄、它的铁矿、它的石材、它的杂粮、它的果树、它的草木,乃至它的飞鸟走兽,从古至今,都在一笔一画地认真书写着一部山区人民的生存史、奋斗史以及不屈不挠、勇毅顽强的幸福生活追求史。

西山的煤炭和煤矿,它们埋藏于山脉之下,依偎于山岭之间,日日夜夜地,向着东方眺望着锦绣如花的大太原城。作为太原乃至山西工矿企业发展历程中的一段重要篇章,它们已然抽象为一幅具有某种象征意味的背景式图腾画作,以深沉的浓黑为主色,辅之以纯朴的土黄,热烈的鲜红,探索的天蓝,忧郁的草绿,隐喻着过往的历史,同时也昭示着当前的思绪和未来的步履。

附录一:万柏林区概况

万柏林区位于太原西部,临汾河、依西山,辖区总面积304.8平方公里,下辖14个街道,15个行政村,127个社区(含27个村改居社区),常住人口约100万,是太原市面积最大、人口众多的核心城区。2023年全区地区生产总值实现630亿元,一二三次产业协同推进,显现出高质量发展的旺盛活力。

景色气候宜人,生态环境宜居。万柏林素有"西山叠翠钟灵秀,汾波浩荡涵物华"的美誉。区域蕴藏独特丰富的旅游资源,玉门河、虎峪河、九院沙河三条边山支流汇入汾河,万亩生态园、玉泉山城郊森林公园、王封"一线天"景区等生态资源为做强文旅康养产业打下坚实基础,全区林木覆盖率达59%,人均绿地面积12.52平方米,西山与汾河交相辉映,众多景区成为市民理想的休闲度假胜地。

基础设施完善,交通四通八达。道路交通、教育文娱等民生工程稳步推进,生活配套设施齐全,城市便利化水平逐步提升。全区路网呈"六纵六横"格局,交通线四通八达、畅通有序,地铁1号线、3号线穿越区间,滨河西路、西中环、西环高速纵贯南北,"三河"快速路、太古高速连接东西,成熟的路网格局,汇聚了强大的人流、物流和信息资金流,城市功能和城市综合承载力显著增强。规划建设的太原铁路枢纽客运环线及高铁西站将成为连接全国的"主动脉",构筑全区对外开放的"新高地"。

工业立区兴区,要素资源充足。"一五""二五"时期,国家在万柏林区布局太原重工、大众机械厂、西山矿务局等重大项目和晋西、汾机等军工企业,通过近几年大力"退城入园""腾笼换鸟",曾经的"老工业区"已转型升级为装备制造业、轨道交通、重型机械等先进制造业集聚区,现有规模以上工业企业37家,成为推动经济高质量发展、提升城市能级的坚实支撑。

三产蓬勃发展,内生动力强劲。全区拥有规模以上服务业企业562家,高端商业商务楼宇49座(71栋),大中型专业市场百余个。信达国际金融中心、中海国际中心等高端楼宇代表太原城市高度,华润万象城、公元时代城等城市综合体引领省会商业品质。近年来,国内知名企业和世界500强企业竞相入驻万柏林,数字经济、总部经济、楼宇经济蓬勃发展,产业集聚效应日益凸显。

城乡加快融合,发展潜力巨大。万柏林区在全市率先完成城中村改造整村拆除,率先完成西山采煤沉陷区综合治理搬迁安置,从拆到建,由"村"变"城",最大限度打开了城市发展新空间,城乡面貌全面改善,城市品质大幅提升,万柏林区比较优势和竞争优势日益凸显,烟火灵动、百业正兴、生机勃勃,成为企业家朋友干事创业的广阔热土。

科研实力充沛,党政机构群集。万柏林区与太原理工大学、太原科技大学及一批科研院所长期开展合作,成功培育省级以上重点实验室34个,高标准建成人才公寓550套,成功获批全市唯一的国家知识产权强县建设试点县。滨河体育中心、长风商务区等滨河西路沿线建筑群竞相辉映,省市纪委监委、省市公检法机关等30余家省市党政机关入驻,彰显省城现代化城市风貌,成为最具潜力、最具活力的"兴业福地"。

抢抓政策机遇,致力快速发展。万柏林区精准把握政策机遇,积极融入太忻一体化经济区建设,锚定"以'五区'建设为重要载体和支撑,打造国家区域中心城市核心城区"这一目标;明确"三次产业协同发展和大力发展数字经济"两个方向,高质量构建现代化产业体系;实现"项目建设增效、改革创新赋能、公共服务提质"三个突破,为高质量发展蓄势聚力;开辟"高端商务经济带、高铁经济带、西山经济带、存量工业用地更新经济带"四大战场,作为新的产业发展空间,培育高质量发展新的经济增长点。全区上下将团结一心、奋勇争先,汇聚起建设现代产业集聚区、创新活力引领区、绿色生态示范区、品质生活体验区、文明和谐幸福区的磅礴力量。

诚挚邀请您到万柏林区考察接洽,我们将带您到义井、南寒网红街区,体验城市"烟火气";到西山煤电、中车园区,感受技术变革魅力;到太原理工大学、太原科技大学校区,体悟科研创新朝气;到万亩生态园、玉泉山城郊森林公园,呼吸饱含负离子的氧气,把盏品茗畅谈发展。真诚期盼各位企业家走进万柏林、投资万柏林、深耕万柏林,共筑共享"兴业福地""发展宝地"。

(万柏林区人民政府办公室)

附录二:万柏林区煤炭工业发展备忘录

一、"十一五"期间万柏林区煤炭工业发展基本情况

(一)资源状况

全区煤矿位于西山矿区边缘,主采山西组的 2 号、3 号煤层,太原组的 6 号、7 号、8 号、9 号煤层,6 号、7 号煤层局部可采, 煤炭资源占有面积 238 平方千米,占全区面积的 78%,主要分布在全区中西部地区,查明储量为 33.69 亿吨。其中多数实体资源被山西煤焦集团公司前山官地、杜儿坪、西铭、白家庄四大国有重点煤矿和西峪、王封两座国有煤矿所分割。

全区地方煤矿开采资源多是大矿平衡表外的边角料, 保有储量为 17059.87 万吨。全区境内煤层近水平分布,平均倾角 8 度,最大倾角 15 度。煤层总厚度 9.5~14.3 米,平均为 12.9 米。煤种以贫瘦煤为主,为优质动力用煤,发热量在每千克 7500 大卡以上,灰分含量介于 9%~27% 之间,属于中灰煤。

(二)煤矿分布情况

全区 76 座煤矿分布于王封、西铭、化客头三个乡、街,其中属于大矿井田范围内的矿井 62 座,属公共资源矿区的 14 座,其中:

西铭矿区(21 座):赛庄、龙池、化北沟、松树背胡沙帽、红山、虎燕窝、兴隆、毛儿沟、七里沟、水叉、姚家沟、石嘴、文那沟、西乡办、西尖坪、远望、东尖坪韦池、龙泉东沟、西河坪;

杜儿坪矿区(19 座):赵氏沟、长柴沟、联合、子华坪、后西沟、蛤蟆咀、贾大西窑、区四达沟、乡四达沟、对巴只、胜利、前新窑背、蒿荒坪、老西沟、碾子沟、火石煊、宝地、新牛头嘴、柏树崖;

官地矿区(17座,18对):神底沟、神北、九院高家河、九院村、牛南、耙沟、雅崖底、九院沟、九院沟二坑、九院北山、新胜、官九院、东社滴水岩、北神底沟、白九院新兴、新牛南、九选;

白家庄矿区(3座):白家庄高家河、南山底、兴旺;

西曲矿区(1座):水深沟;

王封矿区(1座):红花沟;

公共矿区(14座):猪场、东河旋、南洼、井沟旋、堡山、水草洼、孟家沟、师家山、东河掌、火烧洼、前西岭、榆树峁、卧牛沟、万柏林煤矿。

(三)生产现状

全区煤矿主要分布在西山煤田西山矿区及扩区范围内,批准开采西山煤田2号、3号、6号、8号、9号煤层。90%的地方煤矿开采国有大矿的零星边角弃料及露头难采块段。总体情况为矿点多、分布范围广、井田面积较小、易开采、煤层稳定、古空区多。

全区煤矿开采历史较长久,进入20世纪80年代,在国家有水快流的政策鼓励下,山区农民依靠本地资源赋存的良好环境,煤矿得到了空前发展,为当地群众摆脱贫困开辟了致富门路。在无序发展的同时,为全区煤矿的长远发展,特别是资源的可持续利用埋下了沉重的包袱。采空破坏、开采资料保存不全为现在保留煤矿的正规采掘布置及安全设施建设提出严峻的考验。

2002年开展的矿井能力调查显示,全区煤矿总的生产能力为399万吨,其中15万吨2座,9万吨9座,6万吨35座,3万吨26座。

(四)煤矿自然灾害状况

1. 瓦斯:2004年全区72对生产矿井委托太原市设计研究所聘请的专家进行瓦斯等级鉴定工作,初步结果显示均为低瓦斯矿井。1987年火石煊煤矿发生一起5人死亡的瓦斯爆炸事故,1997年西铭乡煤矿发生一起死亡45人的瓦斯爆炸事故。

2.自然发火:西山煤田8号煤层含全硫较高,自然发火期较短(3~6个月),特别是乡镇煤矿采掘不平衡,只掘不采,加之通风管理上的漏洞,致使全区煤矿中几个较大井田面积的煤矿前后发生了井下煤层自燃起火现象,由于矿井系统复杂和地面漏风,矿与矿间相互贯通等原因,防灭火手段一般采取封堵井口的措施,最终导致横渠、葫芦角、翻身、阳坡、沙沟、火锋沟、向西沟、红山一坑、红野等较大的矿先后关闭,不仅损失了大量的宝贵资源,而且造成了当地环境的严重污染,也给周围保留矿井的生产安全造成了非常大的威胁。

3.煤尘:我区煤矿大多分布于山区丘陵地区,埋藏浅,地势高,煤层一般赋存于地层水系以上,因此井巷及煤层较多为干燥煤层,在生产过程中一般会产生大量的煤尘。化验结果表明,2号、3号、6号、8号、9号煤层的煤尘均具有爆炸性。自2001年开始,随着煤矿安全生产整顿内容的不断深化,现有的矿井均不同程度地配置了隔爆水袋和防尘洒水管线,防治煤尘有了初步的治理效果。但由于矿井缺水的原因,防治煤尘措施还没有做到科学化、经常化、细致化。

4.水害:我区煤矿矿井水普遍偏小,受水害的威胁不大。水害集中表现在两个方面:一是位置不详、范围不详的采空积水区;二是井口位于山沟沟底,地表洪水有灌井威胁。多数煤矿矿井涌水来源为地表雨季渗水,因此雨季防洪防水是煤矿防水治水工作的重点和重要时期。

5.顶板:西山煤田各煤层顶板完整状况相对良好,但具体到我区,受煤层埋藏浅、露头多、小断层发育等因素的影响,顶板管理也是煤矿防灾的重点之一。特别是由于煤矿技术基础薄弱,图纸不规范、不准确、不完整,在开采3号、9号煤层时,采掘存在布局的盲目性和冒顶、着火的危险性。

(五)煤矿开采条件及机械化水平

1.开采条件:全区地方煤矿各煤层露头发育,给煤矿开拓布置提供了较好的环境和条件,多数煤矿为平硐开拓(平硐矿井 35 座)。即便是斜井开拓,由于煤层浅,斜井坡度一般在 18° 以下,坡长 150 米以下(斜井开拓矿井 37 座)。各煤层赋存基本稳定,倾角一般小于 5° ,为近水平煤层,在采区布置上一般为盘区式开采。煤层厚度在 2~4.5 米之间,属中厚煤层,一般一次采全高,支护以棚架为主。

2.机械化水平:随着 2001 年煤矿安全专项整顿的开展,两三年间,煤矿在安全设施投入上有了较大改观。初步统计,主提升机改造 32 台,配备轴流式主扇风机 125 台,瓦斯断电仪 175 套,煤电钻综保装置 153 套,探水钻 8 台,瓦斯报警矿灯 2350 盏,瓦斯监控系统已安装 67 套,便携式一氧化碳鉴定仪 5 台, 测尘仪 64 台。实现双回路矿井 57 座。据统计对 72 对生产矿井 2001—2005 年间累计技改投资 3.5 亿元。总之,全区采掘机械化水平仍处于低水平状态。

二、万柏林区煤炭向转型发展奋进

(一)全区煤炭产业概况

万柏林区地处太原市城区西部,全区行政面积 304.8 平方千米,其中煤炭资源面积占有 238 平方千米,占全区面积的 78%,查明储量 33.69 亿吨。其中实体资源由山西焦煤集团公司前山官地、杜儿坪、西铭、白家庄四大国有重点煤矿和王封、西峪地方国有煤矿占有和开发。全区地方煤矿开采资源多是大矿边角料。煤层近水平、地质条件简单、顶板良好、瓦斯含量低、涌水量小、煤层露头多,煤质多为贫煤、贫瘦煤,近邻大型电厂和工厂,公路铁路交通纵横交错,煤炭销售畅通,经济效益良好。

煤炭产业虽不是我区的支柱产业,但煤炭开采及其相关产业一直是西山地区广大村民赖以生存的就业渠道和主要经济来源。特别是改革开放以来,为当地村民脱贫致富、新农村建设奠定了经济基础,使广大群众在短时间内基本实现了小康,同时也带动了交通运输、商业服务业和洗选加工业的发展,为当地经济社会发展做出了很大贡献。

随着不可再生的煤炭资源长时间、大规模、高强度、粗放式的开采,浅层煤炭资源、优质资源、整装资源越来越少。以区域生态承载和以环境为代价发展的路子难以为继。大量生产、大量消费、大量废弃的传统煤炭发展方式亟待改变。

(二)全区煤炭产业发展历程

1998 年太原市区划前,为河西区煤炭局,共有各类煤矿 10 余座,产量 20 万吨。

1998 年区划以后,万柏林区在册的地方小煤矿 137 座,2001 年 8 月随着国家关闭整顿小煤矿和加强煤矿安全工作政策的推进,一批独眼井、证件不全的矿井淘汰关闭。到 2004 年底,全区仍保有煤矿 77 座。

2005—2007 年,因办理安全生产许可、采煤方法改革及环节改造、安全设施建设、复工复产手续办理及煤矿非法火工品爆炸事件的影响,我区煤矿生产一直处于不正常状态,煤炭产量急剧下滑,年产量基本在 100 万吨以内。在全省煤炭产业门槛不断提高的形势下,我区进一步加大了淘汰关闭煤矿的力度,先后关闭煤矿 45 座,截至 2007 年底,全区共有各类煤矿 33 座(新接收尖草坪区煤矿 1 座)。按企业性质划分:国有煤矿 1 座、集体煤矿 30 座、私营煤矿 1 座;按生产能力划分:30 万吨 / 年的矿井 1 座、21 万吨 / 年的矿井 1 座、15 万吨 / 年的矿井 5 座、9 万吨 / 年的矿井 25 座。我区煤矿总核定生产能力 351 万吨 / 年(含整合矿能力),矿均 11 万吨 / 年。

2008 年,在区委、区政府的高度重视和统一指挥下,在区级相关部门的高度配合下,在乡镇街道办事处的辛勤努力下,在广大村民、煤矿业主积极配合下,万柏林区煤矿关闭工作顺利完成,走在全市前列。全市煤矿关闭工作现场会在我区胜利召开,我区的关闭工作经验和做法在全市推广。全年关闭年产9万吨以下小煤矿25座。

2009年,为了加快建设资源节约型、环境友好型城区步伐,实现我区经济的可持续发展,根据山西省人民政府开展的煤炭工业第三战役及市委、市政府有关恢复西山生态环境、创建和谐社会、关闭9万吨/年以下煤矿的总体要求,根据市政府加快煤炭资源整合,强力推进采煤污染治理,改变矿点多、规模小、布局散、秩序乱的状况,遏制采煤对生态环境的破坏,进一步改善我市城市环境质量,减少区域经济对煤矿的依赖性,推动产业结构优化升级的精神,加大我区小煤矿淘汰关闭力度,已势在必行。2009年关闭7座。

全区唯一保留的一座地方国有煤矿,2009年底由东山煤矿兼并重组新成立了国有控股的太原东山东峰煤业有限公司,生产能力年产60万吨,现正在投入建设中。

至此,万柏林区从20世纪80年代后期起步,壮大于1998年,鼎盛于2005年,历经20余年的摸爬滚打,曾经为缓解能源紧张、为广大村民致富,创造过辉煌业绩的我区小煤矿开采业,在新形势下退出了历史舞台。万柏林区由煤炭大县,基本退出了煤炭开采行业,产业结构发生了深刻变化。

(三)小煤矿开采带来的社会问题

蓬勃发展的小煤矿在给山区群众生活带来巨大变化的同时,也引发了许多社会问题和矛盾,亟待解决。

一是安全状况令人堪忧;二是分配两极分化严重;三是地质灾害日趋恶化;四是小煤矿开采工艺落后,回收率不高,造成资源的大量损失;五是由于矿区面积有限,在巨大利益的驱使下,一些不良业主越界开采,安全隐患加剧,同时也造成了社会纠纷,极易引发干群矛盾,给社会维稳工作带来压力。这种环境污染、生态欠账、安全不稳定、矛盾纠纷丛生的煤炭开采状况必须遏制并得以转型。

转型发展要做好两件事,提升传统产业,培植新型产业,要转变单一煤炭开采方式,加大科技创新力度和政策扶持力度,发展循环经济。在发展重点上实现经济发展向更加重视社会发展转型;在发展支撑上实现从主要资源依赖型向更多地依靠人才和科技创新转型;在发展过程中实现从过度损害环境向保护环境和可持续发展转型。

(四)煤炭转型发展稳步推进

1.煤炭提升项目

东峰煤业有限公司在国家十二五发展之际,坚持党的方针政策和路线,坚持科学发展观统领全局,坚持走节约、安全、高效、环保型发展道路,坚持依法建矿、依法办矿、依法管矿、依法经营的理念,坚持煤炭企业发展与生态保护相结合的理念,坚持服务地方经济发展的思路,努力把太原东山东峰煤业有限公司建设成为太原市一流的优秀煤炭企业、安全高效型矿井。

聘请专业施工队伍进行矿井建设,完善安全基本设施,建标准化矿井、标准化综采工作面和两个标准化综掘工作面,采用瓦斯监控、顶板监控、水情预测、人员定位等一系列先进监控、检测手段为科学决策生产提供强有力的保障。

把安全发展作为企业发展的第一理念,严格按照隐患排查治理制度排查生产安全隐患,推动在岗员工标准化作业。按照环境保护的要求进行矿井综合治理,采用先进技术进行矸石井下处理,污水处理利用,矿区环境美化,建设生态矿区,集约场地建设,合理布置生产、生活空间,确保有一个良好的生态环境,保持企业的健康发展。

【展望】在煤化工技术方面:逐渐将煤炭的简单开采转变为煤炭开采—煤化工—煤炭深加工为一体的煤炭生产产业链,以此保证企业的健康发展;在开采技术方面:重点巷道考虑沿空布置技术,提高资源回收率;在节能方面:重点考虑使用节能设备,集中合理布置生产系统,利用技术优势改善和减少设备投入,以此降低能耗;在环境治理方面:采取原煤生产封闭式管理,洁净式生产,建设一个花园式绿化矿区。

2.煤矸石加工利用项目

我区行政区域内有国有大矿常年堆积的废弃物——煤矸石,总量2000万吨,占地面积300亩。煤矸石自燃和风化影响了大气质量,冲洗后的雨水带酸性,对河流造成水质污染。如何有效激发废弃物资源的潜能和物质,实现变废为宝,物尽其用,我区进行了积极的探索。我区在官地、杜儿坪、西铭三大矿山的煤矸石附近建起了三座煤矸石砖厂,年制砖能力2亿块,产值6万元,消化煤矸石35万吨,年创利税1000万元。煤矸石制砖项目为山区群众提供了就业渠道和致富门路,同时也适应了城区禁止用黏土砖的环保要求,为产品提供了市场需求。

【展望】进一步适应市场需求,采取分解分类方式,开发煤矸石新产品和使用新途径;提升利用煤矸石制砖能力,提高产品质量。

3.生态恢复治理项目

万柏林区是太原市城区的西门户上风口,区域环境质量对整个太原市的环境改善尤为重要。煤矿的建设生产活动,将严格按照环保要求进行。万柏林区西山生态恢复工程和万柏林矿区采煤沉陷区治理工程已确定为全区转型综改重大标杆项目,区委、区政府审时度势,制定了西山地区生态恢复治理方案并加以推进。

(1)投资近亿元,建设了14220万亩生态林,建立示范性基地,总结成功经验推行。

(2)划拨专项绿化经费,聘请专业绿化队,对关闭矿工业广场场地进行平整、复垦、植树,恢复原有生态。

(3)封山造林、牲畜圈养。实施标准化健康养殖工程,提高农民养殖积极性,养鸡、养羊、养猪等畜牧业有了新尝试。

(4)修复山区公路,为育林、防火、旅游提供便利。

(5)初步建立了官地狼坡狮子崖原生态观光生态旅游区、杜儿坪小虎峪休闲度假区、四达沟生态恢复景区、王封一线天风景游览区等。

（6）山区群众受房屋裂缝困扰的局面将随着 30 万平方米采煤沉陷区危房改造的陆续竣工得到改变，广大村民喜迁新居。

（7）地质灾害严重的地点，经初步治理，严格监控隐患点，并设立公示牌警示路人。

【展望】在西部山区，新建长风城郊森林公园、西山国家矿山公园，高标准再造 5 个上万亩的集中连片生态区，对采空区、塌陷区、矿区、村民搬迁区全部进行生态恢复建设，5 年内造林绿化 15 万亩，森林覆盖率达到 30%，让绿色全面覆盖西山，再现"西山叠翠"的胜景。

煤炭产业的转型发展，是由黑转绿，由地下转地上，由污染转清洁的重点工程。随着煤矿兼并重组的强力推进，煤矿生产建设向现代化开采迈出了坚实步伐；生态恢复治理目标宏伟，实施项目提速，万柏林区的环境将有巨大改观。相信，不久的将来，青山绿水、蓝天白云的万柏林区将成为太原市一流的产业大区、一流的生态大区和一流的宜居大区。

（万柏林区应急管理局　刘宝良）

政协太原市万柏林区委员会 编

刘贵江 主编

从制造到智造

陈一竹 著

中国文史出版社

图书在版编目（CIP）数据

从制造到智造 / 政协太原市万柏林区委员会编；
刘贵江主编；陈一竹著. -- 北京：中国文史出版社，
2024. 12. -- (工矿岁月). -- ISBN 978-7-5205-5109-0

Ⅰ. I25

中国国家版本馆 CIP 数据核字第 20253XK115 号

责任编辑：程凤

出版发行：中国文史出版社

社　址：北京市海淀区西八里庄路 69 号　　邮编：100412

电　话：010-81136606　81136602　81136603（发行部）

传　真：010-81136666

印　装：山西基因包装印刷科技股份有限公司

经　销：全国新华书店

开　本：889mm × 1194mm 1/16

印　张：29

字　数：580 千字

版　次：2025 年 3 月北京第 1 版

印　次：2025 年 3 月第 1 次印刷

定　价：96.00 元（全二册）

《工矿岁月》丛书编委会

主　任　刘贵江

副主任　白　洁　李石宏　阴　燚　李宜坷　卜金梅　金朝晖

编　委　王宏伟　李根远　武福龙　冯代青　陈　威

　　　　陈一竹　郝岳才　董增红　高　璟　王　媛

序

留住记忆，传承精神

太原市万柏林区政协党组书记、主席

刘贵江

明代诗人于谦在《咏煤炭》一诗中，以"凿开混沌得乌金，藏蓄阳和意最深"开笔，以"但愿苍生俱饱暖，不辞辛苦出山林"落笔，是对煤炭以生命之躯燃烧自己、贡献光和热的赞美，更含有对煤炭开采者不畏艰险，倾汗雨、凿乌金的颂扬。

近代以来，随着科学技术的发展，煤的利用价值越来越高、越来越广，在每一次工业革命、换代升级中都发挥着不可替代的作用。

山西省太原市的西山脚下是全省极为重要的能源重地、煤炭基地，有541平方公里的浩瀚煤田，33.69亿吨的煤炭储量，更有数以万计以煤为生的矿山人。回眸看，无论是大型国有煤矿，还是地方性集体煤矿，抑或民营煤矿，都曾经承载或仍在承载着我们国家能源保供的历史大任，述说着煤炭人的风雨历程……矿一代、矿二代，以及矿三代，脚下这片厚重的黑金地，是他们的人生记忆，也是他们的根脉赓续。

这片土地最火红的年代在1949年至1956年，可谓中国重工业发展的奠基时期。被誉为"国之重器"的太原重型机器厂，正是在这一时期也选址在万柏林，由国家投资7.5亿斤小米，折合人民币6075万元兴建而成。老太重人

的记忆深处,睡野地,喝凉水;战严寒,斗酷暑;机器轰鸣,群山回唱。那一行行用青春与汗水、勇气和胆识铭刻而成的工业史诗,跌宕起伏,波澜壮阔,怎不令人激情澎湃!

本书一函两册,从"工矿岁月"的视角,采用纪实文学的手法,分两本呈现给广大读者。一本是《从制造到智造》,作者陈一竹女士以大量的采访、生动地书写记录了太重的昨天和今天,全景深入地展现了太重集团的创业史、发展史和成就史。另一本《煤在西山》,由金朝晖女士和王宏伟先生组织编著,十位作家联合创作,聚焦西山煤炭企业的过往,重点走访书写了西山煤电集团的四大国有煤矿和部分乡办煤矿,创作者赴矿山实地调查、翻阅历史资料、采访当事人,收集整理了许多鲜为人知的真实故事,还原了万柏林煤矿人如火如荼的生产生活图景。

西山煤电和太原重机是山西省两大主板 A 股上市企业,也是太原市万柏林区工业经济的两大支柱企业,为本市经济发展立下汗马功劳,同时造福了一方百姓,造就了一个充满生机活力和奋斗精神的万柏林区。

随着时代的演进和社会的进步,以及工业生态文明建设的需要,有些工矿企业在跨越转型中继续保持旺盛的发展势头,有的关停并转,完成历史赋予的使命。每一个企业每一座煤矿身后都有一批以工厂为家、与机器为伴的产业工人和家属,他们曾经为工业化拼搏过,洒过热血和汗水,因此,我们有责任有义务为他们抒怀立说,留住难忘的往昔,留住不再的记忆,留住工业的乡愁。

今天的太重主厂区,随着太原市经济战略和企业战略发展的重新布局,从万柏林区搬迁至太原潇河产业园区,并跻身世界一流重型机器制造之林,500 余项中国和世界第一,"风口浪尖、上天入地"的海陆空全方位多产业,让太重成为享誉全球的机械装备领域制造商、提供商和解决商,昨日辉煌依旧在续写中。而其旧址万柏林区前进路一带的太重苏联专家楼建筑群也于2009 年被列为太原市历史文化街区,为万柏林区留下一份厚重的工业文化遗产。

被历史灌溉的是"精神",是城市民众的情怀,也是百年光阴里一代代人的精神维系。本套书的出版正是对历史的回溯、对当下的伫足,和对未来的期冀。

在此要感谢山西省女作家协会和太原市作家协会的大力支持,还有万柏林区党政部门及驻地企业,大家一道为采写和出版做了大量的工作,倾注了很多心血,在此一并致谢!

当然,一部工矿史决不是一两册书所能涵盖,只是撷取其中片段,只是一个角度。如有遗漏之处、不妥之处,敬请读者批评指正!

目　录

引子

住在万柏林区前进路东巷的人们

岁月从未走远，尤其是住在太原市万柏林区前进路东巷的居民们感受更深。站在 2023 年的秋天里回望这条巷子，想象 1952 年百废待兴的土地上十几栋高楼平地起的轰轰烈烈，机声隆隆中人们扯着嗓子喊，甩着肩膀干，汗水里飞溅出的不仅有劳动号子声，还有整座城的拔节声。

一个尽管伤痕累累但依旧坚挺着脊梁从战火中走出来的民族，迎来几千年不曾有过的豪情岁月。刻在历史回音壁上的那首歌，叫作"建设之歌"。

从 1949 年开始，到整个 20 世纪 50 年代，新中国的建设者大军响应号召，纷纷告别家乡，登上南来北往的列车，奔赴祖国需要的地方。前进路东巷的太原重机宿舍区，就聚集了大批来自大江南北的人们，来时还是青年郎，时下早已鬓染霜。

也是这一年，中共中央代表团秘密访问苏联，带回首批 200 余位苏联高级专家，拉开建设新中国的序幕。据有关方面统计，至 1960 年，相继有 2 万余名苏联专家投身到新中国社会主义建设中，中国的很多城市，尤其像太原这样的能源重化工城市，更是有大批苏联专家前来，从规划上、技术设备上、生产上给予指导，一些苏联专家还亲自撸起袖子扑下身子奋战在生产一线。

位于前进路东巷的十栋保存完好的太重苏联专家楼，就是这段历史最好的见证。2009 年，这里被太原市政府命名为五大历史文化街区之一，住在这里的人们，六七十岁的只能算作是厂二代，甚至厂三代。有着"太重金牌工人"称号的 66 岁林克西和获得过"国家级技能大师"称号的太重退休职工张东元，在 92 岁的"秦大刀"秦文斌眼里，仍是小林、小张。"南有倪钻头，北有秦大刀"，倪志福和秦文斌，一位发明了新型钻头、一位发明了宽刃光刀，在20 世纪 50 年代的中国工业史上，以闪耀全国的技术革新成果成为一代传奇。

西起前进路,东至太重一中西界,北起太重宿舍区、子弟小学北界,南至西矿街,闻名遐迩的太重苏联专家楼历史文化街区总面积 76000 平方米,其中核心保护面积 29000 平方米。其入选让曾经担负着太原市工业发展半壁江山的万柏林区,在文化方面拥有了一颗璀璨明珠。

万柏林区是名副其实的太原市老工业城区,早在 1934 年就在此地建立了西北实业公司下辖的西北煤矿第一厂及西北洋灰厂,修建了太白支线窄轨铁路,用于煤炭资源的运输。"一五""二五"时期,多个国家重点工业企业布局于此,其中的代表性企业就是有着"国之重器"之称的太原重型机械集团有限公司。

都说建筑是凝固的历史,前进路东巷的太重苏联专家楼被划入历史文化街区的共有 10 栋,均保存完整,目前正常使用中。全部为单元式住宅,砖混结构,楼高三层,建筑平面为"L"形或"凹"字形,每栋 3 到 4 个单元,每单元一梯 3 户或 4 户,每户使用面积 30 至 40 平方米,粗略算来,整个街区应该住着将近 400 户人家。红瓦坡屋顶,券柱式单元门洞,每个门洞上方有白色浮雕,阳台有金属栏杆,走进街区,异域风情扑面而来,尤其从 20 世纪五六十年代走来的人们,耳边仿佛回响起《莫斯科郊外的晚上》《红莓花儿开》,伫立楼前,顿时会被一种凝重、古朴的氛围所笼罩。

"从苏联来支援太重的专家们,当年就携家带口住在这栋楼里。"一位 90 多岁高龄的老太重人回忆当年场景,仍觉得犹如昨日。她讲道:"我那时新婚不久,单位给分配的宿舍楼就在苏联专家楼隔壁,每天晚上出门,都能看到苏联人从楼里相伴而出,也跟着我们去买菜。"

林克西回忆自己小时候刚搬进苏联楼的情景,"那时是两户人家住着一套房,我们一家四口住一间,另外一家住一个里外间,卫生间和厨房是两家共用。现在想来应该很拥挤啊,但当年不觉得,从平房住进楼房了,我们一家都觉得很快乐"。

秦老也是苏联楼的老住户了,苏联专家撤走后,他由于在工作岗位上的

特殊贡献,成为第一批搬进苏联专家楼的太重职工,老伴去世后,他独自住在这里,儿子每天来家里给他做饭,女儿、孙辈也经常回来看他。"我来太重时,苏联专家已经撤走了,但那时听到不少苏联专家在太重建厂时给予了帮助,有些帮助是十分关键的。"

从秦老家出来,已是黄昏时刻,眼前的一扇扇窗里亮起一盏盏灯,爷爷的自行车上推着放学的孩子进了院,孩子老远就喊:"奶奶,晚上吃什么?"年轻的恋人把车停在大院门口,下车的女孩一脸惊喜,"你家住这里啊!这可是历史文化街区,都有些什么历史呢?""回家,让我爸慢慢给你讲。"……如此的街,如此的楼,如此的烟火,鲜活地存在于老太原的世纪光阴里,早已和这座城血肉相连。

第一章

百废待兴　唯有自强

强国梦

1949 年 10 月 1 日下午 3 时,随着开国大典的举行,中国的历史长卷翻开了崭新一页,中华儿女迎来了期盼已久的新时代,全国人民对建设全新中国抱以极高的热情,但是面对百废待兴的现实环境,如何起笔书写新时代长卷,人们千头万绪,斟酌着该从何处落笔。

分崩离析的国民党政权,给新中国留下一个百孔千疮的烂摊子。国民党当局叫嚣,共产党政权维持不了三个月。上海的资本家说,共产党军事打 100 分,经济打 0 分。

自 18 世纪 70 年代出现工业革命以来,工业化一直是世界经济发展的主题。世界经济史表明,没有经历成功的工业化进程,就不可能成为繁荣富强的发达国家。即使在当今时代,发达国家的服务业已在其国民经济结构中占绝对优势,但他们仍在不断推进所谓"再工业化"。实际上,从全世界范围看,当今世界仍处于工业化不断深化的时代。

1949 年新中国成立时,全国人口为 5.42 亿,其中农业人口有 4.84 亿,农业和传统手工业收入占国民收入比例接近 90%,人均国民收入不足印度的一半,也远低于亚洲平均水平,当时的基本国情就是"一穷二白"落后的农业国。对于刚刚从战火阴影中走出的中国而言,把这样一个落后的农业国建设成为发达的工业国,实现工业化,是众多仁人志士愿为之奋斗一生的伟大梦想。

中国最早的工业化思想可以追溯到 1840 年鸦片战争失败之后以洋务运动为代表的近代工业思想,洋务运动是中国工业化的开端。虽然辛亥革命后中国也逐步形成了一些现代工业的基础,但几经战争破坏,到 1949 年几乎没有留给新中国多少经济遗产。根据一份 1949 年 12 月的统计报表,当年全国机械工业总产值为 8.44 亿元,生产机床 0.16 万台,当时全国总共拥有机床仅 9.5 万台,主要工业产品产量在世界中的份额可以忽略不计。

在新中国成立前,我国几乎不存在重型机械工业,各地的机械厂基本以机械修配为主业,仅上海、沈阳等地的一些机器修配厂能生产少量简易皮带机床,各地工厂使用的也多是皮带机床。当时,全国能生产铸铁的工厂不过两三家,生产的锻造、冲压、剪切机器等设备多以仿造为主。再加上时局混乱等原因,多数制造企业在新中国成立前处于停工或半停工状态。

20 世纪 50 年代,尤其是"一五"计划实施期间,朝鲜战争的爆发加剧了东北亚的紧张局势。以美国为首的资本主义阵营依然没有放弃颠覆中国的企图,中国周边的战争威胁并未消失。因此,如何快速发展经济、巩固新生的社会主义政权成为执政者最为关心的问题。

战后,对于当时世界上的绝大多数国家而言,无论是资本主义阵营还是社会主义阵营,重建或者恢复一个较为完整的工业化体系是最为重要的任务,对于大多数新兴的原殖民地国家而言,加快工业化进程并建立一个完整的工业化体系更是成为巩固与维持政治独立的经济前提。因此在 20 世纪 50 年代,世界范围内掀起了一次工业化的浪潮。

在国内,国民经济已经得到全面恢复与初步发展,政治趋于稳定,经济秩序恢复正常,社会秩序较为安定,加快经济发展成为全国人民的一致要求,这为大规模展开经济建设提供了难得的历史机遇。想要恢复工业生产,走中国自己的工业化道路,只有先发展重工业。这是因为重工业能解决工业链中的两个基本问题:一是是否拥有原材料生产能力;二是是否拥有工业机器生产的能力,发展本国机器制造业,必须建设给这些工厂提供母机的工厂。

太原重工,这本大书的序章就要开启了。

确立重工业优先发展战略

1949年10月，中央重工业部成立，陈云兼任部长，后由李富春接任。何长工、刘鼎等人任副部长。重工业部是以华北人民政府企业部的架子为基础，并从东北等大区陆续调入一些干部组建起来的。

重工业部是一个综合的工业部门，除了煤炭、电力、石油等重工业外，当时其所管辖的工业范围相当广泛。成立重工业部，是为了建立起领导全国重工业的系统，拟定发展重工业的方针、政策，起草规划，审定全国年度生产计划，等等。

据《何长工回忆录》一书中所说："那时，我们的指导思想上，一方面要尽可能地把国内的专家集中起来，以自力更生、发愤图强的精神建设自己的工业；另一方面要注意吸收国外的经验，当时在美国封锁、敌视我国的条件下，主要是苏联的经验。我国新兴的航空制造工业、汽车和坦克制造工业都是在这种精神下从无到有地建设起来的。"

1950年2月，全国机器工业会议召开，当时的人民日报社论以《机器工业的新生》为题，指出：

中央人民政府重工业部所召开的全国机器工业会议，标志着我们国家机器工业的新生。

这次全国机器工业会议适时地取得了下列成绩：

一、首先是解决了当前全国机器工业的萧条问题。

二、适当地扶助了私营机器工业。

三、将全国的机器工业逐步组织起来，建立起基本的重型机器工厂，这是这次会议的主要收获。这次会议，决定用适当的方法将零散的公私机器工业在一定程度上（私营机器业根据自愿原则）组织起来，做到可能程度的专业分工,这是机器工业本身的要求,否则技术很难提高,成本很难减低,也就谈不到发展。如果将零星分散的工厂组织起来,再经过改造,建立为若干个崭新的、大型的,包括重型机器制造、精密机器制造、化工机器制造、机车制造、工具、船舶、汽车等基本工厂,对于中国工业将起着柱石作用。

四、确定了技术干部的培养计划。

在新中国成立初期,各种严峻考验摆在面前:经济封锁、军事骚扰、捉襟见肘的国家财政等。这时确实不具备大规模进行经济建设的条件,不过,如今的我们应该感谢先辈的高瞻远瞩,即便再困难,也决定集中一定的人力、物力、财力来建设一些重要的基础工业,尤其是重型机器工业。

1952年6月,全国工具机制造会议召开,按照陈云同志"变万能修配为专业的机床厂,在全国集专能为万能的机床行业"的思路,确定了机床工业的任务与努力方向。刘鼎同志在此次会议上说:"机器工业在旧中国是最薄弱的一环,新中国成立后,经过大力恢复和扩充,取得了不小成绩,现在出现了真正的机器制造业。"

1953年9月3日,中央人民政府政务院财政经济委员会副主任兼重工业部部长李富春在向中央人民政府委员会所作的《关于与苏联政府商谈对中国援助问题的报告》中提出:"发展国家的重工业,是五年建设的中心环节……因为只有建设国家的重工业,即发展五金、燃料、电力、机械、基本化学、国防等工业,才能保证国防的巩固和国家的安全;才能建立强大的经济力量;保证我国在经济上的完全独立;才能给轻工业以广阔发展的前途,给我国农业的改造提供物质的和技术的条件,使我国经济不断地上升,人民的生活不断地改善。"

9月25日,中共中央在《关于颁发1954年度国民经济计划控制数字的指示》中强调:"在发展国民经济中,不断增长社会主义经济比重和集中力量发展重工业必须是坚定不移的方针。"

中国重工业迎来初升的朝阳。

刘鼎率考察团摸家底

1949年10月，新中国成立初期，为即将展开的大规模经济建设做准备，当时的政务院中央财政经济委员会组织了重工业考察团前往东北、华北、华东等地考察。刘鼎任团长，沈鸿任副团长，各大行政区重工业部门负责人参加。考察团的首要任务是厘清新中国的家底，还有就是指导各地尽快恢复生产。

刘鼎，本名阚思俊，字尊民，曾化名阚泽民、甘作明、戴良等，是中国共产党早期为数不多的技术专家之一，新中国机械工业卓越领导者之一，也是我国军工事业的创始者和主要奠基人。

1903年12月15日，刘鼎出生于四川省南溪县(现南溪区)，一个开明绅士家庭中，从小喜欢数理、图画和手工，18岁考入浙江省立高等工业学校学习机电。1924年春，跟随回国探亲的南溪籍革命先驱孙炳文赴德勤工俭学，先后在哥廷根大学和柏林大学学习机电课程，并积极投身于中共旅德支部的活动。经孙炳文和朱德介绍，22岁的刘鼎加入中国共产党。1926年，刘鼎受组织委派转赴苏联深造，先后在莫斯科东方大学和列宁格勒军事机械学院学习和工作，掌握了大量兵器、通信、航空、军事等领域的知识，据后来任职重工业部代部长的何长工回忆，刘鼎除了技术过硬，还会开飞机、汽车和火车。

副团长沈鸿，中国著名的机械工程学家、中国科学院院士，战争时期在陕甘宁边区机器厂工作时，曾设计出上百台适合前方使用的小型机器，新中国成立后担任重工业部计划处处长。新婚燕尔之际，随考察团奔赴各地。

1949年12月重庆刚一解放，便迎来刘鼎带领的重工业考察团。在几个刚刚接管的国民党兵工厂，刘鼎和考察团成员对每个工厂的地理环境、规模、厂房设备、主要产品、职工状况以及遭受国民党特务破坏等情况，作了详细了解,绘制成图表,立即向中央军委和中财委作了汇报。

紧接着,考察团又来到上海,行至一个码头时,刘鼎抬眼一看,发现这里的仓库(张华滨仓库)居然藏着一堆"大宝贝"。看着大型水压机、重型机床和龙门刨床等重型设备,刘鼎心中十分激动,"这些设备足够打造一个重型机械厂了!"。考察团的团员们连忙上前细致检查这批设备,大家边检查心中边浮起疑问:"这么好的设备,怎么会扔在码头没人认领呢?"上海前来接待的同事道出原委,原来这些设备是日本人留下的,属于赔偿物资。当时日本投降后,不仅需要向中国政府赔偿,还要向民间赔偿,当时的赔偿物资统一由国民政府领取,领回后再商议这些物资的用途,或分配或等价抵作赔偿金。

有传言称,当时国民政府财政部的官员想要把这批日本人赔偿的重型机械设备高价抵给商人们,这样一来经手的人就能从中赚差价。但在实际操作过程中,也许是层层都要伸手盘剥,这批机器不仅被定了过高的价格,还要用美元计价。这样一来,商人们不干了,一方不想要机器作为赔偿金,另一方非要用机器去作价抵债,两方谈崩了,只能继续协商。直到上海解放,两方也未达成一致,机器就一直孤零零滞留在上海码头上,最终成了无主物资。

像一首歌中唱的"只因在人群中多看了你一眼",上海码头的这一眼,让刘鼎发现了这些大个子"宝贝",也让他兴起了尽早建设一座中国人民自己的重型机械厂的念头。

1950年初,考察团一行来到山西太原,主要任务是了解国民党政府留下的兵工厂情况。20世纪30年代山西创办的西北实业公司,带动了山西近代工业的迅速成长,使太原成为华北工业重镇。

1936年10月,西北实业公司机器厂管理处改为西北制造厂,设分厂若干。1937年9月,日军进攻山西,太原沦陷,工厂分别迁徙至四川广元、陕西城固,以及临汾、蒲县、隰县、乡宁等地。1947年冬,乡宁分厂迁回太原河西万柏林,仍沿用西北制造厂的厂名。

1950年的太原城刚从战火硝烟中走来,还只是一个30余万人口的中等

城市,城区主要集中在汾河以东。万柏林那时被划为太原市第五区,在汾河以西,离城较远的西山脚下。考察团来到此地时,已有的工业基础,加上大片的旷野之地,还有西北煤矿第一厂的太白支线铁路,都让刘鼎脑海里再次出现一座重型机器厂的雏形。

随后,考察团到华东,刘鼎又发现了一批工厂管理经验丰富的干部,当时上海著名的机械专家支秉渊也表示大力支持新中国重工业的发展。有了人才,有了设备,有了厂址,天时、地利、人和皆具备,刘鼎考虑,国家是时候成立一座自己的重型机械厂了。

和刘鼎共过事的人,无不为他的充沛精力、果断处理问题的能力和清晰思路所折服。那时国家重工业部的指导思想是,一方面尽可能把国内专家集中起来,以自力更生、发奋图强的精神来建设自己的工业;另一方面,注意吸收国外经验,当时在美国封锁、敌视我国的条件下,主要依靠的就是苏联经验。

回到北京后,刘鼎第一时间向中央汇报了考察成果及建厂设想。

百废待兴,唯有自强!

仰望来路,建设一个新中国的初心、决心和信心汇聚成江河湖海,一往无前。

第二章

7.5 亿斤小米建太重

勒紧裤腰带搞工业

1950 年 5 月,备受瞩目的"第一次全国机器工业会议"在北京召开,会上正式提出建设新中国第一座重型机械厂的议题, 这个议题立即得到中央财经委员会的批准,决定投资 7.5 亿斤(注:1 斤 =500 克)小米建厂。

7.5 亿斤小米? 您没看错,新中国成立前后一段时期内,我国普遍实行的是小米计酬制度,那时候各根据地和解放区分别发行币值不同的货币,金融兑付标准不一,加上通货膨胀,物价波动异常频繁,所以财政预决算和供给标准,均以小米计算。但您不要以为是真的发小米啊,其实是在人们领取工资之际,以市场前一天的小米价格为参照,按照工资标准的小米斤数折合成货币发到人们手中。有趣的是,北方多小米,打下新中国靠的就是小米加步枪,而南方多大米,所以在南方,实行的则是大米计酬制度,也是一样,在领取工资前一日,以市场上的大米价格折算成货币。

相关历史资料显示,1949 年全国财政收入为 303 亿斤小米,财政支出为576 亿斤小米,财政赤字为 273 亿斤小米。投资太重的 7.5 亿斤小米在当时折合人民币是 6075 万元。

与此同时,在安徽铜陵,人民政府毅然决定投资 9500 吨小米恢复开发铜官山的金属铜。随后,新中国第一座大型铜矿、第一座自行设计建设的铜冶炼厂相继在铜陵诞生。

中央作出 5 年内拿出 50 亿～60 亿斤小米发展中国航空工业的决定,换算过来是 5.35 亿元人民币。

有数字统计,"一五"计划期间中国全部财政收入共 1365.62 亿元,平均到每年不过 273.1 亿元。在 20 世纪 50 年代初期艰苦的国内财政状况下,这些投入可谓勒紧了裤腰带。

中央重工业部重型机器厂筹备处成立

"第一次全国机器工业会议"结束后,结合刘鼎的建议,中央重工业部考虑华北地处平原,适宜建设重型机器厂,太原市又属于华北地带的中心地区,另外当时的重工业部在华北地区比较有基础的机械工业大多属于军工系统,因此决定由华北兵工局牵头主办筹建,这样可以利用好军工系统的人力、物力筹建重机厂。

再说说华东,这里是全国技术力量最为集中的地区,因此中央重工业部决定由华东工业部协助筹办,以便招纳人才,调动技术力量。

很快,中央重工业部重型机器厂筹备处在中央重工业部的直接领导下,于1950年6月在北京正式成立。筹备处的办公地点设在了北京市西单西斜街55号。

西单西斜街位于今北京市西城区金融街地区东北部,元代时是金水河的河道,明代河水干涸,填淤成街,因河道走向故称作斜街。现今的西单西斜街55号坐落的是北京蝴蝶泉宾馆,乃云南省大理白族自治州人民政府驻北京联络处直属的一家商务型酒店。遗憾的是,没有找到一张当年筹备处的老照片。

当年的华北兵工局局长郑汉涛担任了筹备处主任,副主任是支秉渊和徐长勋,筹备处下设计划处、秘书处、太原建设工程处和上海事务所四个机构,刘鼎率领的考察团在上海"摸家底"时发现的那批大型设备算是有了用武之地,成为太原重型机械厂的起家资本。

主任郑汉涛,是我军杰出的兵工专家和兵器工业领导人。1933年毕业于北平大学工学院机械系,大学毕业后回到上海,先后在上海华新印染厂和长

城机制煤屑砖瓦厂工作,曾任工务主任,从事企业管理工作。其中上海长城机制煤屑砖瓦厂的创办人是著名爱国民主人士、实业家胡厥文先生,在1932年一·二八淞沪抗战时期,胡厥文先生联合同业,赶制武器、弹药支援19路军抗击日军,还秘密组织工人日夜研制鱼雷,并亲募勇士,对驶入黄浦江炮击上海的日舰"出云"号实施炸舰方案。受进步思想和胡厥文先生的影响,郑汉涛1937年投身革命,1938年加入中国共产党。抗日战争时期,任中央军委军事工业局工程科科员,八路军前方总指挥部军工部工程科科长、工程处处长。1962年被授予少将军衔。

副主任支秉渊,我国早期民族机械工业的拓路者和实践者,时任华东工业部机械处处长;副主任徐长勋,华北兵工局副局长,早年参加革命,随红四军踏上长征路,战争年代历任晋冀鲁豫边区政府工业厅副厅长和华北人民政府企业部第一大厂厂长。

从三位前辈的履历看,被中央重工业部委以筹备处重任,绝对是人尽其才。

从农业国变成工业国的道路,在一穷二白的新中国,难是肯定的,从艰苦卓绝的革命战争中走来的中国共产党,没有什么别的优势,但拥有"人的优势",这个优势不仅指作为"劳动力"的人,还指向有能力有理想有精神有情怀的人,指向人心。

支秉渊挑设计大梁

支秉渊在太重的创建过程中,贡献卓著。

1897年,支秉渊出生在浙江省嵊县(今嵊州市)支鉴路村。6岁开始读私塾,10岁到阳山书院读书,12岁赴上海浙江旅沪公学学习。14岁小学毕业后,就读于上海日晖南洋中学,后转入南洋公学附中。1915年考入上海南洋公学(上海交大前身)电机科,1920 年大学毕业,获电机工程学士学位。

毕业后,支秉渊被上海美商慎昌洋行聘为实习工程师。1925 年,支秉渊经历了震惊中外的五卅惨案,当时上海、青岛的日本纱厂先后发生工人罢工的斗争,遭到日本帝国主义和北洋军阀的镇压。上海内外棉七厂的日本资本家在 5 月 15 日枪杀了多名工人。5 月 30 日,2000 余名上海学生听说后分头在公共租界宣传讲演,100 余名学生被捕,引起学生和市民的极大愤慨,近万人聚集在巡捕房门口,要求释放被捕学生,巡捕再次向群众开枪。6 月,随着上海等地又有中国人被屠杀,全国范围掀起罢工、罢课、罢市的反帝爱国运动高潮。

支秉渊是其中一员,亲历了五卅惨案的发生,在横行霸道的列强和积贫积弱的祖国面前,他在想自己能做些什么呢?

1926 年,上海南洋大学,一场工业展览会正在举行。会场内,德商天利洋行及丹商罗森德洋行陈列的柴油机、抽水机、电动机等吸引了众人目光,不少人认为中国人制造不出这样的好产品,只能依靠进口。

支秉渊却敢于拿自家产品与洋货一决高低。他发起创办的新中工程公司,研发生产了离心式抽水机、双筒双行式抽水机、滤水缸等多种排灌设备。在展览会现场,一台新中公司自制的 8 寸(1 寸≈0.333 米)口径离心抽水机放置在天利洋行陈列品旁,两台机器同时开车抽水,一较高下。结果,新中产品轻巧坚实,价格低廉,较舶来品有过之而无不及,引来一片掌声和喝彩声。国货与洋货分庭抗礼的一幕怎能不令人扬眉吐气?

"新中"寓有"新中国"之意,在那个兵荒马乱的年代,以他为主要负责人曾创办过 3 家企业,除新中工程公司外,其他两家分别是上海机床厂和上海柴油机厂的前身。在支秉渊身上,充分体现出一代爱国知识分子强烈的民族自尊心和振兴民族工业、实业救国的远大抱负。

为摆脱战乱困境,支秉渊利用技术优势,将经营重点转向钢铁建筑和桥梁工程方面,他承建过浙赣、粤汉、湘桂铁路多座桥梁,开创 A 字扒杆吊装架桥工艺。

1937年春，支秉渊还研制出中国第一部高速柴油汽车发动机，随后又研制出一台煤气汽车发动机；1943年，支秉渊还自行设计并试制成功一辆国产汽车。

抗日战争时期，他率领员工几度搬迁，自力更生建厂，并参与领导上海民营机械工厂内迁。据中国科学技术协会组织编纂的《中国科学技术专家传略》记载，新中国成立后，他将自己的全部资产交给国家，出任华东工业部机械处处长。在重工业部"摸家底"考察团副团长沈鸿的推荐下，加入筹建新中国第一座重型机器厂的队伍中，并挑起设计大梁。

1954年，支秉渊调沈阳矿山机器厂，虽然离开了太重，但在太重人心中，他一直是那个为太重立下过汗马功劳的创始人之一。迄今，太原重型机械学院仍尊称支秉渊为第一任院长。

上海事务所成立

"中国人要建设自己的重型机械厂了！"1950年6月，支秉渊凭借自己在上海企业界的威望，走门串户，满腔热情地宣传动员。

不少人持怀疑态度，毕竟太原位于北方，离上海甚远，又听说太原风沙大，生活条件差，还有人对刚从战火中走出来的新中国能否建成这么大的重机厂信心不足，种种顾虑都有。

在支秉渊的说服下，一些专家很快消除了对中国共产党尚持的观望态度，打消顾虑，纷纷加入设计队伍中。支秉渊兼任太原工程处处长、上海事务所主任。

矗立在上海南京东路外滩的和平大厦，是上海事务所的所在地，成立的主要目的是动员和组织技术力量，完成重机厂的初步设计工作。同时，也承担着招兵买马的作用，算是重机厂招揽人才的大本营。毕竟想要完成建设和后续生产工作,需要大批工程技术人员。

一时间,上海事务所成立的消息,轰动了南方学术界。当时,百废待兴的中国大地上,不少有识之士对建设一个崭新的国家满怀希望和热情,祖国第一座重型机械厂要建设的消息鼓舞着许多人,知道上海事务所的地址后,不少专家、学者或前往或来信,表示愿意为新中国重型工业的起步添砖加瓦。

工程师盛祖钧就是其中一位。他前往上海事务所前已被江南大学聘请,在得知消息后,毅然谢绝了大学的聘任书。盛祖钧还写信动员自己的老朋友、之江大学(1952年,之江大学因中国高校院系调整解散,院系拆分至浙江师范学院、浙江大学、复旦大学等)教授白郁筠先生,信中写道:"祖国刚解放就要建设这样宏大的重型机器厂,并且相信我们,把艰巨的任务放在我们肩上,我们下决心在共产党的领导下大干一场,怕什么远离家乡和生活不习惯?"

网上找到的关于白郁筠先生的往事很少,只看到他是清华大学土木工程系第一批毕业生,毕业后出国留学,在英国伯明翰大学机械工程系深造后回国报效祖国。新中国成立后任浙江大学教授、机械系主任。后来是否加入上海事务所,没有相关报道。

时间的脚步来到2021年3月11日,太重(上海)研发中心和太重集团(上海)装备技术有限公司揭牌仪式在太重(上海)研发中心隆重举行。距1950年太重上海事务所成立,过去了71年。71年的变化,翻天覆地。

太重集团公司党委书记、董事长韩珍堂在揭牌仪式上勉励太重(上海)研发中心科技人员履职尽责、建功立业,聚焦液压挖掘机、风电装备、工程机械等高端制造技术,增强能力、合力攻关,助推公司高质量高速度发展。

当年上海事务所的设计师们如果还健在,至少也都是耄耋或期颐老人,经过71年的洗礼,一骑绝尘、享誉全球的太重集团足以告慰先贤了。

召开技术界名流座谈会

1950 年 7 月 3 日,筹备处主任郑汉涛,副主任支秉渊和华东工业部部长汪道涵等人,在上海召开了一场技术界名流座谈会。座谈会的主要目的是商议建设重机厂的相关事宜。

郑汉涛主任现场作了报告,介绍了建设新中国第一座重型机器厂的目的与意义。他提议,应该把这座重型机器厂建设为一个规模空前的超大型企业,提前布局,做好规划。

"凡是其他工厂不能制造的重型机器设备和大型铸锻件,这个厂都要制造!"郑汉涛的这席话也为重机厂定下了基调。如今看来,太重的确不负所望,能造寻常企业所不能建造的,能达寻常企业所不能企及之目标。

"希望各位专家为改变祖国的落后面貌,迅速发展祖国的工业,共同设计好重型机器厂。"郑汉涛郑重向与会的各位专家说道。他认为,只有众人齐心协力,才能完成这一壮举。

"重机厂和一般工厂的建厂计划主要不同之处在于,一般工厂要待全部装备好以后再开工,而重机厂要一边建设,一边开始局部生产,建设与生产同时进行。我们不能将一般工厂的建设思路套用在重型机器厂的建设上。"

对郑汉涛提出的建厂观点,与会专家们都非常认同。"边基建,边准备,边生产"的三边模式和"分年成套"的方针,对国民经济急需恢复和发展的现实国情来说更加适宜。

重型机器厂的规模大、投资高、周期长,如果等到全部就绪再开始生产,那么国家的投资势必长期得不到收益,这在当时的国情下是很难被接受的。如果能根据条件逐步进行生产,可以缩短投资的回收周期。除了资金上的压力,国家还面临着急需重型机器设备发展重工业的紧急态势,以及急需工业技术人才储备的现实情况,如能早一天投入生产,就能早一天生产出设备,在这个过程中,还能为国家源源不断地培养技术人才。

"待完成设计后,我将北上太原,与诸位一同参与工程建设。"支秉渊也在会上发言,表示新中国第一座重型机器厂要由中国自己的工程技术人员设计施工,这是一个大胆尝试,也是必须经历的尝试,这将成为中华民族工业史上的一大创举。

当日在场的所有人都为会上所描摹的目标心生向往,为自己能够担负这样的重任深感自豪。

边设计,边交流,这样的设计座谈会后来又举办了 10 余次,前后近 200 人参会,与会专家们有来自上海各个大学的教授、各企业的知名工程师,其中有不少人曾远赴他国留学,在对太重进行设计的过程中,大家都毫无保留,将在国外学到的先进经验分享出来,供设计人员参考。

激情澎湃的 40 天

挑灯夜战,废寝忘食,上海事务所的门从打开就没关过。

直接参与重型机器厂设计工作的有 40 余人,分成铸钢、铸铁、锻工及冷作厂、金工及装配专业小组,再加上一个综合小组,分别进行设计。通过查阅史料,可以看到各专业组的主要负责人分别为:

陈望隆:1940 年毕业于上海交通大学机械系,曾任上海新中动力机厂厂务主任、副总工程师、总工程师。

支少炎:曾任上海新中工程公司总工程师、副厂长,曾远赴英国学习。

李岳忠:来自华东工业部,毕业于中央大学机械系。

孙云鸢:上海国营大新机器厂总工程师,毕业于上海交通大学机械系。

陈绍荣:来自华东工业部机械工业处,毕业于浙江大学机械系。

沈国璋:上海工矿器材委员会的工程师,毕业于上海交通大学机械系。

其中,设计顾问为来自华东工业部的江博阮,江先生曾赴法留学,1913 年毕业于法国巴黎工程专门学校。

可以看出，当年的太重设计组汇聚了国家顶级的工程机械人才，不论是在国有企业工作的还是私营企业的工程师们，不论是本土培养的还是曾远赴国外求学的专业人才，此刻的他们，因为一个共同的目标相聚在一起。

俗话说，"万事开头难"，无论是工程伊始还是写书前期的构思，都犹如处于一片混沌之处，期盼着盘古挥舞着那把大斧子来一场轰轰烈烈的开天辟地之举，使得清气上浮、浊气下沉。

前期的规划和设计，就是那把开山斧，这是工程之前的工程，也算是某种看不见的工程。图纸上的算式、数据、线条、符号，让人不禁联想到王安石的诗句："看似寻常最奇崛，成如容易却艰辛。"尤其对重型机器厂这样大体量的工程而言，设计规划的复杂程度不言而喻。

但谁也未想到，仅仅 40 天后，在 1950 年 8 月 17 日，重型机器厂的设计初稿便已摆上案头。我们都知道，工程设计是高端专业技术，如今都是采用高端技术设备和电子数字化作图工具，但在当时那样的条件下，一是没有人有建设重型机器厂的经验，二是没有高端技术设备，三是没有电子计算工具，一切只能因陋就简。设计人员们一个个弯着腰低着头，趴在桌面案板上，用铅笔、钢笔一点点为太重描绘出了盛大的蓝图，除了眼前的设计图，他们几乎忘记了自己的存在，忘记自己身处何方。哪怕夜里睡着了，不少人脑中仍挂念着未完成的图纸规划，做梦时还在反复进行着设计演算。

让我们来看看这份设计初稿的主要内容——

重型机器厂的主要产品对象：冶炼压延设备、石油化工设备、起重设备、工具机等。

全年计划产量：20000 吨，其中金工产品 8000 吨、冷作制品 5000 吨、钢锭 7000 吨。

主要车间：铸钢、铸铁、锻压、金工、冷作车间（焊接车间）等。此外，还有辅助车间、辅助设施及生活福利设施。

这是一些设计初稿中的其他数据——

厂房建筑面积：110000 平方米。

生活区职工住宅面积：65000 平方米。

计划职工总人数：3857 人。

计划建成时间：1954 年。

计划投入生产时间：1955 年。

……

北上太原　"为我先锋"

带着初设方案，由上海事务所主任支秉渊率领，盛祖钧、杨承良、陶邵轩、徐希民、刘玉律、戴德庸、陆如奎、徐步、赵兴明、朱奎元、史企文共 12 人组成第一批前往太原的设计考察组。出发前，所有人的内心既揣着对未来的憧憬，也有对故土的不舍。

临行前，上海事务所赠给考察组一面写有"为我先锋"的旗帜，事务所同志与设计考察组成员合影留念，深情话别："千难万难创业最难，但这正是我们一偿夙愿的大好机会，你们先去太原，且做我们的先锋，我们大部队随后马上就到。"

1950 年 9 月下旬，这面旗帜跟随考察组一起从上海启程，先是前往北京参加了中华人民共和国成立一周年的纪念活动，随后马不停蹄地来到太原。

"为我先锋"这四个字，后来成为一代又一代太重人内心的坚持，不断激励着一代又一代太重人勇登高峰，不畏艰难。

今天的你走进太重展览馆，首先会被墙壁上"为我先锋"四个大字所吸引。这些年来，太重人创造了近 500 项"中国第一"和"世界第一"。作为我国首批 91 家创新型企业之一，太重拥有多个之最：最大的大型挖掘设备制造基地、最大的航天发射装置生产基地、最大的大型轧机油膜轴承生产基地、最大的矫直机生产基地、最大的液压件生产基地、最大的采煤机制造基地、唯

一的管轧机定点生产基地、唯一的火车轮对生产基地,国内品种最全、水平最高、历史最悠久的锻压设备生产基地。太重,被誉为"国民经济的开路先锋"。

"为我先锋"还体现在中国重工业体系建设上。新中国成立前,中国的重型机械制造业极为落后,虽然在 1905 年前后仿制过一些简易重型机械,但是发展极为缓慢。自新中国成立后,通过新建和改扩建,先后建立起太重、一重、二重、沈重、大重、上重、北重和天重八大重机厂。在新中国成立后的重机体系构建中,太重先行,"一五"计划之前的三年国民经济恢复时期就开始动工建设,1953 年就开始进行铸钢、铸铁车间的建设。太重的建成增强了我国重型机械的制造能力,为我国自主建设大型企业积累了宝贵经验,是我国工业史上的一大创举。

当年要建设"一个空前规模的大型企业""凡是其他工厂不能制造的重型机器设备和大型铸锻件,这个厂都要制造"的豪情壮志,正在如今的太重人手中逐渐变为现实。一面锦旗,为我先锋,国之重器,一往无前。

选定厂址

支秉渊率领的考察组到达山西后,分别在太原、榆次、太谷等地进行地势考察。时间不等人,厂址的选定迫在眉睫。对于任何工程,实地勘测都是艰苦卓绝的第一步。

读到此,想必大家已经看出,从决定建设重型机械厂,到设计方案、选定厂址,经历了严谨的调查论证。

一路看过,考察组发现,正如最初重工业部刘鼎副部长所言,太原西山地区,煤炭资源丰富,同时还有铜与锡等矿物储备,对于未来的生产来说很有优势,考察组一致认为太原市万柏林一带的建厂条件远远超过其他地区。而且太原在华北也属于较发达城市,从交通运输条件、人才储备、技术储备、原料燃料的储备等方面来看,基础都比较好。考察组将考察结果汇报至中央重工业部,经部里批准,新中国第一座重型机器厂的选址尘埃落定,就在山西省太原市万柏林区。

当时老百姓的警惕性很高,一群陌生人的突然出现,使当地老乡们产生种种猜测,这些是什么人?操着来自天南海北的口音,他们来这里做什么?但没有老乡能想到,在这片土地上,即将迎来一个庞然大物,此后还会有源源不断的人马,将这里的平静打破。他们也很难想象到,在太原落地重机厂的决策,不仅改变了中国重型工业的格局,也将改变周边百姓的命运。

厂址选定了,尽管眼前遍地荒蒿,狼兔出没,战壕纵横,碉堡残存,但人们的目光是清亮的,表情是欢喜的,1950年10月4日,新中国成立一周年的礼炮余音里,太原重型机器厂正式破土动工的喜庆鞭炮声响彻太原城。

首批工程"招标发包"

选定厂址后,中央财经委很快向负责施工的筹备处下设机构太原建设工程处拨发了1950年度建设经费——500万斤小米。

太原建设工程处一开始设立在太原市都督东街39号,后搬迁至万柏林二工具厂。二工具厂位于汾河西岸,东邻彭村、后北屯,北近晋西机器厂,西南边是一片广阔的荒芜土地,也就是正式被选定的太原重型机器厂厂址。

快马加鞭,各筹备点人员分期分批赶赴太原,1950年9月,太原建设工程处组织了首批工程的"招标发包"。

首期招标工程包括五金库房1幢、集体宿舍楼2幢、家属宿舍楼4幢、职工饭厅1幢。从这个记载可以看出,在大批人员到来之前,必须先解决后勤问题。毕竟前来参与太重建设的大部分并不是太原本地人,而是来自全国各地的工程技术人员。同志们背井离乡来搞建设,必须先做好后勤保障。

首期招标工程有多家公司参与投标,分别为:天津永茂建筑公司、北京四联营造厂和大业营造厂,还有太原建筑公司。经多轮评选,天津永茂建筑公司以最低价中标五金库的建设,北京四联营造厂中标其余宿舍工程。

1950年10月4日,五金库开始建设,这一日也被看作是太原重型机器厂正式破土兴建的日子,后来正式被定为建厂纪念日。

重机厂的首批工程可以说是在极其艰苦的环境下开展的。为什么这么说?由于大家均没有独立建造大型工厂的经验,导致实际操作时出现种种问题。比如在开工不久就出现了建设材料短缺的情况,导致不得不停工,等待协调及材料运输。到了12月,太原气温骤降,十分寒冷,不时落雪,雪上加霜,工程又一次被迫停止。好在,种种困难并未浇灭人们的热情,正值朝鲜战争时期,抗美援朝的精神深刻鼓舞着广大人民群众,大家的爱国主义热情即便是在严酷的冬天也依然生机勃勃。全体参与建设的领导与职工一起奋战在冰天雪地中,修筑临时工房,开辟运输用的公路,接收一批批从各地运来的机器设备,迎接一批批从全国各地奔涌而来的工人,并组织他们开展岗前培训。

到1950年底,筹建人员已从最初的27人增加至396人。太原建设工程处里每天人头攒动,席不暇暖。建设处下设7个机构,分别为供应课、会计课、人事课、秘书课、建设课、修造课以及技术室。这里值得一提的是修造课,该课室到1951年底已有干部16人,技术工人150人,各类机床及生产设备40余台,分属机工、钳工、铸工、锻工、木工等小组。这个课室在该时期的主要任务是维修从全国各地运至此地的机器(大部分为日本战后赔偿),为将来太重生产积累初期设备。现在看来,修造课的建立是十分必要且有远见的,不仅对当时的基础建设工作起到支援作用,还成为一个培养技术力量的实践场所。

1953年《山西政报》的一篇文章中提到,当地一位农民看到太重工地上热火朝天的景象十分激动,说道:"这个工厂真大呀,快快建设起来吧!早些给我们制造拖拉机。"可见当时大部分老百姓并不知道什么是重型机械,但却朴素地表达了对太重的美好期盼。

在写作此书过程中，一个偶然机会，读到一篇新中国成立之际，从《人民日报》记者岗位调往筹备中的《山西日报》，历任报社采访科科长、通讯部部长等职，后来就任《山西日报》总编辑的吴象先生当年写的一篇文章，里边有太重建设工程的场景，非常生动，心生澎湃。

重型机器制造厂的建设工程发展得很快，职员们出一次差，再回到工厂，就会感觉到工厂又变样了。三年以前，这里除了一小块庄稼地外，就是阎匪统治时留下的遍地荒蒿，蒿地里躺着破碉堡、烂飞机和战壕工事。到今天，那些东西再也看不见了。新出现的是高大宽敞的工厂厂房，是五十八公尺高的大烟囱，工人住宅区的楼房平房一眼看不到边，在住宅区的中间，还有大饭厅、子弟学校、托儿所、合作社等公用建筑物。

五里长又宽又平的马路把工厂、住宅、公用建筑物连成了一串。白日里载重卡车、运输马车、公共汽车川流不息地奔跑，运送着建筑材料和往来的客人；到夜晚，马路上的路灯和楼上楼下的电灯齐放光明，远远看去，好像到了太原最漂亮的马路上。

工厂的厂房一座接一座的盖成，临近的火车站上每天都有新运到的机器，新来的工人职员也在天天增加着。新盖的房子把三千多亩地都快要占完了，但房子还是不够用。因此，一些盖了一半的楼房就只好是楼上动工，楼下办公。

这一切的变化，是工人职员们艰苦奋斗创造出来的。第一批来到这地方的人们，曾经有两天没有开锅做饭，第三天才向临近的工厂借来锅碗米面，起了锅灶。那时，工人住在没有门窗也没有床铺的窑洞里，职员工人大家动手填战壕平碉堡。工程师们测量地形的时候，得把庄稼或野蒿使劲压倒，三脚架和其他仪器才能摆开。野兔子到处乱窜，见了人似乎也不怎么害怕。

从太原坐汽车到这里要走一个钟头。每天起来多见蒿草少见人，买点米面要跑二十多里地，就是看些书籍，打听一下地形气候，都是很困难的事情。

大家凭着一颗建设祖国的心，凭着劳动的双手，英勇、顽强地和一切困难搏斗着。

这里祖国四面八方的人都有，有些来自遥远的江南，甚至福建和广东，从来没有见过雪是什么样子，但是，北方刻骨的严寒也好，汾河边讨厌的风沙也好，都不能把他们吓倒。故乡湿润温暖的气候和明媚的风光固然可爱，但是建设祖国的光荣事业对他们吸引力更大。

在党的领导和苏联专家热情的帮助之下，一座完全新型的重型机器厂已经开始在这里出现了。太原汾河西已经改变了面貌，这地方还是天天在变化着，用不了很久，它就会和太原市连成一片，这个原先很荒凉的郊野，就会变成新城市的一部分。

第三章

摸着石头过河

万事开头难

1951 年 3 月，苏联专家克林姆斯基和沙罗维依在中央重工业部的邀请下，前来太原指导重型机器厂的筹建工作。在经过实地考察、审阅规划及施工方案后，于 3 月 26 日正式向中央重工业部副部长刘鼎提交了一份"鉴定意见"。意见中指出，年产量及主要产品的组成、工厂规划布局有不合理之处。在初步设计中，厂房与厂房之间距离较远，尤其第一锻压车间离得更远，距其他车间 4 里地。克林姆斯基很诚恳地告诉太重筹建处的同志们，要按这样的设计来修建，将来是很危险的。因为将来生产时每个厂房都需往别的厂房转送正在制造的机器零件，那不是既浪费运输力量又耽误时间吗？要是工厂存在一百年，那就要浪费一百年，这要浪费多少金钱呢？他还说，原来打算要制造的机器太多了，因为什么机器也想造，那么造什么机器的设备都得预备，将来有一些机器可能一年只能用几个月，那也是一大笔浪费。

"鉴定意见"之二是厂区地下的土壤问题存在隐患，其他的还有"增设初加工车间"等。

在当时，外国专家的意见是很宝贵，但由于上下各方都急于将这座重型机器厂建设完成，使其投入生产，太重筹建处经过讨论，仅采纳了其中两条"增设一个初加工车间"和"将锻压车间由场外 2.5 公里处移至场内靠北的位置，并且适当加长"。

此后，又陆续有苏联专家来到太重，同样发现在初步设计方案及建筑场地中存在问题。这时，各方才回头检视整项工程，参考专家的意见，回看最初的设计方案。

想要建成一座前所未有的重型机器厂，可以说和打一场重要战役没什么两样,每一步都是挑战。在那个年代,没有参照物,没有指明灯,只能摸着石头过河。不可否认的是,苏联专家的到来,使得筹建方及时发现了问题,避免了一些不可挽回的错误。

当年第一机械部第一设计分局主任工程师苏知俭和聂运新曾写过一篇文章,发表在1957年第11期的《机械工厂设计》上,题为《衷心感谢苏联专家对我们的帮助》。这个第一机械工业部,由重工业部分离出来的机械工业管理局组建,成立于1952年8月。

苏知俭,曾任同济大学工学院机械系首任系主任;聂运新,为我国第一批勘察设计大师。文中以太原重机厂建设为例,两位作者从亲身经历出发详细阐述了苏联专家给予的帮助。

对1951年第一次呈请审查的初步设计,在产品方案中既没有弄清生产什么、生产多少,也不知道工厂应该由哪些车间组成、如何按照生产要求把这些组成部分布置成一个有机的整体。只知道一个总吨位就开始做设计,然后由一个人把各车间剪成方块,随便布置一下就算是总平面图,因此各车间在总平面图上都是孤零零地互不联系。又因为担心锻锤震动会影响其他车间的生产,就毫无根据地把锻工车间放在远距厂区几公里以外,整个厂区面积庞大无比。由于不懂得建厂应该利用厂区自然坡度的道理,因而错误地强求标高一致,结果不仅增加了大量的土方工程,而且升高了地下水的水位。在选用设备方面也无所依据,最突出的如铸铁车间的冲天炉竟选用世界上最大的。如果按照这一方案建厂,势必要造成巨大的浪费和损失,而且将无法挽救。

后来,幸经克里明斯基和沙洛威依两位苏联专家及时纠正,才没有铸成大错。当时专家给我们提出几条原则性的意见:(1)必须明确产品方案;(2)必须进行地质钻探;(3)提出初步设计阶段的总平面布置草图,并把锻工车间从几公里外搬回厂区内。

现在看来,这些都是最基本的工作,但当时却不知道,甚至在专家提出

来后还没有认识到，因而就没有按专家的意见执行。在没有弄清地质和地形的情况下，根据设计方案，又盲目地开始了施工。等到部分厂房建成了，在铸铁车间基础打桩时，又因为发现了淤泥而惊慌失措，差一点要放弃建厂计划。后来还是靠了苏联专家罗马纽克的帮助才算把问题解决了。当时专家再一次告诉我们，建厂必须经过全面的地质钻探工作。专家亲自指导我们进行地质钻探，亲自根据钻探的结果做出结论。

地质结论虽然有了，但由于很多问题没有解决，特别是产品方案定不下来，已建的厂房没法利用，所以未建的也不敢再盲目施工，一直到1954年以库得良则夫专家为首的工作组来华，帮助确定了产品方案，提出分期建厂的方案，才算最后走出了死胡同。

库得良则夫专家对太原重机厂的贡献主要有以下几点：

（1）制定了合理的产品方案。在这之前，太原厂产品方案中所列的轧钢机品种与另外某重机厂的品种相同，但这两个厂的水压机的吨位却不相同，这显然是不合理的。后经专家研究，根据两个厂水压机的能力确定了两个厂的分工。另外在太原重机厂的产品方案中又增加了一些其他的产品，使其具有一定的万能性。这样的产品方案，现在看来有很大的优越性，适合于中国的国情，能满足国家对重机厂的要求。

（2）重新制定总平面布置草图。在专家所制定的规划中，解决了铸钢车间的地下水问题，解决了全厂的铁路交通线，特别是热钢锭的运输问题及已建厂房的合理使用问题等。有了全厂的规划及合理的产品方案，就使得有条件大力开展本厂的初步设计工作。

（3）制定分期设计的方针。由于当时已经建成几个厂房，为了能使其投入生产，专家建议把几个车间的设备安装起来，另外又增设了一些临时性的设施，使其成为一个完整的系统。执行专家这项建议的结果是，太原厂从1955年以来，为国家创造了不少财富。

可以肯定地说，如果没有苏联专家的帮助，太原重机厂的建设不知要搞成什么局面,也许根本就建不起来。

都道是"万事开头难",对于刚刚从废墟中走出来的祖国母亲而言,更是难上加难,因为这个千呼万唤即将出生的工业长子是一个中国工业史上史无前例的"巨无霸"孩子。只说说机工装配一个车间吧,单房架就要用2500吨钢铁。占地2万平方米,可以放3个足球场或63个篮球场还有富余。高30米,远远望去,像是一座八九层高的大洋楼,其实里面一层楼也没有,只是悬空吊着一些从几十吨到一百吨的大行车。

第一次修改建设方案

参考史料,我们可以看到,当时有关部门经多方分析研判,认为太原重型机器厂的初期规划出现以下问题急需解决:

1.由于没有建设重型机器厂的经验,加上对未来发展规划不明确,设计方试图建设一个"万能化"的通用型工厂,没有明确重点的生产任务,导致设计的生产纲领繁杂。

2.厂区整体规划出现问题。由于参与设计的各方专家经历不同,在设计时参考了在各国学习考察时的印象,从设计稿中可以看到德国的克虏伯、捷克的斯柯达、美国的阿力斯强伯尔的影子,有生拼硬凑之嫌,不尽如人意。

3.总体设计看起来残缺不全。不少在生产时必不可少的辅助车间、仓库和运输系统等建设项目并未写入总体设计。

4.对设备的利用率预估过低,经济指标设定得相对保守。经测算,锻压车间的设计规模和5000吨水压机的生产能力,年产量可达30000吨,但在初步设计中只有1500吨,其余车间也存在同样的问题。

5.各车间的生产能力缺乏综合平衡。举个例子,锻压车间设计了5000吨的水压机,但是铸钢车间却只设计了一座15吨的平炉,这就导致了其不可能炼出大水压机所需的钢锭。

虽然初步设计方案中出现了一些问题,但一切都还来得及。1951 年 7 月至 10 月,有关方面组织力量,参照苏联的书籍资料,对初步设计方案进行了第一次正式修改。我们可以看到主要修改内容如下:

1.修改产品对象。削减了冶炼及化工设备的品种,扩大了压延、起重设备的生产批量。修改后的机器产品预计年产量 13530 吨,单件订货年产量 6470 吨,钢锭年产量 16000 吨,全厂年总产量预计 36000 吨。

2.修改整体布局。将厂区规划面积缩减至 607000 平方米,相当于原规划的三分之一,以新增建的初加工车间为中心,调整其他车间位置,使各车间之间的距离由 150 米缩减为 30 至 60 米。

3.调整各车间的生产设备,使各车间生产能力更加平衡,如将铸钢车间原设计的 1 座 15 吨平炉改为 2 座 20 吨平炉,将 5000 吨锻造水压机改为 3000 吨水压机,取消 10 吨蒸汽锤等。

经过此次调整,规划有所改进,但不少问题仍未解决,比如总体设计和统一筹划仍存在间隙,各车间的设计与全厂产品的方案难以衔接等。这些问题像是隐藏在水面下的暗礁,随时可能引发触礁事故,给刚出海的大船带来沉重一击。

第二批工程上马

建设规划中的第二批工程有冷作车间、锻压车间以及初加工车间,总面积 15800 平方米。这三座厂房的规模在当时放眼全国算顶级的,所以也被人们誉为"三大工程"。除了这三个重头戏,同时准备开工的还有职工子弟小学和三种家属宿舍(老八家、新八家、老六家),两幢集体宿舍,运输调配站,办公大楼等。这批工程经投标发包后,相继破土动工。

1951 年 5 月 23 日,冷作车间开始建设;

1951 年 7 月 23 日,锻压车间开始建设;

1951 年 8 月 15 日，初加工车间开始建设。

让我们还是从《山西日报》首任主编吴象先生笔下，看看这个"祖国工业的长子"建好后长什么样吧！吴象写道：

这个新型的重型机器制造厂，是按照产品方案的要求组织起来的。建厂任务全部完成以后，这里要有八个基本生产车间，五个辅助车间，还有五种为生产服务的设备。

车间是工厂里生产组织单位，比较普通的是一个车间占一所工作房，另外，也有几个车间合占一所工作房的，还有一个车间占几个工作房的。

基本生产车间，就是生产产品的车间。如铸铁车间、铸钢车间，要用熔化开的钢铁水铸造机器零件。第一锻压车间和第二锻压车间，是把钢锭烧红打压，打压成机器零件。铸下的和打压下的零件都是粗货，还不能装机器，因此，就还需要两个机工装配车间。铸下的和打压下的机器零件，到了机工装配车间以后，就可以把它们镟圆、磨光、铣上槽或牙凿，钻好窟窿，然后把它装配起来，就成了完整的机器。有的机器零件在机器上吃大力，要它表面硬，耐磨，为了适应这个要求，这里就专门建立了一个热处理车间。热处理车间的工作，就是把机器零件烧红淬火，让钢铁的软硬程度改变，使它适合于机器的要求。此外，还有一个铆焊车间，这里的工作是把各种钢材料用铆钉铆起来，或是焊起来，造成机器的钢架子。

辅助车间是不直接生产产品的，它的任务是帮助基本生产车间工作。如工具车间，专为基本生产车间制造工具；修理车间，担负着修理本厂机器设备的任务；建筑修理车间是修理保养房屋的；木工车间，担任着做木箱做模型的任务。另外还有一个废料处理车间，要把全厂用过的废油、镟下的铁屑等变成有用的东西。从外面买来的废钢，也要在这里打碎，才能装炉熔化。

为生产服务的设备也很多，没有这些设备，工厂也不能开工。这些设备中，首要的是动力设备，如锻压车间的打铁压铁机器，多用蒸汽来开动，所以就要有产生蒸汽的锅炉房。铸钢、铸铁、锻压车间有许多炉子，都是烧煤气

的,所以要有煤气发生站。还有变电站,它把发电厂送来的电力分送到各个车间;有压缩机空气站,它向铆焊车间送风,好让那里的工人们用风力打铆钉;有氧气站和乙炔气站,产生氧气供给化铁、化钢或烧钢等工作使用,产生乙炔气焰,供焊接工人使用。除此以外,还有运输设备(如火车站、机车库等)、仓库、供水、暖气设备和办公大楼、技工学校等。

在第二批工程上马之际,《人民日报》报道了新中国第一座重型机器厂的筹建,引起全国人民的关注。成千上万的建设者们向太原市万柏林区赶来,建筑材料、生产设备也如流水般涌来,我们虽无缘像吴象先生那样亲历那个火红的年代,但也能想象得到那欣欣向荣、充满生命力与激情的施工现场,荒凉的环境与人们兴奋的面庞,交织出一幅令人心动和感怀的景象。

苏联的《真理报》当时也在显著位置报道了关于我国重型机器厂建设的相关新闻,人们探讨着,这个古老的国家,在一个崭新政权的领导下,究竟能否走出属于自己的工业化道路?

自己的厂房自己造

1951 年 11 月,由于重型机器厂的工作重心已彻底移向太原,"中央重工业部重型机器厂筹备处"从北京正式迁至太原,更名为"太原重型机器厂筹备处"。设立在北京、上海的计划处、秘书处以及上海事务所也完成使命,先后撤销。

1952 年,筹备处决定组织和壮大自己的土建与钢结构施工队伍,重点工程由承包转为依靠自己的力量来施工。

1952 年 6 月,冷作车间完成建设,正式投入生产,为后续在厂内自行制造钢结构创造了条件。

同年 7 月,太重自己的队伍完成"新六家"宿舍工程建设,不仅建设速度很快,质量也很说得过去。经过测算后,发现在该项目上的工料费用支出远远低于预期。这样的成果,更坚定了太重使用自己队伍建厂的信心。经统计,1952 年底太重筹备处下属的基本建设处工程队已发展为 1900 余人,负责全部宿舍和生活福利设施的建设,是太重厂各种机构中最大的一个。

在采访中了解到,太重厂当时的基本建设处下设三个工区,有钢筋混凝土车间、锯木车间及瓦工队、木工队等。原来人数很少的铆焊小组,这个时候发展成为 600 多人的铆焊车间,可以独立负担金属结构的施工;在土木建筑方面,除了原有中央重工业部太原工程处的力量,又招收了 1600 多名工人。让我们看一段当时的报道:

他们在建筑新六家宿舍的工程中全力推广了平行流水作业法,结果提前 31 天完成任务,节省人工 11000 多个,节省材料 5.4 亿元,质量完全合乎标准,在太原市创造了"又快、又好、又省"的范例。瓦工小组长郑长义和祁有发老师傅等,学习苏联先进经验试验"模型砌砖法"成功,不仅能提高效率 1 倍,而且能提高工程质量,降低工程成本,并保证安全工作。

也是这一年,8 月,铸钢车间、工具车间相继动工,除了铸钢车间的部分土建工程由太原工程处施工,其余工程全部由太重下属工程队自行完成,施工所用到的钢结构也由已经投产的冷作车间提供。

当时在冷作车间工作的工人大多经过技术培训,生产效率很高,质量也不错。有资料记载,当时冷作车间完成 2180 吨钢结构生产,比计划节约了 109 吨钢材,价值 10 万元。

建造铸钢车间的时候,还发生了这样一个扣人心弦的故事。

铸钢车间是当时设计的最大车间,达到 12000 平方米,这么大的厂房,经过测算需要 865 根承重柱,上承钢结构,下深扎泥土中。由于物资匮乏,没有那么多合适的木材,再加上时间紧迫来不及打预制钢筋混凝土桩,太重工程队经过思考决定试试"就地浇筑混凝土桩"。这样的方案在当时算是比较先进的工程技术了,放眼全国只有位于上海的丹麦康益洋行有条件施工。

于是太重派出团队到上海去和丹麦这家企业谈判,没想到对方居然狮

子大开口，仗着"独门绝技"，给出一个不可思议的报价，对勒紧裤腰带搞建设的中国企业来说实在无法承受。

太重的工程技术人员决定自己想办法。他们先是自行设计了打桩架，又想到利用起重机作为动力来源，这么一试还真给干成了，最后居然提前三天完成施工任务。这个事件更加坚定了太重启用自己施工队伍的决心。

那时候，在重机厂的工地上，都是一个人当几个人用。很累，实在是太累了，人们感到自己的时间与精力已经运转到极限了。然而，你却几乎看不到人们脸上露出消极疲惫的模样。哪怕一天只睡三四个小时，哪怕通宵不睡，你看见的仍然是一个个充满斗志的建设者。每个人仿佛都有什么保持精力和干劲的良药，这良药也许就是对未来美好蓝图的憧憬。

第四章

沸腾的古城

"一五"计划和"157"工程

1953年元旦,《人民日报》社论中出现这样一段话:"工业化,这是我国人民百年来梦寐以求的理想,这是我国人民不再受帝国主义欺侮、不再过穷困生活的基本保证。"这年初,人们还看到、听到了一个新名词——"第一个五年计划"。

对于刚刚从战争硝烟中走出来的中国共产党人来说,怎样编制国家建设计划,完全是一件陌生的事。

以苏联为主要学习对象,自力更生为主,争取外援为辅,这是在西方世界敌视和封锁下的新中国,唯一可行的选择。

边计划、边执行、边修正,就在参与编制计划工作的同志们不分昼夜测算计划数据的同时,国内大规模的经济建设已经热气腾腾地铺展开来。

在太原,太重第二批工程已经如火如荼地向前推进;

在长春,第一汽车制造厂于1953年7月15日举行奠基仪式;

在鞍山,1953年12月,鞍山钢铁公司的三大工程——大型轧钢厂、无缝钢管厂、七号炼铁炉举行开工生产典礼;

在沈阳,中国第一个制造机床的工厂——沈阳第一机床厂建成投产;

在北京,中国第一座生产电子管的工厂——北京电子管厂正式投产;在包头、在武汉,大型钢铁企业先后开始施工……

机械轰鸣声、劳动号子声和工具碰撞声,在960多万平方公里的神州大地上交织成一曲豪迈昂扬的奋斗者之歌。

有数据统计,"一五"期间,全国同时开展了1万多个工矿建设单位的施工,一大批旧中国没有的工业部门一个个建立起来,新中国迅速从废墟上站起来,为我国建立独立完整的工业体系奠定了基础,为社会主义建设积累了宝贵经验。

从建设速度来看,全国范围大大小小的施工项目不胜枚举,仅是限额以上较大项目,平均每天就有一个开工或者竣工。

到"一五计划"的最后一年,也就是 1957 年,中国工农业总产值达到 1241 亿元,其中工业总产值 704 亿元,钢产量 535 万吨,可以说,新中国伟大的工业化进程在"一五"期间是高歌猛进的态势,极大加快了中国工业化的进程,奠定了新中国的工业基础。

有数据统计,"一五"期间,苏联共计向我国提供了 156 个援助项目,涉及钢铁、煤炭、冶炼、发电、造船、航空、建材、机械电子、化工、纺织、通信、交通运输、兵器等,基本涵盖了一个国家的基础工业体系。

值得一提的是,苏联不仅提供了各种机器设备,还有无数名来华的苏联技术专家,为我国培养了第一批工业技术和研究方面的人才,直到今天,很多大学和图书馆里还保留着当年苏联专家提供的工业资料和标准手册等。

据有关统计,"一五"期间,苏联派来中国的技术专家有 3000 多人,中国派往苏联的留学生达 7000 多人、实习生 5000 人。苏联专家从资源勘探、厂址选择、技术设计、机器设备、建筑安装到人员培训、试车投产等给予具体指导帮助,在 156 项重点工程项目建设中发挥了重要作用。

仅现在太重老厂所在地万柏林区,当时叫河西区,就建成 156 项重点工程中的 7 项,包括晋西机器厂、汾西机器厂、大众机械厂、太原化工厂、太原化肥厂、太原第一热电厂和太原制药厂。

同时还建立了包括太重在内的西山矿务局、山西纺织印染厂、太原锅炉厂、太原水泥厂、太原铝厂、太原线材厂、太原电子厂、太原平板玻璃厂等诸多国有大中型企业,可以说,"一五"建设开启了太原现代工业文明的新篇章,实现了冶金、化工、煤炭、电力等能源重化工产业的规模化发展,形成了南北地跨 40 公里的工业走廊。

这条走廊宏伟壮观,除太原钢铁集团、太原重机集团等龙头企业外,太原西部从北至南形成四大工业区:北部工业区,以太原第二热电厂为核心,布设江阳化工厂、兴安化学材料厂、新华化工厂等;中部工业区,由太重机器厂、大众机械厂、晋西机械厂、汾西机器厂组成;南部工业区,以太原第一热电厂为依托,建有太原化工厂、磷肥厂、化肥厂、锅炉厂、制药厂等;西山矿业区,包括白家庄矿、官地矿、杜儿坪矿、西铭矿等。

据太原市城乡规划局编研中心的工作人员介绍,"一五"时期,太原为全国的经济建设作出巨大贡献,当时与北京、天津并称为华北地区工业重镇。

根据史料记载,太原重机厂项目当年并没有划归到苏联援建的156项工程里,但在业界,很多人管太重项目叫"157"工程。这个说法从何而来呢?其实是一句戏言,却也不无道理。因为太重也是"一五"计划中的国家重点建设项目,也确实得到很多位苏联专家的大力援助,这个从现今保存完整的太重苏联专家楼历史文化街区可见一斑。

和太重厂同一年诞生的《机械工人》杂志1953年第5期的封面上,苏联热加工专家叶洛斯基正在太原重型机器厂指导火焰表面淬火工艺。在当时,火焰表面淬火是一种新的加工方法,可使工件表面获得很高的硬度和优良的品质。

从1952年9月起,太重工人就在叶洛斯基专家亲自指导下,学习火焰表面淬火技术。太重的同志还应邀将有关的实践经验总结成文发表在《机械工人》上,供全国各厂参考。这充分说明了,太重是较早接受苏联专家援助的企业。

苏式建筑,时代记忆

时间对于建筑而言,不仅是对当时建造风格的传递,更是对当时社会政治、经济文化方方面面的传承。特别在重工业城市的太原,对于与那个年代同龄的建筑,更希望后人能真正明白和理解它的历史含义。

2021年5月27日上午,国家文物局副局长顾玉才,山西省副省长张复明,太原市副市长张齐山等一行来到位于万柏林区前进路东巷的太重苏式建筑小区进行调研,时任万柏林区委书记杨俊民,副书记、区长张喆等陪同调研。

太重苏联楼是目前太原市苏式风格建筑质量保存最完好的住宅区,目前小区共有楼宇15幢,住户665户,建筑面积共计38524平方米,始建于1952年,2009年被太原市人民政府列入历史文化街区加以重点保护,其中10幢楼被列为太原市历史建筑。

本书开篇已经对这10幢苏式住宅楼的面貌向各位读者做了介绍,此处不再赘言。接下来,让我们将视线移到太重老厂区,这里还有三座"一五"时期工业遗产建筑,分别是建于1953年的厂部办公楼、建于1954年的一金工车间以及二金工车间。

2019年4月,这三座老工业建筑被列入第二批中国工业遗产保护名录。其中一金工车间采用的是当时技术最先进的预应力混凝土结构,房顶为单向多跨柱网面结构,气势恢宏,经久耐用,外墙以精美浮雕装饰,一个甲子过去,依然华美庄严。

厂部办公楼是三层苏式风格建筑,窗户宽大,墙体厚实。一层有一个门厅,门厅上方高约10米处,建有一个向外凸出的平台,平台边缘安装有弧形玻璃,太重职工将此平台亲切地称为"钓鱼台"。过去每个周末,厂里各个部门的主任都要在"钓鱼台"开会,汇报生产进度,能在"钓鱼台"开会,是太重职工的一种荣誉。

回溯1952年,在第一批拓荒者睡帐篷、斗酷暑、战严寒的一场场硬仗中,太原重机取得建厂的初步胜利,也增强了人们对1955年彻底完成建设的信心与决心。

想方设法提高建厂速度

筹备处主要负责人根据实际情况与形势,提出"五年建厂任务争取四年完成"的目标,制订出 1953 年的年度建设计划。在此计划中,1953 年应完成建筑面积 132800 平方米,其中厂房面积 45000 平方米,宿舍及其他配套设施 87800 平方米。

如何将建厂速度提起来,筹备处想了很多办法,比如调整组织机构、扩充人员、增加技术培训等。从史料中可以看到,1952 年 12 月开始,筹备处的管理机构有了很大变化,成立了计划处、基建处、技术处、人事处、财会处、供应处、设备处、保卫处及其他科室。从内部管理方面看,各科室分工更加明确,流程更加清晰,工作效率也得到了明显提高。

再来说说人员,人才是最宝贵的财富,人才越多创造的价值自然也就越高。

还是在 1952 年的冬天,筹备处组织 70 多名干部成立冬训委员会,利用冬季施工空闲时间开办冬训班,开设政治文化学习课及各种技能培训课。据记载,共有 1021 人参加了冬训班,学习效果十分显著。

在深入研究太重历史时,我发现这是一项十分有远见的决策,这批冬训班学员在后期生产中几乎都成了重要骨干,大部分生产大组长以及专业施工人员都从他们中产生。人才的培养,对提升建厂速度来说起了大作用。有了这次成功的经验,太重后来又建设了多所学校,为本厂乃至全中国培养了不少专业人才,后面将详细为您讲述。

除了人才培养与调整组织机构外,筹备处在此期间还积极扩充施工力量,在山西省政府的统一规划下,派出几个工作组,下到各乡镇招收劳动力,施工队伍扩充至 3160 人。虽然人员有所增加,但承担 1953 年计划中的全部任务仍有困难,后来为保证完工时间,筹备处将部分建设任务承包给华东建筑工程公司。

筹备处撤销,太原重型机器厂正式命名

接着说建设。1953 年 3 月,太原重机厂迎来一批原本在上海筹建安徽马鞍山重型机器厂项目的业务管理干部及工程技术人员,由于种种原因,项目搁浅,这批人就被划拨到太重筹备处。带队的是郭万夫,太原市清徐县人,革命战争年代历任八路军先遣支队第一大队政治部主任,太行军区第五军分区政治部主任,皖西二、三地委副书记、书记,皖西军分区政委等职。新中国成立后,历任安庆市委书记,安徽省城工委副书记、工业部副部长,101 工程(国家原计划在安徽马鞍山建立的一座重型机器厂)筹备处主任等职。

此番带队回到阔别多年的家乡搞建设,郭万夫非常激动,太原市万柏林区离清徐县很近,他都顾不上回老家看一眼,就一头扎进了工地。

这期间,太重筹备处全体成员接到来自中央第一机械部的命令:从 1953 年 5 月 14 日起,撤销重型机器厂筹备处,正式命名为太原重型机器厂,任命郭万夫为厂长,支秉渊、胡光、韩元佐为副厂长。

郭万夫一生曾两度肩负太重厂重任,为何是两次呢?这里边有个历史插曲。1958 年"大跃进"中,他因为不同意盲目追求高指标,认为其"在生产与基建计划指标上右倾保守",后被停职检查,背着"处分"调回第一机械工业部。

1962 年春,太重厂生产连年下滑,濒临瘫痪,山西省委对郭万夫的问题做了重新审定,省委书记陶鲁笳亲自写信给郭万夫,请他回太重厂工作。于是有了第二次,郭万夫离开北京妻儿,从一机部再回太重厂,担任党委书记,用了两年时间使太重厂扭亏为盈,此为后话。1964 年 3 月,一机部再度调他返回北京担任一、三局的副局长。2009 年 2 月 21 日,郭万夫在成都逝世,享年 94 岁。

　　此处再补充一段：刚成立时的太原重型机器厂在行政业务上隶属于中央第一机械部第三机器管理局。到 1970 年 9 月 19 日，由一机部下放到山西省重工业局领导，财务收支则从 1971 年 1 月 1 日起划交到山西省革委会管理。

　　1985 年元月起，根据机械工业部的决定，太重厂下放到太原市管理，1 月 31 日举行了交接签字仪式。

第五章

冲破层层壁垒

毛古今设计新方案

几乎同一时间段，时任第一机械工业部副部长的段君毅以及三局副局长甘柏带着一批苏联专家也赶来太原。

三位苏联专家分别是斯契潘诺夫、沙罗维伊和毛古今同志，此次他们是带着任务来的，先是考察了重机厂所处的环境，又详细审阅了计划书，然后提出调整方案。

首先是产品方案，专家们认为，考虑到后续的人员、生产成本，太重的产品类型应该更集中而不是更分散，应将重点放在轧钢机、炼焦设备以及起重行车上，因为这三种产品类型的加工精度比较接近。若是太过分散可能会造成做不精、成本高等问题。

其次，专家们重新梳理了方案中的生产能力计划，大幅度削减了单件订货及钢锭产量，增加了成套产品的产量，因为考虑到单件产品利润低，制造研发成本高。

由于以上建议不论是在大方向还是细节上都改动很大，因此必须在原方案上作出重大修改，这就意味着原来的设计施工图都不能用了，只能推翻再来。

除此，毛古今作为当时首屈一指的平面布置专家，对太重的总平面布局提出 20 多条建议，为太重设计了新的总平面布置图。该版平面图中，可以看出各车间的联系明显更紧密，而且还考虑到了安全生产等要素，运输系统也得到进一步完善。

修改后的设计中，有新设置的工具车间、建筑修理车间、废料处理车间等 19 项辅助设施，还有被一分为三的金工车间：一金工车间用于制造轧钢机;二金工用于制造炼焦设备与起重机;三金工承担制造大型铸件的初加工任务。在毛古今设计的这版设计图中,基本上可以看到一个拥有完整生产体系的重型机器厂了。

第一时间,毛古今的方案被送往中央第一机械部设计总局。

1953 年 9 月 4 日,设计总局出具了一份初步审核意见书。

意见书中这样写道:由于重机厂产品方案一再变更,且没有很好进行地质勘探,迄今尚未取得足够的产品图纸,这次修改在客观上还存在很多困难,有五个方面的问题必须继续修正和补充,故本设计还不能立即批准。

下面来看看这 5 个必须修正补充的问题是什么呢?

1.厂址下方的地下水位太高,土壤地耐力弱,目前的设计方案中尚未见相关补救方法。

2.各项协议文件均未取得,应分别补充正式协议文件作为设计的根据。

3.建筑部分的设计稿不完善,包括各车间地基和建筑基础,应进行补充设计。

4.煤气站、锅炉房和热电站的设计有缺陷。

5.总平面布置方面仍存在疏漏,比如热钢锭由铸钢车间运往锻压车间的铁道坡度设计不合理。

现在看来,设计总局提出的这些意见并不是吹毛求疵,这些问题解决不了,在后期可能会有严重的负面影响。由于设计方案仍然需要修改完善,这么一来 1953 年原定的建厂计划恐怕难以实现,因此太重领导层经过反复讨论后决定,削减工程计划,一边修改设计稿,一边继续施工。

果然,后续问题来了!

谁无暴风劲雨时

在第一次发现厂址下面地下水位过高、存在地质问题时,有不少人可能

存在侥幸心理，"也不一定会影响工程建设嘛。"但这个世界就是如此，怕什么就来什么，全厂正在施工的两个主要车间——铸钢车间和铸铁车间竟然接连发生地质问题，直接导致施工全部停滞。这在很大程度上打击了建设者们的热情，如同在滚烫的钢水中浇上一盆冷水，瞬间蒸腾出一片名为不安的烟雾。

1953 年 3 月的某一天，当你走进太重铸钢车间的施工现场，一排排整齐的钢结构屋架已经吊装完成，可以看出厂房雏形。工人们正在热火朝天地准备建设炼钢平炉。

这平炉怎么建？由于其承重量很大，和盖房子一样，需要先向下挖地基。"不好了！怎么出水了？"正在实施地基挖掘的一组工人纷纷叫喊道，吸引了不少人放下手头活计前来围观。

"这可坏了，莫不是地下水，赶紧叫领导过来看看。"现场工程队的同志哪怕不太懂地质，也知道这不是小事，在老家盖房子挖到地下水也不敢再建了，会引起垮塌的。

听说挖出了地下水，负责建设施工的厂领导当场像弹簧一样绷紧了，和相关技术人员匆忙赶到现场，一看果然是地下水。要知道，按照施工要求，安全的地下水位应在地面 4 米以下，谁能想到居然 2 米就见水了，把大家打了个措手不及。

这灾难性的一幕，真是沉痛一击。在惶惶然后，还需冷静下来解决问题。这边厂领导马上请了各方专家接连出马，到现场勘查，却也没有想到什么好办法能解决，可时间不能这么一天天耽误呀，有人提议先继续施工看看，实在不行再做打算。也只能如此，先硬着头皮干吧。只能说天不遂人愿，两个月后，现场施工人员发现地下水流越来越大，实在没法继续干下去了，只好停工。停工，真不是好兆头，不少人担忧可能会永久停工。

铸铁车间也是命运多舛，1953 年 6 月 11 日正式开始建设。盖车间我们都知道，要先打桩，到当年 7 月中旬时，打桩工程已完成 20%。这时，工程人员发现了一个不同寻常的现象，桩管是打下去了，但是水泥居然灌注不下去，导致灌注数量不足。找来地质专家，发现这片土地下方存在一层弹性黏土层。

选择继续施工还是先停工找问题？厂房的大结构出了问题，是会引起垮塌的，谁也担不起这个责任。8月6日，厂内开始组织压力测试，对所有已打下去的桩进行压力试验，结果正如人们所想，没有达到设计要求。在太重援助的苏联专家也来看过，认为这里的地下土壤存在着严重问题，不把它摸透，会有很大隐患。

要不有的时候说"祸不单行"呢？问题总会集中爆发，给人当头一棒。那边铸钢、铸铁车间的问题还没能解决，煤气站又出了问题。

厂区建设出了这么多问题，谁也不敢瞒着，1953年7月，太原重机厂相关领导紧急前往一机部三局，向局长钱敏及其他领导汇报了这些情况。部里知道了这些消息，十分重视，又马上请来在中国支援的苏联专家毛古金、索洛威等人过来，一同探讨如何打破困境。

8月5日，二机部设计处、清华大学、铁道部、纺织部的专家代表，以及隶属于一机部的专家陈梁生、茅以升、蔡方荫、张友玲、何诚志、施嘉干等28人被召集到一起，对太原重型机器厂目前已经出现的若干问题进行集中研讨，试图找出解决方案。大家群策群力，都不希望中国第一座重型机器厂因此胎死腹中。会上，中外专家一致认同要先进行地质钻探、桩压试验、土壤耐压试验和扬水实验。通过这些实验，才能彻底搞清楚问题出在哪，才能对症施治。因此，太重厂区内的主厂房在8月就全部暂停施工了，大家开始集中力量对地质问题进行补课。经太重厂党委决议，成立了排水勘察工作室和试桩工作室，选出323名同志，由副厂长胡光领头，专职进行地质勘探与扬水实验。

当时整个厂区弥散着一种名为悲伤的气氛，大部分人对太原重型机器厂的命运并不看好。因为当时有专家明确提出目前的选址不适合继续建设重型机器厂，他们认为这里属于"大孔性土壤"。也有专家提议，虽然这里的

地下水位高,不适合建造巨型的热加工车间,但是可以顺势改造成重型机床厂,这样也能避免已有投资的浪费。人们内心中的担忧挥之不去,难道中国第一座重型机器厂还未萌出新芽,就要夭折了吗?

守得云开见月明

这里必须着重提一提地质专家罗马纽克,他的发现可以说直接将走向悬崖边的太重拉了回来。他来到太重后,立即组织团队进行了一系列土壤实验工作。在取得明确数据后,他坚定地做出结论:"这里地质良好,为大孔性非沉陷性土壤,每平方米地层的负荷能力为15吨至18吨。厂房建筑可以采用天然地基,不需要打桩。"

关于地下水问题,他也明确给出意见:"太原重型机器厂厂区的地下水不算很大,完全可以搞大型建筑。不过最好是将铸钢车间和铸铁车间迁移到厂区的东北部,那边的地下水位为5.5米,完全可以满足热加工车间的建设需要。"

大家听到罗马纽克这一果敢且有科学依据的结论后,长时间悬着的心终于落回肚里,看来太重注定要扎根太原。

一机部那边的相关单位知晓后,尽快决定重启太原重机厂的建设工作,并同意相关专家的建议,调整部分设计方案,比如将铸钢车间改为焊接车间,在原铸铁车间的框架基础上改造了电铲车间。

太重建设者们的热情又一次燃起,虽然建设过程一波三折,但是有句诗讲得好:"远山初见疑无路,曲径徐行渐有村"。管它是直径还是曲径,有路可走便是好事。不过,这次打击给大家上了一课,工程建设无小事,细节决定成败,也决定命运,要说命运的那只手啊,还真是看不见、摸不着,东边日出西边雨,让我们来看看,后面又发生了什么。

行到水穷处

地质方面的问题解决了，又出现了产品方面的问题，而且可能直接导致太重建设计划的夭折。

原本的计划中，太原重机厂的主要产品为轧钢机，没想到与富拉尔基第一重型机器厂的主要产品撞了车。富拉尔基第一重型机器制造厂位于齐齐哈尔市，属于苏联援建的项目，1956 年开工，主要的生产车间都是由苏联重型机器制造部重型机器厂设计院设计。

当两家重型机器厂的主要产品发生重复的时候，争议自然而然就会产生。这时出现了几种不同的声音，有人提议："太原重机厂是建筑在沙滩上的，地下水无法解决，不如就此罢休。"还有不少人认为干脆将重型机器厂的重心放到富拉尔基去，有苏联专家提供全面支持，建成的可能性更大，成本耗费也更低。

太重在建厂过程中的一波三折，也让一些人认为仅依靠国内自己的力量是无法建成重型机器厂的，干脆顺势将太原重机厂改建为一般机器制造厂，这样前期投入也不至于全都打了水漂。

对于这些争论，当年的山西省委和太原市委高度重视，与太重厂党委进行了反复论证，最终还是认为建设太原重型机器厂不仅是可能完成的，而且是必须完成的，因为如果不自己尝试建厂，全面依靠外来专家，一旦面临单打独斗的局面，可能就会很被动。后来，太重方面并将此论证结果报送上级单位，要求执行 1953 年的设计任务书。

1954 年 3 月，一机部为了重新确认太原重机厂的建厂方针，又聘请了苏联专家库德良则夫等人前来太原论证新方案。库德良则夫在重型机器厂设计方面很有经验，在他的牵头下，经过了反复调研与讨论，得出这样的结论：

太原和富拉尔基的两个重机厂虽然都要做轧钢机，但是根据水压机的能力是可以分工的，所以说两个厂的产品方案虽然看着重复，但实际并不是这样。这个结论拂去了笼罩在太重上方那些写着怀疑、动摇的纱，解开了两个厂产品重复的疑团。

专家组还提出这样的建议，为建设太重的热情更添一把火："像这样的重型机器厂，在中国不能说太多，而是太少，所以规模不应该缩小，反而应该扩大。"

这么一来，太重厂的建厂方针进一步被肯定，太重建设的方向更加明确了。当时一个专家这么说道："太原重型机器厂已经被从一个死胡同里拉出来，走上了正轨。"

坐看云起时

由于要彻底解决前期建厂时发现的地质问题、产品问题，1953 年修改过的设计方案又要经历一次改动，大家都期盼能一次性解决所有隐患。这次方案修改用了 3 个月，原则上采纳了库德则良夫和罗马纽克的建议，重点弥补地质缺陷，使车间布局更加合理。具体调整内容如下：

1.将北热南冷的布局改为东热西冷，有效避免了地下水位高的影响。

2.虽然太原重型机器厂并非中国唯一的重型机器厂，但可以预见的是，如此规模的重型机器厂在未来也不会大量建设，因此库德良则夫认为工厂应在一定程度上具备万能属性。所以生产的产品除了原来的三大类以外，又增加了水压机、模锻锤、大型剪板机、大型弯板机、钢板矫正机、空气压缩机等产品。另外，将全年计划产量增至 50750 吨。这个新方案既能将其与其他重机厂进行一定的功能区分，又能在一定程度上保持太重的万能性。不过这个决定很有争议性，甚至到今天还有人认为太原重机厂在一段时间里生产水平低主要就是由于想搞得大而全，而不去搞专业化生产。但是从历史条件看,在新中国成立初期那样的环境下,大而全是必要的,因为我国机器制造工业的困境是显而易见的,当时并没有条件去搞专业化协作生产。

由于前面出现的种种挫折,导致太重建设出现了一段时间的空白期。现在有了新方案,意味着即将迎来建设的新高潮。

值得一提的是,这期间,一张捷报提振了人心,太重建厂以来一直采取的是边建设边研发边生产的模式,我国第一台 3 米常压煤气发生炉在这年夏天试产成功,并很快转入批量生产。

8 月,太重党委又组织召开了太原重机厂第一次党员代表大会,统一认识,增加信心,避免大家因前期挫折导致的再而衰、三而竭。会上,领导班子总结了前四年的经验教训,将未来可能面临的困难和有利条件一条条阐述,又明确提出了把基本建设放在第一位的工作方针。可以说,这个会开得十分及时,十分有必要,直接打消了人们的消极情绪,更加坚定了建厂信心。这一年,中央也作出决定,将太原重型机器厂的生产正式纳入国家计划,同时下达了国家重点工程项目试制新产品的具体任务。

太重党委在这年入冬时还作出另一项重大决定,那就是开展冬季施工。太原属于北方城市,冬季最低气温能达到 −20℃,按照常理没有人选择在冬季施工。但是这样一来,又有好几个月空档期,会严重拖延施工进度。苦和累大家是不怕的,就是担心冬天会影响施工质量。这时太重基建部门想到,苏联很多地区比太原冷得多,他们会不会有什么能在冬季施工的好办法呢?果然,苏联部分地区长期寒冷,他们确实有办法。查阅相关资料并向苏联专家请教后,太重基建部组织人员学习了苏联"延缓冻结"砌砖法、"蒸汽加热"浇筑混凝土法等先进经验。还举一反三,自创了很多冬季施工新技术,比如"蓄热法"和"电加热法"等保温技术。虽说人们要顶着凛冽的寒风施工,但施工质量可没有打折扣,工程进度也是一日千里。

1955 年,木模、新铸铁车间、中央实验室和煤气站等主要工程陆续开工。施工单位决定在木模车间采用装配式混凝土结构新技术,来代替原计划的

钢结构。这样的创新尝试在国内还是首次,这项技术的试验成功,可以说是国内建筑界的一次重大突破,在经济上、技术上具有重要的价值。装配式混凝土结构新技术有利于节约资源和能源、减少施工对周边环境和声音的污染,由于采用集中生产和制作,可以大幅度提高生产过程中的质量、安全和集中养护的优点。有了这个基础,在后来建设一金工车间厂房时,还采用了更为先进的预应力混凝土结构,其抗裂性好、刚度大、自重轻、省材料,在施工过程中节省了不少经费。据当年统计,这期工程截至 1955 年底,共节约了226 万元。

第六章

轰轰烈烈的先进生产者运动

"秦大刀"扎根太重

本书开篇,在太重苏联楼里住了大半辈子的"秦大刀"秦文彬老先生已经和大家见过一面了。在太重发展史上,秦老就是一位令人敬佩,受人爱戴的英雄人物。

1948 年 5 月,大连刚一解放,16 岁的秦文彬进入大连机车车辆厂当车工,那时候百姓人家的孩子,几乎都早早出去闯社会,扛起养家糊口的重任。秦文彬很幸运,一参加工作就进了大连机车厂的"学习苏联先进小组"。

那时的秦文彬是厂里最年轻的六级车工,以能拼命闻名全厂。每天要在车间工作到晚上 10 点,就睡在机床前,一周回家一次。新中国成立初期,辽宁省的大连市和旅顺市合并,叫旅大市,年轻的秦文彬曾获得过旅大市劳动模范称号。在秦老家,我们有幸见到这张奖状,上面有当时旅大市委书记欧阳钦,市长韩光的签名。

当年国家决定在太原建设新中国自己的重型机器厂,号召全国的技术人才前往支援,秦文彬听说后几乎没犹豫,立刻向组织报名,"到祖国需要的地方去",这是那个

左图中为年轻时的秦文彬

时代的初心和信念。

1954 年 3 月 1 日,朝气蓬勃的秦文彬,带着父亲、妹妹和半年前刚娶进门的媳妇,坐上了前往太原的火车。一路同行去往太原的还有六位工友,都是六级工匠,秦文彬是工友中最年轻的。如今其他五人都不在世了,但他们的后代都在太原扎了根。

那时候,太原的出租车是马车,六家人到了太原火车站后,找来 6 辆马车,一路走,一路欣赏着老太原的街景。

太重厂给秦文彬的第一印象是"震撼"。"那时的太重规模很大,已经有四五千名职工了,其中大部分技术骨干都是外地来支援的,北方以东三省人居多,南方以上海、苏北人为主,山西本地人基本都是助手或学徒。"

秦文彬那时虽然年轻但技术高超,级别也高,因此刚一报到就分到了两个太原徒弟,只比他小四五岁。当时太重有两台最好的机床,一台是苏联制造,9 米;另一台是东德的大高速,分给了秦文彬,他和两个徒弟一起开这台车床。"不过,现在两个徒弟也都去世了。"秦老眼里流露出丝丝落寞。当年一起奋战在生产一线的同志们、徒弟们,大都在岁月中离去了。

忆起初来太重的第一年,秦老眼睛里闪着光芒。"我那年可是五喜临门。"

第一喜,秦文彬一到太重就遇上一个大项目,生产当时全国最大的 50 吨起重机,主要件包括卷筒、车轮都交给了年轻的秦文彬,"当年的安装过程特别隆重,公安局都派来了警察全程保护,就怕出现问题。这台起重机是具有划时代意义的,完全是由咱们太重厂自主生产、自主使用,直到两年前还在服役"。

第二喜,女儿降生。

第三喜,从六级工升到了七级工。

第四喜,成了一名光荣的共产党员。

第五喜,被选拔为二金工车间青年团书记。

"我这个团书记就当了两年,两年后的 1956 年 6 月,有一天从中央人民广播电台听到党和国家领导人的一篇讲话,说干部能上也能下,能为官也能为民,我当天晚上就给厂里写报告,辞去团支部书记,响应号召回车间当工人。"

第一台起重机问世

万丈高楼平地起,哪里有建设,哪里就有起重机。

秦文彬谈及自己来到太重的"第一喜",正是太重作为中国最大的起重设备生产基地迈出的第一步,从当年这台 50 吨桥式起重机开始,太重不断创新,追求卓越,现已成为当今世界上冶金铸造起重机制造业的佼佼者。在太重发展史上,这台 50 吨桥式起重机的问世,成为一个非常重要的纪念日。

这台起重机的设计序曲从 1953 年 8 月开始奏响。作为一机部直接考核的项目,太重厂非常重视,当时唯一的参考资料是从一本苏联说明书上拍摄的 6 张照片。太重派了工程师、技术员到大连与大连重机厂的技术人员一起设计,夏天去,冬天回,一直到 12 月,完成设计任务。

在制造过程中,为加深对结构和性能的了解,首先做了一台缩小到 1/10 的行车样机,接下来是攻克大梁焊接、卷筒铸造、吊钩锻造、齿轮箱加工、大小车装配五大难关,最后又克服了吊装试车的困难。1955 年 4 月,太重厂胜利完成我国第一台 50 吨大型桥式起重机的试制任务。在太重历史上,这台起重机的研发成功,被誉为研制发展新产品的奠基石。

今天的太重,生产的大型起重机产品不仅囊括了全部品种系列的冶金铸造起重机,而且生产的 450 吨、480 吨、500 吨、520 吨系列铸造起重机均为国内第一,国际领先。其中 460 吨以上的大型铸造起重机至今已生产了 70 多台,在国内市场拥有绝对占有率,还远销韩国、印度、沙特、中国台湾等国家和地区。

在这个领域，太重的对手是自己。每一台起重机的研制成功，都是对上一台的超越。2014 年 11 月 22 日，通过用户出厂验收的起重机，单钩起吊重量可达到 520 吨，由此刷新了冶金铸造起重机的世界纪录，极大提高了我国铸造起重机在领域内的竞争能力。作为宝钢湛江钢铁项目炼钢工程的主要设备，成为目前世界同类产品中起重量最大、轮压最低的冶金铸造起重机。其主要用途是在高温、多粉尘的恶劣环境下，完成 1600 多摄氏度钢水的吊运工作，其工作繁忙程度为起重机最高级别。

值得一提的是，这台设备采用了多项先进专利技术。采用了 4 根钢丝绳悬挂系统，当其中任意一根发生断裂时，能保证钢水包不发生坠落和倾斜，并对钢水包实时视频监控，避免了操作人员的视觉盲区。它还配备了最先进的电气变频调速系统，设有制动回馈装置和故障自动诊断系统，能够对起重机进行实时监测，及时发现运行异常，记录运行数据。整体技术水平国际领先。

2001 年 12 月初，起重机行业又创新纪录，世界上最大的两台 1200 吨桥式起重机在三峡工程中安装完毕，投入试运行，没错，太重制造。

这两台起重能力达到 1200 吨的起重机，跨度为 33.6 米，是世界上目前水电站建设中运用的起重量最大、跨度最大的桥式起重机。此外，这两台桥式起重机的桥架均为三梁式结构，主要由桥架、大车运行结构、1200 吨主小车、125 吨副小车、吊具、司机室、电缆滑线及电器控制部分组成，每台总重量达到了 1000 吨。

先进生产者代表团走进太重

1955 年下半年以后，我国出现了空前规模的社会主义建设热潮。为适应这一形势，积极动员广大职工为提前完成和超额完成第一个五年计划任务而奋斗，全国总工会于 1956 年 2 月 9 日召开了七届执委会主席团第十次会

议,作出《关于开展先进生产者运动的决议》(以下简称《决议》)。《决议》号召工会各级组织深入基层、总结经验、指导运动,积极支持先进生产者的创举,大力推广他们的先进经验,不断提高劳动生产率,加速社会主义建设的进程。

1956年4月,全国机械工业先进生产者会议在北京召开,这是新中国机械工业史上的一件大事,在当时被称为"中国机械工业历史上规模最大的一次交流先进经验的会议"。据资料记载,苏联方面也组织了一支先进工作者代表团参会,还在会上进行了现场表演。

会上,当时的第三机械工业部部长张霖之简明扼要地指出这次大会的意义:"中国机械制造业广大职工的任务,是要努力学习其他各国的先进经验,向科学技术进军,逐步把中国机械工业建成为一个独立完整的、现代的、强大的机械工业。此次会议就是为了总结各方面的先进经验,表扬先进人物,推动机械工业先进生产者运动广泛展开,争取提前完成第一个五年计划,把机械工业的技术水平提高一步。"

太重职工积极响应,很快就在厂内掀起了轰轰烈烈的先进生产者运动。那时,大家普遍认同,先进生产者运动的实质,就是在掌握技术、改进工作方法的基础上打破陈旧的定额、创造新的先进定额的运动;就是推广先进经验、组织广大职工群众向先进生产者看齐的运动。

1956年4月,苏联先进工作者代表团应邀来到太重,代表团成员沃兰佐夫、舒米林、库尔金、列昂诺夫等人,为太重带来了先进经验,还进行了现场技术表演,主要项目有高速铣齿、精刨代刮研、大车刀强力切削、机械攻丝等。这些技术能使生产效率提高5到20倍。在操作表演现场,太重的技术负责人、现场职工如饥似渴,目不转睛地盯着外国专家们的操作,希望也能掌握这些技术,提高太重自身的生产力,这样的机会可不常有。

后来,苏联代表团的副团长普拉托夫撰写了一篇文章,名为《苏联先进生产者和中国先进生产者的成就》,发表在《机械工人》杂志上,引起很大反响。文中对比了中苏两国同志的技能（如舒米林和盛利的切削用量与效率），指出中国的先进生产者已经掌握了在车床上进行高速车削的原理，但是在表面粗糙度等级指标上不如苏联的先进生产者。普拉托夫既肯定了中国生产者们取得的成就，也指出差距，鼓励中国生产者继续提升技能水平，他还谦虚地表示将努力向中国同志学习先进经验。

预应力混凝土结构和 400mm 宽刃光刀

在先进生产者运动不断发展的背景下，太重群众性的技术革新和技术革命也开展起来了。首先取得突破的是太重基建处，他们在建设一金工车间厂房时，实验成功了大型预应力混凝土结构，这不仅属于国内首创，全球也没几个国家有此项技术。这个成果一拿出来，立刻引起轰动，中央建工部的领导听说后，立刻组织人马前往太原，在太重召开了现场会，决定要在全国建筑行业中推广这一先进经验，这给了太重人很大的鼓舞，人们都铆足了劲头去搞创新。

前面说到秦文彬辞去团支部书记，响应号召回了二金工车间继续当工人。1957 年，一金工车间建成，秦文彬听从分配，调入一金工车间，被任命为副工段长。

1958 年，国家倡议"鼓足干劲，力争上游，多快好省地建设社会主义"，出台《工作方法 60 条（草案）》，着重强调了"不断革命"的思想，并提出要"把党的工作重点放到技术革命上去"。这年 5 月召开的党的八大第二次会议上确定了"鼓足干劲，力争上游，多快好省地建设社会主义的总路线"，全国迅速掀起技术革命新高潮。

1958 年是太重生产能力增长最快的一年。一年间，铸铁车间、铸钢车间、水压机车间、一金工车间、三金工车间、热处理车间、工具车间、锻压车间扩建，以及煤气站、制氧站、压缩空气站、总变电所等 14 项重点工程先后竣工投

产。

岁月穿梭中,听得见悠远时光里的猛烈回响。这是新中国无数自主品牌创业故事中的一个，更是新中国第一代创业者为国家富强迸发的劳动热情和大胆创造力。一大批高效率的生产闯将和技术革新能手涌现出来。

"秦大刀"就是在这个时期走向前台的。

"光刀是当时生产水压机立柱关键件的主要刀具。以前的光刀刀刃最宽30 厘米,我发明的这个光刀又加宽了 10 厘米,这种刀制造出来的零件光洁度好,废品率低,极大提高了零件加工精度,仅 1958 年一年,就为太重节约成本 320 万元。这项新技术迅速在全国推广,至今仍在广泛使用。"忆起当年,92岁的秦老眼睛里射出锐利的光芒。

靠这把 400mm 宽刃光刀,秦文彬赢得一生威名——"秦大刀"。

同一时代的机械战线上的英雄，还有在北京永定机械厂当钻工的年轻人倪志福,他的"倪志福钻头"创造性地将钻头磨成三尖七刃的形状,使钻孔又快又耐磨,还轻巧省力、排屑方便、寿命长、质量好、效率高。

"秦大刀""倪钻头",两个当年 20 来岁的年轻人,在全国先进道具观摩表演上会合了，秦老开心地回忆起当年两人在太原迎泽宾馆吃火锅的情形。"他比我小两岁,十年前、2013 年去世了。"说到此,秦老眼里现出黯然之色。

2023 年入冬后,我们寻访到秦老家中,92 岁的秦老耳聪目明,高个子,讲话声音洪亮,除了步履有些蹒跚外,根本不像耄耋之年的老人。他找出一本过去的影集让我们看,黑白照片上的他,穿着西装,高高帅帅的样子,站在一台大型车床前。"这是在德国学习先进技术时拍的。"当时的他已经担任了太重厂最大的车间—金工的车间主任。

钢水漫重机

全国人民在顺利完成国民经济第一个五年计划后，以新的步伐跨入第二个五年建设计划。在"鼓足干劲,力争上游,多快好省地建设社会主义"总路线鼓舞下,一个破除迷信,解放思想,敢想、敢说、敢做,争取在15年或者更短时间内让工业产品产量赶上英国、超过美国的"大跃进"高潮在各条战线迅速掀起。

在农村,小社并大社,大办人民公社,高潮一浪高过一浪。高指标、高速度,跑步进入共产主义以及"人有多大胆、地有多高产""不怕做不到、就怕想不到"的口号铺天盖地。粮、棉、油、菜接二连三放出高产"卫星"。

在城市,地方工业也相继与农业并举,实行书记挂帅,全党动员,土洋结合,两条腿走路。一个以钢为纲,带动工业全面发展的工业建设新高潮已经形成。转炉高炉遍地开花,钢水铁水到处奔流的日子即将到来。

1958年8月,中共中央政治局在北戴河举行扩大会议,号召全国人民尽最大努力,使钢产量飞速增长。同一时期,《人民日报》发表社论《土洋并举是加速发展钢铁工业的捷径》。社论说,最近一两个月来,全国各省市先后召开了地方工业会议或钢铁工业会议,打掉了对钢铁工业的神秘思想,确立了钢铁工业的"元帅"地位,订出了发展钢铁工业的跃进规划和措施,吹起了全党全民向钢铁工业大进军的号角。

北戴河会议离年终只有4个月时间,到8月底钢产量还只有400多万吨,离翻番的指标还差600多万吨。如何实现翻番? 正规的钢铁企业(大中型企业),即使一再加紧生产,所能增加的钢铁数量也有限。新增设备虽然可以增加一部分产量,但大部分当年不能投入生产。这种情况迫使人们把希望寄托在"小洋群"(注:"小洋群"和下面说到的"小土群",是指"洋法"或"土法"建起来的炼铁、炼钢、炼焦、开采煤矿、铁矿的小型生产设备群体)的身上,于是,一时间全国范围内掀起建设小高炉的高潮。从3立方米、8立方米、13立方米、28立方米到55立方米,到处都在抢建,有数据统计,这种小高炉,当年约建了6万座。建设小高炉需要大批钢板和鼓风机,生产时还需要大量焦炭和矿石。设备、材料、原料的供应都跟不上,因而小高炉的建设、生产受到客

观条件的限制,无法满足需求。

形势逼人,逼出一条走"小土群"的路子来:抢建土高炉。有的炉子用耐火砖砌成,有的则在山坡或路旁挖洞成炉,有的地方竟就地挖坑,倒入矿石、煤炭,点火炼铁。到了年底,这样的小土炉、小高炉建起24万座。

建设小高炉、小土炉,需要大量劳动力,除从机关、学校、工厂动员以外,不得不大量动员农民参加。小高炉、小土炉,需要大量矿石和煤炭,也要动员大量农民上山开矿、挖煤、砍树。

1958年9月9日,太重厂党委召开中层以上党员干部会议,党委书记传达了北戴河会议精神,动员全厂立即行动起来,尽一切力量投入支援"钢铁元帅"升帐的战斗。太原重机厂大炼钢铁的战斗序幕正式揭开。

在当时,太重仅有1台3吨电炉、2台30吨平炉能够用来炼钢,日产钢制品不超过200吨,但是上级下给太重的钢产量指标是日产635吨。这可不是努努力就能达到的,中间差了3倍还要多。为达成任务,小土群大炼钢铁运动在太重也红红火火地开展起来。

9月11日,经厂党委决定,成立了钢铁生产指挥部,党政机关科室的干部们除了每天正常上班外,晚上7点到10点要去参加体力劳动或处理白天未完成的事物。究其根本,是因为炼钢运动兴起,正常的工作秩序已被完全打破。据当时参与过的老同志回忆,那时候别说是星期天,连公休日都没有了,每天工作12个小时是常事,甚至有不少职工连续奋战昼夜不分,疲惫不堪的精神状态蔓延到整个厂区。

10月14日,《山西日报》发表一篇文章,让太重从上到下议论纷纷,文章名为《淮海钢水漫重机》,报道了淮海机械厂的日常钢量居然高达769吨!报道出来第二天,厂党委马上召开会议,进行赶超淮海机械厂的紧急部署。

10月18日,钢铁指挥部发布命令,决定在10月21日达成日产钢1100吨的目标。用"苦不堪言"都难以形容当时情况,各单位接到指标后,只能硬着头皮上。

10 月 20 日,达成目标的最后一天,指挥部发布总攻令,提出"大战苦战连夜战,让钢水倒漫淮海"的战斗口号。

10 月 21 日这一天,从零点开始,到 22 日零点的 24 个小时,全厂 10500 名职工都参与了这场声势浩荡的"夺钢运动"。除了厂里本来就有的平炉、电炉外,各种土平炉、土转炉,还有 642 个小土炒炉,统统开足马力,全力生产。那一天,究竟练出来多少钢,谁也没有具体统计过,但肯定远远超出 1100 吨的目标。

胜利了! 在这场人与钢的较量中,太重获得了太原市钢铁红旗单位的称号。当人们满面尘烟从钢炉上抬起头准备庆祝胜利时, 一连串问题接踵而至。

首先是正常的生产秩序和工作秩序难以回到从前, 规章制度在一段时期里居然被认为是无足轻重的,企业管理陷入一片混乱的状态。其次,产品质量断崖式下滑。大炼钢的"精神胜利",使不计经济效果的风气喧嚣至上。拿之前炼出来的钢举例,大部分都是土法炼钢,根本不能使用,就连正儿八经能炼出来钢的平炉、电炉,在人们的操作下,只要划开就匆匆出钢,完全达不到冶炼标准。除此之外,对人的影响是最大的。好大喜功、不切实际、报喜不报忧等不正之风迅速滋长,极大影响了全厂的生产经营。

"双革"促发展,生产迎高峰

1959 年,虽然太重厂近万名职工仍然置身于当时社会大规模的政治旋涡中,但是大家建设社会主义的革命热情并未被浇熄。各类劳动竞赛和"双革"运动,不仅为太重生产带来一个小高峰,还赢得捷报一张。这年 3 月,我国第一台最大的 1200 薄板轧机在太重试制成功,标志着新中国的工业技术水平达到了一个新的高度。成果的背后是一群创造成果的人。

在完成一季度生产任务过程中，全厂出现了以增产节约为目标的各种竞赛形式,如对手赛、关键赛、一条龙赛等。在这些竞赛形式中,对手赛的条件具体,目标明确,极大地调动了职工参与比赛的积极性,职工在竞赛中表现出了令人惊叹的创造性。

全厂百分之百的工段,百分之八十七的生产小组,百分之九十五的工人卷入对手赛的洪流之中。就连经济计划、设计工艺、生产调度、工具管理等业务的对手赛都陆续开展起来,人们都争着比一比谁更厉害,这在促进劳动效率的提升上起到了极大的作用。

举个当时的例子,锻压车间北五吨锤接到一批齿轮轴的锻造任务,按照过去的生产效率,一个班组一般能完成10根,工人们就拿这个任务开展对手赛,结果令人大吃一惊:第一班桂广同小组一下就完成了16根。第二班李广小组也不甘示弱,在细致观察了第一班的优缺点后,总结经验,一鼓作气竟然完成了30根! 第三班贺同居小组在取长补短后,甚至完成了更惊人的数字,32根! 就在这样的你追我赶中,最后创造了一个班组锻造47根的纪录。

随着劳动竞赛的广泛开展,竞赛形式更加多样化了。9月,又出现了全厂性的一条龙竞赛,被认为是广大职工在社会主义劳动竞赛中的创举。它不仅使对手赛、关键赛等形式深入持久地开展下去,而且使得上下工序、生产前线与技术后方、生产与后勤之间的各个连接环节更加密切, 使衔接更加流畅,激发了太重潜在的生产力。

这个时期,毛坯缺件大大减少,保证了产品快速成套,缩短了产品生产周期,机器产量不断增长,产品质量有了显著提升。前半年,每月平均产量只有1262吨,开展竞赛后,后半年平均月产量达到3044吨。在开展劳动竞赛的同时,技术革新和技术革命也同步开展起来,大量革新建议被提出、被实现,劳动力得以提升,生产任务得以迅速完成,资金得以节约,成本得以降低。

再举个例子,设计工艺部门那时掀起了一场以产品系列化、零件标准化和通用化为中心的"三化"巧干运动,简化了设计工艺中的许多重复性工作,明显提升了大家的工作效率,同时还采取了改进产品结构、减轻产品自重等措施,为厂里节约了大笔资金。

11 月,全厂职工又积极响应省委和市委提出的"大搞机械化、节约劳动力"的号召,围绕生产中的关键和薄弱环节,开展了以机械化、半机械化为中心的技术革新运动。到 12 月底, 取得明显成效, 全厂机械化程度由原先的55.8%上升至 57.9%,节约劳动力 516 人。

在蓬勃兴起的劳动竞赛和技术革新运动的推动下,1959 年整个重机厂的生产热情是一浪高过一浪, 各项主要经济指标都提前完成和超额完成了国家计划,完成总产值 10966 万元,比 1958 年增长了 95.67%,实现利润 2214万元。除此之外,这一年还试制成功重大新产品 14 种,取得的成绩令全行业瞩目。不过,也必须提一句,由于之前风气的影响,这个时期也依然存在着不顾产品质量、弄虚作假的错误做法。

话说自"双革"运动开展以来,1959 年太重厂整体技术水平有了明显提升,除掌握了不少大型复杂新产品的制造技术外,还掌握了油膜轴承加工、六拐曲轴锻造、冷轧辊热处理等技术,为进一步提升生产力,为国家制造更多、更大、更精密的设备打下基础。

1960 年,技术革新和技术革命运动的火苗仍在跳跃,这年 4 月,厂里召开了中共太重厂第四届代表大会,大会的主要任务就是发动全厂职工,开展以机械化、半机械化为中心的"双革"运动,胜利完成 1960 年的国家计划。

会后,一个以提升机械化水平,改善劳动条件,挖掘劳动潜力,提高劳动生产率为目的,以机械化、半机械化为中心的技术革新和技术革命进一步开展起来了。这一年,国家给太重肩膀上压了很重的担子,需要试制的新产品达到了 54 种,这也意味着需要增加 550 个劳动力。同时厂区二期扩建和其他项目在上半年也将竣工投产,这又需要增加 3000 多名劳动力,再加上其他方面的需要,经统计,这一年全厂共需要增加 4300 余人。但是,客观条件又不允许增添这么多职工,在国民经济遇到困难的环境下,唯一的办法就是挖掘企

业潜力,在技术革新、技术革命上想办法。

继续开展"双革"的另外一个重要原因,就是由于太重厂的基本建设尚未完全结束,不少设备还没有安装,机械化程度并没有达到预期设计标准,在热加工、运输等部门,笨重的体力劳动和手工操作的比重还很大,这也使得劳动生产率较低。

因此,装卸、搬运、锻工、铸造、清砂、上煤、出渣、原料准备等笨重体力劳动占比很高的工种中深入展开了双革运动,期盼改善这种情况。动力车间、三金工车间、水压机车间雷厉风行,率先下场。紧接着,全厂都卷入到这场运动中,形成"人人动脑筋、处处闹革新"的大好形势。

在"双革"运动中,涌现出了大量革新能手和生产闯将,共计 191 人,其中被选为市级先进的就有 38 人,省级 2 人。代表性的先进人物有:献"宝刀"、夺高产,革新成果宽刃光刀提高效率 20 倍的秦文彬;有年过半百不服老,大搞革新使车间机械化程度由 47%提升至 86%的李有福;有 1 人顶 20 人的工具车间女刨工郭改月;还有多次失败不回头,克服困难搞革新,试制成功万能自动剪断机和冲孔机的刘湘等。

随着机械化、半机械化水平的提升,基本解决了当时劳动力不足的矛盾。在运输装卸方面,实现了斗式联合装车、链条装车以及刮板、滑板卸车,使运输装卸机械化水平由 35%提升至 65%,节约劳动力 242 人。在铸铁车间,筛沙、运料、清铲、造型、浇筑等方面实现了局部或全部机械化,车间增产不增人,节约劳动力 45 人。

机械化、半机械化进程的提升带来的显著好处还有劳动条件的改善。工人们的劳动强度减轻了,比如在曾经的锻压车间,翻料需要使用撬杠,还离不开热钢锭烤,工人们每天都汗流浃背,而且十分危险。有了操作机后,工人们都说:"过去是寒冬腊月汗透衫,操作忙乱不安全;现在是站在一旁做手势,不烤不累又高产。"

第七章

光阴斑驳忆当年

度荒,度荒

据国家统计局、民政部编纂的《1949—1995 年中国灾情报告》记载,1959年全国出现了"受灾范围之大,在 1950 年代是前所未有的严重自然灾害",受灾面积达 4463 万公顷,且集中在主要产粮区河南、山东、四川、安徽、湖北、湖南、黑龙江等省区。1960 年,灾情继续扩大,北方持续爆发特大旱灾。进入1961 年后,大旱蔓延黄河、淮河和整个长江流域,河北、山东、河南三个主要产粮区的小麦比上一年最低水平又减产 50％。

在 20 世纪 60 年代,只能通过限量来维持生产和消费之间的平衡。某种程度上讲,太重是一家移民工厂,职工来自祖国的四面八方。在采访当年从南方过来支援的老同志时,很多人都讲过那个时候对山西食物的不适应。无休无止的窝头、玉米面糊糊、玉米面饼、玉米面发糕,还有各种红面制品,单调的面食生活让精粮、大米、肉、新鲜蔬菜、鸡蛋的诱惑变得无限大。但在自然灾害到来之时,这种不适应就变得微不足道了,因为,饥饿来了!

太重在那时也受到不小的影响。1960 年 6 月,由于连续的自然灾害,粮食短缺,全厂从上到下,没一个不是把裤腰带勒得紧紧的,硬抗着饥饿的灼烧感。人饿久了,长时间补充不到蛋白质和维生素,就很可能出现水肿现象。那时,全厂因为营养不良等原因引起的浮肿病患者达到 3900 多人。全厂这么多张嘴等着吃饭,不能干等着饿死,必须自救。

大规模浮肿病出现后,厂党委马上向上级打了紧急报告,积极采取自救措施。首先成立了营养食堂,经医生检查确诊浮肿病的患者,即可进营养食堂。一般的浮肿病患者,给予其主、副食补助,还在全厂开展代食品生产,主要是培养小球藻和人造肉精等。

1960 年的下半年,职工生活问题还是难以解决,且有愈演愈烈的趋势,厂党委下定决心要抓好食堂工作。当时全厂有 24 个食堂, 上灶人数高达 9000 人。党委提出"政治进食堂,干部下食堂"的口号,决定各单位支部书记必须要用 80% 的精力去抓食堂;各单位还必须要有一名领导干部专门抓食堂工作。到了 12 月 21 日,全厂有 41 名科级干部下食堂投入工作,并且还抽调了 52 名干部到食堂去加强管理工作。但是光抓食堂也解决不了粮食短缺的问题。为了执行"抓生活,促生产"的方针,也是为粮食的自给自足,太重办起农场。这一年间,种植了粮食作物 575 亩,收获高粱、玉米、黑豆等 14.7 万斤;种植薯类 161 亩,收获山药、红薯、南瓜等 12 万斤;种植蔬菜 230 亩,收获白菜、萝卜等 44 万斤,这些食物在荒年起了大作用。

1961 年,山西省委提出,要发扬南泥湾精神,大搞副食品生产基地。我们知道,南泥湾精神的核心和本质就是艰苦奋斗、自力更生。当年,八路军 359 旅进驻了作为陕甘宁边区南大门的南泥湾,一边练兵,一边屯田垦荒。由于条件艰苦,生产工具不够,在没有专业技术人员的情况下,用废铜烂铁打造工具。战士们还根据山地和平地的不同情况,创造发明了不同的开荒方式,解决粮食和蔬菜供给的同时,战士们又搞起畜牧饲养业,养了牛、羊、猪、鸡、鸭等家畜家禽,满足了大家吃肉的需要。后来还开商店,办合作社,搞多种经营,坚持农工商并举,解决了部队其他生活用品的供给问题。

在深入调查研究后,太重组织了 600 多人的开荒队伍,这批开荒队伍在太原市北边的阳曲县东郭湫村奋战了 23 天,开荒 2523 亩,种秋粮 1352 亩,种菜 1171 亩,成为太重职工抗灾度荒的重要基地。

这边种地,那边生产。1961 年 5 月 21 日,我国第一台 4 立方米电铲在太原重型机器厂试制成功,时至今日,这台电铲仍然在内蒙古赤峰市平庄煤矿服役中。1961 年,太重的研发成果还有为三门峡拦河大坝试制成功的中国第一台 350 吨门式起重机,及中国工业史上第一套火车轮箍轧机。

从 1959 年至 1961 年,自然灾害持续了三年,国家为减轻城市粮食和副

食品供应的压力,决定动员城市人口下乡,减少城镇人口,发出《关于精减职工工作若干问题的通知》。根据中央和省委市委的指示,太重从1961年开始精减职工的工作。那年11月21日,全厂第一次精减职工3117人,占全厂职工总人数的25.5%。您没看错,这些人全部卷起铺盖拖家带口回原籍务农了,短短几个月,全厂职工骤然减少1/4,居然没有引起轩然大波,大家都很配合,足见那个年代过来的人们愿意为国家分忧的精神高度,以及对党和国家的充分信任。

采访太重金牌工人林克西时,他提及自己的家庭就是那年被精减回福建老家的。林家的故事有点年代剧的感觉,让我们来听听。

在太重,林克西算是"重二代",他的父亲叫林友大,福州世家子弟,家境优渥,1949年考入福州大学,1952年毕业,算是新中国培养的第一届大学生,因那时国家急需人才,所以大学学业是三年。

1952年,从福州大学毕业后的林友大,和同班二十几个毕业生一起登上福建开往北京的火车。火车一路前行,分配到不同城市的同学们一路下车,到北京时,还余下3人,两位留在了北京,林友大一人来到太原。

问及林克西他的父亲在后来的岁月中有没有和这二十几个同窗再聚首,他说不上,只知道太重当年似乎没有福建同乡,只来了他一家。他的父亲是2015年辞世的,母亲前不久也就是2023年11月4日刚过世,95岁高龄。

之后某一天,偶遇福州大学山西校友会的朋友,给他讲了林友大的事,朋友觉得特别遗憾,就在太原城,还有这么一位前辈校友近在咫尺而无缘相识,消息来得太晚了。

再说说林克西的母亲,叫张翠玉,1950年考入厦门大学,1953年毕业后分配到北京,1955年同林友大结婚后调到太重厂。在林克西母亲的记忆中,太重厂过去的厂名叫444厂,翻阅了太重厂史,并无关于444厂的记录,还需再行寻访。

1957年5月27日,太原重机给他们一家分配了住房,是北区新六家的平房。林友大那时在太重是搞生产计划的高级经济师,张翠玉在会计科,后来调到基建科工作。算上1961年下放回福建原籍,林家前后下放了两次。

"我小时候没什么朋友,出身不好,父亲上高中时还是民国,就像现在加入共青团一样,新中国成立前父亲加入了三青团,因为这点儿问题,'文化大革命'时被边缘化。我的外祖父是在福建当地学校教国文的,国民党党员,解放后被打成历史反革命,罪名是'为国民党培养反动人才'。我妈生我那年每月挣70元,要寄回福建老家40元给家里做生活费。记得小时候只要一来运动,我爸我妈就成为'运动员'。"

在林克西的回忆里,1961年算第一次下放,全家搬回福建原籍,1962年年底重返太重,从原来的平房搬进苏联楼。那时一套房住两户,厨房、卫生间两家合用,林克西和姐姐都已出生,四口人住一间,另外一家住的是一个套间。1968年,林家夫妇又二次被下放到古交,一待就是两年,1970年9月15日回来的,林克西记得很清楚,因为那天是农历八月十五。

"我是太重生、太重长,小学上的重机子弟南校,17岁插队,21岁恢复高考后上了太重技校,1980年进厂,正式成为太重职工。到我们这一代,太原早就是第二故乡了。"林克西自己的故事放到后面讲。

且说当年,吃饭凭粮票,饺子只有大年三十才能吃上,从小孩到大人,脸是菜色,身体如豆芽菜,从大学生变工人,从工人又变回农民,但人心是笃定的,信念从来没有走远,因为信念的另一面叫希望。

问题有多少,办法就有多少

20世纪60年代初,根据上级指示,太重开始了企业整顿,重点放在"三定""五定"上。"三定"指的是定任务、定设备、定机构人员;"五定"是指定产品方案和生产规模,定人员和机构,定原材料、燃料、动力、工具的消耗和来源,定固定资金和流动资金,定协作关系。

所谓"三定""五定"可以说是基础的管理工作。实际上,在当时部分国企存在着组织臃肿、部门扯皮、人浮于事、冗员较多、人岗错配、人工成本高、工作效率低等突出问题,这些措施能为解决以上问题打下好基础。

但"三定"绝对不是粗暴裁撤部门、简单削减岗位、僵化控制编制、直接或变相裁员,而是以战略为指引,控总量、优结构、提效率,建立组织和人力资源的刚性约束机制,推动"事、岗、人、薪、绩"的匹配,推动企业优化资源配置,解决组织臃肿,消除人浮于事,降低人工成本,提高经营效率。

为了将"三定""五定"推行下去,太重厂先后发动群众进行了"十查":查劳动定额、查生产任务、查设备、查物资、查工具、查动能供应消耗、查原材料及外购件、查运输能力、查技术准备、查人员机构。经过 40 多天的推进工作,将 1962 年的劳动定额水平核定出来了。1962 年 3 月初,全厂 13 个主要车间中共查出 1293 个问题需要改进,等于初步摸清了生产技术中的主要问题。

当时提出了"边查边定边改边建"的方针,为了尽快提升生产能力,大部分车间还将任务落实到了工段或班组,根据任务情况,封存了 287 台设备,抽调了 160 多名职工去充实薄弱环节。

当时,山西省委还专门派来了工作小组,和厂里一道组成"整顿企业、贯彻工业七十条"试点工作组。为尽快摸清情况、贯彻方针,工作组到一金工车间、铸钢车间的一线去进行试点。与此同时,编制下发了全厂的"五定"工作计划,对广大职工进行了动员。

"三定""五定"为进一步整顿企业创造了条件,但由于一些原因,并没有彻底改变企业管理中的混乱现象,完整的生产计划管理体系也未被建立起来。因为 1962 年 3 月后,厂党委将工作重心放在了甄别平反、精减人员上,顾此失彼在所难免,因此在"五定"中并没有查清本厂的综合生产能力。

1962 年在太重发展史上是生产经营最困难的年份之一,甚至有几个月连按时发放工资都做不到,全厂商品销售亏损近 40 万元,加上营业外损失净亏 156.68 万元。造成亏损的原因是多方面的,按太重厂史上记载,主要有以下几点：

一是经济大环境的原因，生产任务大幅减少，全年仅接到 7096 吨的机器产品生产任务，大型锻件 6500 吨，要知道当时全厂的年产量能达到机器产品 24000 吨、大型锻件 45529 吨，生产力根本得不到有效释放。后来，就连这点任务也没保住，部分单位由于经济调整提出退货，最后只剩下 3181 吨；

二是工业战线缩短带来的材料、成品、半成品大量积压；

三是停工损失和废品损失；

四是生产效率低，主要是职工在精减中思想情绪波动大所导致的，结果是任务虽少了，但还是完不成；

五是浪费漏洞大导致的，包括水、汽、油、电等均很严重，也就是我们常说的"跑冒滴漏"。当时有个统计数据，一季度的日耗水量达 12600 吨，比设计水平超出 94%。

首任厂长郭万夫就是这个节骨眼上由一机部调回太重厂的，任命为党委书记，一上任大刀阔斧，掀起了一场声势浩大的以"增产节约、转亏为盈"为主题的群众运动。

郭万夫给出的解决方案是：问题有多少，办法就有多少！

一是增加生产，扩大收入。当然不是一句话，郭万夫创新式的搞了一个揽活组，全厂抽调干部 20 多人专门到各地去揽活，光靠国家计划是不行的。

二是清理拖欠，增加盈利。厂部以经营副厂长为首，组成清理拖欠领导组，采取发函催收和登门拜访等方式，几个月下来，收回欠款 1500 多万元。

三是改进工资奖励制度，实行计件工资、计时超额和综合奖三种，极大调动了工人积极性，促进了劳动效率的提高。

四是加强生产技术管理和经济核算，把节约指标下达到车间。

三季度开始转亏为盈，下半年除弥补了上半年的亏损外，还盈利了 80.4 万元。接下来的好消息是，1963 年初，经过"三定""五定"，部局工作组来厂落实了太重的设计生产能力，机器产品年产量总计是 54000 吨，对比上一年度，

机器产品的生产任务只有 7096 吨。1963 年,郭万夫带领的太重厂注定是要摘掉亏损厂帽子了!

这期间要补充一件大事,就是苏联专家的撤离。1960 年 8 月,苏联政府背信弃义,单方面撕毁合同,撤走专家,当时在太重厂工作的苏联专家还有考茨列夫等 3 人。

从 20 世纪 50 年代在山西省人民委员会苏联专家工作处工作的杨建峰同志回忆录中,我们可以了解到当年的一些情况。

全国范围来看,中央在山西安排的苏联援建项目在各省当中是比较多的,军工生产体系有各种火炮、枪弹、火药、柴油机、仪表、鱼雷以及飞机、坦克、舰艇配件等;民品项目有蒸汽机车、重型机械、火力发电、水泥制造、矿山设备、地质勘探、矿山冶炼等。随着项目的陆续开工建设,大批苏联工程技术人员抵达山西,直至 1960 年撤走时,累计有上千人次在山西工作,如果加上苏联专家的家属,人数就更多了。

在杨建峰同志的回忆录中,苏联派出的专家不仅专业技术过得硬,政治素质也很高,多数专家都是党团员,有的还是"五一劳动奖章"获得者,有的是生产一线的技术能手。专家组的团支部、工会组织也都很健全,内部还有一个行为准则,共 20 条,违反了纪律要受处分。专家组每周也要召开一次例会,总结工作,学习文件,他们内部也有思想斗争,有时还很激烈。

苏联的这些专家们与中国人相处共事很顾全大局,处处以中苏友谊为重,以两党利益为重,工作上不含糊,要求跟班技术人员很严格,每个人都有着强烈的使命感、责任感和紧迫感,都想尽快传授技术,培养出人才,完成好任务。

当时有一个细节是,苏联专家得到回国的通知要比山西省人民委员会苏联专家工作处接到的通知晚一周。专家们当时没有一点思想准备,都和往常一样,按时上下班,兢兢业业投身到生产一线。突然通知"停止工作,一周时间内全部撤回",对专家们来说特别突然。每个人都陷入迷惘,百思不解。

令人感动的是,在依依惜别之际,专家们知道和他们朝夕相处并肩工作的中国同事们最需要的是什么。于是,讲课的专家,加快了速度,努力把重要的、核心的东西讲完;设计战线上的,有的在握手拥抱告别时,把一些技术数据写成小纸条偷偷塞进中方人员手里;有的在告别舞会上暗示,所有资料你需

当年的建设场面

要什么留什么,于是我方人员连夜复制资料。

杨建峰写道:

在车站送行时,有组织的人员去了,没组织的人员也自发去了,工人、市民、服务员也去了。激动的场面难以形容,美丽的鲜花,美好的祝福,惜别的泪水,重逢的期盼,谱成了一曲友谊的乐曲,在站台上空久久的回荡着……

工业学大庆

"工业学大庆"是1964年党中央对全国工业战线提出的号召,号召全国工人阶级发扬"大庆精神"。

1963年底,经过三年多的奋战,位于东北松辽盆地的大庆油田完成探明

和建设,结束了中国人靠"洋油"过日子的时代。以王进喜为代表的大庆人,吃苦耐劳,公而忘私,使大庆成为我国工业战线的一面旗帜,得到全国工业交通战线的崇敬和学习。

1964年2月5日,中共中央发出通知,号召全国其他部门学习大庆油田的经验。此后全国工业交通战线兴起了学习大庆经验的运动。2月13日,毛泽东在人民大会堂的春节座谈会上发出号召:"要鼓起劲来,所以,要学解放军、学大庆。要学习解放军、学习石油部大庆油田的经验,学习城市、乡村、工厂、学校、机关的好典型。"随之,"工业学大庆"的口号在全国传播。

1965年11月17日至20日,太重厂第五次党员代表大会召开,党委书记梁生林作了题为《深入开展增产节约活动,大搞企业革命化,为把我厂建成一个大庆式企业而奋斗》的报告。梁生林是1964年4月调来太重接任郭万夫党委书记一职的,郭万夫再次调回一机部。

在太重厂史中,这一年"学大庆"的重点抓手是产品质量。采取的办法是放手发动群众,揭发产品质量落后的根源。"领导干部要数量不要质量""工人马虎凑合,弄虚作假,互相包庇,骗取奖励""检验人员收礼受贿,高抬贵手,滥用职权"等,均成为产品质量低、返修和废品损失大的直接原因。

写到此,心生感慨。太重的第一本厂史,记录了1950年至1985年间35年的历史,字里行间,真情实感扑面而来。如其前言所述:太重的历史,是一部自力更生、艰苦奋斗的历史,也是一部战胜重重挫折和灾难的历史。有可歌可泣的英雄业绩,有胜利的欢呼,也有切肤之痛。一部厂史,就是要把太原重机厂所走过的路,所取得的成就和经验教训,真实地系统地介绍给全厂职工和关心我国重机行业发展的人们。

只有正视历史,只有反思,才能进步。历史是不需要涂脂抹粉的,能正确对待历史,才是一个民族应有的自信,也是一个民族文明成熟的标志。

曲折前行的十年

是金子在哪儿也闪光,当年秦文彬不当团干当工人,回了二金工,发明了宽刃光刀,又调到一金工当了副工段长。一金工当时要选车间主任,人选有两个,一个是他,另一个叫聂平。

"当时要从我和聂平中选一个,聂平是上海交大毕业的,口才好,学历高,技术强,车间的意思是让聂平上,我也十分赞成。但后来因为某些事情,我当了车间一把手,聂平当了副主任。"

1966 年,一个不堪回首的特殊年份,太重的生产秩序受到严重冲击,因为一金工车间主任的身份,秦文彬还"有幸"当了一回"走资派"。"我就戴了一天的帽子,后来因为我不搞人事,不搞后勤,只管生产和技术,就躲过一劫。当时太重的重点工作是生产水压机和轧钢设备,800 多人中,一半人不上班,我和车间书记两个人心里急啊,惦记着生产,还照常每天往厂里跑。直到有一天,大概十点半左右,造反派拿着棒子、镐头,把我俩抓走了,打我脑袋时,我用手一挡,手被打断了,当天晚上送到医院治疗。记得被打时听见现场有人喊,'别打了,他不管后勤,不卖红薯,不卖土豆',第二天休息了一天,第三天我就挎着背带上班了。"

正因为太重有不少像秦文彬这样一心为厂、全心爱厂的老职工,1966 年还是全面超额完成了国家计划,并且还试制成功了包括 4500 吨立式冲孔水压机、25 吨米对击锤、直径 150 毫米冷轧管机等 19 种新产品,每一种都算是新中国历史上的第一台。

接下来的各种运动中交织着"工业学大庆"的运动,热衷运动的去搞运动,坚守岗位的继续坚守着,血的教训不断涌现。

1967 年 6 月 12 日,动力车间第一废气室里,由于采暖季后车间忙着搞运动,未及时调整管路,高压气窜入低压管道,废气管爆开,大量蒸汽冲出,将三级钳工郭新民、三级焊工王信琦、三级劳力工杨毅烫伤死亡。11 月 7 日,

铸钢车间浇铸工李春根指挥吊运 40 吨钢水包,一个吊钩滑脱,钢水包翻落,当场烧死 2 人,烧伤 7 人,其中 2 人经抢救无效也死去。

往事不堪回首。

第八章

岁月如沙时代迁

到部里领任务

前文中有写,从 1954 年开始,中央决定太原重机厂的生产要正式纳入国家计划,由国家计委审批,并给太重下达了为国家重点工程项目试制新产品的具体任务。当时这个命令一下达,全厂上下激动万分,大家一想到自己的产品能在那些重点工程中起大作用,纷纷铆足了干劲。

计划经济,顾名思义是有规划、有计划地发展经济。在计划经济下,三个传统的经济问题——生产什么、怎样生产、为谁生产,都由政府来决定。前面我们提到过一个故事,当大家发现太原重型机器厂和富拉尔基第一重型机器厂的主要产品重复时为何那么紧张,又是调研又是请来苏联专家,就是为了避免重复建设,造成生产资源浪费,本质上是计划经济大背景下,两家重型机器厂需要根据国家计划按需生产的问题。

苏联,其在斯大林时期优先发展重工业,进而带动了基础设施、教育、医疗、轻工业、农业的发展。在重工业领域,优先发展机械工业,大规模发展冶金产业。从发展社会生产力方面来讲,计划经济在一定程度上行使了工业革命的职能。对当时的中国来说,苏联可以作为一个很好的对标案例,以此发展中国自己的计划经济,提升国力。

新中国成立初期在中国基本形成的这种具有中国特点的计划经济体制,可以说起到了积极作用。当时我国的经济发展水平低,建设资金严重短缺,在国力有限的条件下,运用这种行政集权的计划经济体制,可以保证把有限的资源集中到重点建设上,奠定了国民经济良性循环的物质基础。

在第一个五年计划时期,正是由于国家利用手中的行政力量对重点建设项目进行集中统一的管理,才建成以苏联援建中国的 156 项工程为中心的 694 个大中型建设项目和一些骨干企业,太原重型机器厂就是位列其中的重点企业。

好的结果是,使中国建立起比较完整的基础工业体系和国际工业体系的骨架,积累了经验,培养了干部,为国家工业化奠定了初步基础,从而为国民经济的长远发展创造了有利条件。

那时太重有个计划处,一听名字就知道这个处室的工作和计划经济脱不了干系。一般来说,机械工业部会不定期组织相关企业开工作会议,有时几个月开一次会,有时一个月开几次会,下达生产任务,汇总各企业的生产完成情况。

前面写到两次下放的林友大就是计划处职工,林克西回忆父亲年轻时每个月都会去一趟北京部里,领太重的生产计划任务。遗憾的是,林友大先生已于数年前过世,自是无缘采访了,有幸的是我们见到了另一位太重计划战线上的老同志王爱玉。

1956 年,24 岁的党员王爱玉了解到太原重机厂需要人才支援的消息,毅然从上海奔赴而来。

"那时候思想简单了,认为哪里都和上海一样,来了之后发现这里环境是这样的,吃食上也不习惯,背着人哭了好几回,几次想去找厂长调回上海,但也就是想想。我是党员,既然来了,就要在这儿干出点样儿来。"

她那时任计划处综合统计科科长,这个职务在当时就是负责汇总全场生产数据,并从上级单位领取生产任务,总的来说就是上传下达。

领任务说起来简单,其实里面门道不少,是有一定讨价还价空间的。如果领回来的任务太少,那么经济上就会亏损,这么多工人不能喝西北风去;如果领回来的任务超出了生产极限,最后导致完不成更是大麻烦,怎么对上交代?所以这个工作确实也不是一般人能干的。

一次,王爱玉接到上级通知,赶往厦门参加一机部组织的工作会议。会上,各大重机厂、机床厂等企业代表轮番汇报上个月的生产经营情况,并根

据相关数据领取后续的生产计划。王爱玉是个谨慎的人,她从不率先发言,总是要先听听其他企业的情况。除此之外,每次她的数据准备都很充分,有时会据理力争,为重机厂争取合适的生产计划。会议结束后,她又匆匆赶回太原,组织全厂生产相关的负责人一同研究生产计划。她照例通知了厂长,可厂长却因为其他事没来参会,这让她觉得很是不妥。那时的人们都是一门心思搞生产,没有太多弯弯绕的心思,王爱玉觉得厂长没有参会就没法第一时间了解生产计划,作为领导,应该起好带头作用。没多想,王爱玉就直接敲开厂长办公室的门,向他提意见。

"领导,我认为这个会你以后应该参加,生产计划领回来了,你应该了解,而且哪怕你出席讲两句话,也是对大家的一种鼓励,让大家好有劲头搞生产啊!你不出现,大家觉得你不重视,肯定会上行下效。"

厂长听后觉得很有道理,并没有批评王爱玉的"以下犯上",反而认为她讲得很好,以后就这么办。后来厂长见了王爱玉,都笑着和别人介绍她,"小个个,能量大"。

问及王爱玉同志:"你当时怕不怕领导给你穿小鞋?现在可没什么下属敢这么谏言啊!"王爱玉笑笑,"那时候我们都一门心思想发展,只要对太重、对国家好,哪怕你骂出花来,都不放在心上。现在可不一样喽,时代变了,人心变了,也不知道是好是坏呀!"

既然讲到这里了,就再顺着王爱玉的回忆讲讲当时发生过的故事。每个月1号上午10点以前,王爱玉办公桌上的电话都会准时响起,这是一机部打来的,要求汇报上个月的生产经营情况。

这一天,王爱玉照例汇报完,对面又问了一个问题:"××产品的生产现在到什么进度了,具体是什么情况,你们领导在不在?"这一下把王爱玉问住了,这个数据下面的车间还没有报送过来,领导倒是在,看来一机部很关注这个产品呀,最好马上和领导汇报一下,有了结果,就赶紧给一机部的同志汇报清楚,省得对方在线上等。那时候太重的党委书记是梁生林,他的办公室就在计划处对面。王爱玉敲了敲门进去了,不承想梁生林的办公室里正坐着一堆人,"你来干啥,正开会了,快出去!"梁生林不客气地说道。这让王爱玉有些委屈,一机部来电话,她又不能不汇报,只能硬着头皮把话讲完。

"一机部,要问××产品情况怎么样,还在线上等着呢。"

"我们正在开会研究这事儿!先等着。"

"产品是工人师傅干出来的,还是开会研究出来的?上面的制度到底是谁不执行?"

随后王爱玉把门挂上就冲出了办公室,出来就哭了。

一会儿,厂里的总工程师庄国绅和分管生产的副厂长胡才福过来了,纷纷劝王爱玉,"哎呀他(梁生林)这个人就是这样,一开会就会批评我们"。梁生林据说脾气急,有时着急了语气就会重点儿,这不王爱玉正好撞枪口上了。

后来,计划处开支部会议,梁生林书记居然破天荒地来了。大家你看看我,我看看你,互相挤眉弄眼,谁也不知道他为什么来,还以为发生了什么大事。这时支部书记站起来说:"好,现在人都到齐了,先请梁书记讲几句。"

让人没想到的是,梁书记开口说:"今天我来参加你们的支部大会,是来向小王道歉的,我这个人老毛病不好改。"

这一下把王爱玉整得很不好意思,心想:"这么大一个领导,完全可以私下找我谈谈,或者压根不理我都行,居然到支部会议上当这么多人的面给我道歉。这个领导不一般呐,不仅尊重群众,还能弯下腰低下头,深入群众中来。"

现在回头看,那个时期的国有大中型企业很有人情味,厂二代、厂三代在一起,大家都以子弟相互自居,太原是工业城市,企业子弟人数庞大,其中又以太钢子弟、太重子弟及各兵工厂子弟等为多,如果在外面出差,或不同场合聚会上,碰见同一个企业的,大家都是子弟,会立感亲切。

大企业 小社会

一座城市空间的形态在很大程度上取决于生产方式，这也就是城市与农村之间的区别之一。我看到有一份 2018 年的统计报告称，中国村落的平均人口为 800 余人。而一个以大型工厂为核心的社区人口动辄过万。

国企改革之前，遍布全国各地的大型国有企业，大都是一个"五脏俱全"的"小社会"模式。企业管理和党群等职能处室的工作范围事无巨细、面面俱到，基本上是地方党委和政府有什么机构和部门，除了公检法司外，企业一般都有设置。

厂党委下设办公室、组织部（统战部）、宣传部、武装部、公安处等部门，还有工会、共青团、计生办、科协等群团组织。很多企业还有自办的厂广播站、厂报、有线广播电视台等。厂矿医院、子弟学校，以及托儿所、幼儿园、离退部等也都是标配。再大一些的企业，如鞍山钢铁、大庆石油等，整座城市就是钢铁之城、石油之城，和企业的关系是你中有我、我中有你。

在太原城的西边、北边，工厂、工厂配套生活区鳞次栉比。可以说一个大型企业，就是一个完整的社会。一个大型企业，职工及家属的生老病死，企业都管了，在一定意义上能够让职工们无后顾之忧地全身心投入生产中，其中发挥的积极作用不可小觑。人们在这里工作、生活，是一个典型的熟人社会。

本书的采写过程就得到了太重离退部的大力支持，我们的很多采访都是在位于前进路东巷苏联楼旁边的离退部办公室里完成的。

1950 年建厂时，太重职工宿舍、太重职工医院也开始同步筹建，老太重人都熟悉的老八家、老六家、新八家三种家属宿舍和苏联专家楼都是第一批的职工福利性住房。

太重医院的前身最初是在几间平房里建立的医务室，后来随着企业规模的扩大，厂部决定成立职工医院，从上海购回大批医疗设备，第一批医务人员也相继从北京、上海等地来到太原，那是 1953 年。

1974 年 5 月 8 日,一机部以【74】计设字 036 号文批准太重新建 200 张床位的医院 1 座。1981 年,新的太重医院建成,全院开设病床 283 张。

为了满足职工子女就近入学参与基础教育的需要,太重还成立过太重子弟学校。从建厂以来,从无到有、从小到大,发展为 2 所中学、2 所小学。有意愿的职工子女可以选择就近入学,解决了大家的后顾之忧。

拿太重第一小学来说,其前身是太原重机厂子弟学校,创建于 1951 年 9 月。随着职工子女人数的增多,在 1958 年设立了初中部。这个初中部于 1961 年又剥离出去,单独成为太重中学,也就是如今太重一中的前身。后来为了解决更多职工子女的教育问题,又于 1977 年创立了太重二中。

太重一小建校后,曾被太原市教育局确定为对外开放的企业学校之一,在 1977 年被评为山西省教育先进单位,1990 年荣获太原市"企业办学先进单位",1996 年被评为太原市实施《义务教育法》的示范单位。

太重二小是从一小剥离出来的,成立于 1971 年。从 1974 年 3 月起,又在小学教育的基础上增设了初中,后来随着学生人数的不断增加,1997 年太重将厂里的老招待所拿出来分给学校,将其改造成了二小的分校,解决了校舍紧缺的困境。

除了中小学校,太重也没落下幼教事业。20 世纪 50 年代建厂初期,就在厂大门内西侧的平房内开办过托儿所,解决女职工哺育婴儿的问题。1953 年,又创建了北区幼儿园,1965 年建成了南区幼儿园。后来由于厂内政策调整,延长了女职工的哺乳假期,婴儿入托逐渐减少。到 1997 年,厂内托儿所取消,职能合并到北区幼儿园。

除了子弟学校,太重还有自己的三产,有安置残疾青年就业的福利厂,还有太重宾馆、生活服务公司等,都是为职工家属提供服务的单位,其社会属性都很强。在太重这个庞大的社区中,几何线条明确的楼群构成了一幅理想中的工业文明社会之图,即便是远远望去,仍能感觉到工业精神的余威,它们如刀锋一般切割着大地。

从技校到大学

光绪七年(1881),河北省唐山市,由河北开平矿务局修建的中国第一条运货铁路唐胥铁路开始动工,这条铁路的修建不仅开启了中国铁路建筑史的发展,也开启了一个全新的办学模式。

这一年,河北省开平矿务局为了改变创办初期全部使用外国工程技术人员的局面,创办了一个专门训练采矿和煤质化验人员的学校,即采矿煤质化验学校,中国教育史上第一所企业创办的学校出现了,自此揭开了企业办校的序幕。

新中国成立后,国家百废俱兴,部分企业为满足自身对技术工人的需求,纷纷办校,补充政府办学能力的不足。太重作为新中国为数不多的大型企业,需要的技术人才很多,仅靠外面支援是远远不够的,走自己培养的路子势在必行。

1951年7月25日,中央重工业部正式批准组建太原重型机器厂技工学校的方案,第一批学员有110人,分为机、钳、锻、铸、冷作、放样、电焊、木模八个工种。在学习了16个月后,于1952年11月毕业,正式参与太重生产。太重自己培养的这些人才,后来大多成了生产骨干,一部分还成了管理干部、技术干部,甚至进入高层领导班子。

随着厂区建设的不断完善,越来越多的车间开始投入生产,所需要的人才也越来越多,技工学校的规模也随之扩大。1954年初,学校由太重划归第一机械工业部教育司领导,更名为"一机部太原机器技工学校"。

1953年到1956年,新中国进入经济、工业高速发展期,各地纷纷建起工厂,人才需求旺盛,太重技校也乘此东风迅速发展起来。在理论教学、实习教学以及教学管理等方面,全面学习苏联的办学模式,同时与实际相结合,制定了一整套有效的教学、实习管理制度,建立起较为正规的教学秩序。在这个阶段,招收了四期学生共 1500 余人。一方面自己培养,一方面走出去学习。从 1954 年起,太重还选派多人前往苏联学习管理和技术。

1958 年,学生和教师们根据上级要求,承担支农产品等生产任务。9 月,"大炼钢铁"开始,为了配合太重完成"保钢"任务,学校成立了炼钢指挥部,全校师生吃住都在炉旁,度过了一段激情澎湃的日子。这一年很特殊,学校没有进行一堂课堂教学,但是师生们居然在完成"保钢"任务之余,生产制造了锅驼机、钻床等八种产品共计 2204 台,创造了 100 万元的利润,实现了经费自给。不过,这是以停课为代价换来的"成果"。

1959 年,"教育革命"开展起来。在学校实习工厂的基础上成立了"太原青年机器厂",实行独立核算,自主经营。这么一来,虽然实现了盈利,但是本末倒置,师生的主要精力不在课堂教学,而在产品制造上了,一般意义上的教学秩序被摧毁,更谈不上教学质量了。

1960 年 4 月,学校自筹资金,建成了面积 2140 平方米的冷加工车间、综合车间、钳工车间、油料库和变电室,增添了必要的生产设备,将实习工厂的规模扩大到能容纳 1000 名学生实习。

这期间,太重职工业余学校、业余大学、职工大学也相继成立起来。

时间来到三年困难时期,根据"调整、巩固、充实、提高"方针,一机部于 1961 年 6 月下文要求停办太重技校,改办中等专业学校,更名为"太原重机学院中专部"。

中间风风雨雨,学校名称也是换来换去,直到党的第十一届三中全会后,太重技校才进入新的历史发展时期,重新焕发出青春活力。那时候,学校最主要的任务就是恢复正常教学秩序,重建教学环境。

后来获得"太重金牌工人"称号的林克西就是恢复高考后考入太重技校的学生。"我是太重生、太重长,小学上的重机子弟南校,17 岁插队,21 岁恢复高考后上了太重技校,1980 年进厂。"

太重另一位"金牌工人"薛利欣是 2007 年入学太重技校的,他的吃苦精

神、对待学习的刻苦程度给技校老师留下深刻印象，在校期间就被技校确定为参加"山西省第七届技工院校技能大赛"选手，夺得焊工中级组个人第二名。毕业后光荣地被太重集团录取，成为产业工人队伍中的一员。

1980年，《关于中等教育结构改革的报告》指出，"实行国家办学与业务部门、厂矿企业、人民公社办学并举的方针"。这个时期，越来越多的企业投身教育领域，一时间，企业办校空前繁荣。而真正将企业和职业学校紧密连在一起的是国家统一招生与分配制度。

经过几年的休养生息，太重技校得以缓过一口气，1979年至1984年间共培养了1277名毕业生，为企业输送了一大批优秀的生产技术工人，很快成为机械工业系统和山西省最优秀的技工学校，许多工种在全国性统考中都名列前茅。

到20世纪80年代末，全国有技校4184所，其中企业和企业主管部门办的占80%以上，遍及机械、电子、能源、交通等22个部门和系统，近50个工种。

随着国家"分离企业办社会的职能"政策的实施，《158所企业办校改"嫁"太原市》《兰州市接管36所企业学校》，越来越多政府接管企业办校的新闻出现在媒体报道中。这个时候，除极少部分实力雄厚的国有企业举办的职业院校能够保留下来外，大部分企业都将学校转交给地方政府来管理，或者改建为企业内部的培训中心，太重技校也不例外。1999年5月，太重技校与职工夜校、职工大学等合并组建为太重培训中心，划归太重社会事业发展总公司领导和管理。

记得采访秦文彬老先生时，他称自己一辈子是不吸烟、不喝酒、不打麻将、不会游泳、不会跳舞，年轻时最喜欢参加企业举办的夜校学习，上了好几年，每天下了班去上课，要上到晚上11点才回家。秦老很自豪地告诉我们，他后来还被聘为太重厂的教授级高工。

另一位太重推选出的大国工匠张东元，1978年从夏县农机厂调到太重，分配到电铲车间维修组,跟着师傅学习修理机床。他的师傅刘文生是"重一代",建厂初期从沈阳重机厂来支援太重建设。从小农机厂一脚踏入太重的大型车间,张东元说自己的震撼之情无以言表,头几年,无从下手与力不从心这两个词总萦绕在他心头。修理机器要根据图纸来,可没上过几天学的他,哪里看得懂图纸?"我很怀念在太重职工学校读书的日子,能完成后面德国数控机床的维修工作,都是那个时候打下的基础。"

从 1981 年到 1984 年,张东元每天白天上班,晚上 5 点半下班后蹬着自行车往太重夜校赶,风雨无阻,坚持了整整三年。三年间,他在老师的教授下,学完了初中、高中的数理化知识。那时太重夜校的老师一部分是社会上请来的,还有一些是来自太重设计院等机构的职工。

张东元后来又考上太重职工大学。大学一般都要脱产读,但张东元担心会耽误厂里工作,就决定白天上课,晚上去车间上夜班。电铲车间的夜班维修工人只有他一个人,每天要工作到凌晨一点。

业余大学、职工大学、技校、中专⋯⋯这些学校的建立,使太重整体人才储备始终处于领先地位,职工水平普遍较高。走进今天的太重,你会发现不少岗位的中流砥柱、各级劳模、技术人才都是太重自己培养出来的。十年育树,百年育人,从建厂到今天,太重始终重视人才的培养,这实在是一项具有战略远见、切实有效的措施。

以太重建设为萌芽,我们国家在新中国成立初期还成立了另外一所专业学校——山西省机械制造工业学校,1952 年正式创建,曾被《大公报》称为"中国的福特",同时也是太重创建者之一的支秉渊先生担任首任校长。

1953 年,这所学校划归国家第一机械工业部,更名为第一机械工业部太原机器制造学校。1955 年,汉口机器制造学校(后并入武汉理工大学)锻冲专业师生全部并入、长春汽校(后并入吉林大学)锻压专业教师全部并入。1960 年,学校升格,并更名为太原重型机械学院,成为新中国设立的第一所重型

机械本科院校。

1965 年,为进一步强化和整合学校的科研与教学能力,大连工学院、沈阳机电学院起重输送机械专业师生整建制并入太原重机学院。1983 年,太原重机学院成为全国第二批获得硕士学位授予权的高校。1998 年,学校改为教育部与山西省共建共管,以山西省管理为主。

2004 年,太原重型机械学院正式更名为太原科技大学;同年,山西省化学工业学校并入,使得太原科技大学的专业设置更加全面,师资力量日益雄厚。截至目前,太原科技大学已经成长为一所以工为主,装备制造主流学科特色鲜明,理、工、经、管、文、法、哲学、教育和艺术学九大学科门类相互支撑,博士、硕士、学士多层次教育合理衔接的山西省省属普通本科高等学校,是中国重大技术装备领域重要的人才培养和科学研究基地。单工程硕士就在机械工程等 13 个领域拥有授权资格。

在本书采访过程中,有着"太重三女侠"之誉的顾翠云就是 1982 年太原重机学院的毕业生,先后主持参加了近百台各类起重机设备的设计和科研。其中,1995 年、2002 年分别担任主任设计师设计的两种结构形式完全不同的 450 吨铸造起重机,在当时均属于国际上最大吨位的铸造起重机,各项性能指标和技术水平均处于国际领先地位。顾翠云还是三峡大坝的"巨无霸"1200吨桥式起重机的主任设计师。

顾翠云坦言,从学校出来刚进太重时,技术中心的老一辈工程师对她影响很大,他们都是"文化大革命"前的老大学生和老中专生,有名牌大学如上海交大毕业的、有福州大学毕业的,工作态度严谨认真,理论水平和实践水平都很高。

"我的第一个师傅是孙广德,从东北一个中专分配来的,思路很开阔,是太重公司第一批跟日本合作的团队成员,把日本整个设计方法、理论计算方法,都非常用心地学回来了,我跟着他一起设计起重机的基础部分。还有一个师傅叫叶佩馨,上海交大毕业的,现在还健在,快 90 岁了,去德国学习考察时,他带领我们一起去的。叶老师是逻辑思维特别强的人,思维开阔,不仅考虑自己的专业,也考虑整体性。宋恒家也是我的师傅,从他身上我也学到很多东西。"

在太重,一个设计小组,通常都是老中青三结合。后来,成长起来的顾翠云自己也成了师傅。

企业办社会时代的远去

大企业、小社会,这是计划经济时期发展经济建设的一个突出特色。

为什么要这么办呢?

首先,在工厂周围给职工免费提供家属房,不仅能减少工人路上奔波的劳顿,减轻员工上班的交通费用,还可将节省下来的上下班行路时间用到学习与娱乐中,提高职工的幸福指数。

其次,强化了社会治安管理。那个时代,抓治安管理的一条原则就是"谁的孩子谁抱"。凡出现涉及社会稳定、社会治安的问题,属于哪个国企的人,就先由哪个企业管。企业保卫处等单位熟悉本企业情况,将职工及家属管理好了,对于一些工业化发达的城市,一座城市的大半就管好了,发生刑事案件的概率极低。

最后,企业办社会还能减少地方政府的财政支出。包括道路绿化、供水供热、医疗卫生设施、教育等各种城市功能建设的成本投入会由企业分担一部分。

在中国,很多大型国企都承担了生产前、生产后服务和职工生活、福利、社会保障等社会职能,既包括企业的后勤部分,又包括企业的公益性事务。一个大企业有时就是一座城镇或城市。诸如,先有阜新矿务局,才有阜新市;先有辽化,才有辽阳市;先有辽河油田,才有盘锦市;先有大庆油田,才有大庆市;先有攀钢,才有攀枝花市;先有了金川矿,才有了金昌市等。至于因生产建设兵团而设立的城市,仅在新疆就有 14 座。

这种独特的企业"办社会"现象,曾经是国企弥补政府和社会公共服务缺失的必然选择,也是国有企业职工和家属的共同记忆。然而时至今日,由于历史遗留问题多,"办社会"成了一批老国企的沉重负担。

几十年间,城镇化浪潮在中国大地席卷而来。大量的农村人口走进城市,城市的社会服务能力也在不断提升。但与此同时,一些国企经营形势却每况愈下,"办社会"逐渐成为企业不可承受之重,甚至成为压垮企业的大山。某地国资委曾做过测算,当地的省属企业因为"办社会",每年要支出 10 亿元以上。

曾有一位国有企业董事长在一次采访中说道:"除了增加经济负担外,国企办社会也导致资源浪费,有损于公平正义,带来诸多负面效果。一些小区,大多数房子里住着的早已不是企业职工,企业却还需对水、电等提供补贴;一些企业办的医院、学校,明明颇具市场竞争力,却受制于僵化的管理,服务能力低下……"对于享受到企业福利的人们来说,国企办社会确实是件好事,但对于肩负着经营指标的管理者们来说,可就没那么美好了。

"我们负担的供水、供电、供暖、物业等服务,涉及辽宁、四川、重庆、云南、广西 5 省(自治区)12 个地区的 35 家单位,服务居民近百万户,此外还承担离退休职工管理职责,加上少量教育、医疗单位没有剥离,集团每年补贴支出超 5 亿元。"鞍钢集团的一位干部也曾在媒体上表示过相同看法,还有个很形象的比喻:"这让企业如同穿着大棉袄在市场的大海中游泳,怎么游得过别人?"

20 世纪末 21 世纪初,国有企业在"改革攻坚、三年脱困"中,曾将公安保卫、中小学校、职工医院等社会职能分离移交给地方。但在一些老国企中,职教和幼教机构、"三供一业"等仍未移交,有的还因处置生产事故等需要,保留了大型综合性医疗机构。

吉林辽源矿业集团一位财务人士表示,经济效益好的时候,集团提供资金补贴,维持这些办社会职能正常运行尚不成问题,前几年大宗商品价格全线回落,重化工业步履维艰,这些负担便压得企业喘不过气来。

在辽宁本溪,拥有百年冶炼史的本钢集团不仅承担对2万多户居民的供水、供电、供暖等服务,而且还有多家职教和医疗机构服务百姓就学、就医。"本钢每年为这些职能补贴资金超过1亿元。"本钢集团运营改善部人士透露。更为严重的是,钢铁企业负责供水、供电等不够专业,一旦发生生产事故或公共卫生事件,其责任是企业难以承担,也承担不起的。

记得2016年,总部位于沈阳市的一家装备制造业国企打算引入外部资本,实施混合所有制改革,但沉重的历史包袱让混改推进异常艰难。由于背负了十几家一无有效资产、二无生产经营活动、三无偿债能力,只留下人员和债务包袱的空壳集体企业,外部资产不愿进入,反复要求其剥离后再搞改革。公司一位高管无奈地表示,这就像"带着儿女改嫁","谁碰到都会犹豫再三、仔细斟酌。"

对于太重来说,企业办社会也成了沉重负担,加上正处于改革的大环境下,不得不断尾求生了。基于太重的实际情况,将这些后勤、公益机构一步分离出去不现实,任何的制度创新,势必触及一些深层次的矛盾。经过深思熟虑,太重在建立现代企业制度的《试点实施方案》中谨慎提出,将社会公益性部门和后勤服务部门先在企业内部实行分离,待到时机成熟时,再将其移交至政府。关于后勤服务部门,则可以逐渐转化为经营实体,先自计盈亏,再自负盈亏。

1995年1月,太重召开十五届八次职代会,会上提出:"关于社会职能部门要逐步分流,首先要摸清现状,服务好职工。在此基础上,结合省市有关政策,确定目标,拿出改革方案。"

1996年8月,在第十六届一次职代会上又一次提出相关内容:"后勤部门要全部放开或分流。"12月,太重成立事业部,下属行政处、房产公司、太重医院、技工学校、第一中学、第二中学、第一小学、第二小学、退休职工管理

处、公安处和社区管理办公室。对这些机构实行的是核定费用包干,逐年递减,超支不补,要求以创收补充费用不足和自我发展,工资总额与集团公司主要经济指标挂钩的经济责任制。社会事业部成立的两年间,下属各单位为了积极创收,采取了一系列改革措施,为后续的分流自养打下了一定基础。

1998年8月,太重各单位都接到了《九八年深化企业改革意见(试行)》的通知,其中明确指出:"内部分离一批。对后勤和生活服务部门实行内部分离。依照公司体制,实行分权管理、分灶吃饭,实现社会服务企业化。社会公益部门先实行'内分',积极创造条件,争取经过二到三年的过渡,实现自我负担或移交政府管理。"

1999年,太重新一届领导班子走马上任,提出了"打基础、抓关键、塑形象"的工作思路,并迅速制定下发了《九九年深化改革加强管理指导意见》,其中指出,要"建立和完善太重以资产为纽带的母子公司管理体制,逐步形成集中决策、统一规划、分级管理、有效控制的运行机制"。根据这个《指导意见》,太重很快于1999年5月组建了"太重社会事业发展总公司",对房产、医院、学校、行政等13个单位实行统一领导、统一管理。自行封闭运行,并要求其实现1999年打基础、2000年实现自养的目标。

2005年,太重一中、太重一校、太重二校正式移交给太原市教育局和万柏林区教育局,分别更名为太原市第二实验中学、太原市万柏林区第二实验小学、太原市万柏林区玉河街小学。

第九章

解放生产力

整顿老大难问题

特殊时期结束,全厂的生产工作逐渐回温。1976年12月,太重全厂月产机器产量恢复至1200吨。随着"工业学大庆"运动的持续开展,群众性劳动竞赛热情进一步高涨。1977年上半年,太重创造了月月超额完成生产计划的好成绩,到6月底,全厂完成的机器产品产量、总产值、品种等主要生产指标,已分别超过1976年的总和。

1978年12月,党的十一届三中全会召开。在这个具有重大历史意义的会议上,党中央提出"解放思想,开动机器,实事求是,团结一致向前看"的指导方针,作出把工作重点转移到经济建设上来的战略决策。

1979年2月,国民经济"调整、改革、整顿、提高"八字方针出台。我国社会主义经济建设迈进新时期。对太重而言,冲击很大。由于基建投资减少,重型机械工业生产任务随之大减,太重必须找到自救的方法。

方法在哪里?根据中央有关文件精神,太重领导班子从实际出发,分析了企业将要面临的形势和需要承担的任务,认为只有提高企业的应变能力,大力提升企业素质,才能在调整中前进。因地制宜,太重做出"抓住时机,整顿企业,提高素质,迎接挑战"的决策。

1979年3月1日,太重第七届中共代表大会召开,时任厂长于凤桐在会上作了题为《统一认识、解放思想,集中全力实现全厂工作重心转移》的报告。报告系统叙述了整顿的重要性,提出以产品质量为中心,全面整顿企业管理工作的任务。

1979年,有篇引起轰动的小说《乔厂长上任记》讲的就是这个时期的故事。小说中的背景是一个重型电机厂,在乔厂长的形容下,这个厂"像一个得了多种疾病的病人"，产品不合格，生产任务完不成，职工懒洋洋，好坏不分，因为干多干少、干好干坏一个样……书中的乔厂长带着军令状上任了，第一件事，就是整顿！

且看太重职工代表大会开过之后，于厂长领导的整顿工作迅速在全厂铺开。3月10日，厂里成立整顿办公室；3月20日，整顿计划拟定完成；4月初，厂党委召开全委会议和全委扩大会议，集中力量研究全年工作方针，部署二季度工作任务，下决心以生产为中心，以整顿为重点，狠抓产品质量。

两个月后发生的一个事件，更加坚定了全厂进行大整顿的决心。当时，河南舞阳钢厂在太重订购了3台铸造吊，发货后竟然出现外露部件锈蚀严重，焊接结构件焊缝开裂的问题，经检查，还有漏焊、部件变形等质量问题。舞阳钢厂看到这样的产品，当然不干了，直接拒绝为不合格的产品支付货款。这下全厂都震动了，等于是给全厂职工脸上来了一记耳光。

舞阳钢厂的不合格产品，应该不是个例，属于长期积累下来的问题，只不过这次暴露出来而已，掀开了大家心知肚明的遮羞布。厂党委痛定思痛，下定决心要改变现状，如果这么放任下去，厂子的名声早晚会被折腾没。

7月，厂党委作出两项决定：一是利用这起质量事故，对全厂职工开展一次实实在在的质量第一的思想教育，卧薪尝胆，改进质量管理；二是不管困难多大、费多少力，立即派人到河南舞阳钢厂去，想尽一切办法挽回已造成的损失，务必要让客户满意。

9月上旬，制造车间主任带领一支14人的技术服务队前往舞阳钢厂。检查后发现零件确实锈蚀严重，团队马上想办法对问题部件进行了除锈、涂漆等修理。紧接着，又由焊接车间的领导带队，前往舞阳钢厂解决焊接结构件的问题。前前后后，太重共派出11支队伍，完成全部修理工作。最后一次，太重的副总工程师带队前往舞阳钢厂，与厂领导展开座谈，征求用户意见，对产品质量表示歉意。看在问题顺利解决以及太重的服务态度上，对方对质量问题的处理结果表示满意。危机算是度过了，但是给太重人的心上留下了重

重一锤,谁也不想再经历一次这么丢脸的事儿了。

在处理舞阳钢厂事件的同时,厂内的质量整顿取得了较大进展,不得不说舞阳钢铁厂事件是一针改革催化剂。有的时候,出了问题不一定是坏事。那么接下来到底如何提升产品质量呢?从上至下,所有人都在苦思。想来想去,觉得需先从产品设计入手。

厂设计研究所组织力量,围绕制造和使用过程中反映出来的问题,从改进结构、贯彻标准、提高"三化"水平,严格设计程序等方面入手,对当时的八项主导产品的设计(1600 吨热模锻、21 型煤气炉、13 辊矫直机、200 吨门吊等)进行全面摸排、整顿。

其中值得一提的是 4 立方米电铲的修改,过去已针对这个产品进行过 4 次修改,但是由于图号不统一、加工质量差等问题,使得成品质量仍然不达标,用户在使用产品后反馈过很多问题,意见较多。

整顿中,设计人员将机棚和司机室进行了较大改动,为其增加了空调除尘设备,改进了卷筒钢丝绳固定结构等,共计修改 122 处,还统一了图纸与文件编号。整顿后的 4 立方米电铲的质量可以说有了质的提升,已经接近当时国外同类产品的水平。

除了从设计方面进行整顿外,工艺整顿与产品专用工具整顿也取得了不错的进展,以往长期忽视效率和生产质量的做法在一定程度上被扭转。

不过,重机厂长期存在的问题可不仅仅是这些。1979 年 4 月,整顿办公室发动全厂各单位统计报送主要生产设备的完好率,报上来的数据显示设备完好率为 81%。这个数据引起了厂领导的怀疑,是不是有点太高了?这个数字可与生产效率不匹配啊!假大空的数据要不得,必须把厂里的情况实事求是地摸透!设备动力科的同志接到任务,马上实地开展检测工作,结果得到一个惊人的数字,只有 54%!等于说厂里这么多机器设备,能用的只有一半,简直是骇人听闻。机器是生产的基础,光有人没机器,说什么都是白搭。

1979 年 6 月 3 日,厂党委决定发动一场设备大会战,成立了以设备科为主体的会战指挥部,在各车间成立设备会战领导组和各种专业组,发誓要将这种情况扭转过来。

6月15日,会战正式打响,各车间参照下发的设备整顿验收打分细则,由领导带队,成立维修保养突击队。每一台设备、每一个零件都不放过,该上油的上油,该焊接的焊接,该换零件的马上想办法订购。到7月15日,历时一个月的设备大会战胜利落下帷幕,据统计,全厂设备一级保养1083台,二级保养312台,治漏378台,"脱黄袍"1188台。

啥叫"脱黄袍"?采访中,一位原来在设备科工作的老同志告诉我们,由于机器长时间不保养,外观看起来就像穿了一身黄袍子,所以有了这么个戏称。至会战结束,设备完好率从之前的54.3%提升至了77.7%。

这次会战可谓战功赫赫。为巩固成果,进入8月,又组织了设备会战的第二场战役,历经5个月,完成大修设备178台,一级保养3041台,二级保养1038台,治补拉伤机床226台,补齐设备机件1630件,设备精平250台。

不仅如此,厂里还决定开展持证上岗工作制,所有工人必须经过理论与操作考试,领取操作合格证后上岗。这样一来,生产更加规范了。到1980年1月,全厂主要生产设备的完好率已经达到87.9%,设备管理水平大大提升。这样的成绩来之不易。

大幕拉开,需一鼓作气。整顿工作进行到这里还不能结束,因为有一项长期存在的问题仍然没有解决,那就是厂房还依然脏、乱、差。

拿铸钢车间来说,它是全厂面积最大、职工人数最多的车间,从建厂到20世纪80年代,一直以又大又乱而闻名全厂。铸钢车间工人当时这么描述自己的车间:"产量降到家,质量坏到家,浪费败了家,事故没招架。"

只见废钢、半成品在厂房里随意堆放,长期无人打扫整理,管理措施形同虚设,导致生产水平和效率低下,形成恶性循环。由于是热加工车间,事故也是频频发生。趁着厂里整顿改革的东风,铸钢车间的干部职工下决心一定要彻底改变车间面貌,以不整顿好誓不罢休的气魄,接连打了几个硬仗。

先是把长期堆放在厂房里那些没用的废钢拉走,不清点不知道,一清点吓一跳。从车间里居然找出来 6000 多吨的钢渣,废钢、备件 3000 多吨,没用的钢锭、铸件、冶金附具 10000 多吨! 更吓人的是废砂和垃圾,足足运了上百个火车皮才清空。这么多无用的东西堆在厂房里,生产环境可想而知。据说,很多东西从建厂时就堆在这里,从来没人去清理过。

除了清理垃圾,还得想办法提升产品质量,不然过不了多久,厂房里又得被炼废的钢堆满,前功尽弃。全车间职工上下齐心,制定出了系列工艺操作规程,认真贯彻执行,使铸钢废品率下降至 1.86%。11 月 14 日,厂里组织团队去铸钢车间验收整顿效果,竟然一次验收通过了。很多人都不相信这个"老大难"的铸钢车间居然彻头彻尾换了样。

再说说动力车间,也曾是个"刺儿头""差生",有人形容动力车间是"头顶污水,到处喷洒烟灰,砖头煤灰堆成堆,脚踩泥和水"。话说这几个车间真是各有各的脏。看到铸钢车间的大变化,动力车间也开始集思广益想办法了,谁不想在干净整洁的地方工作? 只是苦于没人带头罢了!

于是,动力车间党支部提出"狠抓整顿、一年巨变"的目标,组织了 7 个专业小组 108 人的整顿会战队,誓要做出成绩来让全厂看看。他们首先处理锅炉房,对 10 台锅炉本体进行冲洗、除锈,这可是个产垃圾的"大户"。接着运出黑灰 300 吨,废钢铁 170 吨,清理了 300 米的污水沟。看着焕然一新的车间,职工们都不敢相信,这还是那个几十年如一日脏得令人发指的动力车间吗?

在整顿的一年时间里,全厂职工甚至在休息日也不停歇,投入清洁厂容、修复保养设备的劳动中,使几十年间都解决不了的问题得以清除,全厂焕然一新。

1980 年 5 月,时任一机部重型矿山总局副局长的马振远带队前往太重验收整顿成果,整整查验了 5 天,于 5 月 26 日召开企业管理整顿验收总结大会,正式宣布太重一次验收合格!

亏损、自救

1980 年,是国民经济调整的第二年。在这一年,国家给太重下达的机器产品产量计划为 23000 吨,这可愁坏了人,比上年度少了 6000 多吨!但这还不是最令人发愁的,1980 年 2 月,太重在统计实际签订的生产合同时发现,真正拿到手的生产任务居然只有 20000 吨。

还没过多久,又有一些签订的合同由于计划调整、项目下马等原因,要求终止合同、停止生产。统计下来,在国民经济调整的初期,太重有 9336 吨产品因调整而突然撤销合同,造成积压了价值 325 万元的材料、配套件,积压产品资金 207 万元,积压其他物资 1357 万元,再加上有不少难以收回的欠款,导致全厂出现了资金短缺,周转困难。

这么下去,厂子非得玩完不可,必须找出自救的办法。这么大的厂子,这么多的职工,这么多依靠太重生活的家庭,牵一发而动全身呐!

当时是各种传言满天飞,有人说太重可能要倒闭,所有人都得下岗,不如早点想办法自谋职业去;也有人持乐观态度,觉得太重没有功劳也有苦劳,国家还能说不管就不管了?厂领导班子自是心焦,但为了稳住局面,必须站出来安抚大家,可谁心里都没底,不知道太重的未来何去何从。

1980 年 2 月,厂里召开了第八届职工代表大会,时任副厂长兼总工程师的夏讷作为代表提出,全厂今年的指导思想和奋斗目标是要继续贯彻执行十一届三中全会的方针,努力巩固和发展安定团结的政治局面,要充分调动全厂各方面的积极因素,以品质求发展,以整顿促变化,以盈利为目标,从思想上到行动上努力实现一机部提出的"六个转变",保证超额完成国家计划。其中还明确提出 1980 年要做到节约 400 万元、盈利 1000 万元的目标。

以前的太重,长期依赖国家下达的生产任务,生产资料依靠国家调拨,生产的产品不愁销路,可以依靠国家来包销。企业的整体状态可以用三个字

来形容——"等、靠、要"。这一下子需要自己找米下锅了,不少人短时间内难以适应,但是适应不了就得淘汰,只能硬着头皮上。当然,这种情况不仅仅发生在太重,由于经济体制改革的启动,很多企业面临着相同的问题。比如当时重庆的四五六厂、富拉尔基第一重机厂等,但他们都走出了自己的路子。拿四五六厂来说,其在很长一段时间里都是亏损状态,靠国家贷款过日子,后来为了扭转现状,厂领导带头"自找食吃",扩大经营范围,在 20 世纪 80 年代生产农业用斧,一把斧子虽然只挣 3 分钱,但是却让全厂职工打开思路,薄利多销也是销,自此各个车间纷纷涌入市场寻找商机,很快厂子就扭亏为盈了。

虽然各厂都在自救,但是很多经验并不能生搬硬套。好在"140"项目的顺利启动,如一丝光射进笼罩在太重上方的阴霾里,使其真正踏上了改革的道路。

"140"产品

20 世纪 80 年代以前,我国的无缝钢管产量较低,无法满足市场需求。我们不是没有工厂能生产,而是质量与产量都与发达国家有一定差距。中国的第一家无缝钢管生产企业是鞍钢无缝钢管厂,后来又陆续有鞍钢、成都、上海、衡阳、烟台等极少数的企业能生产无缝钢管,但显而易见,那时各厂的装备水平都较为落后。1978 年前后,全国无缝钢管产量还不到 100 万吨。在当时,发达国家使用的热连轧管机,一套就能年产 50 万吨,并且产品质量很好。

整个 20 世纪 70 年代,我国无缝钢管的进口量都超过了国内产量。无缝钢管的应用十分广泛,因此,提升无缝钢管产量与质量,是我国钢铁工业面临的一项主要任务。

钢铁是发展国民经济与国防建设的物质基础,钢铁工业也是衡量一个国家工业化的标志。改革开放初期,我国钢铁工业依然十分落后。据有关资料显示,国民经济建设所需的 100 多种关键钢材品种,当时国内绝大多数都不能供应。为此,中央在改扩建老钢厂的同时,决定新建上海宝山钢铁总厂。

工程的关键设备是 Φ140 毫米连轧管机组。可以说,拿下这项技术,不仅关乎着国计民生的宝钢工程的顺利建设,也关乎整个中国装备制造的"脸面"。

1978 年,我国开始与相关公司谈判无缝钢管轧机的引进事宜,当时参与投标的有德国曼内斯曼－德马克公司(DEMAG)以及日本住友公司。两家公司都是在制造无缝钢管连轧机领域的知名企业,制造连续轧管机的经验丰富,设备精度高、设计技术性能好。

为了更好地提升未来我国的自主生产水平,当时我方提出一个条件,就是技术转让。住友公司经过讨论,认为只能出口设备,不同意技术转让条件,因此中方将谈判重点放在德马克公司上。经过几次三番的协商,德马克公司同意转让全部制造图纸,并培训一批中国技术人员和工人,另外还同意与中国机器制造企业合作生产部分设备。

1979 年 12 月,谈判尘埃落定,中国技术进出口总公司与德国德马克公司签订了成套供货合同,总价近 4 亿美元。

我国当时决定引进的是一套 140 毫米无缝钢管成套设备,该生产线的设计年产量为 50 万吨,是由一套 140 毫米浮动芯棒热连轧机组、三条流水精整线、一条锅炉管精整线、三条油套管加工线、一条石油钻杆加工线、一条管接头和工具接头加工线,同时还配有管端加厚、热处理等生产设备和无损探伤检测设备组成。

这条生产线能生产外径 21.3~139.7 毫米,壁厚 2.5~25 毫米的钢管,可以用作管道、容器、设备结构管,流体输送管,高压锅炉管,低中压锅炉管,油套管,钻杆,管线管,射孔枪管,地质钻探用管,船用管,石油裂化管,隔热油管,氧气瓶管等。一旦投产,对我国钢铁工业来说是一项重要成就,一次大跨越。

这是我国机械工业第一次从德马克公司引进技术并合作制造的第一套

大型成套设备。全套设备总重为 2.9 万吨,其中德方供货设备约占 2/3 价格,并对连轧管厂技术全面负责。

经机械工业部同意,由太原重机厂作为国内设备总承包厂,组织电机、变压器、起重设备、水处理和机床工具等 60 余家工厂承担近 2.1 万吨设备的制造,其中由太重直接承制工艺线上的设备达到 1.2 万吨。

中方制造占全部工艺设备总重的 74.5%,总价为 1 亿美元左右。在宝钢无缝钢管连轧机的合作制造之前,太重已经拥有制造无缝钢管轧机的技术基础,虽说这个基础还比较薄弱。

当年的太重虽然被叫作无缝钢管设备设计和制造的"国家队",但是在 1980 年以前的 20 多年中,太重一直是给从苏联和匈牙利进口的无缝钢管主轧设备生产配套产品。之前,太重倒是给武钢和马钢设计过 200 毫米和 140 毫米自动轧管厂全套设备,但由于种种原因并未制造,可以说连一套主轧设备也没制造过。

为了制造出具有世界先进技术水平的 140 毫米无缝钢管连轧机成套设备,当时的一机部领导十分重视,这个项目不仅要完成,而且一定要完成得漂亮,这对提升太重的整体设计制造水平有很大的意义。如果不能按期交货,不但会直接影响宝钢重点工程的顺利进行,还会对太重的命运、对中国机器工业的声誉、对我国国际交往的信誉产生重大影响。

完成"140"项目的难点不仅在于技术上的困境,还有太重多年以来形成的传统观念与外商奉行的经营观念之间的冲突。在市场中,"用户至上、信誉第一"本应作为生产者和经营者奉行的宗旨,但在计划经济下,太重在很长一段时间内将其斥为资本主义思想,这就导致了太重在接到"140"任务时,管理方式、生产水平、企业理念与国际完全不接轨,可能导致任务失败。

机会来之不易,从艰苦年代走过来的太重人,虽历经风雨,但精神还在,骨子里的拼劲还在,最重要的是,大家都把承接"140"产品看作是太重发展的重要转折点。

太重从实际出发,在"140"项目上积极采取了以下几项重大措施:

第一步是技术人员培训和图纸转换。

宝钢140项目上马时,太重的设计人员虽然接触过国外一些连轧管机的资料,但没人见过实机。为了完美完成国家布置的任务,太重根据专业和技术能力,精心挑选了一批前往德国培训的人员。

被选拔出国培训的基本都是工作超过15年、水平最好的设计人员,同时还配备了负责标准、减速机、焊接等专业的人员,太重无缝钢管连轧机研究所全套人马也都搬过去了,太重对这批技术人员抱以厚望,这可是难得的学习交流机会。

陈绍庚作为太重140项目的技术总负责人,在初次踏入德方工厂时,激动的心长久难以平复。标准,这两个字深深触动了陈绍庚,这也是我国和发达国家在重型机器生产领域的差距,每一道生产步骤都反映出了标准化的力量,最让他意想不到的是,连生产线上的噪声都有严格的标准,不允许超过95分贝。陈绍庚想,如果我们的工厂也能从细节入手,将每一个步骤都标准化,将是一个重要进步。

20世纪80年代,出国的机会还是很难得的,也不是每个出国的人都有机会能接触到这些高精技术,因此太重派遣的技术人员都铆足了劲,想把德国的优势学回去。

当时德方提供的图纸重达3吨,称为浩瀚的图纸海洋也不为过。这些图纸想要回国内使用学习,必须先完成转化工作。图纸不能卷不能折,陈绍庚和70多名同事一路上小心翼翼地将它们运回国内,并将所有的技术要求转化为中文。虽然国内设计人员是第一次与西方国家设计人员及其设计图接触,但他们不仅做好了准备,而且对钢管生产设备(除了没有做过的连轧管机之外)都很熟悉,图纸转化工作很顺利。

在德国,还有一个小插曲。有一天,陈绍庚在查阅图纸时,发现一处违和感很强,他仔细研究了一番,认为图纸有差错,应该修改,于是马上找到德方专家,指出问题,德国专家也拿起图纸研究,然后拿出笔在图上改了一番,问道:"你是不是想要改成这样的?"陈绍庚一看,和他想到一处去了!他点了点头。德国专家笑笑,对着他说:"互相学习。"请来的翻译惊诧极了,私下里和陈绍庚说:"不容易啊,德国人从来没说过这话。"足见太重团队以自身实力,赢得了德方的尊重。

在德马克的设计室工作近一年后,太重团队已熟练掌握了德方的技术标准,并吸取了比较先进的设计理念,整体能力和技术水平都已接近德方团队,有了十足的提升。回国后,技术人员们埋头工作,用近 3 年时间完成了全部技术准备工作,转化了 3 万多吨国外图纸资料和上百项国外标准,攻克了77 项关键技术,转化成 81 项我国自己的标准。

"秦大刀"作为技术骨干,也随着队伍第一次走出国门,在德国待了 4 个月。

"当时国际上能生产轧机的只有美国、德国和俄罗斯,从 1980 年到 1984年,太重和德国合作生产了 4 台机架,两个德国人干了,另外两个,我和带队厂领导商议想自己做,带回一金工生产,商议了两个晚上,厂领导决定支持,不能都叫德国干了,一台好几万块呢,去和德国方面一谈,德国专家说不行,说我们干不了,我又亲自去找了德国专家,谈了一上午,终于同意给我们干,就用一金工的设备。当年我们车间贴出来的标语是:采用中间工差,最优工差。后来我们干出来的活比德国标准还要高,精度提高了一倍,德国人看了以后向我们竖起大拇指。"

第二步是改造生产设备。也就是用微电子技术改造现有设备,形成多层次并存的技术设备体系,显著提升产品制造质量。

在德国工厂,140 毫米无缝钢管轧机组的关键零部件大多采用数控或数显机床加工,用以保证零件的加工精度和互换性要求,德马克公司的数控机床占机床总数的25%左右。可是从经济角度考虑,太重不可能进口这么多的数控机床,要知道一台数控机床的价格对当时的中国而言十分高昂,维护成本也不低,所以经过研究,太重认为还是从实际出发,采取多层次技术并存的方针:除针对薄弱环节有选择性地引进数控切割机、数控划线机和对刀仪等设备,另外靠自己动手对现有设备进行改造。

1987年,为了提升生产加工能力,厂里决定从德国采购一台数控机床,这在当时是全国最先进也是最大的数控机床。为了节省成本,当时有专家提出可以不完全进口,而是中国生产一部分,德国进口一部分,最后组装在一起。这个方法一方面可以省一部分成本,另一方面可以提升国内机床生产技术。后来这台机器的传动等部件由德国瓦德利希科堡公司(WALDRICH COBURG)生产,底座部分由北京第一机床厂生产。设备生产完,先在北京第一机床厂总装,再拆下来拉到天津,从那里运往太原。

瓦德利希科堡公司是当时全球大型机床制造领域的领头羊之一,那时的中国急需这些国外来的高精尖设备提升工业水平,甚至对这些设备实行免税政策。当年,我们没有技术,只能生产傻大粗笨,没什么科技含量的底座,而传动等部分只能依靠国外。不过谁能想到,多年后的今天,当年高不可攀的德国企业,居然因经营不善,被北京第一机床厂收购,成为一家子公司了。

如今的中国制造业,早已从低端廉价阶段向高端精密阶段迈进了,从跟随和模仿的角色,向领导和创新角色转变了。

再说回当年,采购这么贵的设备不是小事,太重陆续派人前往北京监制,前去监制的职工也都抱着学习的目的,看看这先进的机床到底是怎么装起来的,这样在以后的使用、维修中也能做到心中有数。前面介绍过的张东元由于学习能力强、技术突出,成为太重前往北京监制总装的一员。这个过程中还有一段有趣的小插曲。

张东元到了北京后心想,难得有机会能直接和德国人面对面,必须好好学习一番,因此每天早早就去现场观摩。看久了,自然手痒痒,也想跟着装几个配件,实操肯定比观摩有用啊,张东元就上手装了几个配件,没想到他刚

装上,德国人就跑来给拆下来。当时德国公司派来的技术人员叫格鲁伯,工作时极其严谨认真,张这边是铆足了劲想要把技术学回去,格鲁伯这边就是不让他上手,只能看,两人开始不对付起来,今天是这个把那个气哭了,明天又是那个把这个气哭。后来总装调试完成,需要拆掉运输至天津,这又出了乐子。张东元心想:装的时候你老给我使绊子,不让我上手,拆总能拆吧。于是他就动手开始帮着拆零件,结果他刚拆下来,格鲁伯就跑来给拧上去,俩人又折腾上了。可谁能想到,气来气去、吵来吵去的两个人,居然还处出了真感情。后来到了太原,俩人还自制了烤炉,买来猪肉,结伴烧烤。

如今回头看,中国制造的发展道路真是不容易,贵在自强和坚持。且看当年太重作出的决定,在 24 台加工机床上安装数控数显装置,以控制零件的加工精度,又修整了 150 多台机床,从多方面恢复和提高其精度,并设计制造了大量的专用工艺设备,保证了零件的加工质量。

第三步是改进切割、焊接工艺流程。

太重直接承制的 1 万多吨 140 产品中,焊接结构件占到总重量的 70%,它已经不能被单纯看作毛坯,而是大部分不经加工就作为成品直接进入装配了,这是机械产品在结构方面的一大变革,也等于是对太重的焊接工艺提出了直接挑战。

除此之外,140 产品对精度、形状和位置的准确性,以及除锈、涂漆等工业流程都有严格的要求和规定。如果采用太重原有的焊接设备和工艺流程,恐怕很难达到合作生产的要求。

在中国科学院院士、机械部总工程师陶亨咸的主持下,"焊接技术改造样板点"在太重等企业分别建立起来,太重对焊接生产开始实施全面技术改造。

1982 年以来,太重通过从联邦德国、美国、日本等国引进技术、合作生产,在焊接工艺、基本装备、焊接材料等方面都有了较大的提升。先后以 90 台气体保护焊机为主体替代了手工电弧焊机,70%以上焊缝已由气体保护焊接完成。新的下料工艺体系由 3 台大型数控切割机和 2 台小型数控切割机组成，全部代替手工气割，焊接件外观、质量得到明显改善。此外，还建立了以 DBM 大型除锈抛丸机为主体的预处理线。

太重从 140 毫米无缝钢管轧机组开始实现的焊接生产全面技术改造，不仅保证了 140 毫米无缝钢管轧机组的生产需要，而且对太重制造水平的全面提高具有划时代的意义，为了表彰太重作出的贡献，机械部授予太重"焊接技术进步排头兵"称号。

第四步是开展试验研究，组织技术攻关。

当年大家看到德国的设备才知道，不少先进技术的经济性能、技术要求、质量标准都是以前从来没有遇到过的，这也代表了只有经历重重考验，才能渡过难关，生产出符合国际标准的产品。例如，热轧区生产出的成品管最长可达 165 米，直径最小的只有 21.3 毫米。这种又细又长，且处于红热状态下的钢管，要在齿条式步进冷床上冷却。这个步进冷床占地面积居然比一个足球场还大，设备重量能达到 2400 吨。在冷却过程中，这钢管可不是单纯"躺"在那里，是需要被冷床举起、旋转、移动的。另外，为了防止钢管弯曲变形，要求 1155 片齿条的齿距严格保持一致，高度方向上的偏差不能大于 3 毫米，这样先进的冷床，在当时十分罕见。如此苛刻的生产条件，如此尖端的设备，让太重的技术人员犯起了愁，想到太重老旧的设备、厂房，落后的技术水平，该如何完成任务呢？而且，德马克公司是按专业分工组织生产的，因为他们厂的热加工生产能力很薄弱，所以绝大部分为外协。因此，当时我国 140 毫米无缝钢管轧机组中的铸锻件生产（热加工生产）是在既无引进技术又未更新设备的情况下进行的。

不夸张地说，当年太重的技术水平较发达国家落后 20 年，在这样的条件下想要制造出世界先进水平的机器产品，所面对的困难和挑战可想而知。为了生产的顺利开展，太重决定开展试验研究，进行技术攻关，引进不来技术我们就自己突破。

经过 220 炉次的反复试验，太重创造出了用国产稀土镁合金代替国外用镍镁合金处理球铁的新工艺，明显提高了球铁强度。

德马克公司是用冷作模具钢、冷硬球铁或冷轧辊钢来制造芯棒矫直机的大型矫直辊的，而太重从我国的资源和设备条件出发，自行研制成功了新钢种矫直辊，满足了 140 毫米无缝钢管轧机组的需要。

此外，太重全面采用了国际标准和德马克企业标准进行生产，由双方进行严格的检查验收。德方人员对太重人的奋发精神和创造能力表示出了极大的惊讶和赞叹。在 1984 年初的时候，德马克公司执行技术合作合同的负责人冯道夫曾预想过，太重是不可能按期完成交付的，还特意将专家派遣日期截止到 12 月 15 日。他没想到经过太重人两年的努力，在 1984 年 9 月底还提前两天完成 140 毫米无缝钢管轧机组合作制造设备任务。当他得知太重如期履行合同的消息后，专程在 10 月动身飞往中国，要亲眼看一看太重的变化。冯道夫在见到了太重产品后，简直不敢相信自己的眼睛。

目前这台制造于 30 多年前的设备，仍在宝钢服役，承担着艰巨的生产任务。当年，通过这台设备生产出的油井管年产量达 23.5 万吨，产品质量达到

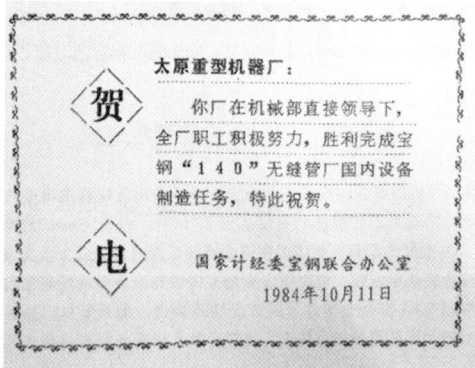

了美国石油工业学会 API 标准。自那时起,我国油井管的生产基本立足于国内,结束了主要依赖进口的局面。

宝钢投产后,一个被公认的事实是:宝钢的总体水平,至少将我国的钢铁工业与国际先进水平的差距缩短了至少 20 年,实现了历史性的跨越。几十年来,这台"140"成套设备一直平稳高效运转,发挥着不可替代的重要作用。毫不客气地说,太重生产的这套"140"成套设备在中国钢铁工业腾飞的历史进程中居功甚伟!

"140"项目涉及的部门和行业繁杂,由太重牵头对接 64 家企业作为总承包商,这是成套组织生产、成套组织供应的一次大胆尝试。为了适应这种生产模式,太重决定改变曾经那种"大厂作风""官商习气",以前都是客户上门,现在我们上门去服务客户!从被动转为主动,刚开始不少人都不适应,拉不下脸来,但这确实是企业改革的必经之路,谁拒绝改变,谁就得被淘汰。

要改就要改个彻底,为了全面服务好宝钢项目,太重专门成立了"宝钢办公室",专项负责总承包的组织与协调工作,这是从前没有尝试过的。现在,由宝钢办公室牵头,协调各部门在生产前就做好了售前服务工作,派出职工主动向客户介绍产品性能、国内外技术发展趋势,还派出人手配合客户与外商谈判。

在产品的制造过程中,太重没有当"甩手掌柜",而是派出监制,前往各分包商处督造生产,确保任务按时按质完成。

在设备出厂后,太重又组织成立了现场服务组,派遣到宝钢协助验收设备,发现质量问题第一时间处理,发现安装问题第一时间调试。自此,太重形成了"服务一流,用户至上"的经营宗旨。在"140"项目顺利完成的过程中,太重与宝钢结下了深厚的情谊。

经过全面整顿改革,太重的面貌焕然一新,生产能力开始稳步上升,每个季度的数据都较之前有提升。这么一来,不仅"140"任务顺利完成,其他各

项目的生产指标都有了大幅增长,经济效益从亏损转变为盈利,产值与利润同步增长。全厂上下都欢欣鼓舞,再也不觉得整顿改革是瞎折腾了。

自从引进这台在 20 世纪 80 年代初期具有先进水平的 140 毫米连轧管机后,由于采用了引进技术合作生产的方式,在前后不到五年的时间里,太重掌握了设备制造技术,自产设备生产的产品能达到国际标准了。显然,这次合作让太重产品更新换代的步伐迈得更快更大了,企业的应变能力与国际竞争能力有了明显提升。

除此之外,太重还有了其他收获,那就是管理水平大大提高,引起了生产管理方式的重大变革。首先,太重打破了以往按照产品划分车间、封闭式组织生产的方式,全厂从生产车间、辅助车间,甚至是劳动服务公司,只要具备生产条件的,全都按照计划统一安排,充分挖掘了太重的潜在生产能力。其次,在上海机械学院的帮助下,太重开始研究系统工程、目标管理和网络技术等在当时十分先进的科学管理方法,企业开始朝着现代化工厂的方向迈进。

无缝钢管成套技术的发展

太重在 140 毫米无缝钢管成套技术、设备引进及合作制造后,在生产技术上产生了质的飞跃,为太重未来的发展奠定了坚实的基础,可以说这使太重在连轧管机制造领域与国外的差距直接缩短 20 年。

1985 年,太重又与德马克公司合作,为成都无缝钢管厂制造了钢管测长、称重、打印设备。这次合作项目的成功,使太重在钢管精整设备的制造领域又上了一个新台阶。

1989 年,太重再次与德马克公司合作,为大冶制钢厂制造了 170 毫米三辊轧管机组热线设备。在这条生产线中,除了穿孔机、轧管机和回转定径机是由德方供货外,其余部分都是由德方提供参数、太重进行设计制造的,包括十机架减径机、三主机前后台和传动设备。

值得重点一提的是其中的关键技术如三辊轧管、二辊定径等,均实现了计算机过程控制,先进的轧制工艺,达到了 20 世纪 90 年代的世界先进水平。

1993 年, 太重参与了衡阳钢管厂 89 毫米无缝轧管连轧机组的合作制作,这次太重的突破在于完成了穿孔机入口台、出口台及冷床的设计制造,国产化率达到了 95%,进一步掌握了穿孔机和冷床设备的设计制造技术。

1994 年,在 170 毫米三辊轧管机组合作制造成功的基础上,太重结合以往的制造生产经验, 立项并组织人员对最新结构的三辊轧管机进行了全面开发。

1995 年,太重与意大利茵西公司进行技术合作,中标了包钢无缝钢管厂的 180 毫米少机架限动芯棒连轧管机组的热线设备。在此次合作的基础上,太重完成了国家"九五"科技攻关项目无缝钢管连轧管机成套设备关键技术的研究,意味着太重在无缝钢管成套设备领域一举达到国际水平。

更为可喜的是, 太重在 2008 年 7 月与山东墨龙石油机械股份有限公司签订了国内第一套全部国产化、具有自主知识产权的 TZM180 毫米三辊限动芯棒连轧管生产线全套设备的供货合同, 并于 2010 年 4 月 18 日建成投产。该连轧管机组达到当时国际先进技术水平,完全取代了进口产品,打破了国外长达半个多世纪对连轧管技术的垄断。

取人之长,补己之短,引进国外先进技术,是发展民族工业的一条捷径。太重在引进国外先进技术的同时,不忘与国情相结合,取其精华去其槽粕,积极开发新产品。从那时起,太重一直密切关注国外技术的发展动态,先后研制了一批具有国际领先水平的无缝钢管轧制设备,诸如穿孔机、张力减轻机、管棒精整设备等,产品遍布全球各大中型冶金企业,为推动我国冶金行业的技术进步、振兴民族工业作出了积极贡献。

太重的轧钢专业产品覆盖了初轧开坯机、板带冷热轧机及精整设备、无缝钢管生产设备、焊管生产设备以及一些专用轧制设备。近年来,无缝钢管

热轧生产设备一直是轧钢专业的主要市场产品，随着国内第一条具有自主知识产权的山东墨龙三辊连轧管机组开发成功，打破了国外长期垄断的局面。今天的太重，已成为国内最大的无缝钢管轧机设计制造基地，广受用户赞誉。

第十章

从仿制到自力更生

锻压设备开创新篇章

先来说说什么是锻压设备。在古老的年代，人们为了制造工具，是用人力、畜力转动轮子来举起重锤锻打工件的，这就是最古老的锻压机械。到了14世纪，出现了水力落锤。15～16世纪由于航海业蓬勃发展，为了锻造铁锚等大型铸件，出现了水力驱动的杠杆锤。

1842年，英国工程师内史密斯创制第一台蒸汽锤，开始了蒸汽动力锻压机械的时代。1795年，英国的布拉默发明了水压机。随着电动机的发明，19世纪末出现了以电为动力的机械压力机和空气锤，并获得迅速发展。第二次世界大战以来，75万千牛的模锻水压机、1500千焦的对击锤、6万千牛的板料冲压压力机、16万千牛的热模锻压力机等重型锻压机械和一些自动冷镦机相继问世，形成了门类齐全的锻压机械体系。

20世纪60年代以后，锻压机械改变了从19世纪开始的向重型和大型方向发展的趋势，转而向高速、高效、自动、精密、专用、多品种生产等方向发展。于是出现了每分钟行程2000次的高速压力机、6万千牛的三坐标多工位压力机、2.5万千牛的精密冲裁压力机、能冷镦直径为48毫米钢材的多工位自动冷镦机和多种自动机、自动生产线等。各种机械控制的、数字控制的和计算机控制的自动锻压机械以及与之配套的操作机、机械手和工业机器人相继研制成功。现代化的锻压机械可生产精确的制品，有良好的劳动条件，环境污染很小。

在太重创建的几十年中，锻压设备一直是主导产品之一。在新中国成立初期，我国的基础工业非常薄弱，几乎没有重型机械工业，技术储备更是谈不上，只能依靠进口和向苏联老大哥学习。1957年，太重制造了第一台锻压机械产品——3 吨锻造操作机；1958 年成立锻压设计室，自此开始了太重锻压设备的研制历程。最初，我们主要依靠苏联提供的图纸来仿制，这一时期的产品几乎都属于仿制产品，如 1250 吨、3150 吨自由锻造水压机等。

20 世纪 60 年代，由于中苏关系破裂，仿制的路子不能再走了，太重决心依靠自己的力量，自行设计锻压产品。自这个时期起，依靠从前积累的经验、科研工作者和工人们的聪明才智，太重创造性地研发制造出了许多国内急需的军工和民用新产品，有些产品属于国内首创，为国民经济的发展和国防建设提供了性能优良、品质可靠的锻压设备。总是依靠别人，很难自己站起来，正因为历史的机遇，太重培养锻炼出了一支专业技术水平高、有丰富开发创新经验的队伍，他们为太重锻压设备的不断发展立下了汗马功劳。下面就让我们看看 20 世纪六七十年代那些艰难的日子里太重依靠自力更生创造的奇迹吧。

1964 年，太重为马鞍山钢铁公司设计制造的车轮模锻水压机和轮箍压机生产线正式投产。在此之前，我国的火车车轮只能依靠进口，正是因为太重在锻压设备上的创新发展，才打破了这一困境，使民族工业得到发展。该项目在 1978 年获得全国科学大会合作完成成果奖。

1965 年，为了应对苏联和以美国为首的巴黎统筹委员会的全面禁运封锁，我国决定自行研制九套大型成套设备。当时国际环境严峻，中央决定自力更生研制原子弹、导弹和新型军用飞机，以增强国防实力，而所需的新型原材料必须立足于国内。为发展冶金工业，提供生产航空、导弹、原子能和电子工业所急需的新型材料的生产设备，1961 年 5 月 15 日中央批准国家计委、国家科委《关于安排九套大型成套设备生产任务》的报告。

1961 年 6 月 1 日，国家科委以【61】科绝工字 356 号文件正式下达设计研制任务书。当时太重接到了设计制造 10000 吨油压机的任务，属于"九大任务"中的重点产品之一，用于航天新材料的研制。为尽快落实设计制造工作，太重设计团队夙夜在公，勇于担当，孜孜不倦，最终向国家交出了一份满意

的答卷。该项目于 1983 年荣获国家经委优秀新产品金龙奖。

1966 年，太重为武汉锻造厂设计制造了 4500 吨冲孔水压机、2000 吨拔伸水压机和联合水泵站成套设备。在交货后一次试车成功，质量一流，目前仍用于民用工业，进行大口径钢管的生产。

1965 年至 20 世纪 70 年代中期，太重响应国家号召，发展国家航空产业，陆续设计制造了 16 吨米、25 吨米、40 吨米和 63 吨米对击锤及其配套的热切边压机。这些产品的出现，为我国航空锻件的生产提供了设备条件，打下了基础。特别要提提 63 吨米的对击锤，这个产品受到当时航空部的高度赞扬，当年有媒体对其做过报道，将其称为独一无二的"大力士"。

除了航空航天工业，太重还为国家汽车工业的发展出了大力。1968 年，太重为南京汽车厂设计制造了 2×2000 吨纵梁压机，不仅在结构上有大的创新突破，在控制技术上也达到了当时的世界领先水平。

从订货低潮到跻身世界一流

20 世纪 80 年代初，国家经济体制从计划经济向社会主义市场经济过渡，指令性计划大幅削减。太重作为一个深受计划经济束缚的企业，骤然间从空中跌向地面。

拿锻压设备来说，一下子面临产品没人订货的惨淡场面。严酷的现实击碎了人们等米下锅的妄想，及时适应市场，开发新的锻压设备，是太重为数不多的选择。

经过调研，太重瞄上了铝挤锻压设备，认为这个产品具有广阔的市场前景。开发前期，研发人员先是解剖了外国挤压机，了解其结构性能，再取其精华去其糟粕，大胆采用新技术，研发出了 800 吨铝型材挤压机和 1600 吨轻合金管材挤压机。果然，太重研制的新产品一推出就引起市场轰动，大受欢迎，一下子成了抢手货。

1985 年,太重原本计划生产 10 台 800 吨挤压机,结果完全不能满足市场的求购热情,最后将年度生产任务增加至 30 台。800 吨铝型挤压机后来荣获山西省科技成果一等奖,机械部科技成果二等奖;1600 吨轻合金管材挤压机荣获机械部科技进步二等奖,山西省科技进步一等奖。截至 1999 年底,太重的铝挤压机已生产超 89 台,在我国中小型挤压机市场上占据主导地位。

为了提升科研水平,加强产品质量,太重在锻压机械的研制过程中十分注重与大专院校、科研院所的合作。早在 1978 年,就与北京航空学院合作研制了 15000 吨橡皮囊油压机;20 世纪 80 年代初,与哈尔滨工业大学合作开发了电液随动位置控制系统,设计制造出了 1000 吨身管矫直机;从 1984 年起,与燕山大学合作开发了压机机架计算优化设计程序,制造出了 2000 吨和 1250 吨等型号的油压机;1991 年和 1996 年先后两次与上海第九设计院合作,开发了 1000 吨移动式回转压头冲油压机和 300 吨回转压头框式油压机。这些合作都有力促进了太重锻压新产品的开发,明显提升了产品性能和质量,极大增强了太重的核心市场竞争力。

虽然太重锻压设备的设计制造技术在国内打出了名气,但是同当时发达国家的先进技术相比,还是有一定的差距。为了迎头赶上,尽快达到国际先进水平,太重决定走引进技术、合作生产的路子。在一个更高层面上发展,不失为一条捷径。

1987 年,太重与瑞典的 ASEA 公司合作,为原三机部制造了 1800 吨金刚石液压机。ASEA 是瑞典最大的电工企业,也是世界十大电工企业之一,其前身是 1883 年成立的斯德哥尔摩电气公司。

1988 年,太重从德国 SPS 公司引进技术,与其合作制造了 2500/315 吨气瓶冲孔拔伸水压机及全线设备;9 月,经过 SPS 公司专家和订货方北京高压气瓶厂验收,各项主要技术指标均达到了设计要求,验收合格。

1989 年,太重又从日本小岛铁工所引进技术,为丹东汽车厂合作制造出了 2×2000 吨并联式纵梁油压机。在经过总装试车后,发现各项技术性能和

制造精度均达到了设计要求和日本工业标准 JISB6403 一级精度标准。在当年,想要达成这样的成果十分不易,已经属于当时的世界领先水平。

1987 年,太重从日本小松制作所引进技术,于 1990 年与沈阳金杯汽车制造厂合作制造了机械压力机和开卷落料堆垛自动生产线。这条生产线由开卷线、落料压机、堆垛机三部分组成,共有 30 台设备。几乎全是新技术,能实现自动上卷、自动穿带、自动落料和自动堆垛。它是我国发展汽车工业必须拥有的先进设备之一,它的合作制造成功,也代表我国汽车工业迈上新台阶。该产品于 1995 年荣获太原市科技进步一等奖,机电部科技进步一等奖,国家科技进步二等奖。

1998 年,吉林省机电设备招标公司正在为 7500 吨铝挤压机举行国际招标。太重决定与曾经合作过的德马克公司再次联手,争取拿下这个项目。经过一番激烈角逐后中标。根据招标结果,太重这次将作为总承包商,提供全套挤压机生产线产品。这个设备主要是用于生产高速客车车体挤压型材和其他工业材料的,工艺要求非常之高,是当时世界少见的油压传动全自动大型挤压机,从坯料加热到挤出型材,全部工序都能实现自动化、机械化操作。在这次合作生产中,除了整机的电气控制系统和工艺喷火润滑装置是由德马克公司供货,其余包括出料台、牵引机、随动热锯、上下料、移料装置、冷库、矫直机、定尺辊道、定尺测量装置和冷锯等十几台单机设备都是太重在消化吸收国外先进技术的基础上完善设计和制造的。这台大型挤压机的成功出品,使太重牌挤压机走向一个新的发展阶段,设计制造水平迈向世界先进行列。

引进技术、合作生产不单单是为了提升经济收入,更重要的是提升国家大型设备设计制造的水平,促进技术创新。在与各个国家先进企业的合作中,太重不断推出符合市场需求的创新产品,实现快速发展,完成了以往产品的更新迭代。下面我们就来看看太重在锻压设备领域交出的答卷。

1986 年,太重承接了四川眉山车辆厂 400 吨双动板冲压油压机的生产任务,在设计中,突破性地采用了大流量高压恒功率双向油泵等具有独创性的先进技术,综合性能比肩当时的国际水平,深受用户欢迎。该产品在1994年获得山西省优秀新产品一等奖,机械工业部科技进步二等奖。

1994年,太重接到机械工业部下达的新产品开发任务,为济南机车厂研制3600吨/4200吨双动板冲压油压机。在设计生产工程中,太重有一次采用创新技术手段,较好地解决了之前会出现的大型液压系统漏油问题,使设备年生产量达到10万件,被铁道部工程验收专家评价为"样板工程"。

1997年,太重中标了西安车辆厂的大型双动厚板成型液压机成套设备的生产,这是"九五"计划期间铁道部首批重点技改项目之一,深受瞩目。1998年,太重设计团队完成全部设计工作,除了对设备整机功能、液压、电气控制技术有极高要求之外,还需要提供成型模具。1999年4月,经过团队的不懈努力,该设备试制成功。经调试安装后,工业试车成功。这台设备是我国第一台采取冷压成型的大型油压机,填补了我国锻压设备领域的一项空白,很有历史意义。

在专业液压机的开发过程中,太重作出的贡献,奋斗出的成绩有目共睹,生产出的设备品种、数量之多,在国内是首屈一指的。随着我国的压力加工设备逐渐向大型化、多样化发展,压力级别被一次次地刷新。太重在市场催动下,适时开发出了满足市场需求的新产品,不断提升锻压设备的市场占有率,研发出了多项核心专利技术,极大推动了我国锻造行业的技术进步。

太原重工——中国机械行业上市第一股

在1995年太重出台的建立现代企业制度试点实施方案中,确立了以资产为纽带构筑母子公司体制、实行集团化管理的企业发展战略,后又调整了改革的指导思想,即"分块创新,增量先活,增量部分一步到位、新机制运行"。

从改组和完善太重集团,实现企业形态(集团)公司化入手,通过招商引资、发行股票等社会融资方式,变单一产权主体为多元产权主体,逐步把有条件的单位改造成为有限责任公司、股份有限公司或中外合资公司,形成跨地区、跨行业、跨所有制、跨国的经营格局,逐步把太重建设成为产品经营兼资产经营、多元化投资的大型企业集团,这也将成为太重实现二次创业的重要路径。

1997年初,太重组织专门工作班子经过一段时间的酝酿,提出一个将精锻、油膜轴承和起重煤炉三块资产重组上市的独家发起方案,并于6月上旬成立"股份制筹备委员会",设立了"股份办公室"。6月下旬,山西省委、省政府主要领导来公司调研,对太重上市工作给予了极大支持。7月,省国资局、证管办、体改委、机电厅在省经贸委的主持下,就太重上市事宜召开协调会议,一致同意和支持太重上市,但总体认为"盘子"较小,建议做大一些。

省机电厅从全省机械行业脱困和太重所应发挥的作用考虑,建议由太重牵头,把太矿(太原矿山机器集团装备有限公司)、榆液(榆次液压工业有限公司)、山机(山西煤矿机械厂)、重减(重型减速机公司)等企业联合起来,多家发起上市;省经贸委从产业结构调整、提高上市公司产品的垄断性和股票成长性出发,建议把晋西机器厂火车轴部分的经营性资产联合进来,与太重的上市资产进行重组,两家发起上市。由于种种主客观原因,这些建议都未变成现实。

但限于国家有"扶大、扶优、扶强"的倾斜政策,为了不被淘汰,太重又与山西省机电设备成套公司、榆次液压工业有限公司、大同齿轮厂等进行接触,经过深入探讨和反复比较,最后选定的方案是由太重联合大同齿轮厂、山西省经贸资产经营有限责任公司共同发起,以募集方式设立"太原重工股份有限公司",并向社会公开发行股票。

资产重组的具体情况是,太重以精锻分公司、油膜轴承分公司、起重煤气设备部和轧钢锻压设备部的经营性资产及相应负债;大同齿轮厂以其重型汽车变速箱、发动机齿轮、锻造、热处理 4 个分厂的经营性资产及相应负债；山西省经贸资产经营有限责任公司以其在太重和大齿的债权以贷改投方式转作投资，作为发起人出资投入太原重工，进行资产重组。

1997 年 10 月，三家发起人经过友好协商，签订了发起人协议，组成了太原重工筹委会，并向山西省人民政府呈报了设立太原重工的申请报告，向省国有资产管理局上报了太原重工资产重组方案。11 月，山西省国资局以晋国资企函字【1997】第 88 号文批准了太原重工的资产重组方案。

1998 年 5 月，山西省人民政府以晋政函【1998】第 50 号文批准太重、大齿和山西省经贸资产经营有限责任公司共同发起、以募集方式设立太原重工股份有限公司。

当时的时代背景下，对国有企业进行资产重组和股份制改造，公开发行股票，是国家支持国有企业加快改革步伐，促进企业经营机制转换，建立现代企业制度，搞好国有企业的一项重大改革措施，为加快国有经济发展创造了良好的机遇。

1998 年 7 月 3 日，太原重工股份有限公司在太原迎泽宾馆召开公司创立大会暨第一届股东大会，通过了有关决议，选举产生了公司第一届董事会和监事会。7 月 6 日，太原重工在山西省工商行政管理局正式登记注册。9 月 4 日，"太原重工"7200 万股社会公众股股票作为中国机械行业上市的第一股在上海证交所正式挂牌上市，股票代码 600169。1999 年 4 月，公司职工持有的 800 万股社会公众股股票进入市场交易。

太原重工的创立和股票发行成功并上市交易，是太重深化企业内部改革的重要成果之一，从资本市场融资，分散了投资风险，规范了法人治理结构，另外还具有极大的广告效应。

太重集团是太原重工的实际控制人。公司主营业务有轨道交通设备、风力发电设备、矿山设备、起重设备、轧钢设备、焦化设备、工程机械、核电容器、齿轮传动、铸锻件、轧机油膜轴承等产品及工程项目的总承包，产品广泛

应用于冶金、矿山、能源、交通、海工、航天、化工、铁路、造船、环保等行业,已累计为国家重点建设项目提供了 2000 余种、3 万余台(套)装备,属国家特大型重点骨干企业,被誉为"国之瑰宝"和"国民经济的开路先锋"。

2019 年 11 月 13 日,太原重工股份有限公司上榜中国单项冠军示范企业(第一批)名单。

第十一章

挖掘设备，矿山扬威

从 4 立方米到 10 立方米，再到 16.8 立方米

挖掘机是太重人引以为豪的重点产品之一。自 1961 年试制成功我国第一台 4 立方米挖掘机以来，太重制造了各种类型的挖掘设备上千台，产品遍布全球，世界闻名，为全球各大煤炭矿开采、冶金、水利建设、石油化工等露天挖掘工程提供了有力支援。也许你会说，能生产挖掘机的企业多了，不新鲜。但是，太重造的可不是我们常见的那种挖掘机。

1958 年，第一机械工业部找到太重，要求尽快开发研制 4 立方米的挖掘机。接到任务，技术人员们其实还是有点头疼，毕竟这个产品之前谁也没有设计经验，也没有外援来指导。好在，太重留存着苏联提供的 3 立方米挖掘机的图纸，大家考虑不如就将这个作为基础来搞研发。

1960 年，电铲联合车间施工完毕，可以开始组织生产了，正好将 4 立方米挖掘机作为这个车间的第一个生产任务布置下去。经过一年的探索，1961 年 7 月，我国第一台 4 立方米挖掘机试制成功，开创了太重开发研制大型挖掘机的历史。这台挖掘机后来被发往平庄矿务局，在生产一线发挥了重要作用。

由于此前我国没有生产大型挖掘设备的经验，也没有技术储备，总体来说生产出来的挖掘机有一定的技术局限。1979 年，太重研发人员根据用户反映的使用意见，开始对 4 立方米挖掘机进行重点整顿，对设计方案进行了较大的修改，如在司机室和机棚中增加了空调除尘设备，还改进了卷筒钢丝绳固定结构，改进了回转小齿轮避免使其啃切大齿圈，将电气传动磁放大器改进为可控硅励磁等。除此之外，为了完善产品的标准化生产，统一了图纸和文件编号。这些举措使产品质量有了明显的变化，已经接近当时国外同类产

品的先进水平。在整顿后，这个型号被称为 WK-4A，在 1984 年获得了山西省科技成果三等奖，1985 年又获得了机械部科技成果三等奖。

只有不断提升产品质量，更新迭代，才能适应变化莫测的市场规律。1988 年，太重对 4 立方米挖掘机进行再度改进。在这些迭代产品中，使用了新型的电气传动系统，增设了干油集中自动润滑系统，斗杆采用整体变截面的焊接结构，回转支撑改为锥形辊子等。

在改造中，还有一个小插曲。当时有某厂订购了太重的挖掘机，但使用过程中竟然出现了挖掘臂断掉这种惊人场面，让客户十分不满。太重马上派出调查团队，前去解决问题，发现该厂位于极寒之地，之前在设计的时候并没有考虑到极寒、极热等罕见使用条件。自此之后，太重又相继研发了耐寒、耐高温型产品，再未出现过此类问题。经过较大改动后，1989 年新型号试制成功，由于产品质量好，技术领先，深受市场欢迎，很多客户都点名购买该机型。

1974 年，一机部向太重下达了试制 10 立方米挖掘机的任务，这个型号一开始是为了提供给本钢南芬铁矿和抚顺矿务局西露天矿的。为完成图纸设计，鞍山矿山设计院、太重以及用户（本钢和抚顺矿务局）组成了联合设计组。

1976 年 7 月，设计稿完成；1977 年 6 月，两台样机制造完成，分别发往两个用户处进行工业性实验。1980 年，针对工业性实验中发现的问题，太重参考国外相关资料，对两台样机进行了较大的设计改进，更换了包括电机、起重臂、斗杆等在内的设计。1982 年，该产品顺利通过验收，完成考核指标。之后，又进行了设备完善工作，增设了机棚、司机室的增压净化装置和负离子空调器等设备。这两台样机还分别经过了 580 万吨和 170 万立方米的挖岩考验，运行良好。1984 年 12 月，部级鉴定委员会认为 WK-10 挖掘机符合我国国情，达到先进水平，可以批量生产。

1985 年 12 月，重矿局委托洛阳矿山机械研究所组织全国有关设计院所、高校和厂矿等 24 家单位、40 多位专家对太重在"六五"期间，与国家科委签订的"WK-10 挖掘机的研制"、与国家经委签订的"WK-10 挖掘机完善化"、与机械部重矿局签订的"结构动态响应实验、疲劳试验和有限元计算""高强度低合金钢板焊接工艺性实验研究"和"风动电控干油自动集中润滑系统的实验研究"5 个研究课题进行了验收。验收代表认为，太重与协作单位完成的各项科研课题均达到了预期目标，完成了合同要求的内容，同意验收。

当时，国务院重大技术装备领导小组办公室对这个产品组织了为期一年的工业性实验考核，发现从性能、结构、生产能力、出动率、主要零部件使用寿命、物耗指标和人机工作条件等都达到了国际水平，与美国 P&H 等公司生产的同类产品不相上下，但是价格更加低廉。大家都坚信这样的产品在国际市场上一定具有竞争能力，可以考虑批量生产，在国际市场上试试水。

至 1989 年 7 月，太重 10 立方米挖掘机批量生产了 62 台，其中 4 台出口巴基斯坦，市场反应良好。10 立方米挖掘机的生产下线，不仅是填补了我国齿轮齿条推压大型挖掘机的空白，更代表了我国有能力自行研发生产大型矿用挖掘设备。

为了使挖掘机设计制造能力更上一层楼，满足我国冶金、煤炭等大型露天矿商对大型挖掘机的需要，太重决定继续走与发达国家合作生产的路子。

1983 年 10 月，太重与美国 P&H（哈尼斯菲格）公司达成了"大型挖掘机制造技术转让协议"，合同期为 10 年。这家公司诞生于 100 年前，在挖掘机领域属于国际一流水平。

1985 年 12 月，太重与 P&H 公司合作制造了 2300XP 型 16.8 立方米挖掘机，这个机器年采掘量可达 1220 万立方米，相当于 4 万名工人一年的劳动量！该产品在设计转化及制造过程中得到了美方专家的指导，全面贯彻了 P&H 公司的质量控制标准。第一台产品的国产化率仅为 34%，第二台 42.5%，可喜的是后面几台最高国产化率达到了 80% 以上。为此，该产品荣获了山西省优秀新产品奖和 1986 年机械部科技进步二等奖，1991 年荣获国务院重大技术装备一等奖。

1985 年，为了解决耐磨件的技术难题，太重与美国 ESCO（爱斯科）公司签订了耐磨铸钢件专有技术与专有产品许可证合同，有效期 9 年。耐磨件是挖掘机制造中的关键，可以使挖掘斗齿、铲斗、履带板等易损件延长使用寿命，可以有效提升整机性能和产品可靠性。后来，太重又陆续与德马克公司、德国克虏伯等公司合作开发各种型号的挖掘设备，引进先进技术，取得了可喜成绩。

为了解这段往事，我采访了太重的先进生产工作者、劳动模范杨俊林，他曾经参与过与美国 P&H 公司、ESCO 公司的合作。

杨俊林 20 世纪 70 年代参加工作，曾在生产线上担任清铲工，这个岗位需要完成铸件的最后 12 道工序，人们当时戏称这是最"次"的岗位，又苦又累又危险。据说，就没有全须全尾从这个岗位上离开的清铲工，人人受过工伤。杨俊林不怕苦、不怕累，1982 年升任工长，是厂里的技术骨干。后来太重与美国相关公司合作时，派出队伍前往美国考察学习，其中就有杨俊林。有趣的是，当时队伍中有三杨，老杨、大杨、小杨，分别是厂长、工长和翻译。

标准，是杨俊林到美国工厂的第一感受。

"他们的每一道工序、每一道环节，都有严格的标准。"当时太重只能生产挖掘机上傻大粗笨的部分，而挖掘机的核心技术并未得到突破，一些高精尖的核心件如耐磨铸钢件，只能依靠进口。标准化生产虽然不等同于高精尖，但想要产出高精尖的配件，标准化生产一定是必不可少的一环。

他们此次美国之行还有一个小插曲。任务告一段落，临回国前，大家突然发现随行的翻译小杨不见了。这下坏了，团员们聚在一起分析他到底跑哪里去了，是走丢了？还是临时跑出去玩一会就能回来？还是……若是故意出走，那可不妙。不一会，有人发现了一张纸条，揭开了小杨失踪的谜底。他给老杨厂长留了张纸条："你们先走吧，不要等我了。"在那个年代，总有人认为

外国的月亮更圆,不知他们看到如今高速发展的中国,心中作何感想?

在顺利引进外国技术后,为了拓宽销售渠道,扩大产品范围,太重瞄准了航道疏浚设备领域。在经过自行开发、设计、试制后,我国首台 4 立方米抓斗式船用挖掘机在太重下线。这一台设备在 1991 年试制成功并通过船检,发往澳门旅游娱乐公司投入使用。

第二台于 1993 年 5 月在宁波海港通过挖泥试验后正式投入使用。1997 年 9 月,机械工业部重大装备司组织有关专家对太重生产的抓斗式船用挖掘机进行技术成果鉴定,鉴定委员会对其给出很高的评价,一致认为该产品填补了船用挖掘设备领域的国内空白,在主要参数、技术性能、总体布局、驱动方式、生产效率等方面达到了先进水平。这个消息让太重人欢欣鼓舞,决定以更加拼搏的精神创造更多好产品。

终结大型矿用挖掘机进口历史

从 1961 年开始生产 4 立方米挖掘机,到 2006 年产出 20 立方米挖掘机,再到目前已进入项目设计阶段的 35 立方米挖掘机,经过几十年的发展,太重已成为我国最大的挖掘机生产基地。太重挖掘机的规格愈来愈大,新品问世周期却愈来愈短,10 立方米挖掘机从设计到投产经过了整整 10 年,20 立方米挖掘机历时仅 12 个月。如此快速的产品创新,太重靠的是什么?

"是自主创新。"曾任太重集团总经理的岳普煜在一次采访中说:"太重在挖掘机的研究开发中,先是与欧美先进企业合作,在引进、消化、吸收的过程中,始终坚持打造自己的品牌,注重二次开发和系统集成,不仅掌握了国外先进技术,而且拥有了自己的新型技术和专有技术。"

目前太重集团 WK-20 型矿用挖掘机,运用国际先进的交流变频控制技术,使该挖掘机的平稳性、可靠性和工作效率大大提高,其核心技术不仅优于国外同类产品,而且产品价格仅为国外同类产品价格的 70%。

曾任挖掘焦化设备设计研究所的吴刚副所长介绍说："作为一个生产矿山设备的老牌企业，要想突破国外同类产品的技术瓶颈，仅有速度还不够，机械质量的优劣比速度更为关键。"

2012 年 6 月 5 日，中国自主研发设计制造的目前世界上规格最大、技术性能最先进、生产能力最高的矿用电铲式挖掘机 WK-75 下线，并成功交付使用。

最大有多大呢？

WK-75 高 23.5 米，总长 37.5 米，宽 17.3 米。一个标准篮球场比赛场地的长度为 28 米，宽度为 15 米，也就是说要一个半篮球场才放得下这台挖掘机。高度的话，按住宅楼层高 2.8 米计算，合 8.39 层楼高。人站在下面，真是像蚂蚁一般渺小。这么大的设备，性能自是惊人：

最大挖掘半径：26.36 米；最大挖掘高度：19.20 米；最大卸载高度 10.65 米。

矿山"一揽子"解决方案

本报上海电 在第六届进博会山西展厅，一台黄色大型矿用正铲式挖掘机模型格外引人注目。11 月 8 日上午，太原重型机械集团有限公司营销中心品牌推广部总经理李晨正在给客商讲解矿用挖掘机的性能。由矿用挖掘机的话题自然引申到太重在矿山领域的"一揽子"解决方案，引来许多客商了解咨询。

这是 2023 年上海进博会期间《山西日报》记者发回的报道，标题是《聚焦第六届进博会 太重亮出矿山"一揽子"解决方案》。

"借进博会平台，我们还要重磅推介太重在矿山领域的'一揽子'解决方案。"李晨介绍，太重可为露天矿用户提供采装—运输—破碎—排土的全工艺流程设备、生产辅助设备和全生命周期服务的"一揽子"解决方案。产品涵

盖挖掘机、矿用自卸车、破碎站、带式输送机、排岩机、工程起重机、装载机等。我们致力打造智慧矿山，实现露天开采的无人值守、远程操作，以及全生命周期的运维服务。

怀揣产业报国的赤子之心，以国之重器的使命勇当自主创新的排头兵，自1958年成功研制出我国首台（套）电铲以来，70多载步履不停的太重集团，目前成为全球唯一一个能够生产4~75立方米系列矿用挖掘机和1.8~150吨级液压挖掘机的研制基地。

实现转型发展，唯有创新！

2020年，由太重集团控股的混合所有制企业太重向明，成为国有企业深化改革案例典范，释放混改活力，研发出世界最大管径的DG800超大管径网络化智能圆管带式输送机，实现了散状物料长距离输送的绿色环保、节能降耗，填补了国内技术空白，达到国内领先水平，极大巩固了带式输送机行业龙头的地位；

5G远程操作大型矿用挖掘机

2021年，全球首台5G远程操作大型矿用挖掘机问世；

2022年，首台矿用卡车、液压挖掘机投入使用；

2023年，首台宽体车投入使用……

中煤平朔露天煤矿现场

2023 年 10 月 6 日，中煤平朔露天煤矿已是寒风凛冽，最低气温已接近 0℃。在宽阔的矿区中，高近 7 米、长近 15 米的太重 TZE240 矿卡满载着煤炭往来穿梭，用特有的方式为祖国、为太重庆生。

"露天煤矿多风、严寒，道路平整度差、坡度大，环境非常恶劣。太重的 TZE240 矿卡在矿区运行以来，不仅动力强劲，而且制动性能优越，安全性非常好。装得多、跑得快、刹得住、用得稳，太重矿卡值得信赖！"提起太重产品，用户设备负责人李工不由得竖起大拇指。"恰逢太重建厂 73 周年，衷心感谢长期以来太重给予的鼎力支持！祝福太重在未来的日子里蒸蒸日上，打造享誉世界的重型装备民族品牌！"

鲲鹏展翅，前程万里。提供"一揽子服务"对中国重型机械制造企业来说是一个很好的突破口，有历史、有积淀，有担当、有作为的太重集团持续深耕矿山装备领域，"一揽子"解决方案得到用户的高度认可。除为露天矿用户提供开采、破碎、运输等成套工艺设备及"一揽子"解决方案外，太重集团还在为井工矿用户提供"四机一架"5G 智能综采成套设备上持续深耕，致力打造智慧矿山、智能化井下煤矿，实现露天和井工开采的无人值守、无人操作以及产品全生命周期的智能运维服务。凭借着强大的发展势头，以永不止步的创新精神和优质服务，太重迈开向全球矿山机械市场进军的步伐。

2023 年，在筹备本书时，我随万柏林区政协主席刘贵江，副主席阴燚一行前往位于综改新区的太重展览馆参观。馆内设有 5G 远程操作挖掘机设备供人体验。参观人员无一不感慨，科技之伟大，居然远在千里之外也可操作大型挖掘机，这在建厂初期，恐怕无人能想象到太重能造出如此具有科幻意味的设备。陪同我们参观的太重工作人员感慨道："既是改革创新成果的体现，也得益于一代代太重人技术储备的累积。"

第十二章

"起吊"世界

临危受命

三门峡地处黄河中游,是世界上含泥沙量最高的河流,在历史记载中,黄河以"善淤、善决、善徙"著称,有"三年两决口,百年一改道"的说法。它既是我们的母亲河,也是一条名副其实的"灾难之河"。从古至今,不知有多少泥沙咆哮着、挟裹着冲出三门峡,前往中下游地区,导致河面越来越高,甚至成为地上悬河。

为治理黄河,变害为利,新中国成立后,我国决定在三门峡兴建一个集防洪、灌溉、船运、发电于一体的大型综合性水利工程。这也是苏联援建中国的 156 项重点项目中唯一一个水利工程。

1960 年,中苏关系破裂,作为当年苏联援建的 156 项重点项目中唯一一个水利工程,三门峡项目也陷入停滞,其坝顶用来启闭闸门的两台 350 吨门型起重机的生产制造成为一项重大难题。如何确保大坝的安全和黄河下游亿万人民的生命财产安全,成为新中国基础建设领域迫在眉睫的问题。

350 吨门式起重机项目归属于太重。但是由于苏联不再提供图纸,我国又从未造过这样的门式起重机,该怎样打破桎梏呢?

接到任务后,太重马不停蹄组建了门式起重机专门设计小组,组员平均年龄只有 26 岁,虽然年轻,但却有初生牛犊不怕虎的干劲。在梳理设计思路的时候,偶然发现一张苏联专家撤走前遗漏的设计总图,按当时苏联专家跟中国同行的友谊,这张图也许是故意遗漏的。虽然只是一张不甚详细的图纸,但至少为设计团队打开了思路。短短几个月时间,这些年轻人便不负众望地拿出了设计方案。

几十年过去了,它们仍然担负着大坝 17 个泄流孔洞闸门的启闭重任,每年的使用频率高达 400 多次,还经常超负荷运行,最大起重负荷超过 540 吨。这样的产品质量,真是不得不让人赞叹。

落户于三门峡拦河大坝上的门式起重机,是我们窥探太重似水流年的一个窗口,我们至今能看到当年的设计者、制造者们从 0 到 1 的开创精神与精益求精的工匠精神。

在我们第一次前往太重采访时,就有领导这样讲道:"我们生产的产品质量实在是太好了,就拿三门峡的起重机来说,建成几十年都完好无损。"

三峡大坝上的桥式起重机

国之重器,民之三峡;世纪工程,百年梦圆。经过几代人的艰辛探索与不懈奋斗,三峡工程于 1994 年 12 月 14 日正式开工建设,2020 年整体工程竣工验收,画上圆满句号。从此"高峡出平湖,天堑变通途"。

在绚烂的长江三峡文明史中,三峡工程不仅是治理长江水患、航运畅达、绿色发电、抗旱补水的综合水利枢纽工程,更是实现人水和谐的民生工程,是实现全面建成小康社会的基础性工程,是中华民族伟大复兴的标志性工程。在建设三峡的过程中,太重集团发挥了举足轻重的作用。

1999 年 4 月,中国长江三峡工程开发总公司面向全国公开招标,举世瞩目的长江三峡工程左岸电站主厂房并车起吊 2200 吨转子的 1200 吨 /125 吨桥式起重机和研制项目是此次招标中的重点之一。

抽调精兵强将组建的三峡项目团队踏上了前往湖北省宜昌市的路途。在滚滚长江边,他们既若有所思又心有所虑地说:"拿不下三峡的项目,咱就跳长江算了。"本来是一句玩笑的打趣,却成为太重人勇担国家重点任务、以卓越产品奉献社会的铮铮誓言。

为了拿到这个项目,太重做了充足的准备。当时竞标的有 4 家企业,都十分有竞争力,都很优秀。但太重仍然以精妙的产品设计、起重机制造的辉

煌战绩、雄厚的技术实力以及在招标中对专业技术优势的充分展示从激烈竞争中脱颖而出,一举夺标。

1999 年 7 月末,太重奋战在销售前线的同志带回了这个振奋人心的消息:"中标了! 是三峡二期工程的 1200 吨桥式起重机,2 台! "

1200 吨,这个体量在当时可是世界最大的桥式起重机了,如果能啃下这块硬骨头,太重在全国乃至全世界起重机设计制造领域都将占有一席之地,迈上新台阶。

11 月,又有好消息传来,太重在三峡二期工程又中标了 5 台大型门式起重机。

关于这次招标,还流传着一个小故事:这次招标的是世界上最大的 2 台起重机,要求它在可靠性与技术性能上都要达到世界先进水平,它将担负长江三峡工程水电站 26 台机额定容量 700MW 大型水轮发电机及辅助系统关键设备安装、运行和检修的吊装任务。若起重机质量不可靠,导致吊装出错,将严重影响工程质量。2 台起重机事关三峡大局,又直接事关生产企业的声誉,成功了,就是一次为企争光、扬名立万的绝好机会。

为此,国内好几家大企业都瞄准这一目标。投标前,他们商讨对策,设计、质量和制造水平保证自不必说,有些企业甚至打出低价牌参与竞标。

太重自然也不能放过这次千载难逢的机遇,他们把这次机遇当作太重起重机创名牌的实战。当时,山西省一位政府官员说:"太重如若中标,就等于在三峡大坝贴上了'太重制造'四个字,其品牌价值将远远高于产品制造价值。"

太重管理层深知品牌的威力,他们研究了对手及三峡工程需求,随后制定了策略:打品牌信誉战、不打价格战。 2000 年年初的一天,三峡工程指挥部作出"反常"决定:太重以高出对手竞标价 600 多万元的价格成功中标。

太重沸腾了! 据三峡工程指挥部内部人士透露:这一次"反常"决策,主要缘于太重历史上的几个第一:中国第一台起重机诞生于太重;太重是中国最大的起重机生产厂家……一句话,是缘于对太重品牌的信任。

2000年8月21日,当1200吨桥式起重机在三峡大坝成功安装投产时,三峡的外国专家对太重起重机伸出了大拇指。

让我们看一则当时新华网发布的新闻——

2001年8月15日,世界上起重量最大和跨度最大的水电站桥式起重机今天在三峡大坝开始安装。为确保三峡工程在2003年实现首批机组发电,三峡电站的安装和调试工作即将全面展开。今天开始安装的2台是由太原重工股份有限公司制造的,每台桥机总重量达1000吨,桥架为三梁式结构,其中主梁长35米、宽15.45米、高3.6米。桥机的控制技术处于世界领先水平。据了解,这2台桥机将在今年10月底投入运行。

太重三女侠之一的顾翠云是这台起重机家族著名大个子的总设计师,也是太重设计中心的中流砥柱。

"通常一个产品要出多少张图纸?"我们问。她说:"一台设备一套图纸,以一台特大专用起重机为例,要出几千张图纸,要由不同专业的人员共同配合,包括搞电器的、搞自动化的、搞传动配合的,通常一个设计小组,根据产品大小、难易程度,配合起来大概需要十来个人。"

顾翠云年轻时的

当年的顾翠云同她的"杰作"——正在制造中的1200吨桥式起重机在一起

梦想是当医生,去一线救死扶伤,感觉很有人生意义和价值。对自己干了一辈子的重型机械设计工作,回头看时觉得其实不太适合女性,和女性性格不是太吻合。她的大学同学中后来从事这个工作的人不到 1/10,班级中 40 个人,女性只有 6 个,这宝贵的 6 个女生,后来也只有她一人从事了这个职业。

为什么会觉得女性不适合重工行业呢?顾翠云想了想,举了个自己的例子。"去三峡大坝安装这台 1200 吨大型起重机那天,轨道的一半在陆地,一半在长江上空,我需要从陆地上的这一半去往那一半,得爬着过去,越爬越紧张,在空中俯瞰江面时更紧张,一条腿不小心掉进了设备缝隙里,当时就出了很多血,但第二天还得照常去工地,去解决现场问题。如果是男同志,胆子比较大,可能就不会出现这些事吧。"

在这个行业,每做一个项目,研发生产出一种产品,一直到投入使用,技术人员是需要跟全程的。设计出产品只是万里长征的第一步,然后要从投标、做方案开始,讲清楚设备的优缺点;中标后到车间制作了,得跟现场;起重机安装过程中,也是要多次进行现场试验,直到达成设计规定的指标,交给客户使用,设计人员都要全程参与。

所以太重设计中心,被称为是全厂最忙的部门之一,无疑也是全厂最重要的部门,最多的时候有 550 多人。中心下面设有起重机设计研究所、轧钢设计研究所等,每一个产品都是一个研究所,加班加点是常事。对技术中心的人来说,周六日、上下班的概念是模糊的,无非就是周六可以晚点去。"有时累得不行了,希望自己得个病,就可以不用去上班了。"顾翠云笑着说,"那时工作单位离家很近,没事了就去上会儿班,很单纯,也没其他的业余爱好,一辈子在单位的时间比在家多多了,这是技术中心的传统,大家都这样,年轻人进了技术中心也是这样。"

在顾翠云的回忆中,刚进技术中心那些年,也就是 20 世纪 80 年代到 90 年代,一个设计会研发半年,后来进入市场经济,时间更紧迫了。"差不多从 20 世纪 90 年代末开始忙碌起来,到 2000 年后就更忙了。那时候订单开始多起来,但设计周期缩短了,因为中国经济发展的速度越来越快了。"

再大的项目都是由人创造出来的,技术人员在太重的地位是比较高的。2000 年左右,太重开始实行专家制,专家每个月除工资外,还有专家津贴,专家也分等级,厂里的、中心的、省国资委联系的专家,以及国务院特贴专家等。

"遇到工作较忙的时候,孩子生病住院、没时间去买菜等生活琐事,部里会派年轻人帮助我解决这些事。"顾翠云还记得自己的第一辆车,是丰田花冠,公司当时给补贴了 8 万元购车款。"所以我们就踏踏实实做设计,攻克一个又一个难关就是我们必须要完成的工作任务。"

被誉为"天下第一机"的 1200 吨桥式起重机是目前世界上起重量最大的桥机,它担负着三峡电站多台巨型水轮发电机组等关键设备的安装、运行维护和检修的吊装任务。它在水电站厂房桥式起重机中扬程最高、调速性能最优越、安全措施和检测手段最齐全、自动化程度最高、控制技术最先进。在规格参数、多项新技术的集成应用等方面均填补了国际空白,整体技术达到国际领先水平,被三峡建设专家称为精品,完全满足了三峡工程高标准的技术要求。

在党的十六大召开的前一天,三峡工地上 2 台 1200 吨起重机起吊试车一举成功。因为其超乎预期的良好品质,一位老专家还曾打了这样一个有趣的比喻:"我们相当于花了桑塔纳的价钱,买了进口奔驰车。"

此后,太重站稳了国内水电站大型桥式起重机的龙头地位,后期随着同类厂家的逐渐增多,告别计划经济时代的太重,遇到竞争对手是必然的,但太重在很多领域的竞争力着实强大,尤其在冶金起重机、大型铸造技术领域。太重最好的时期,市场占有率能达到 95% 以上,大型的、超大型的,如水电站的大型起重机,100% 的用户只能交给太重生产。如今在我国长江、黄河流域矗立的数十座水电站上,所使用的几乎所有的大型起重机,全部出自太

重。它们以过硬的质量,日日夜夜为祖国的水电事业高效运转,造福着万千人民。

2005 年,三峡 1200 吨桥机荣获国家科技进步二等奖;同年,太重又为三峡右岸厂房生产了 2 台 1200 吨桥机。

2008 年 3 月,太重再次与三峡集团签订了地下厂房 2 台 1200 吨桥式起重机的设计制造合同。

同年 12 月 18 日,太重集团为三峡工程地下厂房设计制造的 2 台 "巨无霸"——1200 吨桥式起重机,顺利通过专家组的验收。至此,太重共为三峡工程设计制造了 6 台世界最大的 1200 吨桥式起重机。

采访中了解到,太重 2008 年生产的 2 台 1200 吨桥式起重机,在前两次的基础上作了进一步优化,结构更合理、运行更平稳、操作更简便,能够适应潮湿的特殊工作环境,是三峡地下厂房的关键设备。

这样的工程对于太重来说,是史无前例的开端,也是龙头工程,对太重人来说,有着很深刻的意义。

其实早在 1958 年,太重就开始了针对三峡大坝的起重机研究工作,经过 40 余年,几代太重人的不懈努力,先后设计出了十几种各具特色的方案。也许你会疑惑,为什么 1999 年才中标施工,却在几十年前就开始研发了呢?

三峡工程,是我国的重要水利工程,从提出设想到建设成功,历经多少代人。

在国家决定建设三峡工程时,太重作为我国重型机器制造的中流砥柱,自然要挺身而出。在三峡工程正式开发后,太重承担了国家 "九五" 重大科技攻关项目中的 "三峡大型专用起重机械研制厂房桥机、坝顶门机" 两项,在对近 20 个研究成果分析比对后,太重研发团队博采众长、荟萃精华,在桥式起重机的设计方案中采用了当时多个具有国际领先水平的成熟新技术、新工艺,使产品处于国际领先地位。

三峡项目的顺利完成,奠定了太重在水电桥式起重机领域的领先地位,证明了我国起重机的设计制造水平,确立了太重产品在国际上的地位以及竞争优势。

目前,太重在300吨以上大型吨位铸造起重机的国内市场占有率达到90%以上,并有大量产品出口全球。在水电站大型桥、门式起重机产品方面达到了世界先进水平,创造了大型起重机设计制造全球最佳业绩,是当之无愧的中国起重机第一品牌。

改造后的桥机经过运行考验,达到了预期目标。在此过程中,太重集团项目管理团队表现出的技术水平、管理水平和用户至上的契约精神,令人钦佩……

2021年12月19日,太重集团电气分公司收到了一封来自三峡水力发电厂的感谢信。在信中,该厂对太重技术服务人员圆满完成6台桥式起重机的电气系统升级改造任务给予高度赞誉。

太重制造的6台1200吨桥式起重机,承担着三峡水力发电厂水轮发电机组中重量最大的核心部件——转子的吊装工作,对保障发电厂正常运转起着举足轻重的作用。太重集团电气分公司在接到改造这6台桥式起重机电气系统的任务后,立即组织最优秀的专业人才组成了项目组,第一时间赶赴现场。他们克服疫情影响、工期紧张等困难,长期驻扎一线,随时解决各类技术难题,直到任务顺利完成。

2020年,太重集团制造的1300吨桥式起重机相继成功吊装中国三峡集团乌东德水电站右岸首台7号和左岸首台6号发电机组转子。此次吊装的转子直径为17.8米,高度达3.4米,重量分别达1882吨和2100吨,设计结构复杂、组装工序多、技术要求高、安装难度极大,均为世界之最。而太重1300吨桥式起重机是世界起吊量最大的桥式起重机,2台起重机犹如巨人的两条胳膊,将转子平稳吊起,经过1小时25分钟,将转子精准放入机坑就位。

　　说起桥式起重机，我还想介绍一个人，山西省"五一劳动奖章"获得者、太原重工起重机分公司车工、技师李锋。李锋是5米立车、4米立车机长，全国最大的1300吨桥式起重机卷筒就是他完成的。

　　什么是卷筒？起重机工作的过程中，要通过卷筒缠绕钢丝绳来实现升降，卷筒的质量直接影响起重机的使用寿命。李锋的日常工作就是用车床按照尺寸要求制作卷筒，在保证各个表面平整、光滑的同时，将平面度、椭圆度误差控制在10丝以内。

　　这可不是能轻易达到的精度。"现在有数控机床，精度好控制，但有些加工部件过大，只能完全靠手工控制5米立车操作。想把这些庞然大物的操作误差控制在10丝以内，没有十年八年功夫是练不成的。"李锋如此说道，"精度达不到肯定会造成损失，但损失多大我不知道，因为我从来没有失误过。"

　　李锋说起自己的本行，多年的付出带来了十足的底气。多年来，他带领班组完成了起重机分公司全部桥式起重机及干熄焦设备卷筒筒体的加工任务，产品一次交检合格率达100%。

　　乌东德水电站是中国长江三峡集团公司开发的金沙江下游河段梯级的第一级电站，以发电为主，兼顾防洪，是"西电东送"的骨干电源点之一。太重从1972年开始就为长江三峡提供装备，几十年来为三峡提供过桥式起重机、门式起重机、启闭机、螺母柱等各种设备，有效助力民族工业不断取得新发展。

　　太重集团公司在设计制造中进行了大量科技攻关和技术创新，圆满完成了三峡1200吨桥式起重机的研制，并在应用中取得成功。该桥式起重机的起重量、跨度和扬程都是目前国际最高水平，所采用的控制系统、调速系统也是国际最先进的。该桥式起重机的研制成功，全面提升了我国起重机的设计、制造水平，确立了我国起重机设计、制造在国际上的地位和竞争优势。

改造后,运行时间最长的右岸厂房桥式起重机,经受住了长时间大负荷运行的考验,性能十分稳定;左岸厂房及地下电站厂房的桥式起重机在改造后,运行可靠性、安全性也大幅提升,圆满达到了预期改造目标。太重项目组严谨的工作态度、精湛的技术水平赢得了三峡水力发电厂的肯定,树立了山西机械制造企业的良好形象。

破天荒头一回,客户送来感谢"红包"

焊花飞舞,太重起重机公司一片繁忙;机声隆隆,当宝钢一公司的 21 台起重机在太重完工后,流传着用户送来 38 万元"红包"的故事。

从 20 世纪末至 21 世纪初,宝钢集团始终思考着一项重大决策:铸造吊是继续进口还是国内生产?

在这之前,宝钢每年约需要 30 台铸造吊。这些吊机大多从国外进口,制约很多,比如进口产品价格十分高昂,一台铸造吊机需要 7000 多万元人民币,如果采购国内制造的产品,仅需要 3000 万~4000 万元。除了价格高,进口周期也长,需 1~2 年时间,而从国内下订单只要 8 个月时间。另外,进口吊机的备件价格高,从国外购买备件及维修件是国内价格的 3~4 倍,维修半径也长,碰上紧急情况要等很久才能处理。

经过考虑,宝钢决定从国内寻找厂家生产,但是又担忧国内厂家的制造水平,虽然花钱少了,但是万一质量跟不上也是得不偿失。抱着试试看的想法,宝钢经过考察后,决定从太重订购一批产品。说老实话,刚开始他们并没有抱很大的期望。

2002 年初,宝钢同太重签订了 21 台起重机合同。这不是个小数目,宝钢专门派了技术人员到太重来进行生产监管检查,怕出现质量问题,钱打了水漂,耽误生产进度。半个月的走访后,这些监管专家发现太重在生产过程中精益求精,技术人员工作起来十分认真,且技术与制造水平也已达到国际水

平。这让宝钢那边的心放下了一半。

2003年下半年,21台起重机生产完毕,向宝钢交货。宝钢发现无论从外观、性能还是技术水平及操作使用上,太重产品都遥遥领先,"原来太重制造已经达到了这样的水平。"来验收的同志给领导汇报后,宝钢领导发出感慨。

让太重没想到的是,第二年春节刚过,宝钢集团一钢的领导带队,专程来到太重,给太重发了38万元"红包",以示感谢。一位太重分管生产的领导激动地说:"用户给承制单位发奖金真是破天荒的头一次,面对鼓励,我们要用更好的产品来感谢你们。"

产品精益求精是太重一贯的精神。从我国第一台50/10吨到世界第一台具有国际水平的1200吨单小车桥式起重机;从自己制造到同德国、日本等国合作制造;从引进国外先进技术到自主创新开发;从拥有自主知识产权制造到编写、制定国内技术标准,太重逐渐形成了大型和特型起重机制造体系,逐渐迈进起重机领域世界一流企业。

给起重机装上"大脑"

"2021年4月24日,经过17天的蓄水工作,白鹤滩电站蓄水高程已经突破了720米,离751米的蓄水高程仅剩31米,目前已经进入发电倒计时。"

这是当年热播的一条新闻。白鹤滩水电站位于四川省凉山州宁南县和云南省昭通市巧家县境内,是金沙江下游干流河段梯级开发的第二个梯级电站,是目前世界在建规模最大的水电站。

电站安装了16台100万千瓦混流式水轮发电机组,电站总装机容量1600万千瓦位居全球第二,单机容量100万千瓦位居世界第一,主要特性指标均居世界前列。在这项万人瞩目的工程中,太重研发生产的起重机以1300吨的起吊能力再立战功。

眼下,这台起重机正在安装"大脑",它将变成最聪明的起重机器人。

有了"大脑"的起重机,从最开始的重物起吊到最后的下放,整个过程都可以实现无人操作,并且在运输过程中还可以自动判断障碍物的位置在哪儿,自主规避障碍物,保障安全平稳运行。

在起重机的控制室里,可以看到由无数智能控制系统组成的"大脑",可以让起重机实现自动巡航、精准定位,从而替代人工操作。仅仅这样还不够,太重给每一台起重机都配备了一台特殊的手机,里面装着一张和手机卡一样的 SIM 卡,无论这台起重机将来在哪里、工作得累不累、运行的健康不健康,都可以实现实时监控。靠一张 SIM 卡,就可以把数据远程传送到太重的云平台上。如果设备发生故障,工作人员可以迅速在云平台上查看相关数据,从而高效率地解决故障。

周亮亮是太重技术中心起重机所所长,2006 年大学毕业后就来到起重机所,这是一个创造了众多中国第一的部门,声名显赫。这里,曾经并不发愁订单,毕竟名声在外。可是数年前,当传统市场开始饱和,市场竞争激烈导致订单下滑时,从领导到职工,大家是真的发愁了,这些看家的"大块头"如何过冬,必须想办法脱困才是。跟着国家政策的步伐,周亮亮决定带领起重机所全体技术人员,在智能化上做文章,打一个漂亮的翻身仗。

这些年来,面临困境的传统企业不少,都瞄准了智慧工厂这条路子,起重机作为各大工厂的常见设备,肯定要往智能化方向发展。但是智能化改造可不是喊口号就能干成的,从传统起重机到智能化起重机,不单单是一个技术、一个产品的转变,更多的是思想的转型、观念的转变。

如何让几百万吨的起重机"活"起来?

周亮亮作为带头人,愁掉了大把头发,他和同事们做完硬件做软件,在历经多次试验后,终于集成了目前最先进的传感技术和智能决策系统。

2018 年,太重研发生产的首台 250 吨智能铸造起重机在上海梅山钢铁成功起吊,开启了中国起重机智能化转型的新征程。

来看看这台起重机智慧在哪?

一是指纹识别与操作权限管理。操作人员通过指纹识别后才能操作起重机,控制系统可以将操作人员的身份信息和操作信息记录并保存,实现责任到人。

二是智能控制和无人自动巡航。在起重机接收到地面控制中心发出的目标位移任务指令后,操作人员确认任务无误后只需点击确认按钮,全程无需动手操作,起重机会自动运行到目标位置。

三是防摇摆和超精准的钢包准确抓取,提升后通过独立的防摇摆控制系统实现平稳移定位。到达预定目标位置后,起重机吊钩将满载着高温液态金属钢包,移动过程中会通过先进传感技术自动避开非安全区域,精确吊运至指定位置进行钢包浇注。

此外,太重智能起重机还具备智能诊断、双向视频监控等功能,并实现自动供油,对温度、湿度和空调状态等信息进行判断,使起重机运行更加安全可靠。

自3月27日自动巡航热试"第一吊"成功后,太重250吨智能冶金铸造起重机平稳运行至今,有效地减少了操作人员之前人工手动频率的60%,极大提高了作业效率、减少了人工误差与事故的发生,对智慧钢厂的建设也具有重要的示范意义。显然,在中国智造的发展道路上,太重迈出了坚实的一步。

2023年,太重集团科技质量大会对9个科学技术奖和13个质量优秀项目进行表彰,桥式起重机智能化关键技术获得二等奖。

周亮亮的创新感言是:"技术研发要走向用户、走向生产现场。用户需求变化驱动了产品技术创新,而技术创新的底层逻辑首先是洞察用户的场景。智能化不是口号,更像是为工厂量身定制的'健身方案',奔跑在智能化的路上,我们更需锚定用户需求,不断提升产品品质。"

长盛不衰的秘诀

桥式起重机,俗称"行车"。它在工作时就像"娃娃机"一样,通过行车纵向移动和吊钩横向移动找准物料位置,然后将吊钩下放,牢牢钩住需要运输的物料,再通过起升、下降来使物料发生位移,使物料安全到达"出货口"。

但是不同于我们可以在明亮安全的商场里"抓娃娃",行车工是要在高空中的驾驶舱进行工作,尤其是夏天南方的钢厂,熔融的钢水温度可达上千度,散发出的热量纷纷上涌,车间顶部的温度常常在50℃,即使驾驶舱内有安装空调,温度也很难低于30℃。在工作时行车工不仅要忍受高温噪声,身边也存在不少的安全隐患,需要时刻警惕各种易燃气体泄漏等。

"近年来最值得的一笔投入,就是买进了太重智能化桥式起重机!"这是用户对太重产品的评价。"作为开行车的十年老手,太重智能化起重机不仅让我的工作轻松多了,还能提高工作效率,让我感觉工作更安心了!"这是多年行车工的心声。

太重生产制造的起重机,分布于国内外各大重点工程中,起着至关重要的作用。在小浪底水电站、李家峡水电站、天生桥水电站、二滩水电站、大潮山水电站、第一重机厂、包钢等,都能看到太重研制的起重机产品。太重起重机的长盛不衰,原因是多方面的,总的来说与技术扎实、超前有很大关系。

曾经,太重的技术受苏联影响很深,后来在和西方一些先进企业合作的过程中,发现他们的技术优势,比如三支点减速器、卷筒联轴器、焊接卷筒、起升运行机构的调速系统、电子秤称量系统、三维定位系统、打印系统等都比我们传统使用的零部件和系统先进。为了尽快吸收这些先进技术,将其运用至我们自行开发设计的产品中,使太重起重机产品技术得到突破进展,太重人做了以下几个方面的工作:

一是推行标准化。我们知道,实现零件标准化,是提高设计质量、缩短设计周期的必要手段,这点已经被历史所证明。1987 年,太重设计研究所起重室成立了标准化组,这个组的主要职责就是研究、吸收西方先进起重机零部件优势。我们以前使用、制造的都是仿造苏联的零件,现在在此基础上,博采众长,要研发一套自己的新型起重机零部件。这不是一项小工程,但是经过不断努力,标准化组完美完成任务,制定了新的零部件标准 76 项,多次获得各级科技进步奖。

二是制定新的质量验收标准。有了新的标准化零部件,自然还需要配套质量验收标准。太重当时编制了两本验收标准,分别是《TZS/K716-89- 起重机主要结构件的材料及焊缝检验要求》和《TZS/K717.1-717.17-89- 起重机重要零部件材料及检验要求》。随着验收标准的执行,既保证了零部件的质量又达到了统一、缩短设计周期的目的。

三是编制了《起重机设计手册》。这本手册可以说是太重设计计算自动化的一项突破,在设计算法上引用了国外先进的计算公式、系数等,将算法也改为了疲劳计算法,使计算结果接近实际工况,使材料推荐更为经济合理。

四是执行整机先进的策略和目标。单独零部件、单独系统的先进实际上不能代表产品的先进,只有整机先进才能体现起重机械技术的先进性。因此,太重在提升起重机械先进性的同时,也下定决心提升配套部分的技术。其中器械减速器荣获部级科技进步三等奖;可控硅交流定子调压调速系统荣获部级科技进步三等奖;遥控装置荣获部级科技进步二等奖……

五是不断创新。科技的发展永无止境,人们的创造力没有边界。

2023 年的秋天,我前往太重位于潇河的新厂区采访,见到了一位 80 后劳模刘杰,他的故事恰好印证了人才是最宝贵的财富。他自 2001 年参加工作起就一直从事大型起重机结构零件的冷作成型,2022 年因机构改革,转岗为装焊工部装焊工。

在太重,刘杰的主要任务是使每一个零部件按照图纸尺寸达到装配要求。由于起重机主梁压弯零件多,压弯半径又大小不一,导致压弯效率低,常成为零件成套的薄弱环节。刘杰善于发现问题,也善于总结。根据多年的工作经验,他发现产品很多零件压弯半径大小不一,但相差并不大,如果能进一步统一成若干个系列,并制作专用的胎具可实现一次压弯成型,减少换胎、划线的时间,可大幅提升工作效率。有了这个想法后,他主动与工艺、设计人员沟通,最终将主梁机器孔、人孔、门孔、大筋板镶圈等零件压弯半径确定为 R100、R150、R200 三个系列,涵盖了产品 95% 以上的压弯件,同时制作专用的胎具,压弯零件制作周期缩短 60%,不再成为制约零件成套的因素。为后续主梁等部件制造节约了宝贵的时间, 每年为分公司创造经济效益 30 万元。

环形起重机是刘杰所在分公司的拳头产品。多年来,环形起重机承轨梁环形轨道一直采用数控火焰切割技术直接成弧形。"环轨用钢板厚度达 130 毫米,火焰切割变形大,圆弧坡口制作成本和质量难以兼顾,圆弧变形难以控制。切割后需要放样检测和矫正,才能满足装焊及加工要求。"刘杰经过总结分析,发现这种工艺材料利用率只有 65% 左右,而且后期矫正烦琐,不仅周期长,矫正效果也不理想。针对这些问题,刘杰大胆创新,提出了环轨下料成直条,弧形采用压弯制作,通过制作专用的样板,环轨一次成型精度即可满足要求,一次交检合格率达到 100%,避免后续矫正,而且原材料利用率能达到 90%,不仅能节省制造周期,也能节约材料成本。

我在采访时发现刘杰是个话不多的人,很朴实。我问他是怎么想到要改进这些技术的?他如此答道:"我上班 20 多年了,从当初的学徒到如今成了师傅,每天都在钻研这些东西,总想让它更简单更快捷。"

在中广核辽宁红沿河核电站 5、6 号机组环吊环轨制造中,通过采用刘杰的创新工艺,轨道制作周期比以往缩短 10 天,每台环吊直接节约材料费用 6 万余元,极大地方便了后续承轨梁的装焊及整体加工,该制作工艺在后续环

吊项目中得到了全面推广,已为公司创造经济效益 50 万元。

　　如刘杰一般的太重金牌工人们奋斗在生产一线,多年以来,不断创造着奇迹,获得的科技创新奖项数不胜数,这正是太重起重产品以及其他领域产品长盛不衰的重要原因。

第十三章

从"老煤炉"到"绿巨人"

前盛后衰的"煤炉"

煤气发生炉,在太重被人们亲切地称为"煤炉",很长一段时间里,都是太重的主要产品之一。它是用来做什么的呢?是一种用于制造煤气、水煤气及半水煤气的反应炉。炉体一般为圆筒形,外壳用钢板制造或用砖砌成,内衬耐火砖,并设有加料设备、鼓风管道及煤气管道等。最主要的用途是生产工业燃料,用于工业窑炉的加热等,如机械工业的锻造加热炉、热处理炉;玻璃工业熔池;砂轮、耐火材料工业的隧窑等。

随着工业的发展,天然气和石油的大面积开发,煤炭在各国能源构成中的比例逐渐下降,但在我国,煤炭始终是最主要的能源。全国各地、各行各业都新建了一批煤气发生站,在其他新的气化方法尚不普及的情况下,煤气发生炉仍然是一种行之有效的气化方式,特别对中小企业更是如此。

我国第一台3米煤炉就是太重在1954年研制成功的。截至目前,太重已生产过数千台各式煤炉产品,产品类型多样,规格齐全,可以单独为客户提供设备,也可以成套供应,甚至能进行工程设计,承揽"交钥匙"工程。

太重煤炉产品,广泛服务于冶金、机械、轻纺、化工、有色金属等行业,为国民经济建设作出了一定贡献,曾取得过辉煌的经济效益和社会效益。

在1980年以前,太重主要生产的煤气发生炉基本都是20世纪50年代从苏联等国家转化而来的老型号。以现在的眼光来看,硬伤多、结构落后、密封性差、泄漏大、污染严重、效率低、能耗大。但是放在国民经济发展初期的大背景下来看,算是不错的产品了,能自己生产总比全靠进口强。

十一届三中全会之后,我国工业建设的步伐更大了,想要适应发展的新态势,势必要淘汰或改进原有落后产品。1980年到1984年间,太重重点对带固定床煤气发生炉的图纸进行了整顿清理,结合生产进行了成本核算,同时派出多支队伍走访用户和设计院,收集对产品的改进意见。当然,除了积极响应国家发展新形势的原因之外,还有一个小故事,坚定了太重对煤气炉产品更新换代的决心。

1988 年,太原煤气化公司向太重订购了 6 台 21 型煤气发生炉,这个型号结构陈旧,投入使用后出现多次故障,直接影响了煤气化公司的生产。1991年,煤气化公司正式找到太重,要求对购买的产品进行维修改进。被人找上门来的滋味不好受,迭代产品是势在必行了。

在积极筹备中,新一代常压固定床煤气发生炉的设计方案出炉了。改型换代后的型号主要包括 TG 系列煤气发生炉、CG-3M 煤气发生炉和TG-3M 煤气发生炉和水煤气发生炉。这些产品结构简单、密封性好、操作方便、易于维修,还能实现自动控制,为太重带来不菲的经济效益。

当然,除了自己开发研制,太重还引进不少国际先进煤气炉制造技术。1980 年 12 月,太重就找到化工部第二设计院,联合研制了一款加压气化炉,在太原化肥厂试生产后转运至云南某化肥厂使用。

1989 年,太重又与德国格尔玛尼亚厂合作,为哈尔滨依兰煤气工程指挥部研制了一款加压气化炉,这台设备于 1992 年 4 月试制成功。当时,德方派遣一队专家前往太重进行验收, 确认其达到了德国有关标准和制造技术要求。这款产品与常压煤气炉相比,先进得多,如能气化劣质煤、气化强度更高、煤气热值高、气化效率高。除此之外,还有易于维修、使用寿命长、操作更安全等优点,适合生产城市煤气和化工原料用气。

先来介绍下什么是煤气发生站。煤气,是由煤转化而来的,煤气发生站就是为了完成这一步骤,其主要由煤气发生炉和附属设备组成。1988 年以前,太重只能单独为客户提供煤气发生炉,不能提供成套煤气发生站设备。市场竞争是很激烈的,你提供不了,自有人能解决这个问题,市场也就被抢占了。太重经过调研后认为,只有承揽煤气发生站的全套工程设计与施工,才能保证太重牌煤气发生炉的市场竞争力,获取更多经济收入。

1988年7月,太重成功为河北邯郸陶瓷公司建造了一座煤气发生站,在此次建设中积累了不少经验。紧接着又接连在河北、山西、河南、江苏等地建造了多个煤气发生站,经济效益一下子提升了不少。

不过,好景不长,虽然煤炉设备是太重最早生产的产品,也曾经盛极一时,但是却逐渐走了下坡路,这是怎么一回事?按理说,随着改革开放,城市民用煤气工程建设不断发展,市场需求不断增加,订单量应该更多才是。但现实情况却是,1995年到1999年太重仅生产了70多台煤气炉,生产量、销售量全面萎缩。

煤炉产品的前盛后衰,有些是市场环境的客观原因导致的,也有太重自身的原因。比如,在改革开放后,涌现出不少煤炉设备生产厂家,尤其是私营企业,一下子打破了太重在该领域的堡垒,市场竞争十分激烈。各家打起了质量战、价格战,太重的煤气炉产品没有价格优势,销售手段也不活泛,留存着老国企的僵化观念,自然拼不过其他企业。另外一点就是技术外流的原因,太重的人才储备一直以来名列前茅,但是不少科技人员和技术工人在退休后返聘至其他企业,不少年富力强的专业技术人才因为种种原因跳槽,带着技术流往其他企业。再加上那时候图纸资料管理有漏洞,丢失泄密严重,技术上也不再占有优势了。第三点原因就是企业管理不规范,有不少老同志回忆那个时候内耗严重。设计、工程、生产长期不协调,而且都有订货权,没有强而有力的集中统一组织。再加上有些单位乱打太重的招牌,使得煤气炉营销秩序混乱不堪。不少人想要解决这些问题,但是力不从心,没能挽回颓势。第四点原因就是技术投入力度不够,其他企业为了提升产品水平,铆足了劲头或是引进技术或是挖人才搞研发,相比之下,太重的投入就略显不够,失去了竞争力。

走向市场经济后,各企业的竞争是激烈的也是残酷的,有时候一步落下,就跟不上了。

"绿巨人"扬名"一带一路"

"煤炉"产品的前盛后衰,是揭示企业必须遵循国家经济发展大方向的典型案例。只有及时调整产品结构,不断推出符合大环境发展的新产品,才能立足市场。

1995 年,一个新的概念——"可持续发展",被中共中央作为国家发展的重大战略正式提出,并付诸实施。20 世纪 80 年代以后,全球资源、能源消耗和环境被破坏的形势日益严峻,如何实现人类经济社会的可持续发展,引起全世界共同关注。

1992 年的世界环境和发展大会以"可持续发展"为指导方针,制定并通过了《21 世纪行动议程》和《里约宣言》等重要文件,正式提出可持续发展战略。这虽然使企业被迫淘汰一些产品,但也带来了新的发展机遇。

在很长一段时间里,山西省都是中国工业版图上的能源重化工基地,承担着艰巨的生产任务,这也导致了环境污染严重的问题。根据可持续发展战略,研发新型环保产品势在必行。

2000 年以前,焦炉机械对于太重来说,还是一个全新的领域。但是,恰逢 1998 年的一个机遇,使太重敲开了这个清洁能源领域的大门。当时,山西省寰达公司正打算启动 50 万吨互联式清洁型焦炉建设工程, 这个工程计划采用当时世界最先进的捣固煤技术和无回收炼焦技术,这是一种全新的工艺,有焦炭质量好、无污染、投资省、见效快的优势。这个工程在山西备受瞩目,因为该工艺符合"清洁生产和可持续发展"战略,属于排头兵。若是建成,将对后续取代造成山西严重污染的土焦炉具有重要的指导意义。

这项工程主要由互联式清洁型焦炉、焦炉清洁设备、蒸汽锅炉和发电设备、外围设备等组成,可以将煤炭捣成煤饼并送入卧式炭化室。想要实现这个目标,相对于传统捣固炼焦设备,有很大的技术革新要求。

很幸运的是,太重中标了焦炉机械设备的研制开发工作。从 1998 年 7 月开始,历经 11 个月的开发设计、不断实验,设计方案在 1999 年初通过审查,开始投入生产。

1999 年 12 月,产品制造完成,开始调试。通过这个产品,太重掌握了焦炉机械的核心技术,正式进军该领域。后来又相继研制出热回收焦炉和捣固焦炉系列产品,并进行批量生产销售,同时申请了 20 余项技术专利。经过多年发展,太重焦炉设备已在国内、国际市场占据一席之地。

2021 年,在湖南省的湘潭钢铁公司厂区内,一套焦炉设备在热火朝天地运行着,推焦车正朝着目标炉号运动。走进推焦车司机室,一块窄高型的焦饼展现在眼前,隔着玻璃都能感受到独属于焦炭的炙热。随后,推焦杆由低速转为高速,焦饼进入碳化室,约 1 分钟后,火红的焦饼又被从碳化室推出。10 分钟后,当我们绕到焦炉另一侧,就能看到火红的焦炭从推焦车中倒入正在高速旋转的浇灌车圆形焦罐中……这套游刃有余的大型设备就是诞生于太重的国内首套 7.3 米智能顶装焦炉机械成套设备,有 6 层楼那么高,远远望去,如同一个钢铁堡垒。在湘钢,大家亲切地将其称为"绿巨人"。

这个"绿巨人"是湘钢《大气污染防治三年行动计划》中的重点工程,使其在"用煤不见煤"的基础上实现了"炼焦不用人"。设备采用了特殊设计的负压装煤方式,还加装了地面除尘系统、地面除尘站等诸多除尘设备,使污染在源头上就被控制起来,让整个生产现场变得十分清洁,让生产过程变得更加绿色。

太重的新焦化设备不仅在环保绿色上下了大功夫,更值得一提的是数字化和智能化。如太重制造的起重机般,这台设备居然也有一颗"智慧大脑",可以通过作业管理及炉号识别系统传送作业计划和地址信号,使各车辆都能实现自动行走、自动定位、完成车辆自动循环等无人化智能操作,使湘钢的焦化项目真正步入了"无人操作"的新时代。使用了这样的设备后,湘钢焦化炼焦炉的值班长汤工说道:"以前的焦炉设备都需要我们工人操作,现在智能焦炉设备只需要一个人监管,更安全、效率更高了。因为它的定位和行走,都比人工更加精准。"

2023年7月,太重最大捣固装煤推焦一体机成功出焦,火红的焦炭顺着推焦车倾斜而下,落到了熄焦车内,火花四溅……这台为客户量身定做的产品是我国目前集成化程度最高的SCP一体机,其规格、装煤量、产焦量都为该系列国内最大,填补了太重该机型捣固焦炉成套设备的历史空白。

这套焦炉机械设备可以年产焦炭180万吨,"没想到太重的新产品质量这么好,从准时交付、安装调试、热试车到设备投产,每个阶段都让我们看到了太重的生产能力和制造实力。"用户这样评价。不仅如此,因为太重设备技术标准高、设备质量可靠,达产达效时间比用户预估的时间提前了近1个月。

这套焦炉设备的核心技术秉承大型化、智能化、绿色化理念,由太重自主设计完成,自动化程度达到国内领先水平。此外,围绕焦炉设备排放烟尘治理这一难题,配置了具有专利技术的高负压除尘系统,有效防止了在推焦和装煤过程中的烟尘溢散,将污染的源头削减、过程减量、末端治理形成闭环,达到国家最低排放标准,实现无可视烟尘作业。

2023年11月,太重海外最大智能焦化项目也顺利投产——巨大的推焦车、笔直的管廊、整齐的炭化室在阳光照射下熠熠发光,在电脑控制下,推焦、接焦、熄焦整个炼制过程一气呵成……

这个项目可不是一般的焦化项目,这是"一带一路"共建国家近40年来投资最大、规模最大的焦化项目,也是用户扩容增建、升级改造的绿色环保项目,更是我国迄今为止签订的最大金额的海外焦化项目。其中太重承制的两套7米顶装焦炉设备,包含了推焦车、拦焦车、装煤车、电机车、炉门服务车等焦炉机械,对整个项目顺利生产起着至关重要的作用。

"焦炉机侧炉头烟扩散速度快、面积大,很像做饭时产生的油烟,而用户又有绿色环保的需求,我们就做了一台'大型抽油烟机'。"太重技术负责人

武国强提起这套设备，那是无比的骄傲自豪，"我们特别设置了炉前烟罩，对烟尘逸散点进行针对性捕捉，有效确保了各项排放物指标达到最严排放标准，极大地改善了以往烟尘弥漫的作业环境，减轻了环境污染。"

此外，太重自主研发的焦炉机械智能控制系统，还为焦炉机械安装上"智慧大脑"，可以实现设备稳定运行，多台机械设备的协同、智能、安全、高效联合作业。"太重智造"，名不虚传。

第十四章

风之语

"海上巨无霸"

碧空荡漾,风声阵阵。2台已经完成吊装的太重风机矗立在福建福清兴化湾的海面,洁白的机身格外醒目。2017年9月29日18时56分,随着风机叶轮的快速转动,太重首台海上5MW风电机组在三峡福清兴化湾样机试验风场成功并网发电,标志着太重在海上风电领域实现重要突破,在新能源高端装备制造领域迈出了关键一步。

资源短缺和环境污染是人类长期面临的两大难题,开发以可再生能源为主的新能源、发展低碳经济是解决这两大难题的重要途径,也是发展新兴产业的突破口。

海风,蕴藏着巨大的能量,是一笔你想象不到的资源财富。如果把地球上可利用的海上风能全部转化为电能,它所产生的发电量,相当于同一时间内全世界所有电厂发电量总和的20多倍。

为了收集如此巨大的能量,人类创造出了能够征服它的钢铁巨人——海上风力发电机。一架10兆瓦的海上风力发电机,叶轮直径长达185米,叶片长达90米,相当于30层楼的高度。

三峡福清兴化湾样机试验风场是全球首个国际化大功率海上风电试验场,安装在这里的太重首台海上5MW风电机组风轮直径153米,扫风面积比两个半标准足球场还大,可以并排布下两架A380客机。轮毂高度105m,采用独立电动变桨、主动式偏航、微处理器控制、实时操作系统等技术。一台这样的设备每小时可输出5000度电,可供1万户家庭使用。

为适应海上恶劣环境,太重在这台"海上巨无霸"设计中对机组的可靠性、防盐雾、防潮湿、抗雷击、抗台风等均进行了针对性设计。

当时留给太重人并网工作的有效时间并不多。按照节点要求,9 月 29 日 24 时前必须并网;而 27 日晚间,这台海上 5MW 风机才开始正式带电调试。

主控程序、电气线路、检测设备等较之陆地风机也更为复杂,给调试并网发电工作带来了更多挑战。在送电前,调试人员进行了细致而详尽的前期准备工作,对于风机状态进行了仔细检查调试,保证所有系统的稳定运行及状态正常。此次样机对海上特殊环境存在的困难,进行了充分的考虑,采取了可靠的措施,新增整合了包括视频安防、自动消防、弧光检测、雷电检测、独立变桨、湿度控制等系统功能,完善了机组整体的自动化控制程度及远程监控能力。

安装调试期间,机组成功抵御包括纳沙、海棠、天鸽、古超、泰利等多个台风考验,最高瞬时风速超过 40 米 / 秒,抗台风控制策略得到了有效验证,两台样机巍然屹立在祖国东南沿海的大海深处。

中国风电行业的"太重速度"

世界风能协会作出这样的预测:从 2022 年到 2026 年的未来五年间,海上风机叶片长度 185~220 米将成为主流,而陆上风机的主流是叶片长度 150~170 米。

我国风电发展规划提出,到 2020 年风电装机要达到 2 亿千瓦。仅 2015 年,中国风电产业新增装机量就创下 3080 万千瓦的纪录,成为推动全球风电装机量增长的主引擎。可见,风机的大型化是大势所趋,谁能在大型化风机的产业链上提前布局产能,谁就抓住了市场机遇。而塔筒,就是这个产业链上的关键一环。

要承载起一座叶轮直径 185 米、叶片长度 90 米的巨型风机,它底部的塔筒要达到 470 吨的重量、110 米的高度。为了生产这样的巨无霸,人们不得不搭建一座巨大的厂房。但即便是在一个有 3 万平方米、相当于 4 个标准足球场大小的车间里，也只能容得下分段制造，再用法兰组接成一个完整的塔筒。在全球新能源市场中，风电是最具价格竞争优势和发展潜力的产业，同时也在引领着全球能源转型。

由于独特的地理环境特征，山西省风能资源丰富，储存量约为 5800 万千瓦，大型风电场技术可开发利用的容量已超过 1000 万千瓦。然而自 2000 年以来，山西省始终没有一家能够在全国拥有话语权的风电设备制造企业。

2008 年底，太重集团响应山西省委、省政府加速发展的号召，开始进军风电领域。风力发电机组是一类高科技含量产品，从首台开发到应用，国内外企业普遍都要经过 5 年左右的时间。

当时风电市场的竞争已经趋于白热化，虽然太重已开始初探风电市场，先后做过一些机架、主轴、增速齿轮箱等关键件，但对于风电整机是相对陌生的。起步晚、市场竞争激烈，唯有以最快速度最好质量出击，才能占领制高点。

第一代太重人"唯我先锋"的那面旗再次飘扬在太重上空。

当时，国内大部分企业都选择了花费"巨资"去购买国外技术，但立足长远发展的太重选择了自主研发，对于"速度"的要求，显然更加苛刻。

毫无风电设计基础，更没有整机制造经验，风机的工作原理是什么？风机的主要结构是什么？对研发组来说，就是从零起步。

时任技术中心常务副主任的王首成"领衔"研发团队立下"军令状"，在走遍省内外大大小小的风场，翻阅了风电所涵盖的所有机械、电气、液压、力学、空气动力学、微观选址等专业的书籍后，王首成与时任技术中心风电所副所长贾文强带着几名设计员在炎热的 8 月奔赴福建，习惯了山西舒适夏日的他们，硬是冒着 40℃以上的高温酷热，在没有任何辅助设施的情况下，徒手攀爬 90 米直梯到达风机机舱，只是为了把风机机型的技术特点研究透。

虽然身上的衣物被汗水湿透,汗顺着脸颊流到眼睛里,火辣辣地疼,但他们顾不上休息,仔细研究风机整体布局及各分子系统、各零部件的技术细节及技术参数。

奇迹就这样从艰难之路中走出来了:2009 年 11 月,太重的第一台风电整机——1.5 兆瓦风机并网发电一次成功,雪白的风叶在大同新荣风电场的山脊上飞快旋转,风机各项运行数据完全达到设计要求和国内外同类产品先进水平。

从整机设计开始,包括生产制造、安装调试,直到并网发电,太重人只用了短短一年,只用了国外公司 1/3 的费用、1/3 的时间,开了山西省风电产业的先河,更创造了风电行业前所未有的惊人速度。时任太原重工副总经理的李富奎笑称:"这风机呀,都是咱太重清一色的'土专家'们自己研制出来的。"

起跑速度是一个奇迹,加速度仍然是一个奇迹:太重自主研发的 1.5 兆瓦、2 兆瓦、3 兆瓦 3 台整机,从研发到并网只用了 3 年时间,花费不到 1 亿元,用国外公司 1/3 的时间取得了 3 倍的成效。

每年研发一个新规格,一年一个新产品,一步一个新台阶,正因为掌握了核心技术,太重风电产品成长的速度超过了外界的预期,短短几年内,就具备了由陆上到海上等各类风电整机及风电增速齿轮箱等全系列产品的研发制造能力,步入了国内大型风电整机制造企业行列,诠释了什么是"太重速度"。

未来,太重将进一步提升自主设计研发水平,继续加大海上 8~10MW 风电机组技术研发,填补国内超大功率海上风电机组空白。太重建成一流的新能源装备技术研发、设备成套制造基地正跃然眼前。

到"十二五"末,太重已经是国内独立自主完成 1.5 兆瓦、2 兆瓦、3 兆瓦、5 兆瓦双馈和永磁系列风力发电机组开发的唯一厂家,所开发的 4 个系列风

电整机设备,包括风电产品中最核心的增速器,全部是自主研发并具有完全独立自主知识产权,所有产品均有了各自的市场。

2011年,太重风电设备分公司成立,后更名为新能源装备有限公司。

2012年,太重在内蒙古风能资源最好的察右中旗有了自己的制造基地,总占地面积约29万平方米,年生产风电整机能力可达500台。同时,太重风电从最初的单一主机制造发展到了EPC总承包,风场项目覆盖黑龙江、山西、内蒙古、山东等地区,累计签订合同装机容量达到120万千瓦以上,不仅在激烈的市场竞争中赢得了主动权,而且也让用户享受到全方位的"交钥匙"服务。

太重风电,从零开始,短短数年,成为山西省内唯一从事风电设备整机及其关键零部件的自主研发与生产、风电场EPC项目总承包、风场运维及检修服务为一体的综合性风电产业服务商,成为跻身国内风电行业前列的一颗"新星"。

太重"追风人"

相对于那些传统产品的悠久历史,风电是太重的新领域、"年轻人"。太重风电事业的发展,也正是靠着一群年轻小伙子的激情付出。

"我们是追风人,常站在风口。"在朱少辉工作笔记本的扉页上,写着这样一句话。1980年出生的朱少辉,是太重大型风力发电机组山西省科技创新重点团队核心成员,2014—2015年度全国青年岗位能手,2018年首届中国创新方法大赛山西赛区二等奖;2018年、2019年全国五一劳动奖章获得者;2019年山西省劳动模范、山西省十佳中青年优秀科技工作者;2020年全国劳动模范。

"由贵公司提供的风电机组,发电利用小时数再创新高,并多次在我省184个风电场中位列月发电小时数榜首!"

2021 年伊始，太原重型机械集团有限公司收到了一封来自山东用户的感谢信，让太重风电人信心倍增。把取之不竭的风能转化为电能，是太重集团重点转型领域之一。如今，从戈壁荒漠到草原丘陵，再到茫茫大海，印有"太原重工"字样的风电机组已经遍布祖国大江南北。据统计，到"十三五"末，太重自行开发的风电场总容量达到 300 万千瓦，创造工业产值超百亿元。

这些矗立在风口的"大风车"，转着转着就把电发了，看起来轻而易举，然而其背后是一套严格缜密的标准，倾注着广大科研人员的心血。

朱少辉原本从事起重机械设计研究，后来被抽调到风力发电机械设计组负责设计研发工作。"起重机设计和风力发电机组设计是两个完全不同的科研领域，刚开始攻关，遇到了很多困难。由于我们是自主研发风力发电整机的企业，大到总体方案设计，小到每一个结构、参数，都得自己摸索前行，在一次次失败中摸爬滚打、积累工作经验。"他回忆，过去我国风电核心控制技术都是从国外买进，但很多核心技术是买不来的，尤其像控制技术，国外卖给我们的只是控制器，核心代码从不开放。

随着项目组的研发成功，国外对风电核心技术的垄断被打破了，朱少辉的科研之路也像开了挂，这些年，他带领项目组设计的具备自主知识产权系列机组单机容量不断增大、风轮直径从 77 米扩大到 182 米、叶尖最大高度从最初的 140 米到如今超过了 200 米。南起福建北至黑龙江，朱少辉翻山越岭、迎风而立，看着自己设计的风电机组巍然矗立在山脊，激动不已。

承担生产安装任务的太重风电分公司，大部分员工是和朱少辉一样的 80 后，是太重人员年龄结构最年轻的单位之一。有风电项目的地方大多在贫瘠的荒凉山上或是荒无人烟的大草原中。这些年轻人在远离家乡、远离亲人的地方工作，苦累是对人生意志的磨炼。

风机最矮的有 70 米，相当于 23 层楼房的高度，最高的有近百米。遇到没有电梯的风机，只能徒步爬上去。太重风电人穿戴着安全装置，背着工具和

电脑,爬到近百米高的直梯,一天上下4趟是家常便饭。有人统计过,风电"小伙子"保持的最高纪录是一天9趟。

百米的高空,风机轮毂内夏天闷热,冬天极寒,要是赶上大雪纷飞,雪有半腰深,连汽车都上不了山。大家穿着军大衣,在零下20多摄氏度的雪地里,顶着北风、冒着鹅毛大雪,深一脚浅一脚地将车推到山顶,只为离风机更近一点、更近一点。

风电分公司的苗世鸿,入职刚转正便在项目上昼夜坚守,与新婚妻子分隔两地。累了,就卷着军大衣在卡车货仓里眯一会儿,体力透支是常事,嘴唇裂得都是口子。那种风把雪吹起来,把沙石扬起来,打在脸上又疼又冰的感觉刻骨铭心。

来自技术中心风电所的杜杨超,新婚后一年有一半时间穿梭在各个风场,经常一整天不下风机,1.8米的身高要窝在风机轮毂中超过8小时,为的就是赶进度,一壶开水和方便面是全天的干粮。

电气分公司王中,常年窝在机舱里调试,得了严重的腰肌劳损,靠贴膏药止痛。

任宇飞,入职740天,出差670天。

段乐,入职980天,出差850天。

孙喜力,每周工作超过78个小时。

黄悦,一年365天,有超过200天工作在七八十米的高空。

……

"太重速度"从无到有的缔造,离不开企业的决策部署,离不开自主创新的研发,更离不开"追风人"群体。

2015年12月9日上午,太原重工新能源装备有限公司风电整机及关键零部件智能化工厂项目在太原经济技术开发区开工建设。时任山西省省长李小鹏,省委常委、太原市委书记吴政隆等领导与有关方面代表一起见证开工。随着全国劳动模范、太重集团一线职工邱娃宣布"太重风电整机及关键零部件智能化工厂建设项目开工","太重速度"在机械轰鸣声中再度启程。

这是太重首个以"中国制造2025"为理念的、可满足年500台1.5~3兆瓦风电整机智能化生产需求、年产值70亿元的工厂。

风叶在转,日月在变。采访中感觉到,朱少辉的可贵之处在于对风电创新的持续热情始终不变。在大多数人看来,只有风大的地方才适合安装风电机组,低风速地区是建不了风场的。但朱少辉不这么认为。

2016—2018年,朱少辉担任山西省重点研发计划"2MW系列低风速长叶片双馈风力发电机组研制"主任设计师,解决了低风速长叶片风电机组发电量提升与可靠性降低、成本上升的矛盾,显著提高了低风速地区的风资源利用率,提升了我国低风速风电机组自主研发水平。

目前,我国低风速资源面积占全国风资源区的68%,2MW系列机组的诞生,使具备开发价值的风速由6米/秒下探到5米/秒,超低风速区域具备了开发价值。一个时期,太原重工系列低风速长叶片双馈风电机组订货近300台,一座座白色风机在南北各地的低风速区并网运行,产品实现销售收入20多亿元。

"我很期待看到草原上,白色风机与牛羊浑然一体的样子,一定很美。"朱少辉诗意的期待不由让人对远方产生遐想。

在能源供给侧结构性改革的浪潮下,风电行业回归理性发展,从2021年起新核准陆上风电项目国家不再补贴资金,风电迈向市场化运作时代。整机企业的盈利点越来越低,如何提升风电机组的高附加值?如何获取技术含量高的盈利模式?如何在智慧风电领域站稳脚跟?成为风电行业的技改方向。

2021年3月,太重集团立项开发面向"三北"地区的4.5MW/155风电机组,朱少辉和团队成员快马加鞭,开始了新的技术攻关。

"风电技术的创新频率越来越快,以前几年的研发,现在几个月就更迭出了新产品、新技术,我们需不断创新才能跟得上市场变化。"为了保证设计

进度,项目组每个小时都不敢浪费,不断优化产品设计参数,采用小接口叶片减小了轮毂和变桨的系统重量;采用高速双馈技术降低主传动链和发电系统成本;采用全新电气上置方案减少电缆和土建等投资……

为获得更准确的技术参数,他带领项目组多次前往内蒙古,实地考察后为该地区量身定制了 4.5MW 风电机组。这批机组加持了新的软件"大脑"、降低了轮毂高度、减小了风轮直径,厚重的前机架也成功"瘦身"20%,每台机组减重 8.36 吨,节省了十几万元的设计成本。

太重风电,继续书写传奇……

第十五章

功勋塔架

托起祖国第一颗人造卫星

1956 年,中国航天从零起步,踏上通向星辰大海的逐梦之旅。不论是那时还是几十年后的今天,航天技术都属于尖端科技,几乎没有国家对我们伸出援手。从火箭到发射塔架,我们只能自己造。就拿太重来说,其在发射塔架领域的地位毋庸置疑,是中国最早、业绩最多的航天非标准设备生产基地,累计生产制造了 13 座卫星发射塔架及配套非标装置,为多项航天工程提供了质量过硬的产品和服务。

从"东方红"号人造地球卫星到"神舟"号载人宇宙飞船,从"嫦娥"号探月飞船到"长征"号系列运载火箭,太重不仅把航天发射塔架打造成了极具知名度的标志性产品、让中国人民扬眉吐气的国之利器,更让中华民族在逐梦苍穹的道路上迈出愈加坚实的步伐。

"发射塔架"作为火箭发射升空前的最后"驻留地",是具备箭体防护、燃料加注、测试检查、能源保障、智能监控等功能的综合性火箭平台,对航天事业具有重要意义。

为适应航天事业发展的需要,太重生产的发射塔架功能也越来越强大、越来越齐全。太重作为中国最大的航天发射装置生产基地,能满足任何条件下航天事业对发射塔架的需求。

1970 年 4 月 24 日 21 时 35 分,中国第一颗人造地球卫星"东方红一号"发射成功,拉开了中国人探索宇宙奥秘、和平利用太空、造福人类的序幕,一举使中国成为"太空俱乐部"成员。而许多国人当时并不知道,正是太重生产的发射塔架成功完成了这次历史性的发射任务。

"在当时,发射塔架任务属于国家机密,为了保密,太重在向生产车间下

达工作指令时，都用'1号门吊'来代称发射塔架。所选参与塔架生产技术、业务管理的人员和操作工人，不仅要求技术、业务必须过硬，更要历史清楚，政治可靠。"太重理化中心焊接培训室负责人，国家级技能大师和示范性创新工作室带头人樊志勤听自己的师傅讲起那段往事。"师傅说，当时为了保密，生产期间参与的职工都不回家，家属送饭只能送到厂门口。"

太重当年的这份荣耀和成绩，迟来了几十年。

在太重第一本厂史（1950—1985）中，对这个项目没任何记载，当年参加过此项目的老一辈太重人，始终没有将这一事实吐露，直到后来随着一部分国家资料的逐渐解密，国人才知道是太重托起祖国的第一颗人造卫星。

有一种荣光叫"太重塔架"

"10、9、8、7、6、5……"庄严的倒计时中，我国第一艘载人飞船"神舟五号"缓缓升起，冲入云霄！随万柏林政协第一次前往太重采访时，在太重集团展

览馆,我们共同感受了一次模拟操作,恍如置身真实现场,每个人都心潮澎湃。

2003 年,矗立在酒泉卫星发射中心的 921 发射塔架成功托起我国第一艘载人飞船"神舟五号",杨利伟成为飞向太空的中国第一人,这一刻起,我国成为世界上第三个掌握载人航天技术的国家。这一刻,距项目正式启动已过去 9 年。

1992 年,我国载人航天工程(代号"921 工程")正式启动。

1994 年 7 月至 1995 年 5 月,太重花了 10 个月时间,完成了施工设计及工艺方案的制定,包括装备、2000 多吨原材料、150 万件外购件的采购及生产准备工作。在制造过程中,太重制定了塔架制造质量计划和质量保证组织体系,针对塔架制造工作量大、时间紧、技术要求严、结构件占用面积大等困难,全公司协同攻关,日夜奋战,先后攻克了薄铝板焊接、超长件焊接、塔体拼装、回转吊车超负荷试车等难题,终于在 1996 年 4 月 12 日通过出厂验收,

得到国防科工委特装部、机械部军工司、基地和科工委设计所首长与专家的好评。

高100多米、总重量达2300余吨的921塔架，发运时先后用了7节专列、近300节车皮，现场塔体拼装时，33000余个高强度螺栓孔，现场穿孔合格率达100%，创造了国内塔架安装史上的奇迹，是目前我国规模最大、功能最全的全天候发射塔架。

"发射塔架"作为火箭发射升空前的最后"驻留地"，包含四层回转平台，里面布设了电、气、液等复杂的线路管网，是具备箭体防护、燃料加注、测试检查、能源保障、智能监控等功能的综合性火箭平台。

2016年10月17日，这座塔架托举神舟十一号飞船腾空而起，一团橘红色的烈焰留在了大漠长空。

2021年6月17日，还是这座塔架，搭载神舟十二号载人飞船的长征二号F遥十二运载火箭，在酒泉卫星发射中心成功点火发射！10月16日，依旧是这座塔架，再次将神舟十三号载人飞船的长征二号F遥十三运载火箭托举升空。

装焊这座战功赫赫的塔架是太重矿山设备分公司装焊组长林克西职业生涯中最难忘的一项任务。

前面介绍过林克西，他的父亲林友大是第一代太重人，他自己从太重技校毕业后分配到焊接车间，成为一名装焊工，他形容自己的职业时用了一个很有趣的比喻——"钢铁裁缝"。

"装焊工技术含量比较高，需要把图纸研究透，把钢板精准地裁开。我干过的第一个工作是煤气发生炉，后来干过起重机、电铲、大型挖掘机，从4立方米一直干到75立方米。但记忆最深的是搭建酒泉卫星发射塔架和国家大剧院主舞台。记得当时发射架组装了三次，第一次装起来后，不合适，拆开；第二次等焊工干完后，发现变形，再拆开；第三次，完美组装成功。塔架属于军工产品，质量要求极其严格，接起来有300多米，要求达到'垂直组装、垂直

运输、垂直发射'的'三垂直'标准，一般来讲根本就达不到。当年我们亲手参与了功勋塔架的制造，这是我一生的光荣。每每想到中国人世世代代的飞天梦想最终能在我们这一代人手中实现，自己也是其中的亲历者，就有一种血往上涌的激动。"这是属于林克西的自豪。

樊志勤最难忘怀的是关于这座塔架的记忆。在太重集团公司本部，有两个工作室是和个人名字联系在一起的，一个叫"张东元创新（技能大师）工作室"，另一个就是"樊志勤创新（技能大师）工作室"。

2011年，天宫一号飞船发射成功后，发射基地在对设备检查中，发现翻板铰链出现断裂，此时距离神舟八号飞船发射时间越来越近了，必须立即解决。据说，当时有不少专家与技术工人都无法解决这个问题，后来有人提议从太重把樊志勤这个焊接技术大师给叫来。

接到命令后，樊志勤立即和相关设计人员赶赴基地。在与专家们分析出现问题原因后，提出可行的修复方案。凭着多年积累的焊接技术和修复经验，他在发射塔架上亲自动手操作，每天工作十五六个小时，对整个塔架做了全面检查和修复，非常出色地完成了任务。"10月的戈壁滩有些冷，但星空很美，站在塔架上，感觉离星空很近。"

在酒泉卫星发射中心，每成功发射一颗卫星，发射塔架上就会挂上一枚属于这颗卫星的"星星"。2023年4月16日9时36分，塔架迎来了属于它的第100颗"星星"——长征四号乙运载火箭，成功将风云三号07星发射升空，卫星顺利进入预定轨道，发射任务获得圆满成功。

如今，在我国4个卫星发射中心矗立的11座发射塔架中，有10座都出自太重之手，在这一领域，太重能满足任何条件下航天事业对发射塔架的所有需求，是中国最大的航天发射装置生产基地。

请往下看——

在西昌，送"嫦娥"奔月。

2007 年 10 月 24 日,太重生产的发射塔架,将中国探月工程的首颗卫星"嫦娥一号"成功送往 38 万公里外的月球,中国几千年"嫦娥奔月"的神话变为现实。2013 年 12 月,从西昌基地传来了喜讯,"嫦娥三号"发射成功,"玉兔号"巡视器顺利驶抵月球表面,留下了中国在月球上的第一个足迹,太重制造的发射塔架又一次圆满完成发射任务。

在太原,助"羲和号"飞天。

从发射我国第一颗气象卫星"风云一号"开始,太重制造的塔架一次次成功地将卫星送入轨道。2021 年 10 月 14 日 18 时 51 分,长征二号丁运载火箭成功发射首颗太阳探测科学技术试验卫星"羲和号"。这次发射是太原卫星发射中心组建以来的第 100 次航天发射。太重制造的发射塔架再次圆满完成发射任务。

在文昌,托举"长七"升空。

2016 年 6 月 25 日,在我国首个滨海发射基地海南文昌,载人航天工程为发射货运飞船而全新研制的长征七号运载火箭,由太重集团制造的发射塔架托举,轰鸣在无垠太空;2020 年 11 月 24 日凌晨 4 时由长征五号遥五运载火箭点火发射,太重塔架再次助力;到目前,还陆续完成了长征八号首飞、天和核心舱、天舟二号、天舟三号等重大发射任务。

在全国矗立的每一座航天发射塔架无一不雄伟壮观,它们承载着航天梦的使命,在阳光下熠熠生辉。每一次发射塔架成功托举火箭飞天,所开启的航天时代有多壮丽,塔架的使命就有多光荣。作为"共和国长子"的太重,用对祖国的热忱,对航天事业的热爱,贡献出全部力量,圆满完成了每一次的塔架生产制造任务。

从酒泉、西昌、太原到文昌,变的是航天发射的地点,不变的是太重人践行太重核心价值观、产业报国的赤诚。

2023 年 5 月 30 日 9 时 31 分,酒泉卫星发射中心发射场内由太重生产的功勋塔架 921 再次展开巨大双臂,搭载神舟十六号载人飞船的长征二号 F

遥十六运载火箭,宛如一支穿云利剑,划破天际,飞向茫茫太空。

航天发射塔架既是太重的标志性产品,也是让中华民族扬眉吐气、举国振奋的国之利器。

从"东方红"到"神舟号",从"嫦娥探月"到"空间试验",由太重生产制造的塔架一次次唤起华夏儿女举杯共贺的满腔感慨,也一次次把中国的航天事业推向新的高度,这既是太重人矢志不渝的卓越写照,也见证着中华民族振兴的铿锵步伐。

第十六章
轨道交通,又一张精彩的"太重名片"

从 1964 年起跑

根据中国交通运输部统计，截至 2023 年末，55 个城市开通运营轨道交通线路 306 条，运营里程 10165.7 公里，车站 5897 座。4 大直辖市、23 个省（自治区）的省会城市、5 个计划单列市已经全部实现轨道交通覆盖。北京以 836 公里的运营总里程首次超过上海，成为全国乃至全球轨道交通运营里程最长的城市。55 座运营轨道交通的城市中，约一半的运营里程超过 100 公里。高铁、动车以及城市轨道交通系统正在成为国家的毛细血管，并构成了全球城市化进程中的重要推动力。

轨道交通，历来是关乎国民福祉、牵动工业经济的一件大事。凡强国，必先利其器。作为国之重器，轨道交通是实现强国梦的重要一环，更是实现科技自立自强的"奔跑先行官"。

放眼望去，新线路、新车站、新运行图……神州大地，路网密布，高铁飞驰，勾勒出流动中国的精彩画卷。在令世界为之惊艳的"中国速度"背后，离不开众多企业、科研机构的保驾护航。

1964 年，太重研制了我国第一条车轮生产线的大型锻造设备，为中国铁路前期发展作出重要贡献。但那时候太重的生产模式还是单件小批量生产，并未考虑过直接研制生产铁路轮和轴，因为铁路轮、轴产品是批量化生产的，这对太重来说是一种崭新的模式和领域。

后来，为了适应批量化模式，为了培育轨道交通产品板块，太重饱尝了迷茫与沉浮、质疑和泪水，当时不论是外部还是内部的争议都不断，认为直接生产批量化产品，有悖于太重的发展方针。

1978 年，党的十一届三中全会带我们走进了改革开放这一历史新时期，随着经济体制改革的不断深入，企业经营自主权越来越大，经营思路愈发活跃，有人提出，目前太重的产品生产周期长，利润有限，从未来发展看，除了考虑社会效益，也应该考虑如何使经济效益最大化。

1989 年，为了开拓新市场，太重引进了奥地利生产的精锻机，建成了一条年产 8 万根火车轴的连续生产线，这是太重历史上第一个批量化产品。产品制造出来后，铁道部相关部门派团队前往太重进行现场检验，得出结论：质量完全符合铁标要求。这条生产线上产出的车轴产品一直收益水平较高，一度成为市场上的抢手货，赢得诸多客户的好评。自此，太重迈开了产品结构调整的步伐。

不过车轴产品的成功并未彻底吹散笼罩在太重上空的阴霾。1988 年至 1989 年，由于供电紧张，太重甚至一个月被拉闸 21 次，严重影响了生产的正常进行。除了供电不足，资金紧张、原材料严重缺乏等问题也并未得到解决，贷款利率的提高使得年度待支付利息比上年增加 1200 万元，全年原材料价格上涨成本 2500 万元，再加上外部拖欠货款数额巨大，已经高达 1 亿多元。种种不利因素的叠加，导致从 1989 年 5 月开始，太重迎来了持续亏损。

如何熬过经济寒冬？厂党委于 1989 年 7 月召开第十三届二次职工代表大会，会上决定，要尽快按照企业的实际情况调整经营策略和产品结构，改进生产方法。整个 1989 年下半年，太重都在贯彻保重点、保创汇、保货款、保利润的工作原则，把用户不急需、产品结构复杂、生产周期紧张、货款不落实和没有经济效益的产品适当向后排期，将国家重点项目、用户急需、货款落实和能实现盈利的产品优先安排。1989 年 8 月 20 日，厂党委、厂部、工会联合召开了名为"奋战四十天，向中华人民共和国成立四十周年献厚礼"的动员誓师大会，号召全厂干部职工积极投身于"大战四十天，迎国庆、献厚礼"的生产热潮中，有效抑制经济滑坡，尽可能实现全年利润指标。

20 世纪 90 年代，各企业之间竞争愈发激烈，竞争对手越来越多，太重面临着极其严峻的经济形势。这样一来，加快产品结构调整势在必行。此前，车

轴产品的成功，已经让太重人对更多品种、更大规模的批量化生产充满希望，与车轴相近的车轮产品，很快进入大家的视野。太重领导班子开始酝酿讨论上马年产 10 万吨铁路车辆车轮生产线项目。

1994 年 4 月，一家加拿大公司，因停产准备出售二手辗钢车轮生产线。太重收到消息后，立马召开会议研讨到底要不要引进这套设备并派出项目组前往加拿大实地考察。当时太重人面临困难的抉择。一方面，这套设备始建于 20 世纪 50 年代末，已经服役 30 多年，虽然质量尚佳，但毕竟年头久了，引进回来也许会发生意想不到的风险。但另一方面，当时的铁道部正提出要扩大投资规模，加快国家铁路建设，太重若是能乘上这班顺风车，也许就能扭转一直以来的经营劣势。

1995 年 5 月，身在加拿大的钢轮项目组焦急等待着太原本部的最终决定。14 日晚，他们等来一个令人欢欣鼓舞的越洋电话："全厂团组长会议通过了！签合同！"

批量化生产里程碑

在与加拿大方面签订了购买二手设备的合同之后，太重钢轮项目算是正式启动了。在当年，这是太重建厂以来投资最大的一个项目，总投资达到了 1.45 亿元。在当时企业非常困难的时期，人们将它看作是太重的"希望之光、胜利之火、生命线工程"。

更重要的是，这是一次企业从单件小批延伸到批量化生产的里程碑式创新，对于拓宽企业经营发展的思路和途径，具有非常重要的意义。但从另一个角度看，这个决策不得不说是冒着一定风险的，甚至带点孤注一掷的意思。

1996 年春节，承载着太重希望的钢轮设备生产线从大洋彼岸运抵天津港，4 月陆续运回太重，共装了 150 节车皮，总重达 4000 余吨。一般来说，买回来的生产线都由对方负责全部或部分安装调试工作,由于资金紧张,太重人只能选择自己动手,全部设备清洗、安装及土建等方方面面工作都靠自力更生——轧锻厂负责热线主要设备,修理公司负责冷加工主线机床,工具模具公司负责除尘设备,挖掘机厂负责折断机和热处理设备,安装公司承担基建工作,热处理、减速机、起煤、木模等单位提供工作场地,设计研究院、工艺处、一焊、二焊、动力厂……全厂 20 多个单位,全部参与到钢轮设备"修配改"战役中。

1997 年 3 月,生产线正式进入大规模设备安装阶段,各设备承修单位立即将工作重点放到钢轮现场,来自 20 多个单位的职工,一起在现场加班加点,继 20 世纪 50 年代之后,又一派热火朝天的大会战景象呈现在太重人眼前。大家为什么干劲十足?因为这条生产线有着不一般的意义。

6 月 30 日,香港回归祖国和党的 76 岁生日前夜,战胜了无数困难的太重人,成功轧制了第一片合格的钢轮。看着这片钢轮,有不少职工流下了激动的泪水,这简直是历史性的一刻!

正当人们沉浸在喜悦中时,却出现了在项目上马前就令人担心的事件:车轮生产线反复出现不正常状况,生产不能连续,无法形成规模,最少时一年只能生产几千个。设备老旧的硬伤逐渐浮出水面,这条生产线来到太重后,坏了修、修了坏,生产效率根本达不到预期。

太重车轮产品的"元老"沈志远回忆说:"1997 年那阵,全国的企业形势总体上虽说不好,但钢轮市场还是很不错的,之所以遭遇挫折,直接原因是设备老旧,但根本原因还是我们对批量化连续生产缺乏理解。"

从单台设备定制化生产到批量化连续生产,这之间的鸿沟并不是轻易就能跨越的。

拿太重以前擅长的产品来说,无论是起重机还是挖掘机,无论是轧钢设备还是锻压产品,生产时都是单台设备、单台运行,就像电路并联,一条支路中的用电器若不工作,其他支路的用电器仍能工作。而车轮产品是多台连

线、统一运行，就像电路串联，各用电器相互影响，电路中一个用电器不工作，其余的用电器就无法工作，严重影响生产节拍。这种根本的区别，决定了单件小批和批量化生产，在生产组织模式、考核方法、管理思维等方面存在着鸿沟。

"车轮产品是太重从来没干过的新产品，所有管理方法、工艺流程都是从加拿大公司照搬来的。"沈志远说，当时钢轮厂的人员都是从太重各单位抽调而来的，大家对于单件小批熟悉，但是对于批量化连续生产基本上没有概念，只能摸着石头过河，边干边总结。

由于对流水线生产方式的集中管理缺乏经验，导致了产量低下，废品率高。再加上当时铁道部对钢轮产品定价偏低，太重对于产品领域不熟悉，使钢轮厂年年亏损，累计亏损额高达五六千万元。

当初的"生命线工程"，反而成了拖企业发展后腿的"绊脚石"，这样的打击对于本身就经营困难的太重来说可谓雪上加霜，大家都在思索，批量化探索的出路究竟在哪里？难道引进生产线本身就是一个错误？当时许多人开始质疑发展钢轮生产制造的路线是不是有问题，是不是应该坚持太重原本的发展路线？还有一些人主张，应该立刻将这条生产线拍卖出去，不然越生产越亏损。

当时太重要抛售钢轮生产线的消息一传出去，同样生产钢轮产品的马鞍山钢铁公司还派专人来太重考察，有意向收购这条生产线，但经过马鞍山项目组评估之后，就连他们也认为，这条生产线实在过于老旧，没必要再投入使用。这个消息给了太重人沉重一击，连同行都认为这条生产线不堪大用，恐怕想低价抛售回些本都难了。

在人心浮动的关键时刻，集团公司领导班子站出来，指出批量化转型的成功，不是一朝一夕的事，走一条新路，必须付出代价，但更值得坚守。我们费了这么大劲引进了生产线，怎么能轻言放弃？职工们也坚定了走批量化转型的决心。

1999年,新一届集团公司领导班子果断拍板:一次下拨3000余万元巨资用于技术改造,对钢轮厂不适应生产的全部热线和冷线实施彻底改造。这之后的4年当中,集团公司每年都下拨一定数量的技改资金,以确保钢轮厂的正常运作。与此同时,集团公司继续抽调精兵强将,对生产线进行"完善化改造"。

在那时, 走进轮轴分公司, 总能看到集团总部的各位领导与分公司班子,大家为了这条生产线可谓是操碎了心,人们一同分析市场、共同研究技改方略,鼓励大家扭转思维、用新思路去适应这条生产线,并进行了一系列管理革新。

新的管理方法开始在这里广泛应用。比如说"操检合一",在单件小批模式里,操作和检修是分开的,检修时间并不耽误其他工序的正常进行。可是在流水线里,一个设备检修,整条线都要停下,整个生产效率就会大受影响。而"操检合一"是一个典型的适用于批量化生产的模式,能让一个工部既有操作职能又有检修职能,统一考核生产效率和车轮产量,设备坏得越少,车轮产量越高,职工收入就越高,从根本上解决了操作和检修扯皮的问题,极大提高了大家的工作积极性。太重在这条生产线的推动下,探索出了批量化生产的工作模式。

另外,经营人员在市场开拓中大胆创新,摆脱了过去以铁路车轮为主的固有思维,由单一产品向多样化发展,工业用轮、铁路用轮全面出击,用新思维打开了新市场。

2004年前半年,钢轮板块仍在亏损,但可喜的是,后半年各项指标就开始上升了,到年底一平均,居然第一次止亏了。

2005年,钢轮厂第一次出现盈利, 月锻轧钢轮量第一次突破7000片。2006年,月锻轧车轮量突破1万片。到2010年,钢轮锻轧月产突破了2.5万片,成为集团效益最好的产品板块之一,这让大家开始觉得自己的坚持并不是无用功。

为高铁穿上"国产鞋"

2007 年，因为对未来该领域市场的看好，太原重工轮轴分公司成立，2009 年新建的轮对厂投产。此时的太重，已经成为国内唯一可以同时生产铁路车轮、车轴及轮对产品的企业，成为欧洲地区以外第一家获得欧洲铁路产品 EC 认证的公司。

据说，当时曾想购买太重钢轮生产线的马钢人后悔了，没有坚定一点收购太重钢轮，反而为自己留下一个强大的竞争对手。

"十一五"末，随着国内高速铁路和城市轨道交通系统的快速发展，拉动了对动车组列车、城轨车辆以及快速重载货车的需求。虽然太重已经对批量化生产轮轴产品有了技术和管理储备，但生产线仍然十分老旧，无法满足国家需要和企业发展。

凭借对批量生产轮轴的充足信心，太重投资 20 多亿元，在太原经济开发区大举建设高速列车关键零部件国产化项目，命名为太重铁路工业园。

2012 年 10 月，在太重高速列车关键零部件国产化项目基地，当今世界上最先进的车轮生产线锻轧线热负荷试运行，成功锻轧出第一批参数合格的车轮。这条生产线，成为世界上自动化、信息化、数字化程度最高，单线生产能力最大的车轮生产线。来自德国西马克公司的现场总负责人鲁道夫先生感慨道："这里每个区域的设备都代表了当今世界行业内最尖端的水平。"

此后，具有国际领先水平的全自动快速锻造车轴生产线、兼具多品种轮对组装和检修能力的轮对总装生产线很快投产。

2016 年，轨道交通设备实验中心落成，太重铁路工业园全面建成，一流的园区、一流的设备，为轨道交通装备行业乃至全国装备制造业树立了典范。

值得一提的是，这一次，新基地所有的工艺流程、管理方法都是太重自己设计制定的,太重人对于流水线生产的理解,经历了 10 多年的沉淀,与手中的新设备一起,达到了业界的顶尖水平。他们不断解决了技术、工艺、设备、管理等一系列新问题,以业内罕见的速度推进人与设备的熟悉和磨合,让生产节拍以分钟计算。到"十二五"末,创造了车轮最高月产 5 万余件、车轴月产 1.8 万件的历史纪录。

曾经只熟悉单件小批的太重人不会想到,标准化、批量化的轮轴产品,会在未来成为太原重工的核心业务,成立了专业化从事轨道交通业务的子公司太原重工轨道交通设备有限公司,年产值能达到 20 亿元。现在的太重轨道交通,已经成为国内外唯一一家覆盖轨道交通全谱系车轮、车轴、齿轮箱及轮对集成产品的专业化研发、制造、检修和服务的大型骨干企业。

今天,随着中国高速铁路建设跨入新纪元,为高铁尽快穿上"国产鞋"是太重义不容辞的责任。今天,随着中国轨道交通"走出去"的新战略,太重轨道交通要守护的不仅是"装备中国"的责任,更是"装备世界"的荣誉。所以,今天轨道交通人仍走在创新转型的路上。

2016 年 7 月,自主化中国标准动车组"金凤凰"和"蓝海豚"成功完成世界最高速的动车组交会试验,在这两列试验动车上,就安装有太重研发生产的车轮和车轴。太重已经掌握了具有自主知识产权的时速 250 公里和 350 公里的动车组轮轴制造技术,随着高铁上路考核全部试验的完成,太重生产的动车轮对进入了批量供货时代。

与此同时,太重轨道交通在国际上也大展身手,国际贸易取得重大突破,机车轮、精加工车轴、轮对等高端产品比例增加,在北美、土耳其、印度、韩国、巴西等市场都取得了不错的成绩。

从一个年产车轮几千片、每年亏损数百万元的产品板块,历经 20 余年,成长为企业转型发展的龙头,轨道交通产品走出的批量化发展新路,是太重人不惧试错、创新思维的重要成果;是太重人在面对一条新路时不抛弃、不放弃的坚守精神。以前所经历的崎岖,都成为今天攀登高峰的重要基石。

车轮二厂机声隆隆,热浪袭人,近 400 米的车轮生产线几乎看不到工作人员。所有坯料转运、上下料全部由机械手和转运小车实现,已经摆脱了以往靠人工搬运的桎梏,高效又安全。坯料从进炉、加热、保温、出炉到车轮锻轧成型,所有过程、所有信息都被上传到信息云端,车轮的质量监测、物料追踪和精准控制全由电脑代替。这些组成了享誉全球的"不到一分钟生产一片车轮"自动化生产线,单月最高总产量可超 4 万片,是目前世界上技术最先进、智能化和自动化水平最高的车轮生产线。

太重轨道车轮一厂锻热工部主任李永政所负责的热加工环节,是车轮生产线上最重要的节点。2021 年,车轮一厂开展智能化升级改造,依照刚开始的方案,想要将设备从集团本部搬迁至铁路园区,需要付出高额的人力搬运费用并请来国外专家作专业安装指导。为了节约成本、锻炼队伍,锻热工部党员同志们决议不靠别人,自主搬迁,设备自己调试。他们成立了"自主搬迁突击队",想了各种巧招把一个个"巨无霸"拆卸成几部分,化整为零,车拉肩扛自主搬运。没想到这活还真让大家干成了,不过难点还在后面。设备进厂后,七辊车轮卧式轧机和 1000 吨冲孔压机是车轮制造的核心设备,也是此次智能化升级改造项目的重点。这次没有国外专家的指导,只有我们自己生产一线的职工和技术人员,大家依据需求成立了项目团队,独立完成了这两台大型设备参数的外文翻译及注释工作,对其进行修旧利废和智能化升级,性能对标世界一流,节省成本 200 余万元。

2021 年 12 月 31 日,升级改造后的车轮一厂生产出首片热轧车轮。"这在国外怎么也要 1 年多才能竣工,我们 4 个月就完成了。"谈到搬迁改造的成果,李永政嘴角上扬,露出自豪的神情。

2022 年 5 月,锻热工部荣获了"全国工人先锋号"称号,这是国家对车轮一厂在 2021 年的智能化升级改造中,首开自行设计、搬迁、安装、调试之先河,实现当年立项、实施、试运行的极大认可。

火车跑得快,全靠车头带。现在的高速列车想要跑得又快又稳,车轮和车轴是关键。太重轨道人花了 10 年左右的时间，从车轮和车轴的材料冶炼到制造过程，每一个步骤都精心打磨，片片是精品，根根有保障。

高铁在中国的飞速发展，令无数中国人引以为豪，我国自主研发的多项科技成果在其身上得到了淋漓尽致的展现。车轮就是其中之一，它看起来并不起眼，但不代表容易生产。为了确保高铁列车在高速下的稳定性，高铁轮子不仅需要足够"圆"，其表面强度和光洁度也必须得到保证，才能确保高铁列车在以时速 250~350 公里高速移动时不会出现剧烈晃动或者震动现象，否则，只要一列高铁上有任何一对轮子偏心度高了那么几密位，在列车高速运行的时候，极速旋转的轮子所产生的晃动就足以让列车转向架受到严重损伤，如果情况严重，在列车到站的同时，就该直接被拉回工厂进行大修了。

高铁轮毂直接接触轨道，可能因为列车全速前进和紧急刹车受到损伤，是必须被快速更换的消耗品，中国高铁既要想方设法提升轮毂的极高精密度，还要具备满足惊人用量需求的生产能力，因此，单纯依靠大型人力流水线来锻造高铁车轮，根本无法满足对高铁轮毂的需求，只有将高铁轮毂生产线全自动化，才能确保对高铁列车轮毂的需求得到充分满足。

借助高科技的力量，太重的这条生产线只需要少量的工作人员对后期产品完成检验和入库工作，其余时间，技术人员们只需要对设备数据进行校对，即可让这条生产线处于持续工作的状态。让我们看看这片车轮是怎么被生产出来的：一块特定尺寸的钢被放置在传送带上，经 1200℃的高温烧红后，放入车轮生产线，通过预成型、成型、轧制、压弯冲孔、打标、测量等六道工序，一个车轮就成型了，全程不超过 1 分钟。

一片驰向世界的轮子

"如今，太重轨道技术研发团队已从十几人发展壮大到 50 多人，个个都是这个领域的高精尖人才。"太重轨道设计研发室主任魏华成自豪地说。

魏华成也在浓厚的科研氛围中迅速成长,作为轮轴设计带头人,被评为中国重型机械行业科技创新领军人才。这几年,魏华成最深切的感受是:只有立足用户需求,创新才有价值;只有满足用户需求,才更有竞争力。

"以前是别人给图纸,我们按部就班做出工艺方案制造出产品就行了,现在大家思想观念有了根本转变,产品设计上得到很大提升,逐步参与到主机单位轮轴产品的研发设计与后期服务当中。"魏华成说。"我们拿到了CL65钢新材质车轮产品认证,这种新材质车轮抗压性、柔韧性更强,国内外用户都非常认可。这是我们在新技术、新材料方面取得的突破。"他补充道。2022年2月,太重轨道通过了德国铁路公司重点开展的供应商审核及质量Q2评级审核。德铁标准是全球铁路中最为严苛的标准,一直以来都是全球轮轴行业的风向标。取得德铁Q2评级,意味着全球铁路企业都会直接采信此次评审结果,对太重轨道的轮轴产品优先批量采购。

今天的太重轨道依托集团的国家级企业技术中心,形成了由1个省级技术中心、2个省级和行业重点实验室、1个省级院士工作站和4个联合实验室组成的综合性科研创新平台,创新成果不断涌现。

"这是一片驰向世界的轮子。"车轮二厂锻轧工部主任王沛指着一个有很多卡槽和圆孔的车轮说，"它叫时速 400 公里变结构行走车轮，俗称变轨距车轮，是太重轨道和中车唐山公司合作研发的项目。不久的将来，在跨国联运的铁道线上，将看到中国可变轨距动车组飞驰的身影。"王沛介绍，目前全球有四大轨距标准，普通列车在不同轨距的国家间从事跨国铁路运输时需要在过境前更换列车转向架，耗时近 3 个小时。变轨距车轮能在几分钟内通过自动变轨系统，在不同轨距的铁路上实时变轨，实现在全球 90% 的铁路网上互联互通。

太重轨道技术工艺室主办雷建中说道："这几年，我们给车轮工艺参数进行了优化，设备校准更精准，轮对合格率不断提升，以零项不符合的审核结果，高标准高规格顺利通过芬兰 25 吨车轮 TSI 审核认证，审核过程很顺利，比预期还缩短了一天。"

2022 年 10 月 31 日，太重轨道车轮一厂智能化升级改造项目单月生产车轮 25584 件，标志着全省唯一一条完全国产化车轮智能生产线全面达产达效。这条生产线的车轮锻造量从实现单小时、24 小时、72 小时理论设计产能，再到单月生产车轮能力完全达标，仅用了 90 天时间。

该生产线 10 月共计生产 11 个品种的车轮，部分品种数量不足 1000 件，这意味着每生产一种车轮，不到 24 小时就需要全线更换一次模具。为此，太重轨道专门成立了"全面达产达效攻关组"，提前根据生产计划合理安排工装、模具及测量工具等配套加工计划，倒排进度，时间表精确到小时，确保单日产量保持在 900 件以上。全体领导班子成员带领部门负责人和设备技术人员，执行 24 小时值班工作制，任何负责区域发生故障，负责人必须连续跟班，直到修复为止。叉车实行机动倒班制，确保产品及时输出。各生产小组对可能发生的各类突发情况制定预案，至少 2 套方案，以确保第一时间恢复生产。

轨道交通设备不仅是太重生产组织方式的主动变革，还是太重转型升级的排头兵。从白雪茫茫的北国风光到烈日炎炎的南非风情，太重轮轴遍布

全球,成为世界轮轴制造企业中最重要的一员。

太重轨道主动对接各国各地发展需求,为"一带一路"沿线各国提供了各具特色的产品。如今,"一带一路"沿线国家伊朗、南非、摩洛哥、埃及、波兰、奥地利的铁路网上都奔驰着太重的车轮;新兴市场巴西、智利、哥伦比亚也已实现批量供货;东南亚市场份额逐年增长,澳洲、西班牙轮轴试跑试制有序推进……在绵延的铁路线上,太重人正在守护中国轨道交通事业一路加速前行。

第十七章

梦想舞台"太重造"

从"蛋壳"到"鸟巢"

剧院的核心是舞台，舞台设备的先进性很大程度决定着剧院的江湖地位。2002 年 9 月，太重凭借自身雄厚的技术实力，成功中标国内建设规模最大、功能最齐全、施工技术水平最高的中国国家大剧院主舞台机械设备制造项目。这是太重继成功建造深圳世界之窗旋转舞台后承建的又一座超大型舞台。

舞台采用"品"字形，包括主舞台、左右侧台和后舞台，具备推、拉、升、降、转五大功能。主舞台有六个升降台，既可整体升降又可分别单独升降。

"干国家大剧院舞台时，一块钢板就是一个零件，现场 1000 块钢板，高低差要求 6 个毫米，非常难实现。我每天夜里研究图纸，白天安装，整个过程中只装错过一块。"林克西自豪地回忆。在林克西的职业生涯中，干过宝钢的起重机，军工的发射架，深圳世界之窗的旋转舞台和国家大剧院的主舞台，几乎每个项目都是一块硬骨头。

在太重，林克西是出了名的"工作狂"，是全厂唯一免考勤的工人。每天比别人提前半小时上班，早晨 7 点钟准时到生产一线开工，下午又比别人推迟两三个小时下班，时不时还干个通宵。装焊工作既费力又费心，不仅要像搬运工那样搬动几十公斤重的钢铁零部件，而且还要费尽心思把几十甚至上百上千个产品零部件按图纸组装点焊起来。可以说，一个装焊工承担着一件大型产品百分之七八十的工作量，对技术的要求很高。

曾几何时，太重成为我国唯一的多功能大型旋转舞台制造商，先后承揽了深圳世界之窗环球舞台、国家大剧院主舞台、北京奥运会开闭幕式舞台和残奥会舞台、北京欢乐谷、冬奥会等多项国家重点舞台工程制造任务，且为

60 多个城市和单位提供了 500 余套、1 万余吨的舞台设备。

2007 年,奥运舞台面向全国招标,太重作为国内特种舞台的生产基地与其他两家企业参加了竞标。凭借生产大型特种设备的丰富经验和严格精准的技术要求,成功中标。

2008 年 5 月 27 日,开闭幕式舞台设备进入"鸟巢"开始紧张的安装、调试和彩排,顺利达到奥组委的检验要求。

值得记录的是——

奥运会开幕式上,高 10 米、重 10 吨的 LED 屏幕,能否自如打开和升降是关键。太重技术人员通过多次攻坚,把升降舞台拆除时间从原来的 2 小时缩短到了 8 分钟,从而使开幕式文艺表演衔接得严丝合缝、完美无瑕。

当"鸟巢"内最后一场赛事结束,太重工程技术人员随即要开展一场自己和自己的较量,2 小时内拆完所有草坪支撑,确保闭幕式准时上演。

长 45 米、宽 30 米,总高 30 米,重 65 吨,由 10 个升降台、4 个活动梯、4 个圆柱升降台和 53 块草坪支撑等部件组成的闭幕式中心舞台闪亮登场了。台上寥寥几小时,书中寥寥几句话,走不完太重人的创新路,书不尽太重人的奋斗梦。

残奥会舞台上的白玉盘

8 月 24 日刚刚落幕的北京奥运会,尚未从人们的视野中淡去,9 月 6 日点燃的残奥会圣火,又一次让全国人民热血沸腾起来。

直径为 70 米的银色圆形舞台,在盲人钢琴家金元辉优美的琴声中慢慢拱起,上面四季更迭,茫茫白雪、嫣红桃花、满塘碧荷、金色麦穗在观众的惊呼中依次绽放,这是被张继钢导演预言"为世人惊叹"的开幕式最亮的 6 分钟。令其得以实现的,是太重制造的舞台——白玉盘。

这可是世界上第一台可翻动的舞台,重达 900 吨,内有 2160 片可以从

0°翻转到 180°的装置,如一篇篇翻动的书页,"四季绽放"在人们的视线中。它的诞生,凝聚了多少太重人的心血啊!

2008年初,残奥开幕式舞台制造项目进行公开招标,太重集团下属的太重北特公司前往竞标,公司成立于 2004 年,前身是原总装备部设计总院舞台设备生产制造基地。

一同参与竞标的还有北京、武汉的两家企业。这个标比较特殊,价格倒是其次,主要是交货时间很紧张,7 月底必须交工,而且只许成功,不许失败,这是关乎国家颜面的重要工程。听到这严苛的条件,北京那家企业经考虑后自动弃权。到第二轮投标时,武汉企业考虑到该舞台制造难度太大,就将报价提高了,而太重北特公司反将价码压低。最后经过多方面考虑,招标方决定由太重来承担这个艰巨的任务。

年后刚上班,得知残奥舞台的生产任务拿到了,太重北特公司的全体员工都十分振奋。大家马不停蹄地开始研究设计制造方案,导演张继钢对舞台的设想创意也通过三维动画方式展现在大家眼前,创意奇妙新颖,但却让北特员工犯起了愁,电脑效果倒是美轮美奂,可要想实现,制造难度极大,全世界都没有生产过。公司董事长张连生接到太重集团的指示:虽然没有任何制造经验,边摸索边干吧,不惜一切代价完成制造。的确,这是一场不惜一切代价,必须打赢的战役。

当时为了保密,北特公司将他们制造的残奥开幕式舞台称作"CK"台,取"残开"之意。3 月,北京负责设计"CK"台的单位传来电子版图纸,大家一看傻了眼,只有草图,缺少精密图纸。

"按常规,重量 900 吨的活儿,图纸摞起来至少得七八尺厚",太重北特公司技术员李浩双手撑得老远比画着。"可他们传来的图全加起来也就一寸高点。"

不管怎么样,时间紧迫,必须开工了。将图纸打印出来后,公司技术科全体人员开始审图。谁也没想到在审图这一步骤上就遇到了麻烦:也许是为了更好地贯彻导演意图,图纸设计不合理,有的甚至无法生产,尤其结构上的错误很严重。大家只能把意见汇总,反馈到北京去修改。经过反复几次的沟通修改后,在3月底,太重北特开始组织生产。没时间等了,也不敢再等下去,只能边干边审,边干边改。

生产备料前夕,舞台长什么样子终于确定了。由上下两部分构成:下部支撑体系是大大小小的剪刀撑;舞台台面上由2160片"书页"构成。舞台中心,设置120个大剪刀撑,以保证舞台拱起;越向外使用的剪刀撑越小,总共为720个。

开始实验了,半个月里,技术人员们通宵达旦,终于确定圆形舞台分成40份,每份呈"9°扇形"最为科学,方便转动。在每个扇形中,再分左、右两部分。左边空着,右边是6层"书页",总共54片。从右向左翻转"书页","四季"过后,全部覆盖至左边。

结构确定了,选材也是个大难题,到底用什么做"书页"呢?这个问题整整"折磨"了太重人两个多月。选材难点在于受限太多。比如说,舞台中心要求拱起,得有重量;台面要求翻转,必须轻盈。选材过重,舞台会因自重过大无法拱起;太轻,无法保证台面上演员的安全。一重一轻必须同时保证,二者的平衡点得耐心寻找,精确拿捏。项目方可以说是天天试验,推翻了无数种方案,最终确定了材质。紧接着还得再试厚度,台面试完了再试剪刀撑。直到5月底,才终于确定使用壁厚1.5毫米的薄钢板做"书页"。

因为制造技术难度大,材料回到车间,还不能直接使用,需要工人们拿着锤子一张张地整形,2000多张两三米见方的钢板上必须用锤子齐刷刷地敲打一遍,制成槽状,连接钢丝网,形成1米左右规格不等的"书页"。那时候的太重北特车间,到处可见挥舞着锤子,汗流浃背的人,大家都憋着股劲,没人喊苦,没人喊累。5月11日,第一个"9°扇形"单元上的54片"书页"经试验后全部翻转成功!

当时奥组委派了团队在太重跟班工作,导演穆青亲眼看见了一次次实验,一次次失败,看到此情此景她欣喜万分,当即给执行总导演张继钢发去短信:"今天太重的工作有了突破性进展,关于翻书技术的成立与可靠性已心存无疑。看到一张张书页艰难地从0°翻到180°,真的要让人掉泪了。说实在的,前段时间的调试生产过程确实对'翻书'这一技术产生过怀疑,它到底能否成功?现在看来这一技术已从根本上得到了解决。太重人很了不起,将CK舞台一步一步地往前推进,真的很感谢他们。"

原来,让舞台台面"翻书"这样的奇思妙想能否变为现实,张继钢导演心里一样没底。毕竟这是全球都没制造过的舞台设备,在造出来之前,一切都是未知数。接到穆青短信,张继钢也立即前往太重,来到北特公司的生产车间。此时,40组"9°扇形"正在紧锣密鼓地生产中。大家看到张导来了,就给他讲解其中一个个部件的工作原理:液压供给油缸,带动齿轮,传导链条,让回传臂牵扯巨大的插销做水平运动,让"书页"按指令一页页翻转。看着上万个相互运动的机械零件,不超过0.01毫米的焊接差距,张继钢非常激动,马上张罗请大家伙吃饭,饭桌上,他由衷地表示:"这活要是放在别地儿干,出不来!"

不过事情并没有那么一帆风顺,总得出点岔子。6月初,"书页"转动又出现问题:每个"9°扇形"中,"书页"的大小不一,远离圆心的大,越往中心越小。如何让每个重量不一的"书页"实现同步翻转,再次成为太重技术员头疼的难题。翻工,不停地翻工,只能是在制造中找问题,再改图纸,一个零件的翻工时间比生产时间还要多出3倍。技术人员们将一片"书页"试完,再拿"9°扇形"试。

7月中旬,40组"9度扇形"全部生产完毕,经测试后单个翻转没有问题,拼在一起翻转也相当流畅。根据奥运导演组的要求,7月25日必须全部装配完毕,7月31日,"CK"台由太原运至距北京50公里外的通州。在这里,舞美道具被一层层安装在"书页"上。这些东西分量不重,但四个季节加起来总共2160份,少说又多了好几百斤。道具放好后,故障出现了——"书页"翻转艰难,因为之前对道具重量估计不足,影响了舞台承重。

只能说好事多磨,台面每翻转一次,总会出现各种各样的问题。因为零部件多,清查一次需要三四个小时,大家为了节省时间就一边查一边修整。可气的是,故障没有规律可循,经常变着花样出现。哪怕是同一种问题,整改点也不一样。在当初设计时,为了保证"书页"轻盈的要求,舞台台面刚性欠佳。为了使舞台在残奥会开幕式上不掉链子,整个夏季奥运会期间,太重北特分管生产的副厂长张一明带队,一头扎在通州不停地找问题,想对策,忙了整整半个月,才全部调试完毕。

8月24日,第29届夏季奥运会闭幕,待到圣火熄灭后,900吨的"CK"台被分解为521个大部件,装入147辆十轴货车,浩浩荡荡开向"鸟巢"。在武警战士的配合下,太重施工人员用两天时间全部安装完毕。到了第三天,在导演组和所有工作人员期盼的目光下,开始实地测试,40组"9°扇形"同时翻转,顺利! 太好了!

谁承想,当演职人员站上去彩排时,舞台翻转再次卡了壳。太重技术团队只能跟着问题改,演员踩到哪里,哪里出状况,就调整哪里,进入鸟巢后的太重团队干脆就在里边安营扎寨,随时发现问题随时处理。

9月4日,残奥会第一次带观众彩排,足足有7万名观众。那天"CK"台相当争气,表现堪称完美,每翻转一次,现场惊呼声就是一片。这样的舞台效果,谁也没见过。据说当时到现场观看的一位中央领导指示:"这个舞台代表着中国机械制造水平,一定要保证100%完美,不能出一点差错。哪个节目都能撤,唯独这个一定要上!"

9月5日早8时整,开幕式进入倒计时阶段,导演一声令下,至6日下午4时观众入场前,所有时间全部给太重,进行全面检修,除了太重团队,谁也不能碰"CK"台,一定要确保万无一失。

6日下午3时,调试工作完成,最后检查过后封台。开幕式上,会有35名太重技术人员在地面与地下做技术保障。保障团队那天换上了开幕式统一服装,心里既忐忑,又兴奋,头一次体会到什么叫度秒如年。

9月6日晚,当《四季》琴声停止,"CK"台上一片繁华美景,看台上的欢呼声震耳欲聋。成功了!再一次,太重人不负重托,不辱使命!

两个月后,北京奥组委开闭幕式工作部部长张和平等一行7人专程来到太重,将"求实奉献、勇挑重担,攻克难关、辉煌奥运"的牌匾赠送给太重集团。这是对"唯我先锋"太重精神的又一次传承!

科技冬奥背后的太重力量

2022年2月20日,举世瞩目的第二十四届冬季奥林匹克运动会闭幕式在国家体育场举行,中国式浪漫再一次惊艳世界,太重北特承建的中央舞台系统、冰立方、场外火炬双转台等大型核心舞台装备再一次让世人惊叹。

由太重北特公司负责制造的3台奥运外场火炬台机械转台装置,分别放置在北京、延庆、张家口三个赛区,以优异的机械制造水平和自主创新能力,展现出新时代的舞台机械装备制造水准。由于是冬季奥运会,此次制作的3台室外风车转台,必须能抵御严寒、强风、雨雪等不利气候条件的影响,对材料抗寒性要求极高。这方面,太重在数十年前生产挖掘机时已经有了类似经验,因极端气候导致挖掘臂断掉的案例在本书前文中写到。

除了气候问题,火炬转台在冬奥及冬残奥会期间要不间断运行15天,在赛后还要作为永久雕塑留存,如何提升产品的耐久性是必须考虑的问题。这些条件都给转台生产过程中的工艺及质量增加了不小的难度。

按照设计方案,这个转台直径达到了21米,远远超出了同类型转台类的规格,制作工艺、制作水平、制作难度也远远超过了传统舞台类产品,对焊接质量要求极高。

三个场外火炬台下要分别安装一套双转台装置。这套装置由直径22米的外转台和直径18米的内转台两部分组成,在中间构件的连接和相互支撑下,安装"飘带"的外转台和连接"雪花"的内转台,既可独立旋转,又能双向同步旋转,让火炬台形成内外不同的旋转效果。这还是太重北特第一次承接设计如此复杂新颖的室外转台装置。

再说说主舞台,按照规划,它的升降载荷是一般剧院大型升降台的 8 倍,是整个开幕式上功率最大的驱动设备。这个任务说起来是对外展示中国实力的门面,不仅要制造出来,还要造得好。虽然前方困难重重,但大家仍然干劲十足,没出现畏难情绪,反而觉得兴奋。要知道,太重北特已经与奥林匹克结下了深厚的情缘,再次结缘冬奥,太重人充满信心。

按照合约,太重北特需要在 2020 年底至 2021 年 10 月底前,分批次准时交付产品。最先交付的是钢结构圆形升降中心舞台,开幕式的主要文艺演出汇集于此,它将是全世界观众的视觉焦点。

在冬奥会导演组的设想中,需要让重约 310 吨的主舞台地面升高 5.4 米、地下沉降 5 米,实现灵敏打开、升降自如,这要如何做到?不仅工艺难,交货时间也比正常工期缩短了将近 2/3,如此算下来前期选材、配料加工、焊接成型等全部流程只有 3 个月时间,这个信息让大家压力倍增。

当时,技术团队为这个主舞台设计了 16 套机械结构,由链条、钢丝绳、导轨组成,隐藏在舞台下方,像 16 个"大力士"相互配合着把"大冰块"稳稳地从舞台平面托起。"冰立方"的肚子里面,装着三层自动升降机,就像俄罗斯套娃一样叠放着。设计稿定下来了,大家马不停蹄地开始筹备接下来的工作。

想要生产,先需备料。在前期材料采购中,技术人员寻访了国内各大钢材供应商,找不到同规格材质的型材进行实验。大型又精密的设备,对使用的材质要求极高。焊接车间里,大家集思广益,坚持创新思维,通过工艺革新解决了材料困难。在焊接总装环节,不仅在前期就将现有装焊平台的宽度由 18 米加宽至 22 米,保证了产品总放样装焊要求,而且创新了工艺流程和方法,将场地、起吊设备均衡配置,进一步提升了工作效率,最终将每套设备 25 天的工作量缩短到 18 天内完成,在确保各类技术指标的同时,超前完成了风

车转台的生产任务。

焊接，是舞台生产流程里最后一个环节，也是核心环节。技术工人们需要在 30 天内完成平时 3 个多月才能干完的工作。想要啃下硬骨头，须下硬功夫，当时正值牛年春节，寂静的厂区里，焊接车间里仍和往常一样，钢花飞溅、热火朝天。

为了赶工期，职工全部进场，分成三个小组同步工作，一天两班倒，24 小时不停工。"白班焊接横撑 84 根，每小时 7 根，现已全部完成，焊缝复检合格，达标入库。"这是工程监理员在调度日志上做的记录。为了提升效率，按照交货顺序，焊接团队像切蛋糕一样把舞台纵向划分为几个部分，把每天的工作量细化到小时。所有人都身心疲惫，但都咬着牙，坚持到成功的最后一刻。

2021 年 3 月 15 日 21 时，13.5 米长的拖板运输车拉着最后一批中心舞台部件徐徐驶出厂区，驰向 500 多公里外的国家体育场。看着渐渐消失在夜色中的货车，大家百感交集，才想起来春节已过，春天已经来了。

2022 年 2 月 4 日晚，北京冬奥会主火炬在开幕式上点燃。场外，位于鸟巢、张家口和延庆的雪花火炬台也被依次点燃。晶莹的雪花和灵动的"银丝带"相向旋转，犹如冰面上挥舞长袖的舞者，在光影映照下，蹁跹起舞。这一天晚上，多少太重人对着电视机热泪盈眶，"这是我们造的火炬！"

紧接着不久，3 月 13 日晚，北京冬残奥会闭幕式在国家体育场隆重举行。舒缓的音乐声中，"唱针"拨向舞台中心方向。光影流转间，直径达 16 米的圆形中心舞台，化作绚丽多彩的"留声机"，在《乘着歌声的翅膀》的悠扬旋律中，北京冬残奥会会徽出现在场地中央，世界为之沸腾。冰立方雕刻冬奥历史，冰五环破冰而出，真是精妙绝伦的视觉奇观。

300 个昼夜的付出，太重北特为北京冬奥会、冬残奥会制造的地面机械舞台，经受住了各方面考验，让世界再一次见证了中国力量、太重力量。从 2008 年到 2022 年，10 多年的时间过去，从夏季奥运会到冬奥会的开幕式，中国向世界展示了最精彩的舞台，太重向祖国母亲献上了最惊艳的礼物。

第十八章

大搬迁

潇河新区

潇河是汾河的一级支流,位于汾河中游段,发源于山西省昔阳县沾尚乡陡泉山西麓的马道岭,流经寿阳、榆次、清徐县的王答乡,于太原市小店区刘家堡乡洛阳村南注入汾河。全长 147 公里,沿途有众多支流汇入。

2016 年伊始,山西省委、省政府决定倾力打造产业转型的主战场、主引擎, 一个重大举措是整合开辟总规划面积约 600 平方公里的山西转型综合改革示范区,按照专业化、市场化、国际化要求管理。重点打造先进制造、新能源、新材料、电子信息、健康医疗、文化创意等六大专业化产业园区。

潇河,从一个不为大家熟悉的汾河支流,一跃成为山西经济焦点。2016年,山西省潇河园区建设领导小组正式成立;同年,示范区管委会筹委会成立。2017 年,中央编办正式批复同意成立示范区管委会;同年,太原市编办批复成立潇河产业园区事业服务中心,成为示范区管委会下属机构。潇河新城的开发作为山西资源型转型综改示范区的建设缩影, 被众多网络媒体称为"山西的雄安新区"。

根据规划,潇河新城是集生产、仓储物流、居住、商务会展、文体艺术、教育医疗等于一体的产城融合式新城。整个新城规划面积达 343 平方公里,地跨小店区、清徐县、榆次区和太谷区,是山西省有史以来规划建设规模最大的一座新城,堪称再造一座太原城。整体建成后的太原,其城市体量和经济规模都会发生重量级的跃升。

2020 年 10 月,在太重建厂 70 周年的庆祝大会上,太重集团董事长韩珍堂发表讲话时首次提到新园区建设。他表示, 随着公司的发展基础逐步稳固,启动高端智能装备产业园区建设是太重集团立足发展实际、实现求生脱困的重大战略举措,也是太重自觉融入山西转型综改大局的重要战略支撑。

其实早在 2008 年,太原市就全面启动了万柏林区西山工业集中区的综合整治,其中的"重头戏"便是主城区多达百余家污染企业的关停、搬迁和整治,全区经济逐步退出水泥、焦化、化工等高污染行业,包括太原狮头集团、太原锅炉集团、太化集团、太原煤气化集团、西山水泥、太原平板玻璃厂在内的多家工业企业面临关停并转状态。

而作为以机械制造为主业、扎根万柏林区核心地带,经过 70 年的发展,早已和老太原城你中有我、我中有你,相融相生的共和国工业的长子——太重集团而言,会有那一天来临吗?

一石激起千层浪

2021 年 1 月 14 日晚,太重集团面向社会的一则公告引起四下哗然。公告称,太重集团已于 1 月 12 日收到太原市万柏林区政府出具的《关于同意太原重型机械集团有限公司整体搬迁方案的报告的函》,太重集团整体退城搬迁工作取得政府批复。报告中指出,整体搬迁涉及位于太原市万柏林区的土地共 7 宗,合计土地面积 1933.42 亩,其中涉及公司生产经营用地面积1618.16 亩。结合企业当前的生产经营情况,太重集团及其部分下属子公司计划分四个批次进行搬迁。这算是太重集团退城搬迁首获官方证实。

人们议论纷纷,扎根太原市万柏林区玉河街 53 号的太重集团,早已成为全区数一数二的重要地标。这次是真的要搬迁了吗?要搬去哪里?之前虽然传言不断,但到尘埃落定的一刻,人们还是觉得如此不真实。

其实在几年前,关于搬迁也沸沸扬扬传过一次,据说市政府那时也做过相关规划,要把太重迁走,不过后来并没有什么实际行动。因此这回很多人并没有当真,毕竟太重生在万柏林、长在万柏林,说是和这片土地水乳交融、

血脉相连一点也不为过,哪有那么容易就能迁走?

可令人没想到的是,这事还真就发生了!而且要搬到数十里之外的潇河新区去。很多人心里犯起嘀咕,大家基本都住在玉门河附近,要是去潇河上班,通勤都成问题,每天的时间都跑到路上了,还有孩子上学问题如何解决?谁来照顾?再说了,哪个太重人对老厂区没感情?不少职工都是重二代、重三代,都是从小在厂区长大的,一旦离开,像是没了根,心里都空落落的。

议论纷纷扰扰,一时间,多少太重家庭在茶余饭后激烈探讨着。为什么非得搬迁呢?下面通过几方面来分析:

从1950年开始建设的老厂区,到现在已过去71年,不论是厂区环境、面积,还是生产设备,都已经无法满足未来智慧工厂的发展需要了,仔细想想,这样一个工业巨头的搬迁,可以说是一次难得的革新机遇。借搬迁的机会,可以更新设备,扩大规模,对技术进行升级,提升产品品质,增强市场竞争力。综合来看,太重大搬迁更像是一个产业升级、技术升级、科技含量升级的过程。

还有城市环境问题,都说要还城市一片蓝天,蓝天怎么还?解铃还须系铃人!工厂搬离城中心能让我们的生活环境更宜居,让子孙后代更健康,也算是时代的进步。

从城市规划角度看,万柏林区是六城区之中的老工业城区,工业占比巨大,可开发土地有限。太重的搬迁,可以为区里留出大块土地,而且是交通便利的中心位置,可供再开发利用。对于迁入地潇河而言,无疑也是一次产业、物流、人流的再集中,在太重这一工业巨头的加持下会获得前所未有的发展。

除此,对太重而言,应该还有经营上的考量。根据搬迁方案,本次整体搬迁造成的损失将由政府以土地收益返还的方式予以补偿,即旧厂区的土地出让后,出让收益将返还太重集团,用于弥补本次整体搬迁造成的损失。其中涉及的差价,可能也是太重决定搬迁的原因之一。

长痛不如短痛,早点盖起现代化新厂区,就能早点迈进智造新时代。根据太重集团的整体规划,公司相关资产将分批分次转移至新园区,不会对公司的生产经营活动产生重大影响。

60亿投资"新太重"

2021年3月,山西省(太重)智能高端装备产业园区项目开工奠基仪式在山西综改示范区潇河产业园区举行,时任省委书记楼阳生讲话并宣布项目开工。

楼阳生说,太重集团曾经创造辉煌,也曾经一度经历艰难。面对严峻挑战,省委为太重确立了自救方针,明确了"生存、脱困、重生"三步走的发展战略,制定了"一揽子"改革方案。今天智能高端装备制造产业园区的奠基开工,就是落实"一揽子"方案的重要内容、重要步骤和重要举措。太重集团要增强责任感使命感,强化"交卷"意识,提高"答卷"能力,持续推动脱困新生,再创辉煌。

诸位,有没有注意到其中几个关键词:自救方针、"一揽子"改革方案、"交卷"意识。

开弓没有回头箭。让我们来看看老太重的自救方针和改革方案是什么呢?又会交上一张什么样的答卷?一段话就能说清——

山西省(太重)智能高端装备产业园区,占地1700亩,计划投资60亿元,将聚焦"六新"突破,以5G、云计算、大数据、人工智能等新技术为支撑,形成六大系列新装备,打造智能设计、智能制造、智能产品、智能服务新业态。

对老太重而言,这样的方向和目标就是一次与未来的提前握手啊!未来已来,怎能不令人心潮澎湃?

4月5日,随着园区第一根桩破土动工,标志着太重新园区建设正式进入主体施工阶段。

9月1日,园区配套住宅一期项目工程开建。规划用地总面积 10.43 万平方米,约合 164 亩,分两部分,分别为住宅用地和幼儿园用地。项目总投资 16.7 亿元,总建筑面积 38.8 万平方米。

从官方报道看,太重新园区的建设被列入山西省"十四五"开好局起好步的重大标志性项目。项目全部达产后,将具备年产各类起重机 233 台套、矿用挖掘机 30 台(套)、焦炉设备 54 台(套)、工程机械 226 台(套),油膜轴承类产品 1 万吨以及大型铸锻件 30 万吨的生产能力,预计实现年营业收入 150 亿元以上。

老厂区谢幕

2022 年 10 月 26 日,当人们走进位于太原市万柏林区的太重老厂区,一些车间里仍然能看到热火朝天的生产场景,不过,这样的场景即将被定格于此,永久留存在人们的记忆中。

大家继续工作着,在这个老厂区的日子已经进入倒计时的最后阶段,人们表面上平静,像过去几十年间的任意一天,实际内心情绪翻涌,也许是向往着现代化的新园区,也许是割舍不下这个几代太重人曾奋斗过的"战场"。

起重机分公司的厂房内,太重的第一台起重机正在进行着最后的"谢幕演出",为生产发挥着最后的余热,新产业园区落成后,它将"光荣退役",几十年间,它为太重、为中国工业发展立下了汗马功劳,不少人的目光注视着它,是致敬、是不舍,也是感慨。

轧钢设备分公司的厂房,是"太原市历史建筑"。车间里,镗铣床、车床、磨床的"年龄"从 20 世纪 50 年代到 21 世纪不等,很多老设备仍在"勤勤恳恳"地运转,本着搬迁工作勤俭节约的原则,这些诞生于 20 世纪的老设备将转型粗加工生产,再度"服役"。

一代代的太重人在这里学习、成长、奋斗,70 多年的老厂区如同一位饱经风霜的世纪老人见证了国家重型装备发展的历史。在这里,太重人为国家重点建设项目提供了 3000 多种、4 万多台(套)装备,创造了 500 多项中国和世界第一,见证了中国重工业从无到有,从小到大,从弱到强。

从 1950 年投资 7.5 亿斤小米兴建太重,写下了中国重型机器工业的开篇,到 70 余年后的今天,潇河智能高端装备产业园的修建,历史正在翻开崭新的一页。

丈夫非无泪,不洒离别间。面对离别,大丈夫何尝没有滔滔眼泪,只是不愿在离别时涕泗横流。虽然不舍,我们仍然要与这里说再见;没有不舍,因为太重的华章仍然在继续书写。

某种意义上说,太重退城搬迁,留给万柏林区的既是工业遗产,也是"工业乡愁"。"为什么我的眼里常含泪水? 因为我对这片土地爱得深沉……"著名诗人艾青的一首诗,情感浓烈,扣人心弦,引起一代又一代人的共鸣。在飞速发展的时代,一座城市眷恋着它的"工业乡愁",让属于这片土地的人们,知道自己从哪里来,这本身就值得铭记。是这片土地,开启了太原作为能源重化工基地的奋斗史。

太重退城搬迁之后,老厂区是拆除还是保留? 又将如何规划? 在 2022 年 8 月公示的《太忻一体化经济区(太原区)空间发展战略规划》(以下简称《规划》)中我们得到一个初步答案。《规划》中的万柏林区重点产业项目分布图中显示,"太重旧厂区总部经济区"被规划为第三产业,其中引人注目的是"太重创意产业园"建设。我们在本书开篇与之相遇的万柏林区前进路东巷太重苏联楼历史文化街区也在其中。

2022 年 7 月 6 日,太原市万柏林区委书记孙泉前往太重新厂区走访调研,深入了解企业生产经营情况,倾听企业发展诉求。太重集团公司党委书

记、董事长韩珍堂详细介绍了企业新的战略规划等情况,双方围绕强化政策落实、盘活腾退土地、做好入企服务、未来发展路径等内容进行了深入的探讨交流。

2023年9月,万柏林区委书记孙泉在赴合肥考察学习后,对太重"退城入园"后的土地有了新定位。

孙泉对媒体表示,万柏林区将加快产业转型升级,坚持以三次产业协同发展和大力发展数字经济为方向,延链补链强链,推动重点企业和产业集群转型升级,加快构建现代化产业体系。太重"退城入园"后腾退的1900亩土地,地理位置好,使用成本低,地块价值高,可借鉴合肥中安创谷科技园模式,打造软件产业园、智能制造产业园、双碳产业园等产城融合示范园区。

希望永远在前方等待着我们。

第十九章

重器重生

未来工厂

沿着太原的中轴线不断向南,坐标潇河。

低沉的机器轰鸣声不绝于耳,自动机械臂"徒手"完成打孔、塑形、剪裁等步骤,一块块钢板被自动加工成形状、厚薄各异的产品用料,"行走"在传送带上,AGV 小车(自动导引搬运车)穿梭在生产线与堆放区之间,将加工好的成品原料件运往下一道工序……偌大的厂房繁忙而有序,看不到几个人。

这并非科幻电影中的未来世界,而是当下——2023 年,太重智能高端装备产业园里的"无人工厂"。

来到这里,一下就能明白最近很火的"黑灯工厂"这个名词的概念,生产任务基本由自动化的机器包办,车间里不再需要灯火通明,即使黑着灯,照样能生产。

太重新园区下料中心主管杨旋在一个采访中如此说道:"今年要攻克的首要难关,就是让现场仅剩的 4 个有人值守点位变成'0'。"目前太重新厂区的智能下料生产线集成了各类先进边端传感器技术及设备,包括机器人、视觉识别系统、智能程控行车等,实现了排产、生产、仓储、物流全过程协同智能制造。"我们首创重型装备制造行业'混合套料、集中下料、智能控制'的新模式,无论是单位产能、人均产能,还是人员参与度,都达到了国内重装行业的最好水平。"

下料是太重数字化制造的开端,实现全过程智能化管控后,效率提升70%,材料利用率提高 17.6%,每年可节约成本 4000 万元以上。

穿过下料中心,是 7.5 万平方米的焊接中心。告别焊花汗水交织的传统作业模式,在三维建模、数控编程与仿真技术加持下,焊接机器人全球首次应用于重型、特大型起重机主梁,焊缝焊接率达 99.5%。

大件自动喷漆、小件流水喷粉、整体绿色环保……涂装中心采取新工艺,精确控制喷涂路径与速度,实现了前处理(清洗、喷砂、抛丸)、喷漆、烘干全过程流水线作业,开了重装行业绿色自动涂装的先河……

太重数智科技股份公司副总经理聂景峰介绍:"无人工厂、黑灯工厂,无人、黑灯的背后,是物联网、云计算、AI、5G 等新一代数字技术与实体工厂的融合,进而实现全自动智能生产、智慧管理与协同制造。"2022 年,退城入园的太重获评国家级智能制造示范工厂。从这里开始,太重开启了从"传统工厂"到"智能工厂",从"单件小批量"到"一体化协同",从"手工生产"到"智能制造"的深层次、革命性、跨越式变革。

面对制造业数字化的浪潮,做出整体搬迁重大决策之始,太重就将"集约共享、智能制造、绿色环保、优质高效"作为新园区的建设原则。时至今日,一个极具数字化、智能化底色的工厂雏形初显。

告别老厂区各分公司的"单兵"作战,占地面积 1400 余亩的新园区实现了全流程"一站式"协同生产,过去各主机单位分别配备的下料、焊接、装配等生产车间,整合成为下料中心、焊接中心、涂装中心和加工装配中心。太重矿山设备分公司经理张鹏说:"整合后的生产工序更加集中高效,以 35 立方米矿用挖掘机为例,制造周期就从 240 天缩减至 120 天。"

"制造业生产线千差万别,不同行业数字化制造差异性很大。"太重集团改革创新部郭红桥说道,"如何以数字之'智'赋能企业之'制',以'三高两长'(产品订单高度定制、技术工艺高度复杂、生产制造高度离散,以及生产制造周期长、产品生命周期长)的制造特性为切入点,开发适合自身应用的系统解决方案,在国内同行中几乎没有可借鉴的经验。"

"我们要做'最懂装备制造业'的工业互联网平台。"运营一年的太重数智科技股份公司有望成为决胜数字新战场的生力军,公司副总聂景峰一边介绍太重工业互联网平台规划,一边说:"虽然在业内起步晚、难度大,但太

重做到了高起点、高标准。在数智工厂搭建之初,首先做好了顶层设计和规划,目前正在联通各类生产要素,以此支撑企业从研发到生产到服务全流程数字'智造'。"

"到今年年底,'数字太重'将实现质的跨越。"郭红桥介绍,"三年来,累计投资上亿元,太重做到了行业数字化建设独有的'同步建设、并行实施、集中贯通'。8月底,矿山设备、起重机、油膜轴承、齿轮传动、智能加工配送中心、采购中心6家生产单位的制造运营和一体化管理数字平台投用;年底,太重新园区、液压挖掘机园区、新能源园区将实现研发、制造、销售、物流、售后等全流程数字化运营的线上贯通。"

"产线上可以做到无人,但真正功夫却是背后的'大脑'。"在聂景峰和同事们的工作清单中,在太重各园区工厂,数字"大脑"正在快速植入中。

在太重新能源装备制造园区齿轮箱车间的监控大屏上,信息化工程师杨帆正在操作设备物联平台。目前,该园区在用的160余台自动化设备和上千个点位已接入到统一的数字化系统中,生产中的问题可在车间、调度中心以及技术部门的看板上同步发现、实时追溯,还可出具月度、季度分析报表,统计常见问题,找出加工制造的薄弱环节,精准解决痛点,为设备维护、检修提供数字支撑。杨帆介绍说:"工厂现有的生产节奏不变,但设备开动率和产品质量都有大幅提升。"

太重油膜轴承分公司是使用数字化运营管理平台的试点单位。"扫描这个二维码,可查看物料每个阶段的实际状态。"该公司加工部综合业务主办项丹介绍说:"这个二维码相当于咱的'身份证',全程追溯,实时管理,智能统计,有效降低人工工作量,提高工作效率。"

郭红桥从事信息化工作多年,他说,过去的信息化、智能化建设中,各分子公司分头改造,不同功能模块并行,生产过程中的数据链路没有打通,多套系统、多个账户密码,重复登录使用,无法实现资源集约共享、业务高效协同。每台机器、每个车间、每个工厂,都是一个个数据孤岛。"现在的工厂,通过传感器、物联网、5G、大数据、人工智能等搭建起一个数字世界,所有数据告别实体机,全部'入驻'数据云平台,并通过'数据＋算法'实现人、物理世界、数据世界的交互融合,形成太重制造的新闭环。"

太重集团总经理陶家晋表示,"作为全省唯一的'双链主'企业,太重必须担当产业转型的排头兵、数字转型的领头雁、数实融合的先行者,以数字化转型带动产业的转型升级,以智能增效能,打造具有太重特色的未来工厂,为全省工业高质量发展贡献更大力量。"

新时代的"数字工匠"

曾经,枯燥、重复、繁重、危险是一线工人工作的代名词;如今,高效、便捷、安全,成为太重新园区下料中心管理员高鹏工作时的最大感受,与之前相比,高鹏更喜欢他现在的新岗位——机器人中控系统管理员。

原来的老厂区下料中心有 300 多人,每个月紧紧张张,也才能堪堪完成各车间涌来的下料任务。而搬到新园区的下料中心,仅需要 50 人,其余全都是机器人同事。下料过程中,所有繁重的基础工作都能由"精力充沛"的机器人完成,人们需要做的就是给这些机器人设定路线程序,监督他们的工作。今天 的太重,越来越多的产业工人正在用新思维方式适应新流水线,新流水线也在倒逼工人不断学习进阶。

数智工厂的到来,意味着支撑传统制造业的管理运营模式将被重塑。其中,产业工人首当其冲。在搬来新厂区前,有不少人担心这些智能化设备会"淘汰"自己,但实际上,无人化并没"终结"一线岗位,反而开创出一种全新生产模式,涌现出越来越多的"数字"工匠。

在太重工作了 30 多年的矿山设备分公司立车组组长陈宾不断突破革新,累计为企业节约生产成本数千万元,是太重当之无愧的"金牌工人"。

"公司配备了先进的智能化机床,有了它,这些工件光泽、曲面多漂亮。"

陈宾拍拍一件刚加工好的推压齿轮说，这是 5G 远程智能挖掘机起重臂的关键传动件，其垂直度和平面精度的要求比同类型齿轮提高 0.01 毫米。为了这只有 1/10 头发丝粗细的精度，陈宾带着徒弟们不停调整新机床的切削参数、位置、姿态，"无论设备如何更新，精益求精的态度不能变。那段时间，我们每天要花费几个小时收集机器人数据、建立模型。一个数据不准确，就会影响现场生产。"

陈宾告诉徒弟们："机床'聪明'了，工人的手不能变笨，想继续留在现代工厂，就要努力成为难以替代、掌握关键技术的工人。"

"随着产线智能化程度不断提升，人的作用在'无人'环境下显得更重要。"国家级技能大师工作室带头人樊志勤说，一批批焊接机器人工友的加盟，让他的技术研发有了新方向——人机合一，智上加智。

扫描钢板上的二维码，一台台机械臂有条不紊地高效运转，闪转腾挪动作娴熟……在太重新园区焊接中心，焊工师傅只需操控系统面板，即可完成工件作业。樊志勤指着眼前粗壮有力的橘色机械臂说，这套"一键自动焊接"设备应用了国内最先进的"离线编程 +3D 视觉"技术，焊接质量稳定性大幅提高，工时缩短 1/3。

电影里出现的镜头，如今就是我们身边的场景。一个变得越来越"聪明"的工厂，离不开一群变得越来越"聪明"的人，太重——作为一家拥有上万名职工的特大型国有企业，想要让员工走出舒适圈，自我升级，将人才升级与集团战略相辅相成十分不易，大家都为其捏着把汗。太重用"工作学习化，学习工作化"理念给出答案。

几年前，太重集团启动了"512"人才工程，即用 3 年左右时间，培养出不少于 50 名精英管理人才、不少于 100 名科技创新人才、不少于 200 名能工巧匠人才。在培养"塔尖"人才的同时，开展全员职业技能轮训，在企业转型的同时让全体员工保持统一认知。

尹力，太重培训中心副主任，从事人力资源工作超过 25 年。他认为，太重人力资源管理核心就是帮助员工成长。2023 年以来,太重将全员培训分为管理、技术和技能三大类,计划开设 60 个班。7 月中旬,50 名管理人员刚结束浙江大学为期 35 天的脱产培训,主要围绕降本增效、精益管理等大家关心的主题,邀请专家授课、实地参观学习等。"8 月 20 日至 9 月 27 日,还有两批技术、技能骨干赴上海交通大学和西门子工业技术(北京)培训中心,围绕智能化产品全生命周期设计研发、数控设备操作等课题深造学习。"他坦言这样的规模培训在企业历史上前所未有。

段泽宇曾以机器人人工智能技术应用山西省选拔赛第一名的成绩参加全国比赛,获得三等奖。在他看来,新时代的产业工人就是要时刻保持学习与创新的热情,"工业机器人的广泛应用是趋势,提前储备知识技能,有一天企业有需要,保证随时能上手。"段泽宇说。

从小在太重大院里长大的段泽宇,是个名副其实的"重三代",他的爷爷段鹏里是太重建厂时的首批工人,父亲段春生是两届太重劳模,技术加工领域的行家里手。让段泽宇至今难忘的是 12 岁时,父亲接受电视台专访拿出的厚厚一摞证书。"当时心里就想着将来有一天,一定超过他。"段泽宇笑说,"我现在的证书摞起来比我父亲的多了。"

维修一线摸爬滚打 8 年,段泽宇从技术"小白"成长为技术骨干。2021 年调任太重新能源园区至今,园区的设备开机率稳定在 97% 以上。

同事眼中的段泽宇修遍了车间的每一台设备,对他而言,工作范畴早已不局限在工牌上的"电工"二字。"只要检修需要,我们就要做'全科医生',现在厂区里设备的数控化程度已经达到 95% 了。在'中国制造'全面迈向数字化、智能化之际,维修技师知识、技能也面临着迭代升级。"

几年来,太重集团像段泽宇一样通过组织学习或自学,熟练掌握 PLC 编程、触摸屏编程、工业机器人编程等先进自动化技术的年轻人已有不少,太重不遗余力培养人才,为企业数字转型和产业转型提供了强有力的支撑。

智能制造呼唤"数字工匠",越来越多像樊志勤、陈宾、段泽宇这样的金

牌工人，将"四两拨千斤"的数字技能与"万锤成一器"的工匠精神融为一体，用品质过硬的顶级产品向世界展示"太重智造"的实力。

蝶变

你只需简单地在操作界面点击喜欢的颜色、功能、型号，一台"称心如意"的专属定制起重机设备就会即刻呈现出来。在位于综改区的太重集团展览馆，如电影般的数字智能设计场景吸引了众多来访客人的目光。

这个场景是游戏，又非游戏。真实世界是，您只要在太重起重机智能设计平台上输入关键设计参数，轻轻点击，上百万次计算会在几秒钟完成，三维模型和制造图纸跃然纸上。

"基于公司产品模块化研究成果开发的智能设计平台，大幅缩短了开发周期，也显著提升了设计质量。"太重集团技术中心起重所负责人张印谈到这项技术时十分自豪。

新一轮科技革命和产业变革突飞猛进，国际科技竞争向基础前沿前移，智能制造被视为制造强国建设的主攻方向。太重集团依托全国重点实验室和国家级企业技术中心，致力产学研用深度融合，推动关键核心技术自主可控，提升制造业核心竞争力，实现高水平科技自立自强。

"以'智'赋能，太重将实现研发、制造、销售、物流、售后等全流程数字'智造'。"太重数智科技股份公司副总经理聂景峰说。

年青一代的太重人很幸运，他们是企业蝶变的见证者和亲历者。

2023年的太重，凯歌奏响。

太重集团"大型矿用挖掘机远程操作智能化设计与应用"获"华中数控杯"首届全国机械工业产品质量创新大赛金奖；

"先进板材矫直机智慧化生产管控系统"斩获2023金砖国家工业创新大

赛三等奖,刷新了历史最好成绩;

智能装备公司、轨道交通公司、向明智装公司分别获评国家级"智能制造示范工厂"揭榜单位和优秀场景;

太重新能源公司和轨道交通公司获评国家级"绿色工厂"……

"不久前,我们成功中标国内首个水电门机智能化升级改造项目!"太重集团技术中心副主任周继红介绍,将实现从软件开发到核心电气控制元器件均采用国产自主可控产品,提供智能运维、安全保护、安全预警系统解决方案。智能设计、智能制造、智能产品、智能服务,科技赋能的太重正在加速向"智"蝶变。

金秋9月,丰收的季节。太重集团公司党委书记、董事长韩珍堂作为山西省唯一的企业代表,赴北京参加了全国新型工业化推进大会。

12月4日,在山西省新型工业化推进暨制造业振兴升级大会上,韩珍堂再次作为全省唯一企业代表上台发言。

"我们依托全国重点实验室和国家级企业技术中心,产学研用深度融合,打造了首台5G远程操作矿用挖掘机、全国首开'一键炼焦'先河、全国首创'一键操作'铸造起重机、首款24吨氢燃料液压挖掘机等一批新技术装备,创新能力不断提高。

"我们投产了世界上单一工厂规模最大、工序最全的挖掘机智慧工厂,打造了灯塔、智能、'黑灯工厂',推出多款混动、电动、氢能、甲醇动力等新能源动力装备,让绿色成为太重装备的鲜明底色。"

开门红

新春伊始,万象更新。2月18日,在位于山西综改示范区潇河新兴产业园区的太重智能高端液压挖掘机产业园内,大型运输车来往穿梭,新下线的

一批高端液压挖掘机正"列队"等待交付到浙江、江苏、四川、山东等省份,以及海外的美洲、东南亚市场。"1 月,园区总发运量达到 260 台、5200 吨,单日最高发运量达 70 台,创出建园以来单月、单日发运的最高纪录。这个月我们会再接再厉,跑出新春加速度,冲刺首季'开门红'!"太重营销中心成品部总经理赵航,对太重智能高端液压挖掘机的发展前景信心满满。

太重挖掘机畅销全球市场的背后,是一座世界级工厂的靓丽身影。

在 29 万多平方米的大型联合车间里,人并非主角,AI 机器人才是妥妥的 C 位担当。1000 多台机器人齐上阵,数百台自动导引的 AGV、RGV 小车来回穿梭送货;抬眼望去,业内最长的 EMS 输送系统运行有条不紊,行业最快 6 分马达座生产线全速运转,达到环保 A 级企业标准的喷涂机器人为一个个结构件"穿"上各种颜色的衣裳……这座充满科技感的"智能工厂",智能化生产设备占到了 98%,以"智慧作业"推出多款混动、电动、氢能、甲醇等新能源液压挖机,让绿色成为太重装备的鲜明底色。

每 4.4 分钟下线一台挖机,在这座智慧厂房里成为现实。

生产车间内,机械臂上下挥舞,一个个精密配件灵活地转移拼装;支重轮自动装配台前,3D 视觉和六轴机器人可实现支重轮自动装配及拧紧,该无人化设备还可以采集记录生产数据,提高产品质量稳定性。机器人自动涂胶系统则通过视觉及机器人系统、涂胶系统协同,全自动完成润滑脂以及密封胶涂覆,实现全过程无人化。"我们的履带铺卷系统,采用下沉式履带放置工位,设置链板滚动系统,与履带牵引装置同步,能降低履带摊铺噪声。同时,履带展开、对中、包裹三套装置合并,设备运行一次即可实现履带可靠装配,装配效率大幅提升。"工程机械公司副总经理贺磊介绍。

车间另一边,刚刚启用的马达座"黑灯产线"更是颠覆了人们对装备制造的认知——自动化率 100%、行业最快 6 分钟生产一件马达座、一次交检合格率大于 99.5%……只要设定好生产程序,全程不需要人力参与,所有的加工、运输、检测过程均在空无一人的产线内智慧高效地完成。这条马达座"黑灯产线",让太重智能制造又迈出坚实一步。"这条生产线可全覆盖适配生产13~55吨、数十种型号的挖掘机马达座。全流程自动装卸、自动加工,当上个作业完成,生产线会自动进行智能化调整设备和工艺参数,无缝衔接下一类型作业……"贺磊说。

从自动组对、自动焊接,到工件转运、来料抓取、工件装夹、机床检测和加工、铁屑清理、成品出线,这条"黑灯产线"依托5G、人工智能、视觉识别、自动加工、智能传感等先进技术应用,成为拥有自主监控、智能调整及数据驱动决策的全能"多面手"。

"产线将实现产能5万件/年,在满足各种规模生产需求的同时,保证生产的精确性和稳定性,每年可节约制造成本90余万元。"工程机械公司部件工艺所副所长石晓东说,越来越聪明的生产线在把人从繁重的劳动中解放出来的同时,带给太重人的自豪感和归属感也越来越强烈。

随着一辆辆高品质挖掘机产品不间断出产,企业对"海量"订单也能轻松应对,不断释放的产能是产品交付的核心保障。工程机械公司营销中心发运部负责人李磊表示,近年来,随着"一带一路"共建国家基础设施建设和工业发展需求激增,液压挖掘机行业迎来宝贵的市场机遇。太重积极探索国际网站直播、线上销售等渠道,以全新的营销手段拓展销售渠道、以本地化服务策略加强品牌建设。在国外,用于打理花园、农场,操作方便、小巧灵活的家用微型液压挖掘机广受欢迎,是出口全球的畅销产品。

一切从需求出发,一切用研发作答。随着用户对重型机械智能化、无人化、"傻瓜化"的设计要求,以岳海峰、张艳花为代表的工程师们,在数字化浪潮中迎风逐浪,不断追求产品与人的完美契合。

太重集团公司现任党委书记、董事长韩珍堂对数字化转型充满信心:"当前,太重正按照省委、省政府'在全省转型发展中发挥龙头带动作用'的

要求,坚持把制造业振兴作为产业转型的主攻方向,瞄准转型发展就是高质量发展,以深化改革为动力、以提质增效为目标、以技术创新为引领,将关键核心技术牢牢掌握在自己手中,向世界展示'太重智造'的魅力。"

从"太重制造"转向"太重智造",看似一字之差,实际相隔的何止千里万里!

每一座城市都或多或少有一份关于老工厂的记忆。太重,承载着新中国的工业史,用奋斗书写华章,用坚持抵抗风雨,用创新迎接未来,无愧于"共和国工业长子"的称号。

时光荏苒,我们神奇地看到,曾经辉煌的、在一代人心中挥之不去的新中国重工业发展史,还像昨天一样火热,还像昨天一样激情四射,在新的家园里,从新生走向新生。